*Isaac Marhold*

*Die Azurflamme des Ordens*

Isaac Marhold

# Die Azurflamme des Ordens

## Flammenbund 1

Bibliografische Information der Deutschen Nationalbibliothek: Die
Deutsche Nationalbibliothek verzeichnet diese Publikation in der
Deutschen Nationalbibliografie; detaillierte bibliografische Daten
sind im Internet über dnb.dnb.de abrufbar.

2. Auflage
ISBN: 978-3-7693-0182-3
© Isaac Marhold, 2024 - Alle Rechte vorbehalten
Cover Illustrator: oliviaprodesign
Verlag: BoD · Books on Demand GmbH, In de Tarpen 42,
22848 Norderstedt, bod@bod.de
Druck: Libri Plureos GmbH, Friedensallee 273, 22763 Hamburg

*Für alle, die wissen, dass der wahre Kampf nicht nur im Außen, sondern in unserem Inneren stattfindet.*

# Kapitel 1

Ronan schlug die Augen auf und versuchte, die Schwaden seines Albtraums zu vertreiben, die sich noch immer in seinem Kopf festgesetzt hatten.

»Schon wieder derselbe Traum«, murmelte er.

Er blinzelte, um sich in seiner Umgebung zurechtzufinden, und erkannte die luxuriöse Einrichtung seines Zimmers. Seine Kleidung lag verstreut auf dem Boden, wo er sie in der Nacht zuvor hingeworfen hatte. Darunter mischten sich auch die Kleider einer Frau. Doch er war allein. Er massierte sich die Schläfen, da sein Kopf schmerzhaft pochte. Es war, als hätte er die ganze Nacht durchgetanzt und dabei zu viel Wein getrunken. Als er auf seinen Nachttisch schaute, entdeckte er die fast leere Weinflasche und musste sich keine weiteren Fragen über die vergangene Nacht stellen. Es war wie immer.

Ronan setzte sich auf und Schwindel überkam ihn, als er versuchte aufzustehen. Er stützte sich am Bettpfosten ab und nachdem er sein Gleichgewicht gefunden hatte, schlurfte er zum Waschbecken auf der anderen Seite des Raums, das auf einem Holztisch an der Zimmerwand stand. Die Bediensteten hatten bereits frisches Wasser hineingetan und einen sauberen Seidenlappen danebengelegt.

*Wahrscheinlich ist Calin deswegen nicht mehr hier. Oder hieß sie Malin*, dachte er, während er sich auf den Stuhl an den Tisch setzte. Ein Spiegel hing an der Wand vor ihm und zeigte ihm sein Spiegelbild. Ein junger Mann, der wohl nicht ganz dem Klischee eines Adligen entsprach, blickte ihm entgegen.

Sein blondes, leicht lockiges Haar hing ihm zerzaust über das Gesicht, und sein ungepflegter Stoppelbart rundete das desolate Bild ab. Die dunkelblauen Augen des Mannes hatten selten müder ausgesehen. Er tauchte seine Hände ins kalte Wasser und erschauderte kurz. Um gänzlich aufzuwachen und auch die letzten Erinnerungen an seinen schmerzhaften Traum wegzuspülen, warf er sich das klare Wasser ins Gesicht.

Wasser tropfte von seinen Haaren, während er aufstand und sich nach seinen Kleidern umblickte. Er überlegte kurz, ob er die Kleidung des Vortags erneut anziehen oder sich frische Kleider aus dem Schrank nehmen sollte. »Es ist ja einerlei, wen würde es schon interessieren«, resignierte er. Da klopfte es an der Tür. Ronan hatte die Schritte auf dem Flur nicht bemerkt und zuckte nun überrascht zusammen. Ohne auf Ronans Antwort zu warten, öffnete Garet, ein Bediensteter des Hauses, die Tür und trat ein.

»Junger Meister, gut, dass Ihr auf seid.« Garet deutete eine Verbeugung an. »Der Herzog, Seine Durchlaucht, erwartet Euch im Besprechungszimmer.«

Ronan erstarrte. Er hatte seinen Vater seit Jahren nicht gesehen, und jetzt war *ER* da und wollte *IHN* sprechen.

Seit zehn Jahren war Ronan nun allein mit den Bediensteten in diesem Wohnsitz der Familie Valon. Der Herzog, sein Vater, war ein einflussreicher Mann – oberster Magier des Ordens, Mitglied im Rat des Königs und dessen enger Freund.

Ronan entspannte sich wieder und begann, die Kleidung des Vortages vom Boden aufzuheben. Als Garet sah, dass Ronan sich diese wieder anziehen wollte, protestierte er, »Mein Herr, Ihr könnt doch nicht …«

»Ich kann und ich werde.«

»Was soll der Herzog nur von Euch denken?«

Ronan überlegte kurz. Zum einen rebellierte er gegen seinen Vater, weil dieser ihn missachtet hatte, und tat in der Regel das, was ihm missfallen würde. Zum anderen fiel ihm ein, dass sein Vater ihn in der Vergangenheit nie zu sich rufen ließ. Das machte Ronan stutzig, und er wandte sich an Garet. »Was will er von mir?«

»Ich muss gestehen, das weiß ich nicht. Aber Euer Vater sorgt sich um Euer Wohlergehen und möchte sehen, was aus Euch während seiner Abwesenheit geworden ist. Mehr hat Seine Durchlaucht nicht gesagt.«

»Du und ich wissen, dass das eine Lüge ist. Er hat sich nie für mich interessiert. Zumindest nicht mehr, seitdem es klar ist, dass ich nicht in seine Fußstapfen treten kann.«

Garet ging zum Kleiderschrank im Raum und öffnete diesen. Er begann, die darin befindlichen Kleider herauszulegen und passende Kombinationen auf dem Bett zu arrangieren. »Wisst Ihr, Menschen können sich über die Jahre stark verändern.« Garet sah Ronan aufmunternd an. »Euer Vater ist ein vielbeschäftigter und gefragter Mann. Ich hörte, dass Seine Durchlaucht gerade aus der Neuen Welt zurückkehrte. Und das Erste, was er tat, war, hierher zurückzukehren. Meint Ihr nicht, dass das ein gutes Zeichen ist, dass er nach Euch verlangt?«

Ronan ließ die Worte erst einmal sacken und dachte nach, bevor er antwortete, »Wir werden sehen.«

Ronan zog sich die von Garet ausgewählten Kleider an. Seine Haare band er mit einem Stoffband am Hinterkopf zu einem Knoten zusammen und trank einen Schluck aus einer Weinflasche, was Garet missbilligte.

Er ging auf den Flur hinaus und am Ende des Ganges die geschwungene Steintreppe hinunter zur Empfangshalle. Diese war wie immer prachtvoll und heute besonders geschmückt. Neben dem gewohnten Anblick von Marmorsäulen, die bis zur Decke reichten und mit kunstvollen Verzierungen versehen waren, lag ein rot-goldener Seidenteppich aus. Die Bediensteten hatten offenbar in aller Eile am Morgen alles angebracht und gereinigt, bevor Ronans Vater eintraf. In der Mitte der Halle fielen ihm sofort mehrere Soldaten auf, die das Wappen des Königs trugen. Zwischen ihnen erkannte Ronan zwei besondere Gestalten: zwei Ordensritter, die ihre Langschwerter auf dem Rücken trugen und in mit dunkelblauer, fast schwarzer Seide umwickelten Schuppenpanzerrüstungen steckten. Aufgrund ihrer Haltung und Statur konnte selbst ein Laie wie Ronan erkennen, dass diese zwei Männer anders waren – gefährlicher, stärker, tödlicher. Ihre wachsamen Augen ruhten auf ihm und schienen ihn zu mustern. Ohne seinen eigenen Blick von den Ordensrittern abzuwenden, ging er die Treppe hinab. Es herrschte eine bedrückende Stille im Raum. Als Ronan die letzte Stufe erreichte, verbeugten sich die anwesenden Männer vor ihm, und der Raum wurde erfüllt vom Klirren und Rasseln der Rüstungen. Die Ordensritter jedoch rührten sich nicht. Ronan mochte diese Förmlichkeit nicht, die ihm die einfachen Soldaten entgegenbrachten, wagte es jedoch nicht, etwas dagegen zu sagen. Ihre Anwesenheit machte ihn nervös und unsicher.

Ronan ging wortlos an den Soldaten vorbei und griff nach der Türklinke zum Arbeitszimmer. Er hielt kurz inne und atmete tief durch. Er spürte die bohrenden Blicke der Soldaten im Rücken und hoffte, dass sein Vater seine Nervosität nicht bemerken würde.

Der Arbeitszimmer war Ronans Lieblingszimmer im Anwesen. Die Anwesenheit von mehreren Bücherregalen und der Duft von alten Folianten ließen das große Zimmer wie eine Bibliothek wirken. Die Wände waren mit dicken Steinblöcken und dunklen Holzvertäfelungen verkleidet, die eine angenehme Atmosphäre schufen. Die Regale standen an der einen Seite des Raumes und erstreckten sich bis zur Decke, gefüllt mit schweren Büchern und antiken Schriften. Die Vorhänge waren vor den Fenstern zugezogen, ließen aber noch ein gedämpftes Licht durch. Das zusätzliche Licht, das von den Kerzenhaltern und dem prasselnden Kaminfeuer ausging, erhellte den Raum und ließ ihn gemütlich und warm wirken. In der Mitte des Zimmers stand ein großer Tisch, umgeben von kunstvollen Stühlen, die mit poliertem Holz und weichen Polstern versehen waren. Der Tisch selbst war mit einer Tischdecke aus feinem Leinen bedeckt, auf der noch Bücher lagen, die Ronan beim letzten Besuch vergessen hatte wegzuräumen. Die warme Beleuchtung, die prasselnden Flammen und der Duft der alten Bücher machten das Arbeitszimmer zu einem perfekten Ort für ihn.

»Schließ die Tür hinter dir«, befahl ihm eine klare Stimme. Ronan erblickte seinen Vater, Lucan Valon, Herzog von Falkenheim, Berater des Königs von Andorien und Großmagus des Ordens der schwarzen Zitadelle von Königsfurt. Er stand vor einem Bücherregal und sortierte die Bücher, die Ronan zurückgelassen hatte.

Ronan schloss die Tür hinter sich, wie es ihm befohlen wurde. Er zögerte. »Du wolltest mich sehen.«

*»Die Chroniken des Endes der letzten Ära«*, Lucan sah sich das Buch, das er gerade in den Händen hielt, genauer an. Er öffnete es und blätterte über einige Seiten.

»Glaub nicht alles, was du darin gelesen hast. Die Vertreibung dieser humanoiden Monster wird in diesem Buch nicht mal mit der halben Wahrheit erzählt, geschweige denn von dem tatsächlichen Massaker am Winterhafen berichtet. Alles dreht sich nur darum, dass bei der Verfolgung der Fellbestien über das Sommermeer im Westen ein neuer Kontinent, die Neue Welt, entdeckt wurde.« Die Verachtung in seiner Stimme war klar zu hören und zeigte sich auch am Buch. Es fing in Lucans Händen an zu kokeln, und kurz darauf züngelten die ersten magischen Flammen um das Buch, woraufhin er es in den brennenden Kamin warf.

Lucan wandte sich zu Ronan. Er konnte sich kaum an das Aussehen seines Vaters erinnern. Lucan hatte langes dunkelblondes Haar und hatte ein gepflegtes Aussehen. Mit grüngelben Augen sah er Ronan musternd an. Der Ausdruck im Gesicht seines Vaters war durchzogen von einer Mischung aus Trauer und Müdigkeit.

»Sie haben sie getötet«, sagte Ronan.

Lucan ging auf den Tisch zu, zog sich einen Stuhl zurück und setzte sich. »Ja, das haben sie. In Winterhafen.« Er überlegte für einen Moment, bot Ronan dann einen Platz am Tisch an.

Ronan setzte sich auf den ihm zugewiesenen Platz gegenüber von seinem Vater.

»Warum bist du hier?«, fragte Ronan.

»Ich wurde vom König aus der Neuen Welt zurückbeordert und soll in Königsfurt für einige Zeit verweilen.«

»Und warum bist du dann hier? Du hättest doch genauso gut in Königsfurt bleiben können. Warum bist du nochmal raus auf Land gereist, um hierherzukommen? Und was sollen die Soldaten und zwei Ordensritter hier?«

»Kannst du irgendeine Fähigkeit vorweisen?«, fragte Lucan und stand dabei auf. »Strategisches Wissen oder Naturwissenschaften? Vielleicht etwas in Richtung Schwertkampf oder Bogenschießen? Irgendwas?« Ronan schaute seinem Vater in die Augen und versuchte zu verstehen, was diese Gegenfragen sollten. Er schüttelte den Kopf.

»Also nichts.« Lucan ging an dem Tisch entlang und tippte mit seinen Fingern auf die hölzernen Lehnen der freien Stühle. »Nichts. Auch keine Magie, wenn es dir darum geht.« Ronan erinnerte sich an seinen schmerzhaften Traum. Es handelte sich um einen Albtraum über seine Mutter und die Zeit mit seinem Vater nach ihrem Tod. Trotz dessen, dass Ronan keinerlei Magie aufwies, zwang ihn sein Vater mit allen Mitteln magische Kräfte hervorzurufen. Sein Vorgehen verlangte viel von Ronan ab und Lucan empfand nichts anderes als Enttäuschung für seinen eigenen Sohn. Er warf Ronan damals wiederholt an den Kopf, dass er solche Fähigkeiten haben müsste, da beide Eltern magiebegabt waren. Es ging so weit, dass sein eigener Vater ihn als Bastard eines anderen beschimpfte, da dies für ihn die einzige Erklärung sein konnte. Erst nachdem sein Vater wiederholt auf diese Weise enttäuscht wurde, verlor er das Interesse an ihm und wandte sich seinen begabteren Geschwistern zu, bis sie schließlich ohne Ronan in die Neue Welt reisten. Ronan dachte, er sei frei und müsste nicht in die Fußstapfen seines Vaters treten oder länger das überhebliche Grinsen seines Bruders sehen. Seine Schwester jedoch vermisste er, auch wenn er sich schnell daran gewöhnte allein zu sein.

»Das weiß ich. Ich habe aufgegeben, dich als meinen Erben anzusehen … Du wirst ebenfalls nach Königsfurt reisen, gemeinsam mit den beiden Ordensrittern. Ich werde nicht zulassen, dass du hier in diesem Haus weiter verhätschelt wirst und zu einem nutzlosen Adligen heranwächst. Du wirst die Ausbildung zum Ordensritter beginnen.« Lucan erreichte Ronans Stuhl und stand nun hinter ihm.

»Das kannst du nicht ernst meinen?«

»Du hast in der Vergangenheit bereits Grundlagen im Schwertkampf gelernt und wurdest auch im Reiten und Bogenschießen ausgebildet. Du bist kein dummer Junge und wirst in der Lage sein, deinen Kopf endlich mal für etwas Sinnvolles zu nutzen. Viele Adelige sind Teil des Ordens, und du hast allen etwas voraus, da du mein Blut in dir trägst.«

Ronan konnte nicht glauben, was sein Vater von ihm verlangte. Der Umgang mit Schwert und Bogen war Jahre her. Außerdem wollte er kein Ordensritter werden. Warum sollte er sein Leben riskieren? Für was und für wen?

Als Ronan protestierend aufstehen wollte, legte Lucan seine Hände auf Ronans Schultern.

»Dann sag mir, was soll aus dir werden? Welche Taten willst du im Leben vollbringen?«

Ronan wollte etwas vorbringen, sich wehren, doch ihm fiel nichts ein. Er wusste nicht, worin er gut war oder was ihn erfüllte.

»Du bist mein Sohn und nicht irgendein dahergelaufener Adelsjunge. Du wirst dem Namen, den du trägst, Ehre bringen und diesen nicht mit Huren und Saufgelagen beschmutzen.«

Ronan bereute in diesem Moment die letzte Nacht und dass er noch mehr Wein getrunken hatte. Er verdammte sich dafür, seinem Vater so leicht in die Hände gespielt zu haben. Er konnte seinen Vater noch nie von etwas überzeugen oder abbringen.

»In der Zitadelle gibt es auch Wissenschaftler und Heiler. Ich könnte mich doch dort nützlich machen«, brachte Ronan verzweifelt hervor.

»Dazu fehlt dir die nötige Disziplin. Die Ordensritter sind genau das Richtige, um dich zu beweisen. Außerdem sollst du dich nicht den Rest deines Lebens hinter Büchern verstecken und irgendwelchen Theorien hinterherjagen.« Lucan überlegte für einen Moment. »Gut, absolviere die Ausbildung zum Ordensritter und dann darfst du mir erneut sagen, wie du dein Leben führen willst. Ich werde dafür sorgen, dass dein Wunsch erfüllt wird. Und das ist mein letztes Wort.« Lucan nahm die Hände von Ronans Schultern. Dann wandte er sich zur Tür und öffnete sie. Ohne eine Verabschiedung oder weitere Worte verließ Lucan Valon das Arbeitszimmer. Den Ort, an dem sich Ronan immer wohl und sicher gefühlt hatte. Allein starrte er vor sich auf den Tisch. Sein Kopf war voll mit Fragen und leer zugleich. Verzweiflung und Angst machten sich in ihm breit. Er hörte neben seinem Herzschlag nur die schweren Schritte der Ordensritter, die den Raum betraten.

# Kapitel 2

Die Zitadelle des Ordens, die schwarze Festung der Hauptstadt Königsfurt, erhob sich majestätisch auf einer kleinen Insel in der Obsidianbucht vor der Stadt. Von weitem wirkte sie wie ein düsteres Schloss, von hohen Mauern und Türmen umgeben. Die Festung ist aus schwarzem Stein erbaut, der im Licht des Sonnenuntergangs bedrohlich wirkte. Der Hauptturm der Festung ragte hoch in den Himmel und war mit Zinnen und Wachtürmen verziert. Die Zinnen waren scharf und spitz wie Dornen. Eine gewaltige Steinbrücke führte von der Stadt über das trübe Wasser der Bucht, welches durch die Spiegelung der Festung schwarz wie ein tiefes Loch wirkte. Die Brücke wurde von massiven Trägern aus Stahl gestützt und schienen fast so schwer wie die Festung selbst zu sein. Wachen patrouillierten auf der Brücke und beobachteten misstrauisch, wie Ronan an ihnen vorbeiritt. An seiner Seite ritten die beiden Ordensritter Dante und Aric, die von Lucan beauftragt worden waren, ihn zur Zitadelle zu geleiten. Dante erklärte Ronan auf dem Hinweg, dass die Zitadelle des Ordens ein Ort der Macht und Stärke sei und die Fähigkeit der Menschen symbolisiere, sich gegen jeden Feind zu verteidigen. Für Ronan wirkte die Festung allerdings wie ein dunkles, bedrohliches Symbol der Unterdrückung.

Innerhalb der Festungsmauern gab es eine Vielzahl von Gebäuden und Türmen, von denen einige als Unterkunft für die Ordensritter dienten, während andere als Lager oder Werkstätten genutzt wurden. Aric erklärte ihm, dass es noch zwei weitere Höfe gab, die von den Wissenschaftlern und

Heilern genutzt wurden, während der Hauptturm allein den Magiern des Ordens vorbehalten war.

Sie ritten über den Hof und hielten an einem Übungsplatz, der von einer niedrigen Steinmauer umzäunt war, an der bereits Fackeln angezündet worden waren. Männer standen paarweise auf dem Platz, jeder mit einem Holzschwert in der Hand, und übten konzentriert ihre Schritte und Schwünge. Die Holzschwerter klapperten, als sie aufeinandertrafen, und die Männer sprangen in schnellen, fließenden Bewegungen hin und her. Gespräche und gegenseitige Korrekturen waren zu hören, aber es wurde anscheinend streng darauf geachtet, dass es nicht zu laut wurde, damit die Übenden sich auf ihre Technik und Bewegungen konzentrieren konnten. Die Luft war erfüllt vom Geruch von Schweiß und Blut. Die dunkelblauen Roben, die sie trugen, schienen bequem und luftig zu sein und ermöglichten ihnen eine größtmögliche Bewegungsfreiheit. An der Steinmauer entlang standen vereinzelt Zuschauer in Ordensritterrüstungen oder schwarzen Roben, die sich miteinander unterhielten und die Übenden beobachteten.

Aric stieg vom Pferd und ging auf einen Mann mittleren Alters in einer schwarzen Robe zu. Sie begrüßten sich, mit einem kräftigen Handschlag. Ronan war von der Szenerie überwältigt, er hatte bisher nur in Büchern von solchen Trainingsplätzen gelesen.

Aric kehrte gemeinsam mit dem Mann in der schwarzen Robe zu Ronan zurück.

»Das ist also der Sohn Valon. Ich habe mit deinem Vater zusammen gekämpft, als ich in etwa deinem Alter war. Ich bin Erevan. Ordensritter und Ausbilder.«

Ronan nickte nur.

»Wie ich sehe, bist du wie dein Vater kein Mann vieler Worte.«

»Ronan. Mein Name ist Ronan. Vergesst bitte meinen Titel und Nachnamen. Der bedeutet mir nichts«, brachte Ronan hervor, während er vom Pferd abstieg, da er es nicht mochte, wenn er mit seinem Vater verglichen wurde.

Erevan beobachtete ihn, schwieg einen Moment. »Gut«, sagte er schließlich leise. »Du wirst es hier nicht leicht haben. Manche tragen ihren Namen wie ein Schild, du wählst einen anderen Weg. Vielleicht ist das klüger … Aber das wird sich zeigen. Jedoch zeigst du bereits die richtige Einstellung für den Trupp, wenn du auf deine Titel verzichtest.«

»Trupp?«, fragte Ronan.

»Du wirst einem Ausbildungstrupp zugeordnet. Das wird der Trupp vier sein, da ist noch ein Bett in der Unterkunft frei. Die Ausbildung hat bereits vor einem Monat begonnen, du hast allerdings sicherlich schon mal ein Schwert geschwungen, richtig?«, fragte Aric.

Ronan nickte. »Das ist allerdings ein paar Jahre her.«

»Ach, ich bin mir sicher, dass der Herzog sich um deine Ausbildung gekümmert hat. Wir werden morgen sehen, was du noch kannst. Ah, da kommt er.« Erevan winkte einen Mann in dunkelblauer Robe mit einem weißen Gürtel zu sich.

»Du musst der neue Rekrut sein. Ich bin Caius, Klingenhüter und der Offizier deines Ausbildungstrupps.« Er streckte Ronan seine Hand entgegen. Bei Caius handelte es sich um einen dunkelhaarigen Mann mittleren Alters. Eine Narbe verlief wie eine Furche über seine linke Wange, und seine dunklen Augen musterten Ronan, dabei strahlten sie jedoch Wärme und Freundlichkeit aus, was Ronan überraschte.

»Ronan.« Ronan streckte auch ihm die Hand entgegen, woraufhin Caius sein Handgelenk packte. Für Ronan war das eine ungewöhnliche Begrüßung, da er es gewohnt war, dass sich Leute vor ihm verbeugten. Er spürte den kräftigen Griff von Caius und versuchte ebenfalls, sein Handgelenk zu packen.

†

Ronan wurde erneut durch denselben Traum aus dem Schlaf gerissen. Schwer atmend sah er sich um und fand sich im Gemeinschaftszimmer einer Unterkunft in einem Turm der Zitadelle wieder. Der Raum war erfüllt von Klängen mehrerer schnarchender Männer. Er drehte sich auf die Seite und zog sich sein Kopfkissen über den Kopf, aber das half nicht. Er konnte nicht wieder einschlafen. Er drehte sich wieder auf den Rücken und starrte an die Decke. Dann fielen ihm blauleuchtende Schimmer auf. Er richtete sich auf und erkannte, dass sie durch das Fenster in den Raum fielen, unter dem sein Bett stand. Als er in den von Dunkelheit verschlungenen Innenhof der Zitadelle schaute, sah er immer wieder aufflackernde blaue Lichter, die zwei schwarze Silhouetten preisgaben. Er konnte nicht erkennen, was die Personen dort taten. Aber es war für ihn eine willkommene Ablenkung von dem nervigen Konzert der anderen im Zimmer.

»Magier. Sie trainieren nachts auf unseren Plätzen.« Caius saß auf seinem Bett neben Ronans und schaute von dort ebenfalls aus dem Fenster. »Sie brauchen manchmal Platz für ihre Zauber und wollen nicht, dass wir ihre Konzentration stören oder jemand durch Unachtsamkeit verletzt wird. Daher nutzen sie unsere Übungsplätze nachts. Wir dürfen dann in der Regel am nächsten Morgen die verkohlten Zielscheiben wegräumen und die Löcher in den Mauern flicken.« Er seufzte und legte sich wieder hin. »Schlaf. Du wirst es für morgen brauchen.«

Ronan nickte, auch wenn er wusste, dass Caius ihn nicht mehr sehen konnte. Er sah den magischen Lichtern noch weiter zu und meinte immer mehr die Silhouette einer Frau auszumachen, von der die Magie ausging. Die nun verschiedenen Lichter der Magie machten ihn schläfrig, und seine Augen fielen ihm allmählich zu.

# Kapitel 3

Die ersten Monate der Grundausbildung zum Ordensritter waren für Ronan alles andere als leicht. Seine bisherigen Erfahrungen im Umgang mit Waffen halfen ihm kaum weiter. Zwar wusste er, wie man ein Schwert hielt und einen Hieb ausführte, doch es fehlte ihm die nötige Übung, um sein Ziel mit voller Kraft zu treffen. Jeder Schlag mit dem hölzernen Übungsschwert ließ seinen Arm erzittern und seine Muskeln schmerzen. Zu seinem Glück wurden sie von Anfang an im beidhändigen Kampf trainiert. »Wenn euch der Schwertarm abgeschlagen wird, ist es noch nicht vorbei. Ihr kämpft mit dem gesunden Arm weiter. Es geht schließlich um euer Leben«, erklärte Ausbilder Erevan im strengen Ton während der Übungen.

Ronan tat sich schwer, die richtige Technik und Körperhaltung anhand der vorgegebenen Übungen zu erlernen. Es dauerte bei ihm länger als bei den anderen Knappen. Doch das Training veränderte ihn – sowohl äußerlich als auch innerlich. Monat für Monat wurde er stärker und geschickter. Durch das ständige Training verbesserten sich seine Ausdauer im Umgang mit Waffen und seine Fähigkeit, längere Strecken zu laufen. Das Schwertkampf- und Bogenschießtraining trugen dazu bei, dass er Muskeln aufbaute und seine Koordination sowie Reflexe sich verbesserten. Es erforderte eine Disziplin, die Ronan nie zuvor für sich beansprucht hätte.

Das Training in der Gruppe, in der jeder für den anderen einstand und sich gegenseitig motivierte, lehrte Ronan, Verantwortung für sich und seine Kameraden zu übernehmen. Doch manchmal überkam ihn die Frustration, wenn er hinter den anderen Knappen zurückblieb. *Werde ich jemals so gut wie sie*, fragte er sich oft, was ihn jedoch nicht entmutigte. Vielmehr spornten ihn die Herausforderungen an, stärker zu werden. Etwas, was er nicht von sich kannte.

Die Ordensritter waren mehr als nur einfache Soldaten; sie wurden zu viel mehr ausgebildet. Verschiedene Adelssöhne und Bürger, die sich durch ihren Eifer und ihre Leistungen bewiesen hatten, konnten die Ausbildung zu einem Ordensritter absolvieren. Neben den Ordensrittern, die den größten Teil mit weniger als zweihundert Rittern bildeten, wurden in der Zitadelle auch Magier, Forscher und Heiler ausgebildet. Dabei waren die Magier oft gleichzeitig Forscher und Heiler, und nur wenige waren nicht magiebegabt.

Das angesammelte Wissen bildete das Fundament des Ordens, aus dem alle Zweige profitierten. Das Studium, das in den Hallen der Forscher stattfand, beinhaltete Diskussionen über vergangene Schlachten und angewandte Strategien, die den Rekruten gelehrt wurden. Zumindest in diesen Bereichen konnte Ronan herausstechen. Die Gespräche über die Strategien der großen Schlachten fesselten ihn, und er wusste, dass er hier seine Stärken hatte.

Nach dem ersten Jahr fanden einmal wöchentlich Übungskämpfe statt, bei denen die Ausbildungstrupps gegeneinander antraten. Ziel war es, alle Mitglieder des gegnerischen Trupps kritisch zu treffen. Ein kritischer Treffer bedeutete einen Schlag gegen den Kopf oder den Rumpf. Wurde jemand am Arm getroffen, durfte dieser nur mit dem unbeschadeten Arm weiterkämpfen. Verlor jemand ein Bein, so musste er vom Boden aus weitermachen. Es wurden ausschließlich Übungsschwerter verwendet. Während der

Übungsscharmützel kam es weniger auf individuelle Stärke und Schnelligkeit an – es wurde in Gruppen gekämpft.

Nachdem der anstrengende Übungskampf vorüber war und Ronan schwer atmend dastand, spürte er den Schmerz in seinen Muskeln deutlich. Trotzdem hatte er es geschafft, jedem Hieb seines Gegners auszuweichen oder ihn zu parieren. Langsam entspannte er sich, hielt sein hölzernes Übungsschwert jedoch noch immer fest umklammert. Plötzlich, als sein Kontrahent unzufrieden mit dem Ergebnis des Schlagabtauschs war, holte dieser ohne Vorwarnung aus. Ronan bemerkte den Angriff zu spät, doch sein Körper reagierte bereits instinktiv. Ein Taubheitsgefühl breitete sich in ihm aus. Er hörte nichts außer seinem eigenen Herzschlag und spürte den Wind auf seiner Haut, so schwer wie Wasser, das ihn umschlang. Bevor Ronan realisieren konnte, was geschah, duckte er sich unter der hölzernen Klinge weg und stieß sein eigenes Schwert in den Leib des Angreifers. Dieser krümmte sich vor Schmerz und stolperte zurück, während Ronan die Kontrolle über seinen Körper wiedererlangte.

»Wir haben es wieder geschafft!«, rief Darian begeistert aus. Der junge Mann mit kurzen, dunklen Haaren und auffallend blauen Augen klopfte Ronan auf die Schulter seines Schwertarms. Ronan zuckte zusammen, da die Anstrengungen des Kampfes durch seine Muskeln schossen.

Mit einem charmanten Lächeln strahlte Darian stets eine optimistische und positive Energie aus. Durch Entschlossenheit und sein Durchhaltevermögen hatte er in der Vergangenheit Ronan oft inspiriert und angespornt. Darian hatte immer ein offenes Ohr für die Probleme anderer und war stets bereit zu helfen, wenn er konnte. Über seine eigene

Vergangenheit blieb Darian jedoch wie ein verschlossenes Buch.

»Du hattest es auch mit dem Fliegengewicht aus Trupp zwei zu tun. Gegen den Brecher, der mir eins reingewürgt hat, hätte ich mich gerne mit einem Schild geschützt. Ich konnte kaum die Linie halten«, sagte Kealin und spuckte Blut auf den Boden. »Der hat mich am Ende gut erwischt.«

Kealin war im selben Alter wie Ronan und stammte ebenfalls aus einer Adelsfamilie, war jedoch freiwillig dem Orden beigetreten. Mit seinem rotblonden Haar, das ihm bis zu den Schultern reichte, und den auffallend grünen Augen, die seinem Gesicht einen intensiven Ausdruck verliehen, war Kealin eine auffällige Erscheinung. Im Gegensatz zu Ronan hatte Kealin die Grundausbildung verinnerlicht, was ihm in einigen Dingen einen Vorteil verschaffte.

»Wer braucht schon einen Schild? Wenn du nicht ständig jammern würdest und dich stattdessen mal auf deinen Gegner konzentrieren könntest, dann würden sie dir auch nicht so leicht die Fresse polieren«, mischte sich Eadric ein.

Eadric klopfte sich den Staub von der Robe und blinzelte gegen die hochstehende Sommersonne. »Zumindest hatten wir bestes Wetter. Eine Schlammschlacht hätte mir gerade noch gefehlt.«

Eadric war der Älteste im Trupp und der Kräftigste. Seine imposante Größe und breiten Schultern erinnerten an die Legenden über die Plünderer aus dem kalten Arantis, während sein kurzes braunes Haar, der dichte Bart und die dunklen Augen ihm ein wildes Aussehen verliehen.

Ronan überlegte, wie viel einfacher es wäre, wenn sie zu viert Schilde einsetzen und eine defensive Formation bilden könnten. Doch schon zu Beginn ihrer Ausbildung hatten die

Ausbilder erklärt, dass Schilde sowohl Vor- als auch Nachteile im Kampf hätten. Einerseits boten sie Schutz, andererseits hinderten sie den Kämpfer an schnellen Angriffen und schränkten die Beweglichkeit ein. Das zusätzliche Gewicht des Schildes führte auch schneller zur Ermüdung. Die Doktrin der Ordensritter besagte jedoch, dass man schnell und hart zuschlagen musste. Der Feind sollte durch präzise Schläge entwaffnet oder kritisch verletzt werden. Ein Schild wäre dabei nur hinderlich.

»Freut euch lieber! Heute holen wir unser Erz, und ich werde mir daraus ein Schwert schmieden, das selbst Stahl durchschneiden kann«, prahlte Darian. »Eadric, du solltest dir besser gleich einen Zweihänder oder einen Flamberg schmieden. Alles andere wäre bei deiner Größe und Kraft Verschwendung.«

»Ihr werdet alle ein einfaches Langschwert schmieden, ohne irgendwelche Besonderheiten wie einen Wellenschliff«, unterbrach Erevan die Gruppe und dämpfte Darians Euphorie. Zusammen mit Caius trat er zu ihnen. »Caius wird euch jetzt ins Lager führen, um die Ausrüstung zu holen. Nach dem Essen brecht ihr auf.«

Erevan übergab die Gruppe an Caius und verabschiedete sich mit einem zufriedenen Nicken, angesichts der heutigen Leistung. Sein Blick verweilte kurz nachdenklich auf Ronan, bevor er sich abwandte und ging. Caius wandte sich an die Gruppe, »Ihr bekommt Schlafsäcke, Werkzeuge, Öllampen und Vorräte. Außerdem werden uns drei Magier begleiten, die ebenfalls einen Auftrag in den Minen haben. Stört sie nicht.« Er zögerte kurz. »Wisst ihr was, redet am besten gar nicht erst mit ihnen. Kommt jetzt.«

»Dürfen wir sie nicht einmal nach der Verzauberung unserer Waffen fragen?«, fragte Darian, während er sich mit den anderen in Bewegung setzte.

In der großen Halle der Ordensritter, im Turm an der äußeren Mauer der Zitadelle, gab es wie so oft Reis mit Hülsenfrüchten und einen Brei aus Gemüse und Getreide zum Essen. Die gewölbte Decke war hoch, und ein riesiger Kronleuchter aus dunklem Eisen erhellte den Raum. Prächtige Banner und Wappen der Ordensritter schmückten die Wände mit ihren Farben und Symbolen. Die Halle war groß genug, um mehrere Hundert Menschen aufzunehmen, und war mit langen, massiven Holztischen und Bänken ausgestattet, die in Reihen aufgestellt waren. Um sie herum saßen andere Ausbildungstrupps und vollwertige Ordensritter, die auf ihre nächsten Aufträge warteten.

»Wieder derselbe Fraß wie gestern?«, murrte Kealin und stieß unzufrieden in seinen Bohnenbrei. »Ich will endlich mal wieder Fleisch essen!«

»Beruhig dich, das hält ja keiner aus«, sagte Eadric.

»Was denn? Es schmeckt mir einfach nicht. Ich habe so lange kein saftiges, fettiges Fleisch mehr gehabt. Wie gerne würde ich das mal wieder essen.«

»Mit etwas Glück jagen wir heute Abend auf dem Weg zur Mine einen Hirsch oder ein Wildschwein. Schließlich müssen wir unseren hochgeschätzten Begleitern etwas ihrem Rang Entsprechendes anbieten«, sagte Darian grinsend. »Was meinst du, Ronan? Das würde dir doch sicherlich auch schmecken. Als Adliger solltest du denselben Geschmack wie Kealin haben.«

Ronan starrte gedankenverloren auf sein Essen. Es war nicht das erste Mal, dass er dieses Gefühl beim Kampf hatte. Irgendwie reagierte sein Körper von allein, oder er konnte schon vor einem Angriff klar erahnen, wohin seine Gegner als nächstes schlagen würden. Solange sein Körper noch in der Lage war, auszuweichen, gelang ihm das auch – immer. Es konnte kein Zufall sein, dass ausgerechnet er, der keinerlei Kampferfahrung besaß, sich so gut schlug. *Ob es wirklich nur ein angeborenes Talent war, wie Erevan sagte?* Ihm kamen die Worte seines Vaters in den Sinn. *Du hast allen etwas voraus, weil du mein Blut in dir trägst.*

»Hey, Ronan«, rief Darian und riss ihn aus seinen Gedanken. »Geht es dir gut? Hast du doch endlich einen Schlag gegen den Kopf abbekommen?«

Ronan schüttelte die Gedanken ab. »Einen Hirsch würdest du doch im Leben nicht erwischen, geschweige denn ein Wildschwein erlegen. Das nimmt dich auf die Hörner, bevor du den zweiten Pfeil angelegt hast.«

»Wir werden ja sehen!«

†

Ein scharfes Geräusch durchbrach die Stille des Waldes, als der Pfeil auf den Baumstamm traf. Es folgte das Knacken von Zweigen und Ästen, die unter dem Gewicht des aufgeschreckten Rehs brachen. Das Tier stieß ein schnelles, panisches Schnauben aus, bevor es in der Dunkelheit des Unterholzes verschwand.

»Durch sein Schnauben warnt es alle anderen Rehe und Hirsche vor uns«, flüsterte Ronan, während er das Geschehen beobachtete. »Es hat keinen Sinn mehr. Vielleicht hatten die anderen mehr Glück als wir.« Darian hatte bereits das zweite Reh verfehlt und fluchte über seinen weiteren Fehlschuss, wodurch er seine anfängliche Zuversicht endgültig verlor. Sie hatten einen Wettkampf ausgerufen, wer von ihnen das beste Jägerglück haben würde. Caius bestand darauf, dass sie nicht allein, sondern in Zweiergruppen auf die Jagd gingen, für den Fall, dass sich jemand verletzte und es nicht aus eigener Kraft zurückschaffen würde. Er blieb allein bei den Magiern zurück und half indes, das Lager herzurichten.

Die Magier sprachen nicht viel miteinander. Ihre Kapuzen der Roben waren tief in ihre Gesichter gezogen, und sie machten ein großes Geheimnis um den Grund ihrer Reise. Ronan dachte darüber nach, als sie zurück durch das Dickicht zum Lager gingen. Es waren zwei Frauen und ein Mann. Mehr konnte Ronan über die Magier nicht sagen, da er nicht mehr erkannte. Aber er fragte sich, was sie in einer Mine vorhatten. Gab es dort magisches Gestein, das für die Magier von Bedeutung war?

»Kamen wir aus Norden oder Osten?«, fragte Daria. Es war mittlerweile dunkel geworden.

»Weder noch! Wir kamen aus dem Westen. Wohin hast du uns geführt?«, fragte Ronan.

»Dann in die andere Richtung.«

Ronan sah sich um. Durch das dichte Gehölz konnte er keine Berge und durch die dichten Baumkronen auch keinen Himmel erkennen, die ihm bei der Orientierung hätten helfen können. »Halt das mal«, sagte er und übergab seinen Köcher und Bogen an Darian. Dieser nahm die Ausrüstung entgegen, während Ronan anfing, die Bäume um sich herum zu inspizieren. Er blieb vor einem stehen und testete die Äste, die er erreichen konnte. Sie waren stabil genug, sodass er sich an ihnen hochzog und begann, den Baum emporzuklettern. Es dauerte nicht lange, da konnte Ronan Darian in der Dunkelheit unter sich nicht mehr erkennen. Er wusste, dass Darian unter Höhenangst litt, und fragte ihn daher gar nicht erst, ob er nachsehen wolle, wo sie sich befanden. Nach einiger Zeit erreichte Ronan schwer atmend die Baumkrone und blickte durch die Blätter in den Himmel. Ein beeindruckendes Panorama offenbarte sich ihm: Der Wald lag unter ihm ausgebreitet wie ein dunkler Teppich, der vom Mondlicht beschienen wurde. Die Schatten der Bäume tanzten auf dem Boden und bewegten sich im leichten Wind. Ronan konnte die umliegenden Hügel und Täler erkennen. In der Ferne entdeckte er sogar die Umrisse des einsamen Berges, der passenderweise Einsamkeit genannt wurde.

»Ronan, wir haben hier ein Problem!«, rief Darian unter ihm. Ronan wusste nun, was er wissen musste, und kletterte hastig wieder hinunter. »Schneller!«

Ronan hörte Wolfsgeheul und ahnte, was los war. Während er sich beeilte, verlor er den Halt, rutschte ab und stürzte in die Dunkelheit, wobei er durch einige Äste brach. Verzweifelt versuchte er, sich an einem der vorbeirauschenden Äste festzuhalten, und verhinderte dadurch Schlimmeres, indem er seinen Fall Stück für Stück abbremste. Schließlich wurde er von einem Gebüsch abgefedert und entkam dem tödlichen Sturz mit einfachen Prellungen und Kratzern. Als er sich aufrappelte, suchte er nach Darian. Da zischte ein Pfeil an ihm vorbei, gefolgt von einem Winseln.

»Ich habe ihn erwischt!«

»Und mich auch fast!«, rief Ronan zurück. »Schnell, lass uns verschwinden. Wölfe jagen immer im Rudel.«

Ronan nahm seinen Bogen und Köcher und gab die Richtung vor. Das Geheul der Wölfe kam näher, und ein Anhalten war für die beiden keine Option. Sie rannten eine Weile und wagten es nicht, sich umzusehen. Irgendwann übernahm Darian die Führung und lief weiter, ohne sich nach

Ronan umzusehen. Nach und nach hängte er ihn ab, bis Ronan sich allein auf der Flucht wiederfand. Schwer atmend und verschwitzt blieb Ronan stehen. Seine Beine konnten dieses Tempo nicht länger halten und schmerzten bei jedem Schritt. Er versuchte, seine Atmung zu beruhigen und sein wild schlagendes Herz unter Kontrolle zu bringen.

Plötzlich hörte Ronan ein Knacken hinter sich. Instinktiv wirbelte er herum und zog sein Messer in einer flüssigen Bewegung. In der Dunkelheit konnte er nichts erkennen. Er hörte nur das pochende Herz in seiner Brust, das jedes andere Geräusch übertönte. Anspannung ließ seine Muskeln zittern, als er in die Hocke ging, das Messer vorsichtig an seinem Gürtel befestigte und seinen Bogen spannte. Mit ruhigen Händen legte er einen Pfeil in die Sehne und versuchte, im Dunkeln etwas auszumachen.

Eine Silhouette, kaum größer als eine Katze, bewegte sich langsam auf ihn zu. Das Unbekannte ließ ihn den Atem anhalten. Er zielte mit seinem Bogen auf das Wesen und hielt den Atem an. Tatsächlich trat eine Katze mit weißem Fell, das im silbernen Mondlicht schimmerte, aus dem Schatten der Bäume. Ronan zögerte und lauschte weiter nach den Lauten der Wölfe, während er sich vorsichtig rückwärts bewegte. Doch als er auf einen Ast trat, zuckte die Katze zusammen und blieb stehen, die Augen weit geöffnet und auf ihn gerichtet. Durch die Wolkendecke drang mehr Mondlicht auf die Katze und offenbarte rote Flecken in ihrem Fell. Bei genauerem Hinsehen erkannte Ronan Bissspuren und Kratzwunden. Offenbar war die Katze verletzt worden – vielleicht von den Wölfen, die es auf ihn und Darian abgesehen hatten. Das auffällige weiße Fell der Katze war im Wald eine tödliche Markierung, und Ronan wusste, dass sie unter solchen Bedingungen kaum überleben konnte. Er konnte sie nicht ihrem Schicksal überlassen.

Er nahm den Pfeil aus der Sehne und steckte ihn zurück in den Köcher, entspannte den Bogen und legte beides ab. Vorsichtig näherte er sich der Katze und untersuchte ihre Verletzungen genauer. Es fiel ihm auf, dass die Katze ungewöhnlich große Tatzen und einen langen Schwanz hatte – Merkmale, die sie von gewöhnlichen Katzen unterschieden. Erinnerungen an ein Buch über seltene Großwildkatzen aus dem Norden, die als Ibris oder Schneeschatten bekannt waren, kamen ihm in den Sinn. Es handelte sich also nicht um eine ausgewachsene Katze, sondern um ein Neugeborenes. Zu seiner Überraschung kam der junge Ibris auf ihn zu – ebenso vorsichtig wie er selbst. Ronan überlegte, ob er den Ibris lieber in seine Robe einwickeln sollte, um ihn zu schützen, doch er verwarf diesen Gedanken schnell. Ein solches Tier konnte sich in einer Robe nur noch weiter verletzen.

»Was mache ich nur mit dir?«, murmelte Ronan leise.

Vorsichtig näherte sich Ronan und streckte seine Hand aus, um das Tier zu berühren. Das Tier wartete geduldig, ohne ein Geräusch von sich zu geben oder zurückzuweichen. Als Ronan seine Hand ausstreckte, senkte das Tier sanft seinen Kopf und schmiegte sich an seine Handfläche.

†

Rufe nach seinem Namen ließen Ronan aus den Schatten der Bäume treten. Seine Kameraden Eadric und Darian kamen auf ihn zu, ihre Fackeln blendeten ihn für einen Moment.

»Ich dachte schon, die Wölfe hätten dich erwischt«, seufzte Darian erleichtert.

Ronan schützte seine Augen vor dem grellen Licht und schüttelte den Kopf. »Wo ist denn dein Optimismus hin?«, entgegnete er, während er die Augen zusammenkniff. Darian ignorierte seine Frage und verlangsamt seine Schritte. Ronan wich einen Schritt zurück.

»Sag mal, was hast du da?«

Darian und Eadric bemerkten das weiße Fellknäuel in Ronans Arm und beäugten ihn skeptisch. Darian stupste das Tier an, das daraufhin einen leisen Laut von sich gab.

»Ich dachte, wir laufen vor den Viechern weg, nicht dass wir sie als Haustiere mit ins Lager bringen! Was hast du damit vor?«

Während sie sich auf den Weg zu den anderen machten, erzählte Ronan seinen Begleitern von seiner Begegnung mit dem Ibris. Unsicher, was mit dem Tier geschehen sollte, konnte er es nicht einfach seinem Schicksal überlassen, besonders weil das ungewöhnliche Verhalten des Wesens seine Neugier geweckt hatte. Am Lagerfeuer angekommen, berichtete er seine Geschichte noch einmal den anderen.

Caius und die Magier hatten das Lager bereits aufgebaut. Die Kutsche der Magier stand nicht weit vom Lagerfeuer, und zwei Pferde waren an einen Baum gebunden. Eadric wollte ebenfalls mit Pferden reisen, doch Caius hatte darauf bestanden, dass sie zu Fuß reisen. Zumindest durften sie ihre Ausrüstung in der Kutsche der Magier verstauen.

Ronan war erstaunt über die Effektivität – sie hatten sieben Zelte aus grobem Leinen aufgebaut, die mit Seilen und Metallankern im steinigen Boden verankert waren. Der Boden war überwiegend felsig und nicht einfach Erde. Ronan fragte sich, ob Magie hier nachgeholfen hatte. Nach seinem stressigen Abenteuer im Wald war er dankbar für die warme Zuflucht. Zu seiner Überraschung hatten Kealin und Eadric ein Reh geschossen, das bereits zerlegt und über dem Lagerfeuer braten konnte.

Die Magier hörten sich Ronans Geschichte an, kommentierten jedoch nichts und stellten keine Fragen. Sie waren allgemein sehr schweigsam und hielten sich zurück. Caius hatte Ronan und den anderen vor der Reise befohlen, das Gespräch mit ihnen zu meiden und keine Fragen zu ihrem Auftrag zu stellen. Doch Ronan konnte nicht umhin, sich viele Fragen zu stellen. Es waren zwei Frauen und ein Mann. Der Mann, mittleren Alters, war immer in seiner dunkelblauen Robe mit goldenen Verzierungen gehüllt. Eine der Frauen, älter und erfahren, sprach am meisten, klagte jedoch über Belangloses. Die andere Magierin fiel Ronan besonders auf. Als hätte sie seinen Blick bemerkt, zog sie ihre Kapuze zurück und kam mit einem Stück rohem Fleisch auf ihn zu. Zum ersten Mal konnte er ihr Gesicht richtig sehen. Sie war etwa in seinem Alter und hatte blondes, langes Haar, das kunstvoll zu einem Knoten gebunden war, wobei einige Strähnen ihr Gesicht umrahmten. Ihre Augen waren von einem kräftigen, hellblauen Farbton, der an einen klaren Himmel erinnerte. Ihr Gesicht war zierlich und markant.

Sie beugte sich zu dem Ibris auf Ronans Schoß. »Darf ich?«

Ronan hatte bereits die Kampfwunden und das Fell des Ibris gereinigt und ihn in ein sauberes Tuch gewickelt, um die Wunden vor Schmutz und Staub zu schützen. Dabei stellte sich heraus, dass es sich bei der außergewöhnlichen Katze um ein weibliches Wesen handelte. Er nickte der Magierin zu und öffnete das Tuch, um dem Tier mehr Bewegungsfreiheit zu geben. Die Magierin setzte sich neben ihn und hielt ein Stück Fleisch in ihrer Handfläche. Sie wartete geduldig auf eine

Reaktion des Ibris, der zuerst witterte und sich dann langsam aufrichtete. Als es das Fleischstück sah, trat es auf der Stelle, hielt sich jedoch zurück und schaute zu Ronan hoch, als ob es auf seine Erlaubnis warten würde. Ronan fragte sich, ob es ihn als Rudelführer oder Elternteil ansah. Nachdem er ihr zunickte, wandte sich der Ibris der Magierin zu und begann zu fressen.

Die Magierin betrachtete das Tier genauer. »Das ist wirklich faszinierend«, stellte sie fest. »Ich frage mich schon lange, ob Tiere ebenso magiebegabt sein können wie wir Menschen. Vielleicht kann es mit Hilfe von Magie Gedanken oder Emotionen wahrnehmen?«

Ronan war sich nicht sicher, ob die Magierin diese Fragen an ihn richtete oder ob sie sie nur für sich selbst stellte. Daher schwieg er und ließ die Magierin mit ihrer Frage allein.

»Oder findest du es nicht auch ungewöhnlich, dass ein so junges und wildes Tier in der Lage ist, einen Menschen zu verstehen, besonders wenn es noch nie zuvor Kontakt mit einem hatte?«

»Mir wurde mal gesagt, dass Magie in allem steckt und die Fähigkeit, Magie zu manipulieren, macht einen Magier aus. Ob dieser kleine Ibris nun mit Hilfe von Magie mich versteht, kann nur ein Magier beantworten.«

Ronan wiederholte die Worte seines Vaters, die ihm im Gedächtnis brannten, als er damals getestet wurde, ob er magisch begabt sei. Die Magierin schaute ihn überrascht an und dachte über seine Worte nach.

»Das sind die Worte von Meister Lucan. Kennst du ihn?«

Ronan schüttelte den Kopf und versuchte, seine Überraschung herunterzuspielen. Er wollte nicht, dass die Magier ihn mit seinem Vater in Verbindung brachten. Sie zögerte, ließ die Frage jedoch ruhen und wandte sich wieder an den Ibris.

»Du solltest ihr einen Namen geben«, sagte sie. »Sie ist ein besonderes Wesen, und damit meine ich nicht nur ihr schönes weißes Fell. Da fällt mir ein, wie lautet dein Name?«

»Ronan«, antwortete er. »Und wie heißt du?«

»Ich bin Talia. Es freut mich, dich kennenzulernen. Ich wusste nicht, dass Ordensritter auch gutherzig sein können.« Talia kraulte dem Ibris hinter dem Ohr, während es sich noch ihr Maul leckte. »Euch beide«, fügte sie mit einem sanften Lächeln hinzu und richtete sich auf. Sie hielt noch kurz inne und überlegte. »Wie wäre es mit dem Namen Lyra? Ich hörte Geschichten über eine Göttin der Nordleute namens Lyra, die für den Winter und die Jagd steht.«

Lyra mauzte zustimmend.

# Kapitel 4

Am nächsten Nachmittag erreichten sie eine von vielen Minen am Fuße des Berges Einsamkeit. Das verlassene Minenlager lag in einer abgelegenen Gegend, umgeben von einer hölzernen Palisade, die einst vor wilden Tieren schützen sollte. Die Holzhütten der ehemaligen Minenarbeiter waren größtenteils verfallen und von Dornen und Gestrüpp überwuchert, während der Brunnen in der Mitte des Lagers ausgetrocknet war. Die Luft war schwer vom Duft feuchten Holzes und Rost. Holzbalken von Überresten zerfallener Gebäude ragten aus dem Boden. Das Zwitschern von Vögeln war das einzige Geräusch in der Umgebung. Der Eingang zur Mine bestand aus einem massiven Torbogen aus rostigem Eisen, umgeben von verwitterten Holzbalken. Die Metallschienen, die einst das Erz aus den tiefsten Höhlen der Mine nach oben beförderten, waren von Rost überzogen und standen still. Die Musik der Natur wurde durch das schwache Echo der Schritte durchbrochen, als Caius durch das Tor in das Lager trat. Seine Schritte hallten auf den morschen Brettern, die den schlammigen Boden im Eingangsbereich bedeckten. Es war klar, dass dieses Minenlager schon lange verlassen war. Nur noch wenige Spuren menschlicher Aktivität blieben zurück. Ein dichter Nebel hüllte das Lager ein, durch den nur wenige starke Sonnenstrahlen ihren Weg fanden. Dadurch wirkte das verlassene Lager auf Ronan sowohl gespenstisch als auch schön.

Dies war eine alte Mine. Die Erzadern waren weitgehend erschöpft, und nur wenige Erzvorkommen versteckten sich tief im Gestein, das die Mühe nicht mehr wert war. Es war Teil der

Ausbildung für die Ordensritter, Metallerze in einer versiegten Mine abzubauen und daraus in den Schmieden der Zitadelle ein eigenes Schwert zu schmieden. Dieses sollte dann von Magiern verzaubert werden, um ihm Eigenschaften passend für den Träger zu verleihen. Die harte Arbeit, die hinter der Herstellung dieser Waffen steckte, machte sie zu einem wichtigen Teil der Identität der Ordensritter, und sie wurden entsprechend respektiert und geschätzt.

»Wir werden wahrscheinlich länger hierbleiben müssen. Daher sollten wir den Ort genau überprüfen und unser Lager aufschlagen ... Vielleicht können wir einige der Hütten für uns nutzen«, schlug Caius vor.

Sie durchsuchten die Hütten, um sicherzustellen, dass sie wirklich die einzigen im Minenlager waren und sich keine Wilderer oder Räuber eingenistet hatten. Nachdem sie sich vergewissert hatten, schlugen sie ihr eigenes Lager auf und beschlossen, am nächsten Tag in die Mine zu gehen und mit dem Erzabbau zu beginnen. Als die Nacht hereinbrach, saß der Trupp am Lagerfeuer, während die Magier bereits ihre erste Expedition in die Mine begonnen hatten.

»Ich wusste nicht, dass ihr Ordensritter auch gutherzig sein könntet«, wiederholte Kealin Talias Worte vom letzten Abend mit einer viel zu hohen Stimme.

»Lass den Mist«, sagte Eadric. »Du bist doch nur neidisch auf Ronan ... Die letzte Frau, die mit dir gesprochen hat, musste deine Mutter gewesen sein.«

»Das kriegst du zurück!«, erwiderte Kealin, ballte seine Fäuste, zögerte jedoch, da ihm der Kräfteunterschied zwischen ihm und Eadric wieder bewusst wurde. Sie lachten auf Kealins Kosten, wussten jedoch auch, dass er sich schnell wieder einkriegen würde.

»Und sie hat nicht ganz unrecht«, fügte Eadric hinzu, während er ein weiteres Holzscheit ins Feuer warf. »Ordensritter werden oft als emotionslose Schlächter beschrieben, die wie Berserker im Kampf wüten, dabei jeden Befehl wie treue Hunde ausführen und keine Rücksicht auf irgendetwas nehmen.«

»Findet ihr das richtig?«, fragte Ronan. Alle schauten ihn an und schienen seine Frage nicht sofort zu verstehen. »Ordensritter sollen doch den Frieden wahren und das Reich und sein Volk schützen ... Warum wird dann von uns erwartet, dass wir jeden Feind erbarmungslos bekämpfen, unabhängig von ihrer Geschichte, Situation oder Herkunft? Das Königreich ist seit fast einem Jahrhundert im Frieden mit den anderen Ländern. Nur bei der Vertreibung der Fellbestien vor einigen Jahren wurden alle Ordensritter zum Kampf gerufen ... Jetzt ist es unsere Aufgabe, gegen Räuber und Aufständische vorzugehen, um unser eigenes Volk zu schützen – und das mit voller Härte. Dabei sind Räuber und Aufständische auch unser Volk.«

»Es geht weniger darum, was richtig und was falsch ist, als vielmehr darum, sich auf den Krieg vorzubereiten ... letztendlich sind wir lediglich Soldaten, die dem König dienen. Wenn er will, dass wir Räuber in den Bergen abschlachten, dann tun wir es ... Wenn wir aufständische Rebellen gegen die Krone niederwerfen müssen, dann ohne Gnade«, erklärte Caius und massierte sich die Schläfen, als würde ihm das Thema Kopfschmerzen bereiten. »Ich gebe dir recht ... Einst standen die Ordensritter für den Frieden, aber im Frieden müssen wir uns auf den Krieg vorbereiten. Wir dürfen nicht nachlässig werden oder verweichlichen. Falls es zur Rückkehr dieser Fellbestien kommen sollte, müssen wir vorbereitet sein ... Aus diesem Grund müssen wir jeden Feind wie eines dieser Monster betrachten.«

Ronan dachte über seine Worte nach. Für ihn klang es, als würden die Ordensritter indoktriniert werden, um dressierte Hunde des Königs zu sein.

Die Magier kehrten von ihrer Expedition in die Mine zum Lagerfeuer zurück und schlossen sich der Gruppe an. Obwohl sie ebenfalls Teil des Ordens waren, galten sie als unantastbare Heilige, und niemand machte sich die Mühe, das vorherige Gespräch mit ihnen fortzusetzen.

Lyra ging es bereits besser und als sie Talia sah, ging die junge Ibris sofort zu ihr. Talia freute sich über die Aufmerksamkeit des Jungtiers und ihre Stimmung hellte sich auf. Ronan beobachtete sie eine Weile, während die anderen aus seinem Trupp darüber stritten, wer das beste Erz für seine Waffe finden würde. Talia begann, verschiedene Formen mit ihren Händen zu falten und murmelte dabei unverständliche Worte, was schließlich in einem Schmetterling aus dünnem Eis resultierte, der sich aus verdichtetem Nebel formte und wie ein lebendiges Exemplar um Lyra herumflatterte. Der Schneeschatten fing an, dem Schmetterling zu folgen und damit zu spielen, doch die ältere Magierin löste den Schmetterling mit einem eigenen Zauber auf.

»Magie für etwas so Belangloses einzusetzen ist eine Verschwendung«, zischte sie Talia zu.

»Lass sie«, nahm der andere Magier Talia in Schutz. »Die Übung tut ihr gut, auch wenn es nur ein Taschenspielertrick ist … Wie soll sie ihre Grenzen kennen, wenn sie diese nicht erprobt?«

Lyra spürte sofort, dass die ältere Magierin einen neuen Zauber gewirkt hatte, woraufhin sie fauchte. Die Magierin ignorierte den Protest des Ibris, woraufhin Lyra zu Ronan lief und ihn mit ihrem Kopf anstupste. Ronan war vom Verhalten des Tiers beeindruckt. Er wusste wenig über Ibrise, hatte aber nie davon gehört oder gelesen, dass sie so zutraulich sind. Nicht umsonst wurden sie auch Schneeschatten genannt ... Nur selten bekam man sie zu Gesicht und viele Legenden rankten sich um diese Wesen.

*Ob es stimmte, dass sie magisch waren?*, dachte Ronan. Aber in dieser Situation war er machtlos, da er sich nicht in die Angelegenheiten der Magier einmischen durfte. Talia nahm keine Notiz von der Diskussion ihrer Kollegen, die sich über die Nutzung von Magie als Ressource stritten, und schaute nachdenklich auf das Lagerfeuer.

†

Am nächsten Morgen machten sie sich zu fünft auf den Weg in die Mine. Jeder von ihnen, mit Ausnahme von Caius, trug einen Leinensack über der Schulter, gefüllt mit einem Hammer, Meißel, Feuersteinen und einem Trickschlauch. An den Leinensack war zusätzlich eine Öllampe gegen die Dunkelheit in inneren des Berges befestigt. Die notwendigen Spitzhacken und Eimer wurden in einen alten Minenwagen aus Holz gelegt. Diesen fanden sie im Lager und wurde mit Hilfe aller auf die Schiene gehoben. Das Problem bestand nur darin, dass die Bremse des hölzernen Wagens kaputt war.

Caius führte die Gruppe mit einer entzündeten Fackel an, und die anderen folgten ihm, wobei sie sich abwechselten, den Minenwagen zu schieben oder beim entsprechenden Gefälle abzubremsen.

»Warum bist du eigentlich bewaffnet?«, fragte Darian, als er gerade sein Gewicht gegen den Wagen presste, um zu verhindern, dass dieser zu viel Geschwindigkeit aufnahm. Damit stellte er die Frage, die jedem auf der Zunge lag.

Caius sah über seine Schulter, als würde er überprüfen, ob sein Schwert auch wirklich da war. »Ihr könnt nie wissen, welche Gefahren in der Tiefe einer Mine lauern. Ich bin lieber vorsichtig.«

Für Ronan war das nicht die ganze Wahrheit. Etwas stimmte nicht. So wie Caius sich die Wände ansah und in jeden abzweigenden Gang hineinstarrte, wirkte es, als würde er einen Angriff aus dem Dunkeln erwarten.

Sie drangen stundenlang immer tiefer in den Berg vor und verloren dabei jegliches Gefühl für Zeit. Nach einer Weile hielt Caius an und betrachtete das Gestein an der Wand zu seiner Rechten genauer. Sie befanden sich in einem breiteren Schacht, bei dem es sich um eine der versiegelten Erzadern handeln musste, von der Caius gesprochen hatte. »Kealin, damit wir dein Gejammer nicht ertragen müssen, wirst du hier arbeiten. Der Rest folgt mir zur nächsten Ader«, sagte er und wies sie an, während er mit den anderen weiterging.

Caius war gerade im Begriff, loszugehen, als Kealin eine Frage stellte. »Wo ist das Eisenerz? Ich sehe hier nichts.« Kealin löste seine Öllampe von seinem Beutel.

»Du musst dich durch das Gestein schlagen. Es gibt sicherlich noch Erzreste, die zu hartnäckig waren, um von den Minenarbeitern gefördert zu werden«, erklärte Caius.

»Und wie viel Erz brauche ich?«, fragte Kealin genervt von der Vorstellung der anstrengenden Arbeit. Caius kam auf ihn zu und hielt seine Fackel an einen kleinen Holzstab, den Kealin ihm hinhielt. Dieser begann sofort zu brennen, und damit entzündete Kealin den Docht seiner Öllampe.

»Ich werde immer wieder nach dir sehen. Wenn es zu spät wird oder du genug Erz gesammelt hast, werde ich es dir sagen«, sagte Caius, bevor er sich wieder der Dunkelheit des Stollens zuwandte.

✝

Nach und nach wurden allen ihre Arbeitsplätze zugewiesen, bis schließlich nur noch Ronan mit Caius durch die immer enger werdenden Gänge der Mine ging. Den Wagen hatten sie bei Eadric zurückgelassen, da dort die Schiene endete. Es dauerte noch eine Weile, bis sie auf eine alte Erzader stießen, die für Ronan bestimmt war, und er machte sich bereits Sorgen, wie er das Erz, wenn er es überhaupt schaffen würde, zu Eadric tragen sollte. Caius nahm auf einem Felsen Platz. »Hier kannst du anfangen, nach Erz zu suchen. Ich werde hier etwas warten. Die Magier wollen noch tiefer in die Mine gehen und haben mich gebeten, sie zu begleiten«, erklärte er.

»Aus dem Grund das Schwert? Ihr erwartet Probleme, stimmt's?«

»Lass das mal unsere Sorge sein und konzentriere dich auf deine Aufgabe.«

Ronan hatte viele Fragen zu den Magiern und ihrer Anwesenheit in der Mine, wagte es jedoch nicht, diese Fragen laut auszusprechen. Stattdessen begann er, im Gestein nach Erzen zu suchen. Zu seinem Glück schienen die früheren Minenarbeiter hier nicht mehr viel Eisen abgebaut zu haben, da Ronan bereits nach wenigen Schlägen rote, gestreifte Texturen im Gestein entdeckte und bei einem weiteren Schlag metallischen Glanz sah.

»Wie immer hast du Glück«, bemerkte Caius ungläubig über Ronans Fund.

Es näherten sich Schritte, und aus dem Tunnel wurde ein Feuerschein erkennbar. Ronan nahm anfangs an, dass es eine Fackel war, die sich näherte, aber als die Gestalt näherkam, erkannte er, dass es sich um ein Schwert handelte, das von magischen Flammen umgeben war. Der Magier führte die zwei Magierinnen des Ordens an und hielt dabei sein gezogenes Schwert fest in der Hand. Ohne viele Worte schloss sich Caius ihnen an und übergab seine Fackel kurz an Ronan, woraufhin auch er seine Öllampe entzündete.

Sie gingen tiefer in die Mine.

Ronan schaute ihnen noch nach, bis er nur noch ein entferntes Licht erkennen konnte und dann nur leise Schritte hörte. Obwohl viele Fragen in seinem Kopf herumschwirrten, wusste Ronan, dass er jetzt nicht grübeln konnte, sondern seine Aufgabe erfüllen musste. Also nahm er erneut die Spitzhacke zur Hand und begann, auf das Gestein einzuschlagen.

Er wusste nicht, wie lange er bereits die steinerne Wand bearbeitet hatte, und das Zählen der Schläge hatte er schon lange aufgegeben. Da meinte er, dass der Boden unter ihm beben würde, was das Flackern seiner Lampe bestätigte. Das Beben wurde stärker, und kleinere Steine begannen sich von den Wänden und der Decke zu lösen. Ronan drückte sich augenblicklich an die kalte Wand, um Schutz vor möglichen herunterfallenden Felsen zu suchen.

Staub trübte seine Sicht, und seine Öllampe drohte umzukippen. Aus Angst, dass sich das Öl seiner Lampe über den gesamten Boden verteilte und ihn verbrennen konnte, sprang er von der Wand in Richtung der Lichtquelle. Er packte die Lampe, wobei es ihm egal war, wie. Das erhitzte Eisen des Gehäuses verbrannte ihm die Finger, doch er zwang sich, nicht loszulassen, und erst als er wieder die nächste Wand erreichte, griff er nach dem Henkel der Lampe. Das Beben dauerte an. Fels um Fels löste sich und drohte, ihn unter sich zu begraben. Als das Beben endlich aufhörte, versperrte ihm Geröll den Weg sowohl nach vorne als auch zurück zum Eingang. Glücklicherweise blieb die Decke direkt über ihm weitestgehend stabil, aber Ronan war gefangen.

†

Er kämpfte verbissen, um die massiven Felsbrocken von seinem Weg zu räumen. Ronan versuchte, einen Weg zu Caius und den Magiern zu öffnen, in der Hoffnung, dass sie von der anderen Seite aus helfen könnten. *Vielleicht gab es auf der anderen Seite einen anderen Ausgang aus der Mine*, dachte er. Doch jeder Fels, den er bewegte, offenbarte nur einen weiteren, der ihm den Weg blockierte. Der gesamte Tunnel hatte unter der Last des Einsturzes gelitten. Ausgelaugt und müde ließ er sich schließlich auf den Boden sinken und versuchte, einen klaren Gedanken zu fassen. Er wusste, dass jederzeit wieder ein Erdbeben auftreten konnte, das ihn unter Trümmern begraben würde. Die Aussicht, in dieser Falle zu verhungern oder zu verdursten, war ebenso beängstigend. Während er so dasaß, kreisten seine Gedanken um seine Lage.

Plötzlich spürte er unter sich eine unangenehme Hitze, die vom Boden ausging. Er wusste nicht, was das zu bedeuten hatte, bis ihm klar wurde, dass eventuell die Magier dafür verantwortlich waren. Die Hitze verschwand so schnell, wie sie gekommen war, und Ronan stand auf, um mit der Spitzhacke einen Weg durch den Boden freizulegen. Als die Spitze seines Werkzeugs den Boden traf, passierte jedoch nichts. Der Felsboden war genauso hart wie die Wand. Plötzlich erbebte die Erde erneut, und unter Ronan tat sich ein Spalt auf. Ohne Vorwarnung stürzte er mit losen Felsen in die unendliche Dunkelheit.

†

Ronan durchzogen scharfe Schmerzen, als er sich in der Dunkelheit aufrappelte. Der Sturz war nicht spurlos an ihm vorbeigegangen. Kleinere Felsen hatten ihn im Fall getroffen, Schrammen an seinem Körper hinterlassen, und er konnte nur schwer auftreten. Sein gesamter Körper schmerzte zusätzlich, da der Aufschlag auf den Boden – wer weiß wie viele Stockwerke unter ihm – nicht gerade weich war. Ronan tastete in der Dunkelheit nach seiner Ausrüstung. Vergeblich suchte er nach dem Glimmen seiner Öllampe. Er konnte nichts finden und kämpfte sich an der Wand entlang, in der Hoffnung, einen Durchgang zu finden. Seine Füße stießen immer wieder gegen lose Felsen, und seine Erschöpfung erschwerte sein Vorankommen zunehmend. Verwirrt über das Fehlen der erwarteten Hitzequelle, die den Boden zuvor erwärmt hatte, fröstelte er in der Kälte, die wie ein plötzlicher Winter in der Höhle eingebrochen zu sein schien. Als er einige Schritte weiterging, rutschte er aus und konnte sich nur mit Mühe halten. Der Boden fühlte sich an wie eine glatte Marmoroberfläche, und auch die Wand, an der er sich abstützte, war glatt und eisig kalt. Plötzlich stieg ihm der Geruch von verbranntem Fleisch in die Nase, und Ronan dachte, dass er den Verstand verlieren würde. Doch er zwang sich weiter vorwärts und schaffte es nur langsam, voranzukommen. Als er endlich wieder groben Felsboden unter seinen Füßen spürte, stolperte er plötzlich und fiel zu Boden. Doch diesmal stieß er nicht gegen einen Felsen, sondern gegen etwas Weicheres, das in Stoff gewickelt war. Als er auf dem Boden kroch, stieß sein Knie gegen etwas aus Holz. Er griff danach und erkannte, dass es eine Fackel war. Das Wachs an der Spitze glimmte noch, und er brachte sie durch vorsichtiges Pusten allmählich wieder zum Brennen.

Als Ronan den Raum im schwachen Licht betrachtete, bot sich ihm eine entsetzliche Szenerie. Lanzen aus purem Eis steckten in der Wand, an der er eben noch entlang gegangen war, und der Boden sowie Teile der Wand waren zusätzlich von einer Schicht Eis bedeckt. Weiter hinten im Gang, wo ein Teil seiner Ausrüstung lag, und er gestürzt sein musste, waren die Wände mit Ruß bedeckt. Direkt vor ihm lag der namenlose Magier, der mit Caius und den anderen beiden Magierinnen tiefer in die Mine gegangen war. Sein Gesicht war verbrannt und er war nicht wiederzuerkennen. Nur dank der Robe erkannte Ronan ihn. Der Mann hielt immer noch sein Schwert, das zuvor in Flammen gehüllt war, in der Hand. Der Boden und die Robe waren an der Seite, an der er das Schwert hielt, verbrannt. Der Magier war tot.

Ronan rang mit aufsteigender Übelkeit und ermahnte sich selbst, ruhig zu bleiben und nicht in Panik zu verfallen. Er hatte noch nie eine solche Situation erlebt. Sein Herz raste und seine Gedanken überschlugen sich. Ronan stand auf, um Abstand vom Toten zu gewinnen. Ihm wurde jedoch schnell bewusst, dass der Angreifer noch in der Nähe sein konnte. Er hielt die Fackel erhoben vor sich und suchte den Gang ab. Auf der anderen Seite der Höhle entdeckte er Talia, die gegen die Wand gelehnt lag. Ronan sah keine größeren Verletzungen, jedoch klebte getrocknetes Blut an ihrer Nase. Er berührte sie an der Schulter und rüttelte sie. Doch sie erwachte nicht. Aus Angst, dass auch sie tot war, tastete er an ihrem Hals nach einem Puls. Er zog seine Hand sofort wieder zurück. Sie war eiskalt, und die Kälte brannte an Ronans unbeschädigten Fingern.

Er hatte bereits die Hoffnung aufgegeben, da bemerkte er, dass ihr Atem in der eisigen Luft der Höhle zu sehen war – sie war noch am Leben. Ohne eine andere Person oder Kreatur in der Nähe zu erkennen, kehrte Ronan zum toten Magier zurück und nahm das Schwert an sich. Er legte das Schwert und die Fackel neben Talia und hob sie über seine Schulter. Ronan war überrascht, wie leicht die Magierin für ihn trotz der bisherigen Anstrengungen schien. Überrascht von seiner eigenen Kraft nahm er das Schwert zusammen mit der Fackel in die Hand. Talia tragend setzte er seine Suche nach den anderen oder einem Ausgang fort.

Doch kaum ging er wenige Schritte, wurde die Flamme seiner Fackel allmählich schwächer und erlosch schließlich gänzlich, als der letzte Rest des Wachses verbrannte. Er ließ die verbrauchte Fackel fallen, und jeder Schritt ließ in ihm Angst aufsteigen, unwissend, was ihn in der Dunkelheit erwarten würde.

†

Ronan war jegliches Zeitgefühl abhandengekommen und irrte in der Dunkelheit umher, unsicher, ob er jemals sein Ziel erreichen würde oder ihn vorher die letzten Kräfte verließen. Jeder Schritt kostete ihn Überwindung, da er nie wusste, auf was er stoßen würde. Als er gerade aufgeben und sich erschöpft zusammen mit Talia fallen lassen wollte, fühlte es sich an, als befände er sich unter Wasser. Reflexartig warf er sich mit Talia zur Seite. Aus der Dunkelheit schoss eine azurfarbene Flamme wie ein Pfeil auf ihn und verfehlte sie nur knapp. Die Flamme verschwand ebenso schnell, wie sie gekommen war. Beim Sturz dämpfte er den Aufprall Talias mit seinem eigenen Körper. Dabei knackte es laut, und ein höllischer Schmerz durchfuhr seinen linken Arm.

»Was bist du? ... Ja, nur ein Mensch«, zischte eine unnatürliche Stimme aus dem Dunkel, bevor Ronan erneut von einem plötzlich auftauchenden azurblauen Feuerpfeil angegriffen wurde. Ohne zu zögern, sprang Ronan auf und riss sein Schwert hoch, um die Flugbahn des Feuerpfeils umzulenken. »Wie kannst du mich sehen?«, fragte die abartige Stimme wütend.

Ronan wusste nicht, was die Stimme meinte. Er war mehr als erschöpft und stand wackelig auf den Beinen. Ihn überraschte es selbst, dass er so plötzlich aufgesprungen war und so präzise den Angriff abwehren konnte. Genauso überraschte ihn, dass er keine Angst spürte und seine Gedanken klar waren. Die Stimme sagte erneut etwas, doch Ronan verstand nichts mehr. Er konnte die Stimme nur noch entfernt hören, als würde er sich erneut unter Wasser befinden.

Plötzlich breitete sich ein grelles, azurblaues Feuer entlang der Wand aus, und Ronan erkannte, dass er und Talia sich in einer Höhle und nicht mehr in einem der ausgebauten Stollen befanden. Das Feuer umschloss sie und versperrte die möglichen Auswege. Magische Pfeile flogen unaufhörlich auf sie zu, doch er parierte sie alle. Ronan fühlte sich seltsam abwesend und hatte das Gefühl, dass sein Körper nicht mehr ihm gehörte. Jede Bewegung wurde reflexartig ausgeführt, während sein Körper dumpf bei jeder Parade schmerzte.

»Die Magierin, gib sie mir«, befahl die Stimme, und die Angriffe hörten auf. »Wenn du sie mir gibst, erlaube ich dir, unbeschadet diesen Ort zu verlassen. Ich habe kein Interesse an einem einfachen Menschen … Obwohl deine Instinkte außergewöhnlich sind …«

Noch immer nicht Herr seines eigenen Körpers, schleuderte Ronan das Schwert wie einen Speer in die azurblauen Flammen. Es war ein lautes Klirren von Glas zu hören, und es folgte ein entsetzter Schrei, der sogleich verstummte.

Allmählich erlosch das Feuer an den Wänden, und es blieb nur das Leuchten eines Kristalls, der die Farbe eines dunklen Saphirs hatte, zurück. Im Inneren loderte eine Flamme, die wild umherzuckte. Ronans geborgtes Schwert durchbohrte den Kristall, und die aufgeregte blaue Flamme wurde immer schwächer, bis sie nur noch als kleines Kerzenlicht ruhte.

Talia erwachte in diesem Moment und sah sich verwirrt um. Ronan sank erschöpft neben ihr auf ein Knie und keuchte. Er war wieder bei Sinnen, und der eben noch kaum merkliche dumpfe Schmerz schoss nun mit voller Stärke durch seine Glieder. Es war, als wäre er aus dem Wasser, das seine Gedanken und Sinne umgab, aufgetaucht, und alle Schmerzen prasselten nun ungefiltert auf ihn ein.

»Was ist passiert? Geht es dir gut?« Talia erschrak vor Ronans schmerzverzogenem Gesicht. Sie stützte ihn und untersuchte ihn nach Verletzungen, dabei bemerkte sie die verkohlten Stellen an seiner Kleidung und die Schrammen an seinem Körper. Unter Aufbietung seiner letzten Kräfte schaffte es Ronan, sich wieder aufzurichten und auf eigenen Beinen zu stehen.

»Der Kampf und ... Lamber? Wo ist der Efreet?«, fragte sie erschrocken und schaute sich um.

»Ich glaube ... der Efreet ist dort.« Ronan keuchte und versuchte, seinen schmerzenden Arm zu heben, scheiterte jedoch. Talia folgte seinem Blick und sah den Kristall.

»Ich muss mir das ansehen. Kannst du allein gehen?«

Ronan nickte stumm und folgte ihr langsam.

»Hast du das Schwert geworfen? ... Auf jeden Fall hast du gut getroffen und den Efreet damit erwischt«, sagte sie mit aufrichtiger Anerkennung, als Ronan aufschloss. Sie inspizierte den Kristall und ging dabei um ihn herum. Talia begann, Zeichen mit ihren Fingern zu formen und dabei Worte zu sprechen, die Ronan nicht verstand. Plötzlich spürte er eine eisige Kälte und sah, wie das Schwert zunächst Tau ansetzte und dann in nur wenigen Momenten komplett gefror. Der Kristall, der wohl den Efreet enthielt, wurde ebenfalls von einer Eisschicht umschlossen.

»Der Efreet ist an diesen Kristall gebunden. Er braucht diesen als magische Quelle. Ich versiegele ihn im Eis, damit er uns nichts mehr tun kann«, erklärte Talia, während sie eine weitere Schicht Eis über den Kristall zauberte. »Ich habe noch nie von einem Efreet gehört, der solch blaues Feuer hatte. Es sollte jetzt vorbei sein.« Sie atmete erleichtert auf und wandte sich wieder an Ronan.

Ronan wollte Einwände vorbringen, warum es seiner Meinung nach keine gute Idee sei, Feuer mit Eis zu bekämpfen, aber Talia kam ihm zuvor. »Dies ist kein gewöhnliches Eis. Die Flammen des Efreet werden ihm nichts anhaben können, da er zu sehr geschwächt ist. Magie funktioniert nicht ganz wie die Natur.« Ronan hörte aufmerksam zu, während Talia fortfuhr. »Wir hatten die menschliche Form des Efreet wohl soweit schwächen können, dass er sich nur noch als Flamme manifestieren konnte. Da fällt mir ein, hast du Lamber gesehen? Nachdem wir von Meisterin Elvira und Caius durch ein Beben getrennt wurden, griff der Efreet uns an. Von da an erinnere ich mich nicht mehr genau. Aber du hattest sein Schwert. Sag, woher wusstest du, dass das magische Schwert dem Efreet etwas anhaben kann?«

Ronan musste sich erst sammeln, da Talias Fragen ihn überwältigten und er noch stark erschöpft war. »Es tut mir leid«, brachte er schließlich hervor. »Er hatte zu starke Brandwunden. Er hat es nicht geschafft.« Er konnte sich vorstellen, dass dies für sie der erste Verlust eines nahen Menschen war. Er entschied sich, nichts weiterzusagen, da er unsicher war, wie er in dieser schwierigen Situation trösten sollte. Als Talia sich von ihm abwandte, bemerkte Ronan durch das schwache Licht des Kristalls die Tränen in ihren Augen.

»Er war mein Mentor«, flüsterte sie mit zittriger Stimme.

Plötzlich hörten sie Schritte. Ronan stellte sich schützend vor Talia, obwohl er sich selbst in einem miserablen Zustand befand. Sie wandten sich dem Echo der Schritte zu und erkannten im Dunkel das Licht einer Fackel. Caius und die Magierin traten durch den Tunnel in die Höhle. Erst spät erkannten sie Ronan und Talia im schwachen blauen Licht des Kristalls.

†

Meisterin Elvira begann, Ronan und Talia mit Fragen über das Geschehene auszuquetschen. Talia war aufgrund des Schocks, um Lambers Tod kaum in der Lage zu sprechen. Ronan erzählte von seinem Kampf gegen den Efreet, stellte jedoch selbst mehr Fragen als Antworten zu geben. Meisterin Elvira erklärte, dass solche Feuergeister darauf aus seien, Magie zu absorbieren, indem sie Magier oder Formen der Magie verschlangen, um an Stärke zu gewinnen. Diese Feuergeister wurden Efreet genannt. Ronan hörte gebannt zu, doch über sein eigenes merkwürdiges Verhalten während des Kampfes verlor er kein Wort, da er es selbst noch nicht verstand und nicht glaubte, dass eine Magierin ihm dabei helfen könnte. Er beschloss, sich später mit Caius darüber zu unterhalten, wenn sie allein waren.

Meisterin Elvira bestand darauf, dass Talia einen weiteren Zauber zur Versiegelung wirken sollte und drängte Caius, schnellstmöglich einen Ausweg aus der Mine zu finden. »Du siehst schrecklich aus«, stellte Caius fest, als er Ronan ansah. Er reichte ihm einen Trinkschlauch, aus dem Ronan hastig Schlucke nahm. »Ronan braucht eine Pause. Er kann nicht sofort aufbrechen. Seht ihn euch an«, sagte Caius an die Magierin gewandt.

Die Meisterin zögerte und biss sich auf die Lippe. »Wie lange wird er brauchen?«

Caius inspizierte Ronans armselige Gestalt. »Ich würde ihm auf jeden Fall eine kurze Rast gönnen. Ich trage ihn dann, wenn es sein muss.«

»Na schön«, gab Meisterin Elvira nach. »Talia muss den Zauber noch beenden, und ich will ihn überprüfen. Wir können es uns nicht leisten, dass der Efreet erneut zu Kräften kommt und uns angreift.«

Caius hockte sich neben Ronan. »Wie stark bist du verletzt?«

»Es geht«, antwortete Ronan. »Keiner seiner Angriffe hat mich wirklich verletzt, aber ich glaube, mein Arm ist gebrochen.«

Caius untersuchte seinen Arm. Ein stechender Schmerz durchzog Ronan, als Caius seinen Arm bewegte.

»Ja, du hast recht. Der Arm ist gebrochen, aber das Gelenk und die Muskeln scheinen nichts abbekommen zu haben. Versuch, deinen Arm nicht mehr zu bewegen. Wenn wir aus der Mine sind, werde ich ihn verbinden«, sagte Caius, bevor er zu Elvira ging, um mit ihr zu sprechen.

Talia war mit ihrem Zauber fertig, blieb aber beim Kristall. Da Ronan sich Sorgen um sie machte, stand er vorsichtig auf und näherte sich ihr. Sie bemerkte ihn und wischte sich mit dem Ärmel der Robe über das Gesicht. Dann wandte sie sich an ihn.

»Ich habe da etwas gefunden.« Sie zeigte auf die Felswand, die nicht weit vom eingefrorenen Kristall entfernt war. »Ihr sucht hier nach Erz, oder? Wenn ich mich nicht irre, befindet sich dort ein Vorkommen oder eine Ader. Ich bin mir nicht sicher, wie es genannt wird.«

Ronan bemerkte, dass Talia aus der Nase blutete und erinnerte sich an das getrocknete Blut, das er an ihr gesehen hatte. »Du blutest!«

»Oh, das?« Sie wischte sich das Blut erneut mit ihrer Robe aus dem Gesicht. »Wenn wir Magier zu viel magische Kraft nutzen, können Blutgefäße platzen. Solange es nur die Nase ist, muss ich mir keine Sorgen machen. Ich denke, das war auch der Grund, warum ich im Kampf bewusstlos wurde. Ich hatte zu viel Magie auf einmal freigesetzt. Ich … ich lerne noch, meine Kräfte zu Kontrollieren.«

Ronan konnte an ihrem Gesicht ihre eigene Enttäuschung ablesen.

»Mach dir keine Vorwürfe für das, was passiert ist. Du hast alles gegeben und bist an deine Grenzen gegangen und hast diese sogar überschritten. Du kannst stolz auf dich sein«, sagte Ronan, in der Hoffnung, dass seine Worte sie aufheitern konnten.

Sie schenkte ihm ein schwaches Lächeln als Antwort, sagte aber nichts und wandte sich dem Erz zu. Gemeinsam betrachteten sie es. Im Schein der Fackel hatte es eine schwarze, mattglänzende Oberfläche, durchzogen von silbernen Fäden, die eigenartige Figuren in das Erz zu zeichnen schienen.

»Ronan, geht es? Können wir weiter?« Caius kam zu ihnen, als er bemerkte, dass Ronan wieder stand. »Was ist das?« Caius hielt seine Fackel an die Felswand und inspizierte das Erz. »Ja! Das ist Schattensilber. Ich dachte, es wurde alles abgebaut.« Er fuhr mit seiner Hand über die Ader im Gestein. »Es könnte für eine Klinge reichen«, fügte Caius nickend hinzu und strahlte Ronan an.

Ronan wurde neugierig. »Was ist Schattensilber?«

Talia gab ihm die Antwort. »Ich habe es noch nie selbst gesehen, aber es handelt sich um ein Metall, das perfekt für Verzauberungen ist. Anders als Arkanium, das bereits eigene Magie besitzt und für Ausrüstungen der Magier verwendet wird, hat Schattensilber die Eigenschaft, magielos zu sein. Es kann aber besser als jedes andere Metall Magie in sich aufnehmen und ist bei demselben Gewicht wie Stahl deutlich widerstandsfähiger.«

»Das stimmt so weit. Jedoch ist auch das Abbauen dementsprechend anstrengender«, fügte Caius hinzu. »Dies war eine Arkanium-Mine des Königs, jedoch wurde sie vor einigen Jahrzehnten stillgelegt, nachdem das letzte Erz abgebaut wurde. Es befand sich nur noch etwas Eisenerz in den Höhlen, daher nutzt nun der Orden diese für ihre Waffen. Aber Schattensilber, ist äußerst selten. Wir werden morgen gemeinsam zurückkommen. Da dein Arm gebrochen ist, werden wir zusammen das Schattensilbererz für dich aus der Wand schlagen.«

†

Gemeinsam verließen sie die Höhle und suchten einen Ausweg zur Oberfläche. Als die Dunkelheit zurückkehrte, leuchtete der Kristall ein letztes Mal mit voller Kraft auf. Eine Flamme schlug von innen gegen das Eis, bis ein kleines Loch in der dicken Eiskruste entstand. Durch die Öffnung züngelte die azurblaue Flamme, welche augenblicklich wieder erlosch. Das Leuchten wurde immer schwächer, bis das Licht letztlich erstarb. Ein kleines azurblaues Licht befreite sich aus dem Inneren des Kristalls und flog wie ein Glühwürmchen an die Felswand. Dort verschmolz es mit dem schwarzen Erz.

# Kapitel 5

Ronan wich geschickt dem Schwertstoß seines Kontrahenten aus und nutzte die Gelegenheit für einen Gegenangriff. Doch sein Gegner, Eadric, parierte den Angriff mühelos. Ronan konnte jede schwerfällige Bewegung von Eadric vorhersehen, um sie dann entweder seinerseits zu parieren oder erneut auszuweichen. Plötzlich schnellte ein weiterer Schwerthieb auf Ronans Kopf zu. Er konnte den Schlag zwar abwehren, doch der Stärke von Eadric nicht standhalten und wurde zurückgedrängt. Mit all seiner Kraft lenkte er den Angriff um und duckte sich darunter hinweg. Da er jedoch keine eigene Angriffsmöglichkeit hatte, ging er auf Abstand, um eine Pause zum Durchatmen zu bekommen.

»Heute ist dein Glück zu Ende!«, triumphierte Eadric, während er sein hölzernes Übungsschwert kräftig schwang.

Es waren jetzt über zwei Jahre vergangen, seit Ronan die Ausbildung zum Ordensritter begann und seit Monaten hatte Ronan keinen einzigen Übungskampf gegen einen Ordensritter aus den Ausbildungstrupps mehr verloren. Das eigenartige Gefühl, das ihn in seinem Kampf gegen den Efreet überkam, ließ ihn auch jetzt nicht los. Obwohl er Caius alles über die Begegnung in der Mine erzählt hatte, konnte er das Gefühl selbst nicht genau in Worte fassen. Caius nannte es Ronans angeborenen Überlebensinstinkt, der besonders ausgeprägt sei. Doch Ronan war überzeugt, dass es mehr war als das. Zu Beginn hatte sich dieses Gefühl nur bemerkbar gemacht, wenn er überrascht wurde oder in Lebensgefahr geriet. Doch mit der Zeit und dem intensiven Training, vor allem durch die vielen Kämpfe seit seiner Zeit im Orden, trat das Gefühl immer häufiger auf. Es war, als könnte er sich in jedem Kampf vollständig darauf verlassen – es war zu einem Teil von ihm geworden. Doch es kam mit einem Preis. Je mehr Ronan sich darauf verließ, desto schlimmer wurden die Schmerzen seiner Gelenke und Muskeln, sowie die Erschöpfung, wenn das Gefühl wieder verschwand.

Mit wenigen schnellen Schritten schloss Eadric die Lücke zwischen sich und Ronan. Es fühlte sich an, als würde ein gewaltiger, wütender Eber auf ihn zurennen. Ronan hatte keine Chance, rechtzeitig auszuweichen, als Eadric ihn mit seiner überlegenen Körperkraft umstieß. Im Fall riss Ronan sein Holzschwert hoch und klammerte sich mit der freien Hand an Eadric fest, um irgendwie doch noch sein Gleichgewicht zu halten. Doch es war zu spät, und beide fielen unkontrolliert zu Boden. Während des Sturzes traf Ronans Holzschwert Eadric oberhalb des Bauchs, woraufhin dieser sich vor Schmerzen krümmte und prustete, als ihm die Luft aus dem Körper gepresst wurde. Ronan schob seinen schweren Kontrahenten von sich und rang selbst ebenfalls nach Luft. Doch nur wenige Augenblicke später erholte er sich und sprang auf. Sein Holzschwert hielt er siegreich über Eadric, während dieser noch immer hustete. Er versicherte sich, dass es Eadric gut ging, doch dieser winkte nur ab.

»Ein Schlag auf den Solarplexus. Das war wohl mal wieder mehr Glück als Können«, bemerkte Kealin.

»Er ist einfach unschlagbar geworden«, gab Darian anerkennend zu. »Was denkst du? Ob er gegen zwei Gegner gleichzeitig bestehen würde?«

»Nach einer Pause können wir das gerne herausfinden«, sagte Ronan, der schwer atmete, aber lächelte.

Lyra lag auf herumliegenden Holzplanken, die von der Sonne gewärmt wurden. Sie ließ sich von Ronan am Kopf kraulen, während ein rhythmisches Schnurren von ihr ausging. Der Ibris war mittlerweile voll ausgewachsen und zeigte sich bei Ausflügen als geschickte und selbstbewusste Jägerin, trotz ihres auffälligen Fells. Ronan wusste immer noch nicht, was sie miteinander verband, aber Lyra wich nie von seiner Seite und akzeptierte nur ihn als ihren Herrn. Sie schien seine Worte und Gefühle zu verstehen, auf eine Weise, wie es kein gewöhnliches Tier hätte tun können. Vielleicht hatte Talia recht, als sie meinte, Lyra besitze magische Fähigkeiten und könne daher diese Verbindung herstellen. Ronan verlor sich in den Gedanken an die Worte der Magierin, die er seit jener Reise in die alte Arkanium-Mine nicht mehr gesprochen hatte. Nur selten sah er sie aus der Ferne und wenn sie auch ihn bemerkte, schenkten sie sich ein Lächeln. Ronan verunsicherte das und er wusste nie, wie er reagieren sollte. Sollte er zu ihr gehen? Hätte sie überhaupt Zeit, mit ihm zu reden?

Lyra begann, Ronans Hand mit ihrer rauen Zunge abzulecken, und riss ihn damit aus seinen Gedanken.

Er lächelte.»Wie wäre es mit einem Kampf zu dritt gegen uns zwei? Lyra und ich gegen euch.«

Darian lachte.»Dann gebe ich lieber sofort auf. Dieses weiße Biest würde mich mit ihren riesigen Pranken in Stücke reißen.«

Caius betrat den Trainingsplatz und winkte seine Truppe zu sich. Auf seiner Schulter trug er ein Bündel mit Waffen, die sorgfältig in Leinen gewickelt waren.

»Hier sind eure Schwerter«, sagte Caius und übergab jedem seine Waffe.

»Sie haben sich wirklich Zeit gelassen«, bemerkte Kealin, als er sein Schwert entgegennahm. »Vor einem Jahr waren wir mit dem Schmieden fertig. Ich dachte, Magie sei eine Abkürzung, und in wenigen Tagen wäre eine solche Waffe verzaubert.«

»Sei froh, dass dein Schwert jetzt da ist«, gab Eadric von sich, als er seine Waffe entgegennahm. »Es ist jedoch ein Wunder, dass man das Ding überhaupt ein Schwert nennen konnte«, spottete Eadric und deutete auf das gebogene Schwert, das Darian geschmiedet hatte.

Darian ließ die Stichelei unbeachtet und strahlte vor Euphorie. »In der Stadt habe ich einmal einen Söldner aus Osseria mit einem solchen Schwert gesehen. Ich habe das Metall dutzende Male gefaltet, bevor ich es geformt habe. Es gibt Geschichten, dass solche Schwerter sogar Eisen durchtrennen können. Ich bin gespannt, ob es sich gelohnt hat!« Er zog sein Schwert aus der Scheide und hob es über den Kopf.

Die Klinge ähnelte der eines Krummsäbels, war jedoch fast so lang wie die der anderen Langschwerter und schmal. Darian führte einige Übungsschläge aus und nickte zufrieden über das Gewicht und die Form seiner Waffe.

Eadric und Kealin hatten Langschwerter geschmiedet, wie es vom Schmied und dem Orden vorgeschrieben war. Darian hingegen bestand darauf nach eigener Art ein Schwert schmieden zu dürfen. Jedoch zuckte Ronan bei dem Gedanken nur mit seinen Schultern. Ihnen war bereits erklärt worden, dass sie Langschwerter führen würden, weil diese auf dem Rücken getragen werden sollten. Der Grund dafür war Teil der Tradition aber hatte auch seinen Nutzen. Ein Ordensritter konnte so ungehindert laufen, ohne dass das Schwert bei jedem

Schritt gegen das Bein stieß. Zudem konnte so ermöglicht werden, dass der erste Schlag sofort ausgeführt werden konnte, indem die Waffe beim Ziehen bereits über dem Kopf geführt wurde und nach vorne gerichtet war. Aus dieser Position konnte direkt ein vertikaler Schlag mit voller Kraft ausgeführt werden, um einen Kampf möglicherweise mit einem Schlag zu beenden, während der Kontrahent erst eine Angriffsstellung einnehmen musste. Damit dies möglich war und die Klinge aufgrund ihrer Länge nicht am Hals stecken blieb, war die Schwertscheide ab der Hälfte seitlich geöffnet, sodass die Klinge dort bereits herausrutschen konnte.

Ronans Schwert war ebenfalls ein Langschwert. Aufgrund der Menge des Erzes, das Ronan aus der Mine mitgebracht hatte, bot sich eine Hohlkehle und eine dünnere Parierstange an, um die Masse der Klinge zu verringern, ohne an Stabilität einzubüßen. Die Klinge der Waffe hatte durch das Schattensilber eine mattschwarze Farbe und war mit silbernen Fäden durchzogen, die mit ihrem Verlauf wie Adern unter der Haut eines Menschen wirkten. Der Griff des Langschwerts war aus Horn gefertigt und mit schwarzem Leder umwickelt. Da Ronan für den Knauf kaum Schattensilber mehr zur Verfügung hatte, schmiedete er einen flachen Knauf, der optisch nicht ganz zur Länge der Waffe passte.

Erwartungsvoll schaute Ronan zu Caius. Dieser schüttelte nur den Kopf, als hätte er Ronans Frage schon erahnt. Ronan hatte Caius darum gebeten, dass Talia das Schwert verzaubern sollte. Es hätte ihm viel bedeutet, wenn er den Verzauberer seiner Waffe gekannt und ihm vertraut hätte.

»Ronan, dein Schwert konnte als einziges nicht verzaubert werden. Meister Finnegan hat es sogar versucht, jedoch ohne Erfolg«, erklärte Caius.

Alle waren verwirrt über diese Offenbarung.

»Ist das schon mal vorgekommen?«, fragte Ronan.

»Ja, aber bei Schattensilber-Waffen ist es äußerst selten. Du wirst entweder darauf verzichten müssen, eine verzauberte Klinge zu führen, oder du musst dir eine neue schmieden.«

Ronan wusste nicht, was er darauf antworten sollte. Er begann, sein Schwert in geübten Bewegungen um seinen Körper zu führen und war zufrieden mit dem Gewicht und der Länge der Waffe.

»Ich werde es behalten. Schattensilber soll härter sein als Stahl, also ist es gewissermaßen eine Art Verzauberung«, entschied Ronan.

Caius nickte zustimmend.

»Und welche Art von Verzauberung haben wir?«, fragte Eadric neugierig.

»Ja, genau! Haben wir Flammenschwerter wie die Magier oder Klingen, die unseren Gegnern einen Schock versetzen?«, wollte Kealin wissen.

»Weder noch«, dämpfte Caius ihre Erwartungen.

Sie inspizierten ihre gezogenen Waffen und stellten keine Besonderheiten fest.

»Verzauberungen sind sehr zeitaufwendig. Je mächtiger der Zauber, desto länger dauert es und desto mehr Kraft wird erfordert. Daher sind eure Waffen mit einer Verzauberung zur Härtung des Metalls versehen und sollten ähnlich sein wie Ronans Schwert.«

»Aber der Magier damals in der Mine hatte doch ein Flammenschwert«, protestierte Kealin.

»Das war sein eigener Zauber und keine Waffenverzauberung«, erwiderte Caius. »Ihr werdet im Laufe eurer Zeit bei den Ordensrittern auch eine zu euch passende

Verzauberung erhalten. Besteht erst einmal die Abschlussprüfungen. Ihr werdet ja jetzt erst eure ersten Aufträge als Ordensritter erfüllen.«

»Und das als einfache Wachen«, bemerkte Kealin missmutig. »Wir dürfen nicht einmal die Kämpfe in der Arena beobachten. Wachdienst ist etwas für gewöhnliche Stadtwachen, nicht für uns Ordensritter, die für den Kampf ausgebildet werden.«

»Beim Turnier sind viele Adlige und sogar die königliche Familie anwesend. Gewöhnliche Stadtwachen würden nicht in der Lage sein, Attentäter zu erkennen und aufzuhalten. Es ist Teil unserer Aufgabe als Ordensritter«, erklärte Caius und fügte dann mit einem verschmitzten Lächeln hinzu, »Außerdem ist es unsere Gelegenheit, während unserer Pausen an den Festlichkeiten teilzunehmen.«

Darian biss sofort an und begann, aufzuzählen, was er alles an den Buden und Ständen essen wollte.

Währenddessen hielt Ronan sein Schwert noch immer in der Hand und strich mit seinem Daumen über die Klinge, um die Schärfe zu prüfen. Zu seiner Überraschung schnitt er sich sofort und war erstaunt, wie scharf seine Klinge tatsächlich war.

Ein paar Tropfen von Ronans Blut flossen ungesehen entlang des kalten Metalls. Die Tropfen wurden kleiner und kleiner, als sie über die silbernen Adern flossen, bis sie letztlich gänzlich von dem magischen Metall aufgenommen wurden. Für den Bruchteil eines Augenblicks stieg Hitze vom Metall auf, und das eben noch silberne pulsierte azurblau, bevor es wieder die gewohnte glänzende Farbe annahm. Lyra riss ihren Kopf hoch und starrte die Klinge in Ronans Hand an. Sie knurrte leise, als sie das azurblaue Licht sah.

✝

Als Ronan den Exerzierplatz vor der Arena in Königsfurt betrat, fühlte er sich wie in eine andere Welt versetzt. Die Massen an Menschen, die durcheinanderredeten, das Klirren von Rüstungen und das Wiehern von Pferden drangen an seine Ohren. Der Platz war mit Buden und Ständen gefüllt, an denen Händler ihre Waren anpriesen. Schmiede präsentierten stolz ihre Schwerter und Rüstungen, während Handwerker Lederwaren, Schmuck und Keramik herstellten und feilboten.

Der Duft von gebratenem Fleisch, frischem Brot und exotischen Gewürzen lag in der Luft. Menschen in festlichen Gewändern aus den verschiedenen Regionen des Reiches schlenderten durch die Gassen und genossen die pulsierende Atmosphäre. Auf einer Bühne in der Mitte des Platzes traten Gaukler und Musiker auf, um die Besucher mit ihren Darbietungen zu unterhalten.

*Es war die richtige Entscheidung, Lyra in der Zitadelle zurückzulassen*, dachte er.

»Ronan, beeil dich. Wir sollen zuerst zu Caius in die Arena«, wies Kealin ihn an. Ronan war wie erstarrt. Er war überwältigt von all den Eindrücken, die auf ihn einprasselten. Sie trugen bereits die leichte Rüstung der Ordensritter, bestehend aus einem schwarzen Stoffgewand über einem Lederschuppenpanzer. Ihre Schwerter waren traditionell auf dem Rücken befestigt. Zum ersten Mal waren sie vollständig ausgestattet und sahen aus wie echte Ordensritter. Ronan fühlte sich dabei unbehaglich. Es lag nicht an der Enge der Rüstung, die nicht für ihn maßgeschneidert war, oder daran, dass er bewaffnet durch die Stadt ging. Es waren vielmehr die Blicke der Menschen, die ihn sofort als einen Ordensritter erkannten und begannen zu tuscheln. Seine Kameraden hatten sich bereits in der Menge verloren, während Ronan allein dastand.

»Sieh an«, sprach eine vertraute Stimme Ronan an. Er zuckte zusammen und wandte sich zögernd seinem Vater zu. »Obwohl du wie ein starker Mann wirkst, verrät dein ängstlicher Blick, wie sehr dich die Unsicherheit verfolgt.«

Ronan erschrak nicht nur, weil er auf seinen Vater traf, sondern auch, weil dieser unbemerkt an ihn herangetreten war. Er konnte sich nicht erinnern, wann er zuletzt das Gefühl gehabt hatte, überrascht worden zu sein. Kalter Schweiß begann sich auf seiner Haut zu bilden, und er hörte seinen Herzschlag deutlich in seinen Ohren.

*Vertraue ich vielleicht zu sehr auf meine Instinkte*, dachte er.

»Immer noch der stille Denker, was?«, fügte Lucan hinzu.

»Nicht ganz. Ich hatte einfach nicht erwartet, dich hier anzutreffen … müsstest du nicht im Turm der Zitadelle den Magiern deine Arroganz beibringen oder dem König neue Expansionspläne ins Ohr flüstern?«

»Hoho, vielleicht irre ich mich ja doch. Spotte so viel du willst, eines Tages wirst du mir dankbar sein, dass ich dich zu den Ordensrittern geschickt habe. Ich habe deine Erfolge mit großem Interesse verfolgt und werde dies auch weiterhin tun. Du besitzt das Potenzial, ein wichtiges Werkzeug für das Reich zu werden.«

»Für das Reich oder für dich?«

Sein Vater ignorierte die Frage und begann stattdessen, Ronans Rüstung zu inspizieren. Er zog an einigen Stellen, um die Riemen richtig anzupassen. Lucan umrundete Ronan, nachdem er die vordere Seite überprüft hatte, und setzte seine Inspektion fort. Er zog auch am Riemen seines Schwertgurts, doch plötzlich zog er seine Hand zurück. »Dein Schwert, es besteht aus Schattensilber. Ich habe von euren Abenteuern in den Minen und auch von dem tragischen Vorfall mit Lamber gehört. Ich wusste aber nicht, dass dein Langschwert mittlerweile verzaubert ist. Ich habe selbst darüber nachgedacht, es zu versuchen, als ich hörte, dass selbst Meister Finnegan daran gescheitert war.«

»Du täuschst dich. Es ist nicht verzaubert«, sagte Ronan spöttisch.

Sein Vater lachte. »Glaub mir, wenn es um Magie geht, irre ich mich nie.«

Lucan legte seine Hände auf Ronans Schultern. Unwillkürlich wich Ronan einen Schritt zurück und versuchte, sich von seinen Händen zu befreien. Er spürte das vertraute Gefühl der Warnung.

»Wer hat dein Schwert verzaubert?« Lucans Frage war von einer Autorität begleitet, die Ronan von ihm noch nie gehört hatte. Sie ließ keinen Raum für Ausflüchte oder Schweigen.

»Das weiß ich nicht.« Gegen seinen eigenen Willen antwortete Ronan sofort und war fassungslos über die bittere Realität. Sein eigener Vater hatte einen Zauber angewandt, der ihn zur Antwort zwang. Ronan löste sich von seinem Griff und wandte sich ungläubig ab. Lucan strich sich jedoch unbeeindruckt durch den Bart und schien intensiv nachzudenken.

»Hast du irgendetwas bemerkt?«, fragte Lucan nach, dieses Mal ohne Ronan zu verzaubern.

»An meinem Schwert? Nein.«

»Ich spüre definitiv Magie davon ausgehen. Pass besser auf, damit du dich oder andere nicht ungewollt in Gefahr bringst.«

»Deine Fürsorge kannst du dir sparen«, entgegnete Ronan wütend.

»Sei nicht dumm! Wenn Magie im Spiel ist, solltest du immer wachsam sein. Sie ist unberechenbar und fordert ihren Tribut.«

Lucan wollte seinem Sohn noch weitere Vorträge über die Gefahren der Magie halten, als ein fein gekleideter Mann sie unterbrach. »Herzog Lucan. Seine Majestät ist bereits in die Arena gegangen und erwartet nun Euch und seine Tochter. Die Prinzessin, sollte sie nicht bei Euch sein?«

Lucan blickte sich auf dem überfüllten Exerzierplatz um und massierte sich resigniert mit einer Hand die Schläfe. »Sie ist genauso wie du und hört nie auf das, was ich ihr sage«, sagte Lucan und ließ Ronan mit dem Mann zurück.

»Seid Ihr der Sohn des Herzogs?«, fragte der Mann.

»Ich wünschte, ich wäre es nicht«, gab Ronan zu.

Der Mann überging Ronans Antwort. »Erlaubt, dass ich mich vorstelle. Ich bin Graf Mark Ovan.« Der Adlige verbeugte sich elegant vor Ronan, der ihn nun genauer betrachtete. Der Graf war in seinen Dreißigern, mit kurzen, dunklen Haaren und einem gepflegten Erscheinungsbild. Seine Kleidung war von gehobener Qualität, aber klassisch und konservativ, ohne auffällige Farben oder Muster.

Graf Ovan bemerkte, dass seine vornehme Etikette bei Ronan keine Resonanz fand, und richtete sich wieder auf. »Ich nehme an, du hast ebenfalls wenig Interesse an den Gebräuchen der Adligen?«, fragte Mark und streckte Ronan seine Hand entgegen. »Darf ich es noch einmal versuchen? Mein Name ist Mark.«

»Ronan«, erwiderte er und ergriff Marks Hand.

Ronan musste ihn dabei wie ein Pferd angesehen haben, denn Mark konnte sich ein Lachen nur schwer verkneifen. Der zuvor formvollendete Adlige warf innerhalb eines Augenblicks seine Maske ab und zeigte sich offen und zugänglich.

»Es freut mich, einen Adligen zu treffen, der wie ich wenig Wert auf Titel, leeres Gerede und pompöses Gehabe legt«, sagte Mark mit einem Anflug von aufrichtigem Mitleid. »Ich habe einiges über dich gehört: der Sohn des größten Magiers unserer Zeit, zu den Ordensrittern abgeschoben, um seinen Beitrag für das Königreich zu leisten. Als seist du nicht zu mehr imstande.«

»Das wird also über mich gesagt?« Es überraschte ihn nicht wirklich. Es war üblich, dass im Kreis der Adligen nur über die Probleme anderer getratscht wurde, und als Sohn eines Herzogs war er das perfekte Ziel.

»Ja, aber du solltest dem keine Beachtung schenken. Ich bin tatsächlich gespannt, welchen Weg du einschlagen wirst. Ich selbst bin nicht so mutig wie du und versuche mich von den Fesseln des Adels zu befreien.«

»Ich würde es nicht Mut nennen. Ich wurde eher dazu gezwungen, mit dem Versprechen, mein Leben frei bestimmen zu können, wenn ich meine Ausbildung abgeschlossen habe. Aber ich muss meinem Vater zustimmen. Mir gefällt es bei den Ordensrittern, und ich habe das Gefühl, Teil von etwas Größerem zu sein.«

»Das klingt gut. Behalte das bei. Solche Dinge sind viel wertvoller als Intrigen am Hof und das ständige Gefühl der Einsamkeit, obwohl man von Menschen umgeben ist.«

Ronan wusste genau, was er meinte. Er hatte bereits an Bällen und Turnieren als Gast teilgenommen, und obwohl viele Menschen anwesend waren, fühlte er sich stets einsam. Seine Gedanken wanderten zu seinen Freunden und zu Lyra und daran, wie viel sie bereits gemeinsam erlebt hatten. Plötzlich wurde ihm bewusst, dass er spät dran war.

»Ich möchte nicht unhöflich sein, aber ich muss in die Arena. Meine Kameraden warten sicher schon ungeduldig auf mich«, sagte Ronan.

»Natürlich, ich verstehe vollkommen. Es war schön, dich kennenzulernen, und ich bin zuversichtlich, dass wir uns wiedersehen werden«, erwiderte Mark mit einem Lächeln, während er seine Hand ausstreckte.

†

»Da bist du ja endlich!« Caius erwartete ihn in den Kammern unter der Arena. »Die anderen habe ich schon eingewiesen, sie sind bereits auf ihren Posten. Für dich bleibt nur der südliche Rundgang.«

Caius erklärte Ronan noch einmal seine Aufgaben, worauf er achten und wie er sich verhalten sollte. Kurz darauf befand sich Ronan am Südosteingang der Arena, wo er bis zum Nachmittag Wache stehen sollte. Wie Kealin bereits erwähnt hatte, war das Wachehalten eine langweilige Aufgabe. Ronan konnte verstehen, warum gerade die Ordensritter für ein solches Fest eingesetzt wurden, dennoch fiel es ihm schwer, einfach nur dazustehen. Er wirkte wie eine Statue neben dem Eingang und blickte in Richtung des Exerzierplatzes. Viele Menschen gingen an ihm vorbei und beäugten ihn interessiert. Ronan mochte es nie, im Mittelpunkt zu stehen. Wäre er eine gewöhnliche Stadtwache in einer Stahlrüstung mit dem Wappen des Königs, geschmückt in blauen Farben, hätte ihn niemand beachtet. Doch in seiner schwarzen Rüstung und mit dem Langschwert auf dem Rücken war er eine Attraktion für all jene, die ungeduldig auf die Kämpfe in der Arena warteten. Innerlich sehnte sich Ronan danach, auf dem Übungsplatz zu trainieren. Bei dem Gedanken musste er grinsen. Es war ironisch, dass er heutzutage lieber kämpfen würde, anstatt einfach nur dazustehen.

Er nahm sofort wieder Haltung an, als ein Ritter mit seinem Knappen für das Turnier an ihm vorbeiging. Dabei blickte er in die Ferne und vermied Augenkontakt. So konnte er beobachten, wie eine vermummte Person einem einfachen Mann den Geldbeutel vom Gürtel schnitt und unbemerkt in der Menge verschwand. Ronan verfolgte die Person, die ihr Gesicht tief unter einer Kapuze versteckt hielt, mit seinen Augen und stellte zu seinem Pech fest, dass die Gestalt genau an ihm vorbei in die Arena wollte.

Er rang mit sich, ob er eingreifen oder den Dieb laufen lassen sollte. Im Grunde konnte es ihm egal sein, er hatte nichts davon. Ronan betrachtete noch einmal den nun geldlosen Mann. Es war ein einfacher Bauer in zerlumpter Kleidung, der gerade von seiner jungen Tochter auf den fehlenden Geldbeutel aufmerksam gemacht wurde. Ronan seufzte und packte den Dieb am Oberarm, als dieser in Reichweite war. Der Dieb versuchte sofort, sich loszureißen. Da dies vergeblich war, griff der Dieb nach seinem Dolch. Ronan ahnte, was als Nächstes passieren würde, und griff mit seiner freien Hand nach dem Handgelenk des Diebes. Dann riss er den Arm herum, wodurch die Gestalt zu Boden fiel. Er hielt den Arm weiter fest und trat auf das Schultergelenk, um den Dieb am Boden zu fixieren.

»Ganz ruhig. In dieser Position ist es für mich ein Leichtes, deinen Arm zu brechen«, sagte er. Um seinen Worten mehr Gewicht zu verleihen, erhöhte er für einen Moment den Druck auf den Arm.

»Okay, okay. Ich bleibe ruhig. Ich werde nichts tun, bitte«, hörte Ronan die Stimme einer Frau. Ohne den Druck vollständig zu lösen, zog er ihr die Kapuze vom Kopf. Statt einer Frau sah er jedoch ein Mädchen. Sie konnte nicht älter als sechzehn Jahre alt sein. Ihr schwarzes Haar war praktisch zu einem Knoten auf ihrem Kopf zusammengebunden.

»Hör mir gut zu«, sagte Ronan ruhig. »Ich werde dir sagen, was jetzt passieren wird: Wenn ich deinen Arm loslasse, wirst du langsam aufstehen und mir ohne Spielchen deinen Dolch geben. Dann gibst du mir, was du gestohlen hast. Jede falsche Bewegung wird dich wieder in die gleiche Lage bringen. Verstanden?«

Die Diebin gab einen bestätigenden Laut von sich. Ronan lockerte langsam seinen Griff, und das Mädchen erhob sich auf sein Zeichen hin langsam. Sie drehte sich zu ihm um und sah ihn voller Hass an.

»Den Blick kannst du dir sparen. Du hättest lieber einen reichen Adligen bestehlen sollen, dann wäre es mir egal gewesen«, sagte er zu ihr.

Sie starrte Ronan verwundert an und war aufgrund seiner Aussage verunsichert. Ronan streckte erwartungsvoll seine Hand aus, woraufhin sie langsam ihren Dolch vom Gürtel zog und ihm übergab. Offensichtlich hatte sie erkannt, dass sie Ronan nicht gewachsen war und jeder Kampf mit ihm aussichtslos wäre.

Ronan nahm den Dolch an sich und streckte nun seine andere Hand aus. Sie gab ihm auch den Geldbeutel des Mannes.

»Hattest du wirklich die Absicht, mich mit dem Dolch abzustechen?« Ronan hielt ihr den Dolch vor das Gesicht.

»Wenn es um mein Leben geht, immer«, zischte sie, ohne eine Miene zu verziehen.

»Ich hoffe, du wirst niemals diesen Fehler begehen. Das hätte für dich alles nur schlimmer gemacht«, erwiderte Ronan. Er steckte den Dolch weg und öffnete den Geldbeutel. Es bestätigte sich, was Ronan bereits vermutet hatte. Der Beutel enthielt nur einige Kupferstücke und zwei Silbermünzen. Er öffnete seinen eigenen Beutel und nahm sechs Silbermünzen heraus. Drei davon legte er in den Beutel und verschloss ihn wieder. Die anderen drei reichte er der Diebin.

»Nimm das und mach mir heute keinen Ärger mehr. Kauf dir etwas zu essen und geh nach Hause«, sagte er zu ihr.

»Du lässt mich gehen und gibst mir Silber? Warum?« Ihre Verwunderung war deutlich in ihrem Gesicht zu lesen. Ronan ließ die Münzen in ihre Hand fallen. Auch die Schaulustigen um sie herum waren überrascht und begannen zu tuscheln.

»Es gibt hier nichts zu sehen, das war alles ein Missverständnis. Geht bitte weiter und genießt das Fest«, forderte Ronan die Menge auf.

Ein Mann trat aus der Menge hervor. Es war der Bauer.

»Sie hat mein Geld gestohlen! Das ist mein Beutel!«, rief er aus.

Ronan hob beschwichtigend eine Hand.

»Das dachte ich auch. Aber anscheinend hat sie den Geldbeutel auf dem Boden gefunden und wollte ihn mir bringen, damit er zu seinem Besitzer zurückkehren kann. Ich habe voreilige Schlüsse gezogen, als ich ihren Dolch am Gürtel sah«, erklärte er.

Er reichte den Geldbeutel dem Bauern, der hineinschaute. Sein Gesicht hellte sich auf, und er schaute Ronan fragend an. Ronan nickte kaum merklich, und der Mann verbeugte sich dankbar. Er wandte sich an die Diebin, betrachtete sie einen Moment lang und wandte sich dann wieder seiner Tochter zu. Die schaulustige Menge löste sich ebenfalls auf und ließ Ronan mit der Diebin allein.

»Warum hast du das getan? Was hast du davon?«, fragte sie ihn.

»Nichts. Und jetzt geh.«

Sie schüttelte ungläubig den Kopf und wollte erneut etwas sagen, als ein Aufruhr aus der Arena zu hören war. Plötzlich schoss ein leuchtend grünes Geschoss aus dem Nichts auf die Mauer der Arena zu und riss einen Felsbrocken mit sich. Ronan sprang reflexartig zur Seite und zog dabei die Diebin aus der Gefahrenzone. Der Felsbrocken traf den Boden, an der Stelle, an der sie eben noch gestanden hatten, und wirbelte Staub auf.

»Bist du verletzt?«, fragte er sie.

»Nein.«

Sie erhoben sich, und Ronan drehte sich zur Arena um. Menschen rannten panisch aus dem Eingang auf den Exerzierplatz.

»Lauf, flieh mit den anderen.«

Ronan musste ihr das nicht zweimal sagen. Sie rannte bereits los und verschwand in der panischen Masse. Ronan fragte sich, woher das Geschoss gekommen war und ob er sich das grüne Aufblitzen nur eingebildet hatte. Während er nach oben schaute, schlug zur Bestätigung ein weiteres Geschoss in die Mauern ein, und Steine bröckelten unter der Wucht ab. Das grelle grüne Licht, das das Geschoss begleitete und an die Farbe eines Smaragds erinnerte, blendete ihn und zwang ihn dazu, den Blick abzuwenden.

»Vorsicht!«, rief er den panischen Menschen um ihn herum zu und sprang durch den Eingang in die Arena, um sich vor den tödlichen Steinbrocken in Sicherheit zu bringen. Er rollte sich geschickt über die linke Schulter ab und stand sofort wieder auf den Beinen. Er war dankbar für die leichte Lederrüstung, die ihm die nötige Bewegungsfreiheit bot, und für das Training, bei dem er zum ersten Mal lernte mit einem Schwert auf dem Rücken abzurollen.

Menschen, die gerade noch an ihm vorbeigelaufen waren, wurden von den herabstürzenden Trümmern erfasst. Ronan wusste nicht, wie viele von ihnen unter den Trümmern begraben waren, aber er verzog das Gesicht angesichts der bitteren Realität, dass gerade vor seinen Augen mehrere Menschen gestorben sein mussten.

»Ein Ordensritter! Er wird uns helfen!« Eine Frau lief auf Ronan zu. Ihre Augen waren von Tränen überströmt, doch in ihrem Gesicht zeigten sich zugleich Erleichterung und Hoffnung. Plötzlich wurde sie jedoch von einem grellen Licht getroffen. Ein smaragdgrünes Geschoss, so groß wie eine Faust, traf sie mitten im Lauf in den Rücken und tötete sie auf der Stelle. Ihr lebloser Körper fiel zu Boden und glitt über den Sandsteinboden. Hinter der Frau enthüllte sich eine Gestalt in einer grauen Robe, die mit mysteriösen Symbolen verziert war. Der ausgestreckte Arm des Magiers qualmte, und grüne Magiereste hingen wie Nebel an ihm.

Ronans Beine weigerten sich zu gehorchen. Obwohl er loslaufen und die Menschen vor diesem grausamen Magier beschützen wollte, blieb er regungslos. Er blickte auf sich herab und bemerkte, dass er zitterte. Wiederholt befahl er seinem Körper, sich zu bewegen, während kalter Schweiß über seine Stirn lief. Der Magier begann einen weiteren Zauber zu wirken und sammelte Magie in seinen Händen. Mit seinem wahnsinnigen Blick fixierte er Ronan, und dieser wusste, dass der nächste Zauber für ihn bestimmt war.

»Du bist ein Ordensritter! Tue doch etwas!« Ein Mann packte Ronan an der Schulter und rüttelte ihn wach. Ronan stieß den Mann sofort zurück, um ihn aus dem Schussfeld zu bringen, und begann auf den Magier zuzulaufen. Tränen standen ihm in den Augen, während Verzweiflung und Wut in ihm verschmolzen, angesichts der sich entfaltenden Situation. Ronan wusste, dass er den Magier nicht rechtzeitig erreichen würde, um den Zauber zu stoppen. »Runter! Auf den Boden!«, rief er und begann gleichzeitig, sein Schwert von seinem Rücken zu ziehen.

Die Menschen rannten entweder panisch weiter oder folgten seinem Befehl und warfen sich zu Boden. Für Ronan war es wichtig, dass sich niemand anderes in der Schusslinie des Magiers befand.

Der Zauber war bereit, und der Magier schleuderte den magischen Ball aus grüner Materie in Ronans Richtung. Ronan war vorbereitet und vertraute auf seine Instinkte. Mit einem schnellen Hieb seines Schwertes durchtrennte er den Zauber. Mehrere Gedanken schossen ihm gleichzeitig durch den Kopf: Einerseits erinnerte er sich daran, dass Metall unterschiedlich auf Zauber reagieren konnte und dass er dem Zauber so oder so hätte erliegen können. Andererseits hoffte er, den Zauber wie in der Mine umlenken zu können. Zu seiner Überraschung löste sich der Zauber jedoch auf, als er ihn mit seinem Hieb zerschnitt.

Der Angreifer war genauso überrascht wie Ronan, doch Ronan sammelte sich schneller und verringerte die Distanz zwischen ihnen. Der Magier begann erneut, einen Zauber zu kanalisieren, doch er konnte ihn dieses Mal nicht vollenden.

Ronan erreichte ihn und stieß ihm ohne Zögern sein schwarzes Schwert in die Brust. Der Magier stürzte unter der Wucht zu Boden, und Ronan folgte ihm, da sich sein Schwert in dem Körper verkantete. Um sicherzustellen, dass der Magier keine weiteren Zauber wirken konnte, schlug Ronan ihm mit der Faust ins Gesicht und hielt ihm anschließend den Mund zu. Doch das war nicht mehr nötig. Der Magier war bereits tot. Für einen Moment durchzuckte Ronan ein Schaudern, als er realisierte, dass er einen Menschen getötet hatte. Doch er zwang sich, sich bewusst zu machen, dass dieser Magier weitere Menschen umgebracht hätte, wenn er ihn nicht gestoppt hätte. Ronan atmete tief ein und versuchte, sein Herz zu beruhigen.

Er riss sein Schwert aus dem leblosen Körper und zerschmetterte ein heranfliegendes grünes Geschoss. Er hatte es nicht kommen sehen und wusste nicht, dass er weiterhin in Gefahr war. Sein Körper reagierte einfach. Was auch immer es war, es hatte ihm erneut das Leben gerettet, indem es seinen Körper übernahm. Doch das Taubheitsgefühl blieb aus. Ronan drehte sich in die Richtung, aus der die Magie kam, und sah einen weiteren Magier in einer grauen Robe. Er richtete sein Schwert auf ihn, um eine einschüchternde Haltung einzunehmen, und bemerkte, dass die einst silbernen Fäden, die das schwarze Metall seiner Klinge durchzogen, nun azurblau leuchteten. Das allein ließ Ronan misstrauisch werden, doch seine Verwunderung erreichte ihren Höhepunkt, als er feststellte, dass kein Blut an der Klinge klebte. Er blickte auf den leblosen Körper hinunter, der in einer immer größer werdenden Blutlache lag.

*Sei nicht dumm! Wenn Magie im Spiel ist, solltest du immer wachsam sein. Sie ist unberechenbar und fordert ihren Tribut.*

Ronan mahnte sich selbst, da er keine Zeit hatte, über die Worte seines Vaters nachzudenken oder den Blick von seinem Angreifer abzuwenden. Zwischen den Händen des Magiers formte sich ein weiteres Geschoss, während er mit geschlossenen Augen leise murmelte. Ronan wusste nicht, ob er schnell genug war, um die Magie mit seinem Schwert abzuwehren, falls er auf den Magier zustürmte. Also hielt er Abstand, den tödlichen Zauber erwartend.

Plötzlich schoss der Magier sein Geschoss ab – jedoch nicht auf Ronan. Stattdessen zielte er auf die steinerne Decke über ihm. Das Geschoss schlug ein, und der Aufprall ließ die Decke mit einem ohrenbetäubenden Krachen einstürzen. Steinschutt stürzte herab, bereit, Ronan zu begraben. Er versuchte zur Seite zu springen, wusste jedoch, dass er zu langsam war. Da packte ihn ein kräftiger Windstoß und schleuderte ihn aus der Gefahrenzone, als er über den Boden rutschte.

»Du bist zu nichts zu gebrauchen!«, rief Lucan, während er drei gewaltige Schwerter aus magischem Eis in Richtung des Magiers schickte.

Der Magier wehrte die Angriffe mit einem Schild aus grünem Licht ab und begann sofort, einen neuen Zauber zu weben. Lucan trat schützend vor Ronan und beschwor einen eigenen Schild aus blauem Licht, der sie vor dem nächsten Angriff des Magiers bewahrte.

»Verschwinde hier, du bist nur ein Hindernis«, knurrte Lucan.

»Bring mich näher an ihn heran. Seine Magie wird ihm nichts nützen, wenn ich ihn erreiche«, entgegnete Ronan, den Befehl seines Vaters ignorierend.

Lucan musterte seinen Sohn, eher ernst als überrascht, und nickte dann knapp. Ein weiteres Geschoss prallte auf Lucans

Schild und ließ feine Risse im blauen Licht aufblitzen. Mit einem zornigen Fluch schoss Lucan einen Feuerball ab, den der Magier mit seinem grünen Schild auffing. Der Aufprall des Feuerballs erzeugte eine dichte Rauch- und Staubwolke, die die Sicht auf den Magier verdeckte. Lucan nutzte eine magische Windböe, um die Wolke dichter um den Magier zu wirbeln. Jetzt war der Magier kaum noch zu erkennen, nur das grüne Leuchten seines Schildes schimmerte durch die Staubwand.

Ronan setzte sich in Bewegung. Auf seinem Weg durch die Nebelwolke zischten ihm mehrere Dolche entgegen, deren Klingen von grünem Nebel umhüllt waren. Mit präzisen Bewegungen parierte er drei der Dolche, die auf seine Brust und seinen Kopf gezielt waren. Dann sprang er direkt auf den Magier zu und schlug mit einem kräftigen Hieb auf den magischen Schild von oben herab. Die Klinge durchbrach die Barriere und es war ein widerliches Schmatzen war zu hören.

Bläuliche Flammen züngelten plötzlich aus der Brust des Magiers. Er schrie auf, doch das Feuer verschlang ihn bereits im nächsten Moment. Leblos sackte sein Körper kurz darauf zu Boden, noch immer von den unheimlichen Flammen umhüllt. Ronan riss seine Klinge aus dem toten Körper und damit die Flammen, die noch immer nach der Leiche trachteten. Azurblaue Flammen brannten auf dem Metall, warm, aber nicht heiß genug, um Ronan zu verletzen. Ohne den anscheinend notwendigen Brennstoff begannen die Flammen allmählich zu erlöschen. Das Blut, dass noch immer an der Klinge klebte, wurde durch das Metall förmlich aufgesaugt. Die sonst silbernen Adern des Schattensilbers leuchteten wieder azurblau, bis die Farbe langsam verblasste und das Metall seinen ursprünglichen Glanz zurückerlangte.

Ein Windstoß zerteilte die verbleibende Staubwolke, und Ronan wandte sich zu seinem Vater.

»Ronan, geht es dir gut?« Lucan klang ungewohnt besorgt, was Ronan, trotz seiner merkwürdigen Waffe, ein leichtes Schmunzeln entlockte.

Dann spürte er einen stechenden Schmerz. Er blickte hinab und entdeckte zwei Dolchgriffe, die aus seinem Körper ragten – eine Klinge steckte in seiner Flanke, die andere in seinem Oberschenkel. Ohne nachzudenken, zog er die Dolche heraus, aber statt starker Blutungen gab es nur ein leichtes Rinnsal, und die Schmerzen waren geringer, als er erwartet hatte.

Als Ronan die Wunden berührte, sah er, wie sie sich langsam schlossen. Er starrte auf seine sich heilende Haut.

»Mir… mir geht es gut«, sagte er zögerlich, während er versuchte zu begreifen, was geschah.

Auf dem Trainingsplatz hatte er oft Wunden erlitten, doch nie waren sie so schnell geheilt, das grenzte an Magie.

*Liegt das an der Verzauberung meines Schwerts?*, fragte er sich.

Lucan zögert kurz und mustert seinen Sohn. »Die Königsfamilie könnte in Gefahr schweben. Folg mir.«

Ronan wollte Lucan folgen, doch plötzlich wurde ihm schwindelig. Er verlor das Gleichgewicht und fiel auf die Knie, ließ dabei sein Schwert fallen. Etwas Warmes lief ihm über die Lippen und schmeckte nach Eisen – Blut. Er fasste sich an die Nase und sah rotes Blut an seinen Fingern.

»Was zum …« stöhnte Ronan, als seine Sicht zu verschwimmen begann.

Lucan drehte sich zu ihm um und schrie etwas, doch Ronan konnte ihn nicht mehr hören.

# Eryndor

## I.

Die weiten Hallen des Adrinorum, das mächtige Herz politischer Macht und Intrigen, waren in goldenes Licht getaucht, als Eryndor in den hell erleuchteten Gang trat. Die Wände, makellos und aus weißem Stein gemeißelt, strahlten in der Helligkeit der unzähligen Fackeln, die in verzierten Halterungen brannten. Bunte Banner, gewebt mit feinen Symbolen und Wappen, umspielten die Wände, während goldene Verzierungen die imposante Architektur noch prachtvoller erscheinen ließen.

Mit langsamen, bedächtigen Schritten durchquerte Eryndor den Korridor. Seine Hände hinter dem Rücken verschränkt, strahlte er Ruhe aus, doch seine Gedanken arbeiteten wie ein Uhrwerk. Die Wände, gesäumt von schweren Bannern und goldenen Mosaiken, erzählten von alten Siegen und dem Glanz vergangener Tage. Für Eryndor waren sie bloße Reliquien – bedeutungslos in der Gegenwart, wo das wahre Spiel hinter verschlossenen Türen gespielt wurde.

Sein Mund verzog sich zu einem leichten Lächeln, als ihm die richtigen Worte einfielen. »Es liegt an uns, die Wahrheit zu erkennen ...«, murmelte er, fast genießerisch.

Seine Überlegungen wurden von schnellen Schritten unterbrochen. Eryndor drehte sich mit einer sanften, kontrollierten Bewegung um und blickte in die entschlossenen Augen von Mylaren. Ihr Ausdruck war kühl, doch ihre Eile verriet den Ernst der Situation. Sie war eine Frau der Taten, nicht der Worte, und genau deshalb schätzte er sie.

»Senator«, begann sie, kaum dass sie bei ihm angekommen war. »Du musst einschreiten.«

Eryndor hob eine Augenbraue und ließ ihre Worte eine Sekunde länger in der Luft hängen, als es nötig gewesen wäre. »Worum geht es, Mylaren?« Seine Stimme war ruhig, fast gleichgültig, als ob es sich um eine Kleinigkeit handelte.

»Senator Velanor hetzt gegen die Menschen auf. Wenn du jetzt nicht handelst, wird er die Mehrheit auf seine Seite ziehen«, erklärte sie mit unterdrückter Dringlichkeit.

Eryndor nickte kaum merklich und setzte sich wieder in Bewegung. Er wusste, dass seine Rolle nicht darin bestand, mit plötzlicher Eile oder unüberlegten Taten zu reagieren. Velanor war geschickt, aber nicht annähernd so berechnend wie er. Der wahre Kampf fand nicht am Leann, dem Rednerpult, statt, sondern in den Köpfen der anderen Senatoren.

Sie betraten den Tirith, den Hauptsaal des Adrinorums, in dem die Macht des Reiches konzentriert war. Der Raum öffnete sich wie ein steinernes Amphitheater, die Sitzreihen stiegen stufenweise an und gaben jedem Senator einen klaren Blick auf das Aran'tor, das erhöhte Podium. Im Zentrum stand bereits Velanor, seine Stimme erhoben, seine Arme dramatisch in die Luft geworfen.

»… und lasst mich euch sagen, wir haben Einblicke in das sogenannte Königreich Andorien der Menschen erlangt. Was wir dort sahen, ist nichts Geringeres als die Fratze des Wahnsinns«, donnerte Velanor.

Eryndor ließ sich langsam auf seinen Platz nieder, ein leichtes, nachdenkliches Lächeln auf den Lippen. Er ließ Velanor sprechen, beobachtete die Reaktionen der anderen

Senatoren, das Flüstern und das leichte Nicken der Zustimmung. Es war keine Zeit für impulsive Handlungen – nicht jetzt. Intrigen verlangten Geduld, das gezielte Platzieren der richtigen Worte zum perfekten Moment. Er konnte spüren, wie Mylaren neben ihm fast vor Spannung vibrierte, aber Eryndor wusste es besser. Eine überstürzte Reaktion würde Velanor nur in die Hände spielen.

»Die Menschen haben die verdorbene Rituale der Drok in ihre Hände genommen – jene finstere Kraft, die niemals das Licht der Welt hätte erblicken dürfen. Wie sie zu dieser abscheulichen Macht gelangten, bleibt ein Rätsel, doch eines steht außer Zweifel: Sie nutzen sie nicht, um ihre Feinde zu besiegen, sondern um Zwietracht, Chaos und Terror in den eigenen Reihen zu säen! Sie richten ihre grausamen Waffen gegen das eigene Volk! Dieses erschreckende Schauspiel erinnert uns an andere Völker, die sich einst als kultiviert und gerecht priesen, nur um schließlich in Verderben und Barbarei zu versinken. Und nun, verehrter Senat, stehen wir wieder an der Schwelle zu einer Bedrohung – diesmal jedoch in Form dieser Menschen, die an unsere Tore klopfen!« Zustimmende Rufe hallten durch den Saal, als Velanor seine Rede beendete und wildes Getuschel verbreitete sich bei den Senatoren und Zuschauern.

Eryndor legte die Hände auf die kühle, steinerne Armlehne seines Sitzes und beobachtete schweigend, wie die Senatoren ihre Meinungen formten. Jede Nuance, jede Regung nahm er auf, wie ein Drakonspieler, der die Positionen seiner Figuren überblickt. Denn er wusste: Das wahre Spiel begann erst, wenn die anderen glaubten, es bereits gewonnen zu haben.

»Velanor, ihr seid ein Kriegstreiber und Rassist!« rief Nimralor, eine Reihe hinter Eryndor. Eryndor spürte den

Impuls, die Augen zu verdrehen, hielt jedoch inne, um nicht Nimralors unbedachten Ausbruch endgültig zu verurteilen. Dieser Ausruf war alles andere als hilfreich. Velanors Anhänger reagierten nur noch lauter, während Nimralors Worte im Tumult untergingen. Dennoch gab es viele, die schweigend blieben und gebannt auf das Aran'tor starrten. Der Thalorn, ein alter Hüter des Senats, klopfte mit seinem gold-weiß verzierten Stab und trat an den Leann heran. Einen Augenblick verharrte er, bis die Unruhe im Tirith nachließ. »Wünscht die Opposition, einen Redner zu stellen?«

Ohne auf eine Antwort zu warten, erhob sich Eryndor. Nur die Schritte des Thalorn und Eryndors hallten durch den Saal. Eryndor nahm seinen Platz am Leann ein, während der Thalorn sich wortlos zurückzog und auf seinen Platz setzte. Eryndor verharrte für einen Moment, ließ seinen Blick über die Versammlung schweifen. Als er sicher war, dass ihm die volle Aufmerksamkeit gehörte, begann er zu sprechen.

»Ich verstehe die Furcht, die euch angesichts dieses neuen Volkes erfasst hat, währte Aetheri, – ein Volk, das wie ein unheilvoller Schatten über unsere Zukunft zu liegen scheint. Doch sollten wir nicht auch uns selbst erinnern? Einst lebten wir in Zwietracht, in Chaos. Wir kämpften um Ressourcen, um Glauben, um Liebe – und auch wir machten Fehler, unzählige. Warum sollten wir den Menschen nicht den gleichen Raum zur Fehlbarkeit gewähren, den wir einst für uns selbst forderten? Ja, die Nutzung der Rituale der Drok durch dieses Volk ist beunruhigend. Diese Tatsache will ich nicht beschönigen und wir dürfen sie nicht ignorieren. Aber lassen wir uns nicht von Furcht und Vorurteilen leiten. Üben wir uns in Geduld und beobachten wir, wie sich diese Bedrohung tatsächlich entfaltet. Werden sie sich als kriegerisch und zerstörerisch erweisen, wie die Drok? Oder sind sie, wie wir einst, auf der Suche nach Einheit und Frieden? Es liegt an uns, die Wahrheit zu erkennen, bevor wir über einen vermeintlichen Feind richten.«

Als Eryndor seine Rede beendet hatte, wurde der Saal von einem Gemisch aus Rufen und zustimmendem Murmeln durchzogen. Einige Senatoren, die bisher schweigend gewesen waren, nickten, ihre Gesichter von nachdenklicher Zustimmung gezeichnet. Andere äußerten lautstark ihre Skepsis und ihre Besorgnis. Die Gemengelage an Reaktionen zeigte dennoch, dass Eryndor einen großen Teil des Publikums erreicht hatte.

Der Thalorn, nun wieder am Leann, ließ das Chaos ein wenig auf sich wirken, bevor er mit einem leisen Klopfen auf seinen Stab für Ruhe sorgte. Der Saal beruhigte sich langsam, während die Diskussionen in gedämpften Tönen weitergingen. Eryndor nahm wieder seinen Platz ein, seine Gedanken schon weit über den aktuellen Moment hinaus gerichtet.

Er beobachtete das Getümmel um ihn herum. *Die Saat des Zweifels ist gesät*, dachte er. *Wie die Drok werden wir auch die Menschen als das entlarven, was sie wirklich sind – eine Bedrohung für unser Volk und für mich ... mehr Macht.* Der Gedanke ließ ihn nicht los, während er die Debatte verfolgte. Eryndor wusste, dass es nur eine Frage der Zeit war, bis die Wahrnehmung der Bedrohung wuchs und sich zu einem Handlungsbedarf formte. Und in dieser Gewissheit fand er eine dunkle Befriedigung, denn er war entschlossen, diese drohende Gefahr zu entlarven und zu bekämpfen, bevor jemand anders sich diese zunutze machen konnte.

# Kapitel 6

Etwas raues, feuchtes wischte ihm über das Gesicht, woraufhin Ronan seine Augen aufriss und bemerkte, dass er schwer atmete. Ein Albtraum, wie er ihn noch nie erlebt hatte, ließ ihn in seinem Schweiß aufwachen. Lyra drückte ihren Kopf gegen seinen und leckte ihm erneut über die Wange.

»Hab' ich dir Sorgen bereitet?«, fragte er seine Gefährtin.

Sie sprang aufs Bett und schmiegte sich an ihn. Er drehte sich zu ihr und streichelte ihren Kopf, dabei atmete er tief durch.

Er erkannte an den Wänden, dass er in der Schwarzen Zitadelle des Ordens aufgewacht war. Die anderen Betten mit Verletzten im Raum verrieten ihm, dass er sich in einem Krankenflügel befand. Allerdings waren es nicht die Zimmer der Heiler für die Ordensritter, die er schon öfter besucht hatte. Im Raum befanden sich Magier in dunkelblauen Roben, was ihn vermuten ließ, dass er sich im Turm der Magier im Zentrum der Zitadelle befand. Ronan erinnerte sich an die magischen Dolche und fasste sich an die Seite. Es war verheilt und nicht einmal Narben waren zurückgeblieben.

»Ah, du bist wach«, stellte ein älterer Magier fest, der Ronan bemerkte. Er kam näher und setzte sich auf einen Stuhl neben seinem Bett. Es handelte sich um einen dürren, alten Mann mit Glatze und langem grauen Bart.

»Ich bin Meister Finnegan. Wie geht es dir?«

Ronan stützte sich vorsichtig auf. Sein Kopf schmerzte und sein Körper fühlte sich an, als hätte er die letzten Tage ununterbrochen trainiert.

»Etwas benommen und erschöpft. Wie bin ich hierhergekommen?«, gab Ronan zur Antwort.

»Sehr besorgte Ordensritter haben dich vor zwei Tagen hierhergebracht. Sie hatten dich zusammen mit Meister Lucan in der Arena gefunden. Sie konnten mir nicht mehr sagen, als dass deine Verletzungen durch einen Zauber von einem dieser Kultisten verursacht wurden, die sich selbst Schamanen nennen.«

Ronan war wie gelähmt, als er hörte, dass er bereits zwei Tage im Bett gelegen haben soll. Meister Finnegan griff nach Ronans Handgelenk und prüfte etwas.

»Kannst du mir sagen, woran du dich erinnerst?«, fragte er, ohne sein Handgelenk wieder loszulassen.

»Ich hatte Wachdienst und plötzlich schlugen grüne Geschosse in die Arena und Menschenmengen ein. Ich kämpfte gegen zwei dieser Magier.«

Ronan versuchte sich an alles zu erinnern, doch sein Kopf schmerzte, was seine Konzentration störte.

»Sie schleuderten diese seltsame Magie auf die Menschen und ich … ich habe sie getötet«, fuhr Ronan fort. Plötzlich erinnerte er sich an die azurblauen Flammen.

»Mein Schwert?« Ronan schaute sich nach seiner Waffe um. Sein Albtraum galt diesen magischen blauen Flammen aus der Mine und wie sie Lamber vor seinen Augen verbrannten und auch Ronan verschlingen wollten.

»Deine Sachen liegen dort. Ihr Ordensritter habt wirklich ein enges Band mit euren Waffen geschlossen, nicht?« Meister Finnegan löste seinen Griff um Ronans Handgelenk und zeigte mit einem Lächeln auf eine Kommode an der Wand, an der Ronans schwarzes Langschwert lehnte.

»Es war für mich eine Schande«, fuhr er fort,»dass ich dein Schwert nicht verzaubern konnte. Aber, wie ich hörte, hat Meister Lucan erkannt, dass diese Waffe bereits verzaubert ist. Wenn du herausgefunden hast, was diese Verzauberung bewirkt, lass es mich bitte wissen.«

Ronan erinnerte sich verschwommen daran, dass die Klinge seiner Waffe in azurblauen Flammen gehüllt war und sich vom Blut des Magiers ernährte. Diese Erinnerung ließ ihn erschaudern.

»Es ist noch nicht klar, welche Ausmaße diese Magie, dieser Schamanismus, auf deinen Körper und Geist hat. Es handelt sich dabei um eine sehr unerforschte Magie, die von den Fellbestien genutzt wurde, als sie in unser Land einfielen. Mach dir aber keine Sorgen. Ich spüre keine Spuren eines Zaubers mehr an dir, jedoch können wir nicht ignorieren, dass deine Wunden durch Magie verursacht und dann geheilt wurden. Ein Heilungszauber, der in dieser Geschwindigkeit solche Verletzungen ohne Spuren verheilen lässt, gleicht einem Wunder. Wir vermuten, dass der Kultist aus Versehen dich anstatt sich selbst geheilt haben muss. Da wir aber nicht wissen, welchen Preis diese Heilung forderte, werden wir dich zu deinem Schutz noch etwas hierbehalten.«

Meister Finnegan stand auf.»Bisher handelt es sich bei dem Preis um deine Erschöpfung. Ansonsten scheint es dir gut zu gehen. Wenn du dich danach fühlst, kannst du dich auf den Fluren frei bewegen. Du kannst selbstverständlich auch den Turm verlassen, jedoch nicht ohne einen Magier an deiner Seite. Wenn du erneut ohnmächtig werden solltest, kann dir womöglich nur Magie helfen. Dir wird alles gegeben, was du brauchst. Frag einfach einen der Ordensmitglieder in diesem

Raum. Gleich wird dir auch etwas zu essen gebracht, du musst ja am Verhungern sein.«

Mit einem Lächeln deutete er eine Verbeugung an und wollte zu einem weiteren Verletzten gehen.

»Ist es möglich, dass sich ein Efreet in eine Waffe …«

Ronan zögerte und suchte nach dem richtigen Wort.

Meister Finnegan blieb stehen und wandte sich zu Ronan zurück.

»… einnistet?«, vervollständigte der alte Magier seine Frage.

Ronan nickte.

»Ja, das ist möglich. Allerdings nur in eine Waffe aus magischem Metall. Dein Schwert ist aus Noxit oder auch im Volksmund als Schattensilber genannt. Es ist von selbst nicht magisch, sondern kann nur leichter verzaubert werden als eine herkömmliche Waffe aus Stahl. Ein Feuergeist, wie ein Efreet, so mächtig er auch sein mag, würde in einem solchen Gegenstand nicht überleben können. Geister sind magische Wesen und brauchen Magie als Treibstoff. Noxit besitzt keine Magie. Ohne diesen Treibstoff wird daher der Geist schwächer, bis er sich restlos auflöst und stirbt. Daher suchen sich solche Elementargeister oft magische Orte in der Natur, um zu leben und zu wachsen.«

Er räusperte sich. »Ach, ich schweife ab. Ich wollte dir keine ausgedehnte Lektion über Geister halten. Damit behellige ich meine eigenen Schüler schon genug. Um deine wohl eigentliche Frage zu beantworten: Nein, es ist kein Efreet, der in deinem Schwert schlummert. Das können wir ausschließen.«

Ronan glaubte dem alten Magier und war erleichtert, dass kein mörderischer Feuergeist Teil seiner Waffe war.

Jedoch bestand die Möglichkeit, dass das Erz in der Mine durch den Efreet verzaubert wurde, dachte Ronan.

Bisher spürte er keine Gefahren von seinem Schwert ausgehen. Er erinnerte sich, dass sich das azurblaue Feuer, welches von der Klinge ausging, für ihn warm und wohltuend angefühlt hatte.

»Doch, es hat mich tatsächlich tiefgründiger interessiert«, nahm Ronan das Gespräch mit Meister Finnegan wieder auf.

Der alte Magier nickte zufrieden. »Wenn dich etwas genauer interessieren sollte, hast du meine Erlaubnis, in die Archive im Keller des Turms zu gehen. Dort findest du vielleicht Antworten auf deine Fragen.«

†

Ronan blieb bis in den Nachmittag auf dem Zimmer und ruhte sich aus. Doch machte sich in ihm eine Unruhe breit. Sein Körper war es gewohnt, sich den ganzen Tag zu bewegen. Diese Unruhe riss ihn schließlich aus dem Bett und zwang ihn dazu, zumindest über die Flure des Turms zu gehen, um sich etwas zu bewegen. Zudem war Ronan neugierig. Es war das erste Mal, dass er im Ordensturm war, und er wollte sich die Gelegenheit nicht entgehen lassen, sich mit Erlaubnis umzusehen. Die Einladung, die Archive im Keller zu besuchen, kam ihm als einzigartige Gelegenheit vor, mehr über Magie und vielleicht etwas über den Schamanismus zu lernen. Ronan ahnte, dass dies nicht das letzte Mal sein würde, dass er feindlicher Magie gegenüberstand. Er musste sich auf eine weitere Konfrontation mit solchen Magiern oder Kultisten vorbereiten. Daher beschloss er, gemeinsam mit Lyra aus dem Krankenflügel herauszugehen und über den Flur zu spazieren.

Ronan befand sich im Erdgeschoss des Turms. Die Gänge waren von magisch schwebenden Kronleuchtern beleuchtet, die sie zum Eingangsbereich führten. Sie betraten einen geräumigen Flur, der mit kunstvollen Verzierungen, leuchtenden Symbolen und einigen Wächterstatuen in symmetrischer Aufstellung geschmückt war.

Einige Magier hielten sich in dem Flur auf und redeten miteinander. Ronan erkannte durch Wortfetzen und ihre Gesten, dass sie sich gegenseitig Tipps und Korrekturen für Zauber gaben. Es erinnerte ihn an die Zurufe und Gespräche auf dem Übungsplatz mit den anderen Ordensrittern.

Mitten im Raum stand eine merkwürdige Tür. Vielmehr ein hoher Torbogen aus Stein mit hölzernen Flügeltüren, die jedoch nicht als Durchgang in einen anderen Raum dienten. Magische Symbole erleuchteten den Torbogen, als ein Magier am eisernen Ring der Flügeltür zog. Er trat hindurch und verschwand. Ronan glaubte seinen Augen nicht, doch was hatte er erwartet?

»Du bist wohl zum ersten Mal hier, oder?«, fragte eine weibliche Stimme.

Ronan wandte sich zu einer Magierin um. Es war eine junge Frau mit langem, schwarzem Haar, das sie offen trug, und grünen Augen, die ihn interessiert ansahen.

»Was hat mich verraten? Die Tatsache, dass ich keine Robe trage oder die deutliche Verwunderung über diese eigenartige Tür dort?«

Sie musste schmunzeln. »Weder noch, ich meine diese Katze. Die habe ich hier noch nie gesehen. Aber mit welcher Magie hast du sie beschworen oder ist es eine gewöhnliche Hauskatze, die du verzaubert hast?«

»Da muss ich dich enttäuschen, ich bin kein Magier. Ich heiße Ronan und das ist Lyra.« Ronan zeigte auf seine pelzige Begleiterin, die daraufhin mauzte, als würde sie sich selbst vorstellen.

»Ich bin Amara Nor«, stellte sich die Magierin vor. »Schön, euch kennenzulernen. Darf ich?«

Amara stellte die Frage an Lyra und kniete sich zu ihr nieder. Lyra blickte erwartungsvoll zu Ronan hoch, der ihr daraufhin zunickte. Lyra begann daraufhin, freudig zu schnurren, und ließ sich von Amara streicheln.

Amara überlegte kurz, als sie Lyra kraulte, und sah zu Ronan hoch. »Deinen Namen habe ich schon mal gehört.«

Ronan seufzte, da es sich bei Amara offensichtlich um eine Adelige handelte, die wohl ebenfalls, wie Mark, von seiner Vergangenheit im Tratsch erfahren haben musste.

»Ist alles in Ordnung?«, fragte sie Ronan.

»Du meinst wohl, du kennst meinen Vater und wunderst dich nun, was ein Ordensritter hier macht«, wollte Ronan ihr zuvorkommen.

»Dein Vater? Ich weiß nicht, wer das ist. Aber dass du ein Ordensritter bist, war mir klar, als ich eure Namen hörte. Lyra und Ronan. Talia erzählt oft von euch beiden.«

Sie stand auf und schüttelte den Kopf mit einem Lächeln. »Sie hält wirklich viel von dir und ich kann sehen, wieso.«

Ronan war sprachlos von dieser unerwarteten Offenbarung, und es war ihm unangenehm, dass Amara begann, ihn mit ihren Blicken zu inspizieren.

»Aber sollte ich deinen Vater kennen? Bist du vielleicht auch von Adel?«, bohrte sie neugierig nach.

»Das behalte ich lieber für mich. Entschuldige das Missverständnis.«

»Ach schade. Komm, du kannst mich jetzt nicht einfach so hängen lassen«, sagte sie enttäuscht und dachte dann kurz nach. »Ein Geheimnis für ein Geheimnis. Ich sage dir, wo Talia gerade steckt, und du erzählst mir, wer dein Vater ist.« Sie sah ihn siegessicher in die Augen.

»Eine typische Adelige. Du bekommst immer, was du willst, stimmts?«, stellte Ronan fest.

»Das verbiete ich mir. Ein Bauer wie du wagt es, solche Lügen über mich zu verbreiten«, sagte sie in einem echauffierten Ton und schloss gespielt angewidert die Augen. Sie öffnete dann eines, als wollte sie sehen, ob ihre Darbietung den gewünschten Effekt bei Ronan erzielte.

Ronan versuchte sich ein Lachen zu verkneifen, aber ein Grinsen, gefolgt von einem Schnauben, blieb nicht aus.

»Nicht alle Adligen denken nur an sich. Ich bin halt neugierig. Also, dein Geheimnis für meines.«

Sie lehnte sich erwartungsvoll in seine Richtung und lauschte gespannt.

»Mein Vater ist Lucan Valon.«

Amara klatschte in die Hände und konnte ihre Freude kaum zügeln.

»Der Großmagus? Er ist eine Legende und für mich ein wichtiger Mentor. Warum machst du daraus so ein Geheimnis? Das ist doch großartig.«

Ronan machte unwillkürlich einen Schritt zurück und fühlte sich von ihrer Reaktion verletzt.

*Wie konnte der Mann, der mein Leben derart bestimmte und mich nur als Werkzeug betitelte, so angehimmelt werden,* dachte er.

»Warum so ein Gesicht?«, fragte Amara.

»Ich mag meinen Vater nicht besonders und möchte nicht weiter darüber reden.«

»Oh, das tut mir leid. Du hast sicherlich deine Gründe.« Ronan empfand ihre Entschuldigung als aufrichtig. Dennoch schien sie nachbohren zu wollen.

»Talia ist unten in den Archiven. Sie hat gestern Ärger gemacht und muss als Strafe Bücher sortieren«, sagte sie jedoch.

»Das passt ja. Meister Finnegan hat mir erlaubt, mich in den Archiven umzusehen.«

»Dann hättest du sie auch wahrscheinlich ohne mich getroffen. Folge mir, ich bereite das Portal für dich vor. Damit gelangst du sofort in das Kellergewölbe.«

Sie ging auf den steinernen Torbogen in der Mitte des Raumes zu. Lyra folgte ihr, ohne zu zögern, und sie ließen Ronan allein zurück. Er fragte sich, wer sein Vater eigentlich war. Ronan kannte ihn nur als seinen abwesenden und empathielosen Vater.

»Kommst du?«

Ronan befreite sich von seinen Gedanken und lief den beiden hinterher.

Amara hielt an der Tür an und wandte sich an Ronan. »Okay, ich muss nur die richtige Befehlsformel sprechen und du gehst dann durch die Tür. Das Portal ersetzt jede Tür in diesem Turm. Dadurch gelangst du von hier schnell an alle Orte, jedoch musst du irgendwie selbst wieder zurückkommen. Talia kann dich vielleicht wieder nach oben führen, wenn du sie findest.«

Sie sprach einige Worte in einer für Ronan unverständlichen Sprache, woraufhin die Symbole im Steinrahmen der Tür aufleuchteten.

»Danke«, sagte Ronan, als sie fertig war.

Amara winkte ab. »Aber wenn du da unten bist, pass auf, dass du nichts kaputt machst. Einige Steinwächter sind von schwächeren Geistern besessen und verteidigen das Archiv.«

Ihre selbstverständliche Art, ließ Ronan lächeln. Sie wirkte auf ihn wie eine freundliche, stürmische Frau, die jederzeit mit neuen Ideen aufwartete und ihre Meinung frei äußerte. Damit erinnerte sie ihn irgendwie an Darian.

»Trotzdem, danke, und es war schön, dich kennenzulernen.«

»Die Freude ist ganz meinerseits.«

Sie streichelte noch einmal Lyra den Kopf und öffnete die Tür. Ronan und Lyra traten hindurch.

# Kapitel 7

Ronan fand sich in einem großen, dunklen Raum wieder, der von einer dicken Steinmauer umgeben war. Schwach flackernde Fackeln an den Wänden spendeten gedämpftes Licht und erzeugten Schatten, die sich über die zahlreichen Regale und Tische legten. In langen Reihen erstreckten sich robuste Holzregale bis zur Decke. Jedes Regal war prall gefüllt mit staubigen, alten Büchern und Schriftrollen, deren Farben mit der Zeit verblasst waren. Die Bücher waren von unterschiedlicher Größe und Form: Einige waren in Leder gebunden und mit verzierten goldenen Buchstaben versehen, während andere einfacher und bescheidener in Leinen gebunden waren. Zwischen den Regalen gab es vereinzelt Leseecken mit Sesseln und Tischen, auf denen Öllampen standen. Einige der Sessel waren von Magiern besetzt, die alte Folianten studierten.

Ronan wies Lyra an, bei ihm zu bleiben und nicht von seiner Seite zu weichen. Der Ibris gab einen bestätigenden Laut von sich und ließ sich von ihm streicheln. Dabei überlegte Ronan, ob er nicht zuerst Talia suchen sollte, da sie ihm wohl die richtigen Bücher auf Anhieb zeigen konnte, verwarf diesen Gedanken jedoch schnell wieder. Er wollte sie nicht bei ihrer Arbeit stören und nicht aus Versehen dazu beitragen, dass sie noch weitere Strafen erhielt. Falls sie ihn jedoch sehen sollte, dachte er, würde sie ihn dank Lyra sofort erkennen. So durchsuchte er die Regale und versuchte, ein System bei den sortierten Büchern zu erkennen.

Als er das Ende des Raumes erreichte und noch immer nicht wusste, nach welcher Art von Buch er suchen sollte, fiel ihm eine offene Tür auf. Durch den Spalt erkannte er Vitrinen und Regale, die mit diversen Gegenständen gefüllt waren. Neben der Tür war ein Holzschild an der Wand befestigt, auf dem das Wort *Artefakte* stand. Eine ältere Magierin trat aus der Tür. Ronan erkannte sie als die Magierin, die mit ihnen in der Mine gewesen war. Er versuchte sich an ihren Namen zu erinnern.

»Meisterin Elvira«, erinnerte sich Ronan und sprach sie an.

Elvira bemerkte Ronan und wunderte sich über ihn.

»Was macht ein Ordensritter hier unten?«, fragte sie ihn forsch.

»Meister Finnegan hat mir erlaubt, mich hier umzusehen. Ich suche ein Buch über die Fellbestien oder über deren Magie.«

»Warum? Was hast du mit dem Wissen vor?«, fragte sie mit Neugier und fixierte Ronan mit ihren Augen.

Ronan überlegte kurz.

»Ich musste gegen Magier kämpfen, und ich glaube nicht, dass es das letzte Mal gewesen sein wird, dass ich einem als Feind gegenüberstehe. Seid ihr nicht auch der Meinung, dass man seine Gegner kennen muss, um sie besiegen und das Königreich besser schützen zu können?«

Ronan wusste, dass Elvira nichts für ihn oder andere übrighatte, aber er wollte ihre Hilfe. Er erhoffte sich, dass sie ihm schnellstmöglich die richtigen Bücher zeigen würde und da es Elvira war, versuchte er, sie mit Logik zu ködern.

»Ich weiß, was du da gerade versuchst, und mit dem Theater kommst du bei mir nicht weiter, auch wenn es zum Teil deine echte Überzeugung sein sollte.«

Sie seufzte genervt.

»Nun gut, ich glaube, ich schulde dir noch etwas wegen damals. Halt dieses Biest jedoch im Zaum. Wenn das Vieh auch nur ein Buch beschädigt, verwandle ich aus der Katze einen Bettvorleger.«

Sie folgten Elvira zurück an den Regalen vorbei. Sie griff auf dem Weg drei Bücher aus den Regalen und übergab sie an Ronan.

»Behandle diese Bücher gut«, sagte sie mit einem warnenden Blick und ging, ohne sich zu verabschieden.

Ronan überflog die Bücher. Eines davon war *Die Chroniken des Endes der letzten Ära*, jenes Buch, das Lucan einst vor Ronans Augen verbrannte und für ihn nichts weiter als Brennholz gewesen war. Ronan musste lächeln, als er sich vorstellte, was Elvira wohl seinem Vater sagen würde, wenn sie davon erführe.

Die beiden anderen Bücher kannte er nicht. Er legte das Buch mit den historischen Fakten über das letzte Jahrhundert zur Seite und betrachtete die beiden in Leder gebundenen Bücher genauer. Das erste war alt und in rotbraunes Leder gebunden, das auf der Vorderseite mit einer Stahlkette versehen wurde, deren loses Ende verrußt war. Bei näherem Hinsehen fiel ihm auf, dass es kein Schloss oder Ähnliches für diese Kette gab. Auf der Rückseite des Buchs, wo er ein Schloss erwartet hätte, befand sich lediglich eine Vertiefung. Das Leder um diese Vertiefung war verkohlt, als hätte jemand mit Feuer die Kette an dieser Stelle gelöst. Das Buch trug keine Aufschrift, die Ronan lesen konnte, war jedoch mit mehreren fremden Symbolen versehen.

Das zweite Buch sah identisch aus, jedoch deutlich neuer und hatte keinen Verschluss. Auf der Vorderseite waren dieselben Symbole wie auf dem anderen Buch aufgemalt, nur dass darunter etwas geschrieben war, *Schattengesang*.

Ronan untersuchte die beiden Bücher parallel und schlug jeweils die ersten Seiten auf. Er stellte fest, dass es sich beim ersten Buch um eine Sprache handelte, die er nicht lesen konnte. Merkwürdige Symbole waren auf den Seiten in Reihen untereinandergeschrieben, anstatt in der gewohnten waagerechten Zeile. Jemand hatte sich die Mühe gemacht, neben einigen Symbolen Übersetzungen zu schreiben. Diese Übersetzungen waren jedoch teilweise durchgestrichen und neu interpretiert worden.

Das zweite Buch war eine Kopie des ersten, enthielt jedoch neben den Übersetzungen auch Kommentare. Es wirkte, als hätte der Übersetzer Schwierigkeiten gehabt, die fremde Sprache mit dem eigenen Verständnis von Sprache in Einklang zu bringen, da die Übersetzungen teilweise unsinnig oder rätselhaft waren und erst mit langen Kommentaren Sinn ergaben. Ronan beschäftigte sich eine Zeit lang mit den Kommentaren des Autors und fand heraus, dass es sich um einen Folianten der Fellbestien handelte, der nach deren Vertreibung gefunden worden war.

Schamanen, anders als die menschlichen Kultanhänger, die Ronan getroffen hatte, ähnelten humanoide Stiere, wie sie im Buch *Die Chroniken des Endes der letzten Ära* beschrieben wurden. Diese hatten den Folianten bei sich, als sie von den Ordensrittern und Magiern des Ordens in der letzten Schlacht bei Winterhafen getötet wurden. Ein Magier des Ordens namens Haldan, von dem Ronan noch nie gehört hatte, hatte das Buch studiert und versucht, die Sprache zu verstehen und zu übersetzen.

Haldan erklärte, dass das Buch der Schamanen eine Art Glaubensbuch sei, vergleichbar mit dem Testament der Geister für die Menschen in Andorien. Eine Ausgabe dieses Buchs soll bei jedem Schamanen gefunden worden sein und Bräuche sowie Geschichten über deren Religion enthalten. Allerdings enthüllte es wenig bis keine Informationen über die einzigartige Magie und deren tatsächliche Wirkung. Haldan beschrieb als großen Unterschied zum Schamanismus, dass die Zauber der Magier des Ordens aus eigener magischer Kraft erzeugt und jederzeit gewirkt werden konnten, bis diese eigene Kraft aufgebraucht war. Die Schamanenmagie konnte dagegen monatelange Rituale umfassen und die magische Kraft aus der Natur nutzen, was die Zauber aufwendiger, aber auch viel mächtiger machte, ohne den Anwender zu schwächen. Zudem gab es Aufzeichnungen, dass mehrere Schamanen gemeinsam ein Ritual wirken konnten, um ein gewaltiges magisches Portal zu öffnen. So sollen die Fellbestien nach Haldans Theorie damals in Winterhafen so überraschend eingefallen sein.

Ronan konnte sich aufgrund der Zusammenfassung von Haldan und der Geschichten, die er kannte, bildlich vorstellen, wie schrecklich das Massaker in Winterhafen gewesen sein musste. Ohne Vorwarnung, während einer Feier zum jahrhundertlangen Frieden des Reichs, tat sich über der Wasseroberfläche in der Bucht von Winterhafen ein gewaltiges smaragdgrünes Portal auf, aus dem Schiffe mit blutroten Segeln traten, begleitet vom Klang von Trommeln. Winterhafen wurde an diesem Tag dem Erdboden gleichgemacht, und nur wenige überlebten die Invasion dieses neuen Feindes. Ronans Mutter, Ysara Valon, starb an diesem Tag. Er gab seinem Vater die Schuld an ihrem Tod, da er nicht bei ihr war, um sie zu beschützen. Lucan war und ist der mächtigste Magier dieses Landes, und bei der Gegenoffensive zeigte er, wozu er fähig war. Zusammen mit weiteren Ordensmagiern und den Ordensrittern rächte er die Menschen von Andorien und griff die Fellbestien vernichtend an. Die Geschichten, die Ronan über seinen Vater hörte, zeigten, dass dieser wahrscheinlich im Alleingang die Invasion hätte stoppen oder zumindest eine erfolgreiche Evakuierung durchführen können, wenn er bei Ronans Mutter geblieben wäre und nicht wegen seiner Rolle als Berater des Königs nach Königsfurt aufgebrochen wäre.

Lyra saß neben Ronan, bettete ihren Kopf auf seinen Schoß, und ließ sich von Ronan zwischen den Ohren kraulen. Plötzlich witterte sie etwas. Sie streckte ihren Kopf und starrte den Gang hinunter.

»Was hast du?«, fragte Ronan. Er folgte ihrem Blick, sah jedoch nichts. Doch dann trat einer der Steinwächter aus dem Halbdunkel hervor – jener, den er bereits in der Eingangshalle des Turms gesehen hatte. Der Wächter bewegte sich und schleppte mehrere Bücher. Mit langsamen Schritten kam er auf Ronan und Lyra zu. Sie beobachteten den Steinwächter aufmerksam, bis er in einen anderen Gang abbog, als sich eine Lücke zwischen den Regalen auftat.

»Siehst du, es ist alles in Ordnung«, sagte Ronan und wandte sich wieder dem Buch zu. Lyra entspannte sich jedoch nicht und stellte sich auf alle Viere. Da Ronan ihr keine Beachtung schenkte, begann sie, an seinem Ärmel zu ziehen.

»Hey, was zum …«

»Ronan … bist du das?«, fragte eine weibliche Stimme zögernd.

Ronan drehte sich erneut zum Gang und sah Talia, die, wie der Steinwächter, Bücher schleppte. Sie musste hinter diesem Steinwächter gegangen sein.

»Talia«, sagte Ronan und zog den Stuhl zurück, um aufzustehen. Er bemerkte, dass die junge Magierin erschöpft aussah; unter ihren Augen zeigten sich Augenringe, die auf Schlafmangel hinwiesen. Sie wirkte jedoch kräftiger als beim letzten Mal, als er sie sah. Sie trug eine ärmellose Robe, die ihre Arme entblößte. Die einst zierliche Frau, die er in der Mine vor einem Efreet unbeholfen beschützte, sah aus, als hätte sie vor einigen Monaten die Ausbildung zum Ordensritter begonnen.

»Was machst du hier unten?«, fragte sie und strahlte ihn freundlich an.

Sie setzten sich, und Ronan erzählte ihr, was in der Arena passiert war und dass er vorerst im Turm der Magier bleiben sollte. Während er sprach, fiel ihm auf, dass Talia nachdenklich wurde.

»Das tut mir so leid, dass du das durchmachen musstest«, sagte sie, als Ronan mit seiner Geschichte fertig war.

»Du warst auch dort, oder?«

Die Frage überraschte Talia. »Ja, woher weißt du das?«

»Du wirkst so, als hättest du eigene Erinnerungen daran.«

Talia nickte und überlegte kurz. Die schrecklichen Erinnerungen waren ihr anzusehen, und Lyra legte eine ihrer großen Katzenpfoten tröstend auf Talias Schoß.

»Nanu.« Talia freute sich darüber, dass Lyra versuchte, sie aufzumuntern, und streichelte sie als Belohnung.

»Danke, du schlaue Katze.«

Dann wandte sie sich wieder an Ronan und wurde ernst.

»Vor meinen Augen wurde ein Ritter von einem dieser grünen Geschosse getroffen ...«

Sie verzog das Gesicht, bevor sie fortfuhr.

»Es roch nach verbranntem Fleisch, und der Ritter starb, ohne dass ich etwas tun konnte. Aber anders als du, musste ich niemanden töten.«

Sie berührte Ronan an der Schulter und versuchte ihn aufzumuntern. Ronan wurde durch ihre Berührung verlegen. »Mir geht es gut, wirklich. Versteh mich nicht falsch, es fühlt sich alles andere als gut an, aber sie mussten aufgehalten werden, und ich bin froh, dass es diese mordenden Kultisten waren und nicht irgendwelche Bauern, die um ihre Rechte kämpften.« Dieser Gedanke erleichterte es Ronan tatsächlich.

»Okay, aber wenn du reden möchtest, kannst du das gerne.« Talia nahm ihre Hand zurück und lächelte ebenfalls.

»Warum warst du da?«, fragte Ronan.

»Mein Mentor sagte, ich solle mir ansehen, wie gewöhnlicher Ritter kämpfen. Nur für den Fall, dass ich einmal einem als Gegner gegenüberstehen könnte.«

»Reicht es da nicht, den Ordensrittern auf dem Übungsplatz zuzusehen?«

»Das meinte ich auch. Aber sein Argument war, dass Ordensritter einen zu speziellen Kampfstil hätten und nicht kämpfen würden, wie Soldaten einer Armee. Bald wird er mich wahrscheinlich neben dem normalen Training auch noch gegen Soldaten kämpfen lassen.«

»Diese Soldaten würden mir echt leidtun. Ich glaube, die wenigsten mögen es, mit Eislanzen und Feuerbällen beschmissen zu werden.«

Ronan deutete auf seine Seite, wo ein magischer Dolch gesteckt hatte. Talia musste bei seiner Bemerkung kichern.

»Leider werde ich dann keine Magie nutzen dürfen.«

»Und wie sollst du dann kämpfen?«

»Mit einem Schwert … Kannst du mir ein paar Tricks beibringen?«

»Klar. Sag Bescheid, wenn du mal nachts auf den Übungsplatz gehst. Klopf einfach an mein Fenster. Aber danach räumst du mit auf und reparierst, was ihr Magier in der Nacht immer zerstört.«

»Höre ich da einen Vorwurf?«

»Es wäre nur mal schön, zur Abwechslung nicht den Ruß von den Mauern zu schrubben oder zerstörte Zielscheiben zu reparieren, in denen noch Eislanzen stecken.«

»Uns wird von euren Ausbildern gesagt, dass wir das nicht wieder reparieren oder aufräumen sollen. Wusstest du das etwa nicht?«

»Das hast du dir doch ausgedacht.«

»Vielleicht.«

Sie zwinkerte ihm zu, woraufhin beide laut lachen mussten. Ein Magier ermahnte sie ruhiger zu sein, da sie sein Studium störten.

»Dein Mentor scheint dich wie ein Ausbilder der Ordensritter nur als Waffe zu sehen, kann das sein?«

Ronan wurde bei seinen eigenen Worten traurig, da dies die Realität war. Er und auch Talia wurden nur als Waffen gesehen, die das Königreich Andorien beschützen sollten.

»Das stimmt«, meinte sie. »Ich übe nur Angriffszauber und lerne zu kämpfen. Mein Mentor ist der Meinung, dass es für mich als Magierin wichtig ist, beides zu trainieren. Seiner Meinung nach sind die magischen Fähigkeiten mit dem Körper verbunden, und diese Verbindung wird durch körperliche Anstrengungen gestärkt und setzen damit erst das wahre Potenzial eines Magiers frei.« Sie seufzte. »Er wirft immer mit klugen Sprüchen um sich. Aber ich muss sagen, es gefällt mir, mich körperlich zu betätigen. Anfangs war es nur eine Qual, aber ich merke richtig, wie mir das alltägliche leichter fällt, und ich fühle mich viel besser.«

»Aber du siehst wirklich erschöpft aus.« Er deutete auf ihre Augen.

»Ach das? Ich habe die letzten Tage einfach wenig geschlafen. Mir geht es seit der Mine so, aber es ist nur halb so schlimm. Das, was passiert ist, und der Efreet gehen mir manchmal nicht aus dem Kopf.« Sie versuchte, ihre Müdigkeit zu überspielen, doch das gelang ihr nicht, da sie gähnte.

Ronan musste erneut lachen, wurde aber sofort wieder ernst. »Das verstehe ich nur zu gut. Mir geht das ähnlich, aber ich werde eher von meinem Schwert immer wieder daran erinnert.«

»Weil das Erz aus der Mine stammt?«

»Nein, die Verzauberung der Waffe bereitet mir Sorgen.«

»Ach ja, Caius kam einst zu mir und fragte, ob ich dein Schwert verzaubern könnte. Wolltest du, dass ich das mache?«

»Hatte er nichts gesagt?« fragte Ronan verwundert. Talia schüttelte den Kopf.

»Ich wollte, dass ich die Magierin kannte, die meine Waffe verzaubert. Es sollte etwas Besonderes sein.«

Ihr Gesicht errötete, was Ronan bei dem schwachen Licht fast nicht bemerkt hätte. »Das ist ein schöner Gedanke und lieb von dir, dass du an mich gedacht hast. Aber ich konnte dir da nicht helfen. Tatsächlich konnte niemand deine Waffe verzaubern. Macht dir das Sorgen, dass diese Waffe nicht verzaubert werden kann?«

»Nein, das ist es nicht. Die Waffe ist verzaubert. Ich hatte das eben ausgelassen und auch noch niemandem erzählt, aber als die Klinge auf Blut traf, fingen aus dem Eisen Flammen zu schlagen. Ich vermute, dass der Efreet aus der Mine mein Schwert verzaubert hat oder vielmehr das Erz, aus dem ich die Waffe schmiedete.«

»Wie meinst du das?« schoss Talia hervor.

»Ehm ... wie soll ich das erklären. Immer wenn Magie auf das Schwert trifft, wird diese wirkungslos. Magische Geschosse, die eigentlich beim Aufprall explodieren und nur Staub zurücklassen sollten, wurden in zwei Teile geteilt und verglühten einfach. Und das ist noch nicht das, was mich auf den Geist kommen lässt. Die Klinge des Schwerts wurde von denselben azurblauen Flammen, wie die des Efreets, umschlungen, als ich die Kultisten getötet habe.«

»Oder vielleicht ist ein Teil vom Efreet in deinem Schwert«, stellte Talia mit ernster Miene als Theorie auf.

»Meister Finnegan schließt dies aus, da das Schwert aus Schattensilber ist und ein Geist darin nicht überleben könnte.«

»Er hat recht. Der Efreet bräuchte eine Magiequelle, um bei Kräften zu bleiben.« Talia überlegte weiter und sie gingen schweigend weiter.

Ronan erinnerte sich daran, wie das Schwert nie von Blut befleckt war und ergriff das Wort. »Ist es möglich, dass Blut als eine solche Quelle dient? Ich dachte, ich hätte es mir eingebildet, aber die Klinge nahm das Blut der Kultisten auf.«

Talia ließ sich seine Worte durch den Kopf gehen. »Möglich wäre es. Ich selbst weiß leider nicht so viel darüber. Das solltest du wirklich weiter beobachten, und ich schaue auch, was ich herausfinden kann, einverstanden?« Sie legte aufmunternd eine Hand auf die von Ronan. Er bemerkte gar nicht, wie sehr seine Hände aufgrund der Erinnerungen zitterten. »Das Gute ist«, fuhr sie fort, während sie seinen Blick mit ihrem einfing. », dass es immer noch ein Schwert ist und nur der, der diese Waffe führt, damit auch Schaden anrichten kann. Damit stellt das Schwert an sich keine Gefahr dar.«

Ronan atmete tief durch und schüttelte sich von seinen Erinnerungen frei. »Da war noch etwas«, fiel ihm ein. »Die blauen Flammen fühlten sich für mich auch nicht heiß, sondern warm und geborgen an. Ich weiß, das klingt bescheuert, aber so würde ich das Gefühl beschreiben.«

Sie musste kichern und nahm ihre Hand von Ronans. »Nein, klingt es gar nicht. Flammenverzauberungen sind für den Nutzer immer harmlos, jedoch für die, die es trifft, meist tödlich. Magie hat seinen eigenen Willen oder ist vielmehr intelligent. Sie weiß, wer sie führt, und wie ein dressiertes Tier beißt sie nicht die Hand, die sie füttert«, versuchte Talia Ronan zu verdeutlichen.

»Ich glaube, es würde mir wirklich helfen, mehr über Magie zu wissen. Gerade weil diese Kultisten erschienen sind.«

»Dann komm doch morgen Nacht mit auf den Übungsplatz. Einige Novizen und ich wollen unabhängig von den Meistern trainieren und unsere Angriffs– und Verteidigungszauber üben. Vielleicht lernst du so etwas oder kannst aus deiner Sicht als Ordensritter uns auf Schwächen in der Verteidigung hinweisen. Ich glaube, das würde uns allen etwas bringen, und ich würde mich freuen.«

Sie lächelte ihn auf eine Art an, die ihn ebenfalls zum Lächeln brachte.

»Einverstanden. Solange Meister Finnegan mich hierbehält, habe ich sowieso nichts zu tun.«

»Wir treffen uns morgen bei Anbruch der Dunkelheit in der Eingangshalle, am Tor zum Übungsplatz.«

Während der gesamten Unterhaltung hatte Talia immer wieder Lyra gekrault, und als sie nun aufhörte, erhob Lyra fragend ihren Kopf.

»Ich muss leider weiterarbeiten«, sagte sie zum Schneeschatten und schenkte ihr ein aufrichtiges Lächeln.

Sie stand auf und nahm wieder die Bücher an sich. Eines davon hielt sie Ronan hin. *Arkanes der Zeit – Von Lucan Valon*

»Das Buch kann ich dir empfehlen. In diesem wird Magie in ihren Grundbestandteilen beschrieben und in welchen Formen sie eingesetzt wird. Auch, dass jeder Magier eine bestimmte Affinität zu einer der Ur-Magien hat. Mir zum Beispiel liegen Eiszauber sehr gut. Es liest sich etwas schwer, da die Sicht des Autors eher konservativ ist und wenig auf die Verbindung mit Geistern und magischen Orten eingeht, die meiner Auffassung nach einem wichtigen Teil von Magie darstellen. Aber sonst ist es ein guter Einstieg, um die Grundlagen von Magie zu verstehen. Vielleicht hilft es dir ja.«

Die Art, wie sie das Buch erklärte, erinnerte ihn an sich selbst. Sie schien, genauso wie er, eine Leidenschaft für Bücher zu haben.

Ronan nahm das Buch entgegen. »Danke«, sagte er, obwohl ihm das Buch seines Vaters missfiel. »Wir sehen uns dann morgen Nacht. Aber ruh dich vorher etwas aus«, fügte Ronan hinzu.

»Keine Sorge, das mache ich. Bis morgen.«

Sie drehte sich zum Gang zurück und folgte der Richtung, in die der Steinwächter gegangen war. Bevor sie aus seinem Sichtfeld verschwand, sah sie sich noch einmal zu Ronan um und lächelte ihm zu. Er erwiderte das Lächeln und winkte ihr zum Abschied. Lyra sah Ronan allzu wissend an, als Talia verschwand. Ronan bemerkte ihren Blick und wusste, was Lyra ihm damit sagen wollte. »Hör auf, mich so anzusehen. Ich kenne sie doch kaum, und so wie du es genießt, von ihr gestreichelt zu werden, magst du sie mindestens genauso.«

# Kapitel 8

Ronan wartete bereits in der Eingangshalle. Er gähnte und rieb sich die Augen; das Wälzen von Büchern hatte ihn am Vortag sehr müde gemacht. Nachdem er am Nachmittag geschlafen hatte, war er in der Nacht kaum zur Ruhe gekommen. Den ganzen Tag war er auf den Beinen und hatte den Turm der Magier erkundet. Es hatte sich jedoch gelohnt: Nun hatte er ein gutes Bild von der gesamten Anlage und war mehr als überrascht, als ihn ein Magier die Arena zeigte, die durch eine Portaltür betreten werden konnte. Ein gewaltiger Raum, in dessen Mitte sich eine Kampffläche befand, umgeben von einer Tribüne. Die Wände waren aus hartem Felsen, was vermuten ließ, dass sich der Ort in einer Höhle unterhalb des Turms befinden musste.

Er gähnte erneut und streckte sich. Ronan hatte sein Schattensilberschwert auf seinen Rücken gebunden und überprüfte, ob der Tragegurt fest saß. Dabei fragte er sich, ob Amara dabei sein würde und ob sie Talia von ihrer Begegnung erzählt hatte. Lyra lag zu seinen Füßen und schlummerte, ebenfalls erschöpft von den letzten Tagen ohne Auslauf. Er freute sich darauf, dass sie sich endlich auf dem Übungsplatz austoben konnten. Doch Lyra schien diese Vorfreude nicht zu teilen.

Ronan bemerkte drei Magier, die auf ihn zukamen. In ihren blauen Roben, die an einigen Stellen ausgebeult waren, trugen sie Lederharnische und Schwerter.

»Hey Ronan!« Amara winkte ihm zu und näherte sich mit schnellen Schritten. »Schön, dass du heute dabei bist. Wenn wir schon einen Ordensritter dabeihaben, könnten wir gleich ein paar fortgeschrittene Übungen von dir lernen.«

Ronan begrüßte die Runde und wandte sich an Amara. »Klar, gerne. Aber ich fürchte, für mehr als einfache Bewegungen ist nicht genug Zeit. Erst mit viel Training und Wiederholungen sitzen die Hiebe. Die Bewegungen müssen in Fleisch und Blut übergehen und wie ein Reflex ohne Nachdenken erfolgen.« Er wiederholte die Worte seiner Ausbilder und stellte erneut fest, wie sehr er sich verändert hatte. »Aber wieso habt ihr keine Übungsschwerter und warum die Rüstung?«

»Wir trainieren selten in kompletter Ausrüstung, und heute bot es sich an. Außerdem halten Holzschwerter unserer Magie nicht stand, wenn wir unsere Zauber darauf wirken. Warum hast du dein Schwert dabei?«

»Um Bewegungsabläufe zu wiederholen. Ich wollte mich an das Gewicht meines Schwerts gewöhnen, es fühlt sich noch ungewohnt an.«

Ronan bemerkte, dass einer der Magier ungeduldig auf der Stelle trat. Er war deutlich jünger und kleiner als Ronan, mit blondem, lockigem Haar, das ihm wild über das Gesicht fiel. Amara stellte ihn als Rune vor.

»Wow, ist das ein echter Ibris?« Rune zeigte erstaunt auf Lyra, die sich durch den Lärm aus ihrem Schlaf geweckt fühlte und sich streckte. »Darf ich sie streicheln?«

»Das entscheide nicht ich«, sagte Ronan und wies auf Lyra. Sie stand auf, ging langsam zu Rune und setzte sich vor ihn. Er begann, sie am Kopf zu kraulen, und war begeistert von dem Schneeschatten.

»Wie heißt er?«

»Sie heißt Lyra«, antwortete Amara korrigierend.

»Wo bleibt Talia?«, fragte der dritte Magier, Marco, forsch. Er hatte kurzes, dunkles Haar und einen Vollbart. Seine forsche Art erinnerte Ronan an Eadric.

»Sie verspätet sich wie immer«, meinte Rune, während er mit Lyra spielte und eine Kugel aus Eis erschuf, die sie hin und her schoben.

»Da kommt sie«, rief Amara und winkte Talia zu, die gerade aus dem Flur in die Eingangshalle trat.

»Entschuldigt, ich war eingeschlafen«, murmelte Talia und sah zu Ronans Erleichterung erholter aus als beim letzten Treffen in den Archiven.

»Hast du nicht etwas vergessen?« fragte Marco.

Talia bemerkte die Schwerter der anderen und fasste sich an die Stirn. »Verdammt ... ich habe sogar vergessen, mir eines aus der Waffenkammer zu besorgen. So spät bekomme ich keines mehr.«

»Wir finden schon eine Lösung. Ich kann aus der Kammer der Ordensritter eines besorgen. Die sollte unverschlossen sein. Wollen wir? Ich bin wirklich auf eure Magie gespannt«, sagte Ronan und wies auf die Tür zum Innenhof.

»Sei nicht zu erwartungsvoll«, meinte Amara und ging vor.

Als sie auf den Innenhof der Zitadelle traten, hatte Ronan das Gefühl, schon lange nicht mehr dort gewesen zu sein. Meister Finnegan hatte ihm zwar gesagt, dass er mit Begleitung auf den Hof hätte gehen können, aber er wollte viel mehr die einmalige Gelegenheit nutzen, die Räume der Magier des Ordens frei zu erkunden.

Sie gingen zum Übungsplatz der Ordensritter und entzündeten die Fackeln auf der niedrigen Steinmauer mithilfe von Magie. Ronan half ihnen, indem er eine entzündete Fackel löste und damit weitere entzündete.

»Wie kommt's, dass ihr mit Rüstung und Schwertern trainieren wollt? Ich hoffe, ich bin nicht der Grund«, fragte Ronan Talia, die neben ihm gerade eine Fackel entzündet hatte.

»Nein, es steht für einige von uns eine Abschlussprüfung in einigen Monaten an, bei der wir in Rüstung und bewaffnet antreten müssen. Mehr Tradition als tatsächlich notwendig. Wir machen uns deswegen etwas Druck und wollen jede Möglichkeit nutzen, um zu üben, uns in Rüstungen und mit Waffen zu bewegen.«

»Bei euch also auch«, erwiderte Ronan.

Talia schaute ihn verwundert an. »Wir haben ebenfalls in vier Monaten unsere Abschlussprüfung mit insgesamt drei Prüfungen, unter anderem eine in der Arena in der Stadt, wenn diese bis dahin wieder als Arena bezeichnet werden kann.«

Ronan lachte über seinen eigenen Witz, verstummte jedoch schnell, als er Talias nachdenkliches Gesicht sah.

»Ich habe davon gehört«, sagte sie mitleidig. »Ihr müsst dann gegen zum Tode verurteilte Gefangene antreten, habe ich recht?«

»Das stimmt. Ich möchte mir darüber aber erstmal keine Gedanken machen. Am liebsten würde ich es seinlassen … leichtfertig sollte kein Mensch getötet werden.« Ronan entzündete eine weitere Fackel und steckte sie in einen Halter an der Mauer. Bedächtig beobachtete er die zuckende Flamme, die seine inneren Gedanken spiegelte.

»Ist das so?« Talia musterte ihn. »Einige würden diese Ansicht als naiv bezeichnen. Wenn du mich fragst, kommt es darauf an, was diese Person getan hat. Wenn er ein Frauenschänder oder Mörder ist, hat er es mit Sicherheit verdient.« Sie wandte sich zur nächsten Fackel und entzündete sie mit einem Fingerzeig ihrer Magie. »Aber warum hast du dann diese Magier in der Arena getötet?« Talia schaute ihm fest in die Augen, als würde sie darin forschen, ob Ronan die Wahrheit sagen würde.

Ronan überlegte kurz und erinnerte sich an das Gefühl der Verantwortung, das ihn erdrückte, als die Schreie der Menschen um ihn herum in seinen Ohren hallten. Die Wut, die ihn überkam, während er hilflose Bürger sah, die vor seinen Augen getötet wurden, war überwältigend.»Sie flehten mich um Hilfe an … und das hat für mich ausgereicht, zwei Menschen, ohne zu zögern zu töten«, gab er zu, während seine Stimme brach.

Talia suchte weiterhin seinen Blick. Für Ronan wurde es allmählich unangenehm, und er wandte sich ab.

»Wollen wir?« fragte er mit gesenktem Kopf, während er auf den Übungsplatz trat.

»Du bist für mich kein schlechter Mensch. Ich finde, du hast das Richtige getan und solltest dein Handeln nicht verurteilen. Ich tue es nicht.«

Verwirrt drehte sich Ronan zu ihr um, wandte sich jedoch sofort ab, als ihm Tränen aus den Augen traten.

Talia trat auf ihn zu und suchte seinen Blick.»Du hast hilflose Bürger mit deinem Leben beschützt, so wie du mich, eine Fremde, beschützt hast. Außerdem, und das ist viel wichtiger: Indem du die Angreifer aufgehalten hast, hast du verhindert, dass es weitere Opfer gab.« Plötzlich umarmte sie ihn. Ronan war sprachlos. Er wusste nicht, wie er reagieren sollte; seine Emotionen übernahmen das für ihn, und ohne, dass er sich dagegen wehren konnte, rannen weitere Tränen über sein Gesicht. Ihre Worte trafen ihn, und er verspürte Erleichterung, verstanden worden zu sein. Niemand hatte ihm seit seiner Ohnmacht gesagt, ob er das Richtige getan hatte oder nicht. Nur die Bilder der Menschen, die um ihn herum starben, und die Erinnerung daran, dass er zwei Leben ausgelöscht hatte, blieben. Er erinnerte sich nun auch an die Menschen, die durch sein Einschreiten aus der Arena und vor den Schamanen fliehen konnten.

Talia löste die Umarmung und tippte Ronan sanft auf die Brust. »Aber denk auch an dich. Bei der Prüfung wirst du nur dich selbst schützen müssen. Das muss als Grund ausreichen, damit du jemand anderen tötest. Ansonsten könntest du … sterben.«

Er wischte sich über sein Gesicht und atmete tief durch. »Danke. Das werde ich.«

Sie berührte ihn aufmunternd am Arm und schenkte ihm ein Lächeln. »Jetzt können wir«, sagte sie und betrat ebenfalls den Übungsplatz.

# Kapitel 9

»Parade, linke Flanke!« Ronan bellte den Befehl, und Kealin wehrte sofort einen Speerstoß ab. In einer geschmeidigen Bewegung griff er nach dem Schaft des Speers, riss ihn mit einem schnellen Zug zu sich, und der Angreifer stolperte überrascht nach vorn. Kealin nutzte die Gelegenheit und stieß ihm den metallenen Knauf seines Schwertes ins Gesicht. Blut spritzte aus der Nase des Soldaten, der benommen, taumelnd zu Boden fiel.

»Hättest du deinen Speer besser gleich losgelassen«, höhnte Kealin, als der Mann sich blutend zurückzog. Die Menge raunte, dann jubelte sie laut. Eadric genoss den Applaus, warf seine Arme theatralisch in die Luft, um die Zuschauer weiter anzustacheln.

»Es ist noch nicht vorbei«, ermahnte Ronan ihn. Kealin verzog das Gesicht, als wolle er widersprechen, aber der scharfe Blick von Ronan brachte ihn zum Schweigen. Widerwillig nahm er wieder seine Position ein, an Ronans Seite.

Die Regeln der Prüfung waren einfach: Sie durften die Soldaten nicht schwer verletzen oder töten, mussten sie aber überwältigen. Die zehn Soldaten standen nervös in Formation, die Speere fest umklammert. Jeder im Publikum konnte sehen, dass sie verunsichert waren. Ihre Blicke flackerten hin und her, während sie versuchten, Ronans Trupp von vier Ordensrittern einzukreisen.

Ronan und seine Kameraden standen dicht zusammen, doch jeder hatte genug Platz, um sich frei zu bewegen. Die Formation sah auf den ersten Blick unpraktisch aus. Zehn gegen vier – eigentlich hätten die Soldaten leicht die Oberhand gewinnen müssen. Doch Ronan hatte daraufgesetzt, dass diese einfachen Soldaten nicht gewohnt waren, so überlegenen Gegnern gegenüberzustehen. Sie kämpften normalerweise in großen Einheiten, in denen sie sich auf ihre Kommandanten und zahlenmäßige Überlegenheit verließen. Hier, auf dem offenen Turnierfeld, fehlte ihnen das Terrain, die Masse an Truppen und vor allem Befehle.

Ronan konnte fühlen, wie die Spannung wuchs. Er wusste instinktiv, welcher Soldat als nächstes angreifen würde, bevor der überhaupt den ersten Schritt machte. Es war, als wäre jedes Muskelzucken des Gegners ein offenes Buch für ihn. Diese Fähigkeit verlieh ihrer Formation eine bedrohliche Aura – wie ein Raubtier, das nur darauf wartete, dass seine Beute einen Fehler machte.

Der Angreifer von eben rappelte sich auf, spuckte Blut und zwei Zähne aus.»Du Mistkerl«, fauchte er. Kealin brach in schallendes Gelächter aus und zeigte ihm eine obszöne Geste. Der Soldat, blind vor Wut, stürmte vor. Ronan trat blitzschnell einen Schritt nach vorn, und mit einem Tritt gegen das Schienbein ließ er den Soldaten stolpern. Im gleichen Moment trat Eadric ihm ins Gesicht, und der Mann blieb bewusstlos liegen.

»Wird langsam langweilig«, murmelte Kealin, als sie sich wieder in die Formation begaben. Der Rest der Soldaten wagte es nicht, anzugreifen. Sie hielten die Speere vor sich, umklammerten sie so fest, dass die Knöchel weiß hervorstachen. Angst lag in der Luft. Niemand wollte der nächste sein, der zu Boden ging.

Langsam begannen sie, sich weiter zu verstreuen, die Speerspitzen auf die vier Ordensritter gerichtet. Ihre Strategie war offensichtlich: Sie wollten die Gruppe vollständig umzingeln und dann von allen Seiten gleichzeitig angreifen. Doch Ronan hatte diese Taktik bereits durchschaut. Als sich zwei Soldaten links und rechts in Position brachten, bellte er den nächsten Befehl:»Flanken erobern!«

Eadric und Darian reagierten sofort, drehten sich und preschten nach rechts. Eadrics Schwert sauste durch die Luft und schlug den Speer des überraschten Soldaten nach oben. Darian tauchte blitzschnell darunter hindurch, sprintete die letzten Schritte und schlug mit gezielten Hieben zu. Der Soldat ging mit einem Schmerzensschrei zu Boden, sein Speer flog aus seinen Händen. Auf der linken Flanke vollendeten Ronan und Kealin das gleiche Manöver in wenigen Augenblicken, und die verbleibenden Soldaten schauten fassungslos zu, nicht fähig, zu reagieren.

»Weiter!«Ronans Stimme schnitt durch die Verwirrung der Gegner. Sie begriffen, was er vorhatte, doch es war zu spät. Uneins darüber, welche Flanke sie nun verteidigen sollten, gerieten sie ins Chaos. Die Ordensritter nutzten den Moment. Einer nach dem anderen fiel, entwaffnet und kampfunfähig.

Nur einer blieb übrig. Ängstlich ließ er seine Waffen fallen und hob die Hände in die Luft. Die jubelnde Menge feierte den Sieg der Ordensritter. Doch zwischen den Lobrufen erklangen auch wütende Flüche, als für einige Zuschauer klar war, dass sie Wetteinsätze verloren hatten.

Eadric strahlte vor Selbstzufriedenheit.»Das hat mir ein schönes Sümmchen eingebracht«, prahlte er und klopfte Ronan auf die Schulter.»Was?«, fragte er, als Ronan ihn erstaunt ansah.»Ich hab darauf gewettet, dass wir ohne einen Kratzer in Rekordzeit gewinnen. Der Buchmacher war dumm genug, mir eine gute Quote anzubieten.« Er lachte laut.»Jungs, die Runde heute geht auf mich!«

†

Nach der ersten Prüfung verließ Ronans Trupp die Zitadelle und begab sich nach Königsfurt. Es kam nicht oft vor, dass sie Zeit dafür hatten, und normalerweise waren sie zu erschöpft, doch an diesem Tag ergab sich eine einzigartige Gelegenheit, die bestandene Prüfung zu feiern, auch wenn noch zwei bevorstanden. Sie entschieden sich, auf Eadrics Einladung einzugehen, und suchten im Hafenviertel der Stadt eine Taverne auf.

Eadric führte die Gruppe, wie so oft. Er schien jeden im Hafenviertel zu kennen, nickte Bekannten zu, schüttelte Hände, und hier und da bekam er ein kurzes Grinsen. Als sie die Taverne betraten, grüßte der Wirt sie mit einem Nicken, während er Bierkrüge reinigte. Ein leichter Rauchgeruch hing in der Luft, vermischt mit dem Duft nach frischem Brot und Gewürzen. Sie setzten sich an einen der schwerfälligen Holztische, und Eadric bestellte die erste Runde warmen Met, der aus den Nordlanden nach Königsfurt gehandelt wurde und dementsprechend seinen Preis hatte.

Die Wärme des großen Kamins, die Feierstimmung der anderen Gäste und der scharfe, aber wohlige Geschmack des Metes tauten Ronans Körper auf. Der Stress der Prüfung schien mit jedem Schluck weiter zu verblassen. Doch auch wenn die Prüfung leicht gewesen war, spürte er die bleierne Müdigkeit, die an ihm nagte.

Später, als die Krüge sich immer öfter füllten und leerten, legte Kealin, bereits gut angetrunken, einen Arm über Ronans Schulter. Eine Silbermünze tanzte geschickt über seine Fingerknöchel, während er Ronan musterte. »Eines musst du mir noch erklären, Ronan. Wir haben bisher nicht nachgebohrt und es einfach hingenommen, aber wie schaffst du es immer, zu wissen, was dein Gegner tun wird?« Kealin schielte kurz zu Darian und Eadric hinüber. »Ich meine, beeindruckt bin ich schon, aber wie machst du das?«

Ronan hielt inne, als er den Krug gerade an die Lippen setzte. Die Frage überraschte ihn, auch wenn sie längst überfällig war. Das seltsame Gefühl, das ihn im Kampf leitete, war ihm nun über die Jahre vertraut geworden, so vertraut, dass er aufgehört hatte, es zu hinterfragen. Es war wie ein sechster Sinn, eine Gewissheit, die einfach da war, aber die er nicht erklären konnte.

»Talent, schätze ich«, antwortete er nach einem Moment, zuckte mit den Schultern und nahm einen Schluck.

Kealin hob eine Augenbraue und lachte kurz, ohne das Münzenspiel zu unterbrechen. »Talent? Talent haben wir alle, und keiner von uns kann, was du kannst. Du bist nicht der stärkste oder schnellste von uns, aber deine Reflexe, deine Intuition ... als wärst du auf einem Schlachtfeld geboren.«

Ronan stellte seinen Krug ab und ließ seinen Blick über die Runde schweifen. Die Frage bohrte sich tiefer, als er zugeben wollte. Sein Vater hatte immer gesagt, es sei das Blut, das in ihm floss – das Blut des Großmagus. Oft genug dachte Ronan darüber nach. Er konnte sich nicht vorstellen, dass diese Veranlagung von ihm stammte. *Aber was ist, wenn doch?*

»Mein Vater meinte, dass ich es im Blut hätte und daher allen etwas voraus.« Ronans Stimme klang leise, fast abwesend. »Ich glaube aber nicht, dass das irgendetwas mit ihm zu tun hat.«

»Wer war noch gleich dein Vater?«, fragte Kealin, während er sich an Eadric wandte. »Weißt du, wer Ronans Vater war?«

Eadric hob seinen Krug und grinste breit. »Der Großmagus höchstpersönlich!«

Daraufhin stießen auch Kealin und Darian ihre Krüge in die Höhe, und sie prosteten auf den Großmagus an. Ronan lächelte matt. Seine Kameraden nutzten jede Gelegenheit, um sich gegenseitig zu sticheln, und er schätzte es – es war ihre Art, sich nach den harten Zeiten zu entspannen. Doch tief in ihm regte sich ein Zweifel, der an ihm nagte.

»Da haben wir es«, sagte Kealin und wandte sich wieder an Ronan. »Es ist nicht das Blut deines Vaters. Sonst würdest du ja wohl kaum mit uns hier sitzen, sondern irgendwo Feuerbälle auf Übungsplätze schleudern.« Er lachte bei der Vorstellung, und selbst Ronan musste grinsen. Es war absurd, sich ihn als Magier vorzustellen, und doch war es eine Erinnerung an das Erbe, das er nie ganz abschütteln konnte.

Kealin wurde jedoch ernst und stieß Ronan leicht gegen die Schulter. »Wenn du weißt, was es ist, und es hat irgendetwas mit deiner Ohnmacht in der Arena zu tun, dann musst du es uns sagen, ja? Wir machen uns seither Sorgen um dich.«

Darian und Eadric hatten ihre Gespräche unterbrochen und sahen Ronan ebenfalls an, die Sorge in ihren Augen sichtbar. Ronan spürte, wie das Gewicht des Moments auf ihm lastete, und für einen Augenblick überlegte er, ob er ihnen mehr sagen sollte. Doch was hätte er ihnen erzählen sollen? Er wusste es doch selbst nicht.

»Natürlich«, sagte er und winkte dem Wirt, eine weitere Runde zu bringen. »Aber ihr braucht euch keine Sorgen zu machen. Das war der Kultist mit seiner Magie. Die Ordensmagier meinten, ich hätte Glück gehabt.«

»Du hast immer Glück«, murmelte Eadric, als er die neuen Krüge entgegennahm. »Aber irgendwann geht auch deine Glückssträhne zu Ende.«

Darian hob seinen Krug und grinste. »Aber dann kannst du dich auf uns verlassen. So oft, wie du uns während der Ausbildung aus der Gülle gezogen hast.«

»So oft war das nicht«, protestierte Kealin, doch sein Tonfall war gutmütig.

Die Diskussion wurde lauter, als sie zu streiten begannen, und Eadric ging dazwischen, wie immer. Ronan lehnte sich zurück und lachte. Es war ein vertrautes Schauspiel, das sie alle durch die Jahre hindurch begleitet hatte. Und auch wenn die Zweifel tief in ihm nagten, wusste er eines sicher: Auf diese Männer konnte er sich verlassen. Jederzeit.

Alle hoben erneut ihre Krüge, und inmitten des Getöses der Taverne stießen sie miteinander an.

# Kapitel 10

»Du hast bewiesen, dass du ein Anführer sein kannst. Du bist geschickt im Kampf, und deine Ausbilder können sich nicht mehr daran erinnern, wann du zuletzt ein Duell verloren hast.« Ronan befand sich in einem dunklen Raum im Inneren des Magierturms. Er saß auf einem einfachen Stuhl, und ihm gegenüber stand ein Magus, mit einer Vorliebe für Seelenmagie. Das schwache Licht der Fackeln warf zitternde Schatten auf die Wände, ließ den Raum bedrohlich wirken und verwischte die Konturen des Mannes vor ihm. Eine Frauenstimme hinter Ronan fuhr fort: »Und du hast auf unerklärliche Weise erfolgreich gegen einen Efreet gekämpft und beim Anschlag in der Arena zwei gefährliche Kultisten getötet. Du musst stolz auf deine bisherige Leistung sein, oder etwa nicht?«

Ronan schwieg. Er wusste, dass dies ein Test war, der ihn an seine Grenzen bringen sollte. Die Magierin und der Magus suchten nach seinem verwundbarsten Punkt. Ihre Worte sollten ihn provozieren, ihn emotional brechen. Darian und Eadric hatten diese Prüfung bereits durchlaufen, und die Erschöpfung, die er in ihren Gesichtern gesehen hatte, sprach Bände. Ronan konnte die Müdigkeit in seinen eigenen Knochen spüren, doch er hielt stand. Die Seelenmagie des Ordens war dafür bekannt, dass sie die tiefsten Geheimnisse an die Oberfläche holte.

Die Frau höhnte hinter ihm, dann spürte er eine Hand auf seiner Schulter. »Magus Yone, kennst du seine Eltern? Seine Mutter ist Ysara, deine Cousine, wenn ich mich nicht irre. Erinnerst du dich an sie?«

Ronan zuckte unwillkürlich zusammen, als der Name seiner Mutter fiel. Er wusste sofort, dass er einen Fehler gemacht hatte.

Selbst wenn Magus Yone tatsächlich sein Verwandter war, war ihm klar, dass dies nur der Auftakt war – der eigentliche Angriff würde auf seinem Vater angesetzt werden. Darauf war er vorbereitet, doch der Name seiner Mutter löste etwas in ihm aus, das er nicht kontrollieren konnte. Ein Sturm braute sich in seinem Inneren zusammen, doch er versuchte, sich nichts anmerken zu lassen. Zu spät.

Die Wände begannen zu knacken. Mauersteine lösten sich, schwebten durch die Luft, und hinter ihnen breitete sich eine unendliche Dunkelheit aus. Der Raum verformte sich. Der Magus vor ihm wandelte sich – das Gesicht seines Vaters trat klar hervor, hart und unerbittlich. Die Magierin hinter ihm trat langsam in sein Sichtfeld. Ronan hielt den Atem an. Seine Mutter. Sie stand dort, blutüberströmt, ihr Gesicht zerfledert, ihre Augen vor Schmerz und Wut verzerrt. Er sprang auf, wollte etwas sagen, doch eine unsichtbare Kraft warf ihn zurück auf den Stuhl.

Die Decke und die Wände lösten sich weiter auf, bis nichts mehr außer einem kalten Nachthimmel blieb, übersät mit Sternen, so weit entfernt wie seine Eltern es jetzt waren. Die Kälte schnitt ihm in die Haut, und die Leere drückte auf seine Brust.

»Ronan, mein Schatz, was sollen wir nur mit dir machen? Du bist ein Nichtsnutz, und deinetwegen bin ich gestorben.« Ysara schmiegte sich an Lucan, ihren Mann, als ob sie Trost suchte. »Lucan, was machen wir nur mit ihm? Er sollte für das bestraft werden, was er mir angetan hat.«

»Das wird er«, sagte Lucan, seine Stimme so kalt wie die Nacht um sie herum. Mit einer Handbewegung ließ er

Feuerbälle auf Ronan zuschießen. Sie umkreisen ihn bedrohlich, und er wusste, dass es keinen Ausweg gab.

Ronan sprang vom Stuhl auf, instinktiv griff er nach seiner Waffe – und zu seiner Überraschung umschlossen seine Finger den vertrauten Griff. Mit einem waagerechten Hieb zerteilte er die Feuerbälle, die sich in einem Funkenregen auflösten. Seine Klinge, durchzogen von silbernen Adern, begann azurblau zu pulsieren. Blaue Flammen brachen aus dem Metall hervor, umhüllten die Waffe und strahlten eine wohlige Wärme aus, die die Kälte der Nacht vertrieb.

Seine Mutter, blutüberströmt und mehr einer wandelnden Leiche ähnlich, versetzte ihm jedoch einen Schlag, der viel mehr weh tat als die Kälte oder die Feuerbälle hätten können. Der Schmerz in seiner Brust, nicht nur von der körperlichen Erschöpfung, sondern von der Enttäuschung, von der sie sprach, zerriss ihn innerlich. Doch stieg eine unbekannte Wut in ihm auf.

Er wirbelte das brennende Schwert in schnellen Bewegungen durch die Luft, bereit für den nächsten Angriff.

»Lucan, tue doch etwas. Deinem Sohn hat es nicht gereicht, mich einmal zu töten. Er wird es wieder tun.« Ysaras Stimme war nur noch ein heiseres Flüstern, ihr Gesicht war kaum noch menschlich, während ihr Körper mehr und mehr zerfiel.

»Wie erbärmlich du doch bist«, schallte eine tiefe Stimme durch die Leere. Ronan erstarrte. Es war die Stimme des Efreets. Ein unheimliches Lachen folgte. »Ein Magier, der seine eigene Magie nicht kennt. Ein Krieger, der seine Waffe nicht zu nutzen weiß. Ein Kind, das von seiner Familie verstoßen wurde.«

Er wusste, dass dies nur eine Illusion war, ein Trick der Seelenmagier, aber das Wissen machte es nicht leichter. Panik und Übelkeit stiegen in ihm auf, als er plötzlich fiel. Die Schwerkraft schien aufgehoben. Immer wieder stürzte er ins Leere, während die verzerrten Gesichter seiner Eltern ihn mit Vorwürfen und Beleidigungen überhäuften. Der Boden unter ihm verschwand, und er schwebte zwischen Realität und Wahnsinn.

Plötzlich landete er hart auf dem Steinboden. Sein Körper schmerzte, jeder Muskel brannte vor Erschöpfung. Sein Flammen überzogenes Schwert lag neben ihm, doch bevor er danach greifen konnte, trat seine Mutter ihm mit unmenschlicher Wucht in die Seite. Er keuchte, spuckte Blut. Die Schmerzen waren überwältigend.

»Das ist alles eine Illusion«, hörte er die Stimme des Efreets wieder. »Sie sind nicht echt. Nichts von alledem ist echt.«

Ronan hörte seine Worte, spürte jedoch seine gebrochenen Knochen und den Schmerz. Aber es war eine Illusion, nichts mehr. Er zwang sich, aufzustehen, seinen Schmerz weg zu schließen. Für den Bruchteil eines Moments umhüllten Ronan azurblaue Flamme und erloschen im nächsten Moment wieder. Das Brennen seiner Wunden ließ plötzlich nach, der Schmerz verschwand. Verwirrt sah er an sich hinab. Kein Blut. Keine Verletzungen. Es war, als wäre nie etwas geschehen.

Ronan sah sich im Dunkel um sich herum um. »Was willst du von mir?« Seine Stimme war heiser, fast gebrochen.

Der Efreet lachte grausam. »Von dir? ... Was sollte ich von dir schon wollen.« Mit einem grellen Flammenausbruch verblasste der Nachthimmel, und Ronan fand sich in der Mine wieder, in der er einst gegen den Efreet gekämpft hatte. Alles war wie damals: Caius, Meisterin Elvira, Talia – sie alle suchten den Ausgang.

Der Efreet, ein flammengewordener Mensch, stand neben ihm und beobachtete die Szene, sein Gesicht voller Abscheu und Neugier. »Ich habe mich seit jenem Tag gefragt, was aus mir geworden ist. Vielleicht werden deine Erinnerungen mir dabei helfen, die Antwort zu finden.«

Der Efreet schritt auf den Kristall zu, in dem er eigentlich eingeschlossen sein sollte. Ronan folgte ihm zögerlich und trat an seine Seite. Es widerstrebte ihm, neben einer so gefährlichen Kreatur zu stehen, aber solange alles eine Illusion war und in seinem Kopf stattfand, dürfte ihm der Efreet nichts anhaben können. Zusammen starrten sie auf den Kristall, als eine grelle Flamme sich plötzlich durch das Eis brannte. Ein kleines azurblaues Licht löste sich aus dem Loch und schmiegte sich an das Schattensilbererz in der Felswand. Ohne Vorwarnung loderte der Efreet wieder auf und blendete Ronan.

Als seine Sicht sich klärte, fand er sich in der Schmiede wieder, wie er aus dem Schattensilber sein Schwert schmiedete. Der Efreet funkelte wütend.

»Das ist also mein Schicksal? Eingesperrt in Metall, reduziert auf eine Waffe in den Händen eines Kriegers? Wie erbärmlich.«

Seine Flammen loderten bedrohlich. Sie reisten weiter durch Ronans Erinnerungen, aber er konnte nichts dagegen tun. Wenn sie in seinem Kopf waren, warum konnte er die Situation nicht kontrollieren? Doch wie sollte er das anstellen?

»Ich kann deine Gedanken hören«, stellte der Efreet mit kaum unterdrücktem Ärger fest. »Ich könnte dich jederzeit aus dieser Illusion befreien.«

»Dann tu es!«

Der Efreet lachte leise. »Warum sollte ich? Das erste Mal seit jenem Tag kann ich wieder frei denken und mich bewegen.

Es fühlt sich großartig an. Was würde ich jetzt für den Geschmack eines echten Magiers geben! Die zwei, die du mir bisher vorgeworfen hast, waren abscheulich. Ich will wahres, magisches Blut.«

Plötzlich hielt der Efreet inne, als wäre ihm etwas aufgefallen.»Jemand tut dir das hier an. Irgendein Magier. Er hält dich in dieser Illusion gefangen. Was meinst du – töten wir ihn?«

Der Efreet kicherte aufgeregt, und die Vorfreude funkelte in seinen Augen.

»Du wirst gar nichts tun! Schon gar nicht wir.« Ronan war abgestoßen von der Kreatur neben ihm.»Ich befinde mich im Magierturm des Ordens, in einer Prüfung …«

»Umso besser! Mehr Opfer, die ich verschlingen kann!« Der Efreet lachte schallend, als hätte er bereits die Szene vor sich, wie er die Magier niedermetzelte und ihre Magie in sich aufsog.

»Du verstehst nicht«, Ronan hielt seine Stimme ruhig.»Hier sind die mächtigsten Magier des Königreichs. Was könntest du ihnen schon entgegensetzen? Außerdem bist du gefangen – im Schattensilber, und du kannst dich nicht befreien. Das Erz …«

»Ja, ja, … es hält mich gefangen«, unterbrach ihn der Efreet ungeduldig.»Deshalb habe ich einen Vorschlag für dich. Geh mit mir einen Pakt ein.«

Ronan zögerte. Er erinnerte sich daran, in den Schriften seines Vaters etwas über magische Pakte gelesen zu haben. Magier konnten einen Pakt mit Geistern eingehen, um deren Kräfte zu nutzen – solange sie ihren Teil der Abmachung erfüllten.

»Ich kann keinen Pakt mit dir eingehen, selbst wenn ich wollte. Ich bin kein Magier.«

Der Efreet lachte erneut und klopfte Ronan auf die Schulter. Flammen brannten sich in die Lederrüstung, doch Ronan spürte keine Hitze.

»Du verstehst es immer noch nicht, oder? Sollen wir uns deine Erinnerungen noch einmal genauer ansehen? ... Wie konntest du mich besiegen? Woher wusstest du, dass der Kristall meine Schwachstelle war? Wieso gehst du immer siegreich aus deinen Kämpfen hervor? ... Ich zeige dir, was ich gesehen habe.«

Plötzlich formten sich die Flammenhand des Efreets zu einem Schwert und er schlug nach Ronan. Sofort erschien Ronans eigenes Schwert in seiner Hand, und sein Körper reagierte instinktiv, parierte den Angriff, ohne dass Ronan bewusst handeln musste.

»Eine alte Magie, die oft mit angeborenem Talent verwechselt wird. Sie benötigt keine Zaubersprüche oder Rituale«, erklärte der Efreet, während sein Flammenschwert verschwand, und auch Ronans Waffe löste sich in Luft auf. »Noch bevor es den Orden der Magier gab, nannten die Alten diese Fähigkeit Fokusmagie. Du dachtest doch nicht wirklich, dass ein Kind von zwei magiebegabten Elternteilen ohne Magie zur Welt kommt, oder?« Der Efreet musterte Ronan amüsiert. »Ich muss gestehen, ich habe noch nie einen Magier wie dich getroffen. Umso mehr würde ich gerne mehr von deiner Magie kosten.«

»Mehr?« Ronan konnte kaum einen klaren Gedanken fassen.

»Erinnerst du dich nicht? Eben haben wir es noch gesehen. Als du die fertige Klinge in deinen Händen hieltest und dich daran geschnitten hast. Dein Blut hat mich aus meinem Winterschlaf geweckt. Es war köstlich.«

Ronan erinnerte sich – an den Schnitt und an das Blut der Kultisten, das der Efreet in der Klinge aufgenommen hatte. Es bestand kein Zweifel mehr. Doch die Vorstellung, er könnte Magie besitzen, war absurd. Sein Vater hatte ihn als Kind immer wieder getestet, nur um festzustellen, dass er magielos war. Deswegen hatte sein Vater ihn verstoßen. Seine Mutter hatte es nicht mehr ertragen und floh, wobei sie letztlich getötet worden, weil Ronan keine Magie besaß.

»Also, was sagst du?« Die Stimme des Efreets klang wie purer Honig. »Ich bleibe deine treue Waffe und helfe dir in deinen Kämpfen, und im Gegenzug tötest du hin und wieder Magier ... oder diese Kultisten. Wir beide würden profitieren. Und du wirst aus dieser Illusion befreit. Wer weiß, wie lange du noch hier gefangen wärst, ohne mich. Zeit fließt hier anders, weißt du. Und wenn du ablehnst, wirst du die Albträume allein durchstehen müssen. Wer sagt dir, dass du nicht zusammenbrichst, bevor du Ordensritter wirst?«

Der Efreet streckte ihm seine brennende Hand entgegen und wartete.

»Und was passiert, wenn ich meinen Teil des Pakts nicht erfülle?« Ronan überlegte. »Sagen wir, ich werfe dich in den nächsten Brunnen?«

»Oh, so einfach ist das nicht. Wenn du den Pakt brichst, werde ich dich heimsuchen. Vielleicht verschlinge ich dich am Ende sogar. Aber keine Sorge, solange du mich als Waffe führst, hast du nichts zu befürchten.« Ein feuriges Lächeln flackerte auf dem Gesicht des Efreets auf, während er Ronan zu beruhigen versuchte – vergeblich.

»Mit jedem toten Magier wirst du mächtiger, nicht wahr?«

»Du bist klüger, als du aussiehst. Ja und nein. Ihre Magie lässt mich leben und vielleicht stärker werden, aber du wirst auch mächtiger. Vergiss das nicht. Schließen wir diesen Pakt, werden wir beide unaufhaltsam sein. Keine Magie und keine Krieger können uns etwas anhaben.«

Ronan ließ sich die Worte des Efreets durch den Kopf gehen. »Gut, ich gehe den Pakt mit dir ein. Du hilfst mir, und ich führe dich als meine Waffe.«

Zögernd ergriff er die flammende Hand.

»Ich, Morvan, nehme den Pakt an«, sagte der Efreet mit einem triumphierenden Funkeln in den Augen. »Ach, und ein Rat: Verrat den Magiern nichts von mir. Sie könnten dich hinrichten, wenn sie merken, dass du diese Prüfung ohne eigene Kraft bestanden hast und das mit Hilfe eines Geistes. Es wäre für sie leichter, dich zu töten, um mich loszuwerden.«

Schlagartig wurde alles dunkel. Ronan fühlte sich, als würde er fallen. Als er die Augen wieder öffnete, saß er schweißgebadet im Turm der Magier, das Gespräch mit dem Efreet schon halb vergessen. Doch die Wahrheit blieb: Er war ein Magier, und der Feuergeist lebte in seiner Klinge.

Magus Yone stand ihm immer noch gegenüber, überrascht. »Wie bist du …?«, setzte Magus Yone an.

»Das ist unmöglich«, unterbrach die Magierin. »Du warst so lange in dem Zauber gefangen. Niemand kann diesen Zauber brechen, es sei denn, Magie ist im Spiel.«

»Das reicht«, sagte Magus Yone scharf. »Offensichtlich konnte Ronan den Zauber durch seine Willenskraft brechen. Ich sehe keinen Grund, daran zu zweifeln.«

Die Magierin funkelte ihn an. »Das sagst du nur, weil er mit dir verwandt ist!«

»Stellt ihr meine Entscheidung infrage?« Yone blickte sie streng an. »Ich spüre keine Magie an ihm. Also, was könnte sonst den Zauber gebrochen haben?« Er wandte sich an Ronan. »Glückwunsch. Du hast bestanden.«

†

Ronan trat in den Schlafsaal seines Trupps und ging wie in Trance zur schwarzen Klinge, die neben seinem Bett auf der Kommode lag. Die azurblauen Flammen der Prüfung blitzten in seinem Kopf auf – ein blendendes Licht, das ihn immer wieder durch seine eigene Vergangenheit schleuderte. Ihm wurde übel bei dem Gedanken. Er wünschte sich, die Erinnerungen würden verblassen wie ein schlechter Traum. Doch alles war so lebendig, als hätte die Prüfung ihm jeden schmerzhaften Moment ins Gedächtnis eingebrannt. Der Efreet in seinem Schwert, die düsteren Offenbarungen – nichts davon fühlte sich irreal an. Der Pakt mit Morvan war kein Trugbild.

Das Buch, das Talia ihm gegeben hatte, lag nur eine Handbreit entfernt. Es könnte Antworten auf seine Fragen bereithalten. Aber er griff nicht danach. Etwas hielt ihn zurück, ließ ihn wie versteinert vor der Klinge verharren. Die Angst kroch ihm den Rücken hinauf, seine Knie zitterten.

Ein Geräusch riss ihn aus seiner Starre. Ronan sah sich um. Darian saß auf seinem Bett, den Blick auf den Boden gerichtet, regungslos. Es war ein ungewohnter Anblick. Normalerweise trug Darian immer dieses selbstsichere Lächeln, das ihn unangreifbar wirken ließ. Jetzt war sein Gesicht von Trauer und Entsetzen gezeichnet.

»Ist alles in Ordnung?« Ronan trat näher, vorsichtig, als würde er ein verletztes Tier ansprechen.

»Was soll schon sein?« Darians Stimme war leise, voller Zorn. Seine Augen blitzten kurz zu Ronan, dann rannen Tränen über sein Gesicht. Doch es war nicht die Trauer, die darin am deutlichsten lag – es war Hass. Ronan spürte, wie sich die Spannung in der Luft verdichtete, und wusste, dass sein Freund jeden Moment angreifen könnte.

»Wenn du reden willst, ich bin da«, sagte Ronan ruhig und kniete sich vor Darian hin. »Du musst das nicht allein durchstehen.«

Darian wandte sich ab. »Worüber sollte ich reden?« Seine Stimme klang brüchig, doch seine Haltung blieb stur.

»Kealin würde sofort merken, dass dich was quält. Ich war auch in der Prüfung. Ich weiß, was sie uns gezeigt haben. Du musst es nicht allein tragen, egal was passiert ist.«

»Lass mich einfach in Ruhe!« Darian sprang auf, seine Faust schoss vor. Ronan sah den Schlag kommen, doch er wich nicht aus. Darians Faust traf ihn mit voller Wucht im Gesicht, und Ronan stürzte rücklings zu Boden. Der Schmerz pulsierte durch seine Lippe, die aufgeplatzt war, aber nichts schien gebrochen.

»Warum bist du nicht ausgewichen?« Darians Stimme klang fassungslos, als er auf seine Faust starrte, dann auf Ronan.

Ronan setzte sich langsam auf und spuckte Blut auf den Boden. »Du bist nicht mein Feind.«

Er stand wieder auf und stellte sich vor Darian. Der Zorn in Darians Augen war verschwunden. Stattdessen blickte ihm ein gebrochener Mann entgegen. Die Reue stand ihm ins Gesicht geschrieben.

»Mach dir keine Gedanken«, sagte Ronan, rieb sich das schmerzende Kinn und zwang sich zu einem Lächeln. »Aber vielleicht solltest du dir nächstes Mal eine weniger schmerzhafte Methode überlegen.«

Darian verzog das Gesicht, dann reichte er ihm ein Tuch. »Hör auf zu grinsen«, murmelte er. »Mit all dem Blut siehst du aus wie ein Wahnsinniger aus der Gosse von Königsfurt.« Ronan setzte sich auf Kealins Bett, Darian gegenüber. Stille hing schwer zwischen ihnen. Ronan sah, wie Darian innerlich kämpfte, nach Worten suchte. Schließlich sprach er.

»In der Prüfung ... sie haben mir das Massaker von Winterhafen gezeigt. Ich war dort, Ronan. Ich habe gesehen, wie diese Bestien alles zerstört haben. Sie haben die Menschen abgeschlachtet. Ich sah, wie sie meine Eltern töteten, direkt vor meinen Augen.« Darians Stimme bebte, seine Hände zitterten. »Diese Magier haben mich gezwungen, das alles wieder und wieder zu erleben, bis ich dachte, ich würde daran zerbrechen.«

Er ballte die Fäuste. »Ich habe überlebt. Und ich habe mir geschworen, so etwas nie wieder zuzulassen. Falls diese Bestien noch leben, werde ich mich an jeden einzelnen rächen. Deswegen will ich Ordensritter werden. Ich will an der Front stehen und kämpfen. Ich muss das.«

Ronan sah die Entschlossenheit in den Augen seines Freundes, das Feuer, das ihn antrieb. Aber es war die Art von Feuer, die zerstörte. Der Gedanke an Darians Rachegelüste machte ihm Sorgen. Doch das Feuer ließ ihn auch durchhalten – es gab ihm Disziplin, Willenskraft. Ronan konnte nicht leugnen, dass Darian Erleichterung zu finden schien, indem er über seine Vergangenheit sprach. Doch die Bilder, die er beschrieb, brannten sich nun auch in Ronans Kopf.

Darian sah ihn plötzlich an. »Und du? Was hast du gesehen?«

Ronan zögerte. Die Bilder seiner Eltern blitzten in seinem Kopf auf. Er erzählte Darian, wie er sie in der Prüfung gesehen hatte – wie seine Mutter zur lebenden Leiche wurde, wie er gegen sie und seinen Vater kämpfen musste. Aber die Sache mit dem Efreet und dem Pakt ließ er aus. Das musste er erst allein verarbeiten, bevor er seine Freunde damit beunruhigte.

# Kapitel 11

Ronan hörte das Jubeln und die Rufe der Zuschauer der Arena, als einer der angehenden Ordensritter das unausweichliche Urteil gegen einen der Mörder der Stadt Königsfurt vollstreckte. Für ihn war es grauenvoll. Der Orden hatte vor Jahrhunderten, gemeinsam mit dem damaligen König, entschieden, dass ein Ordensritter zum Abschluss seiner Ausbildung einen zum Tode verurteilten Straftäter im Zweikampf in der Arena töten musste. Den Verurteilten wurde dabei die Hoffnung gemacht, dass sie, wenn sie siegreich aus der Arena traten, begnadigt werden könnten. Ronan wusste nicht, ob es jemals einen solchen Fall gegeben hatte. Ein einfacher Bürger, der aus welchen Beweggründen auch immer jemanden ermordet oder geschändet hatte, konnte im Kampf gegen einen Ordensritter nicht bestehen. Ein noch so geschickter Kämpfer verlor in der Zeit im Kerker seine Kraft und kam ausgemergelt in die Arena, kaum in der Lage, ein Schwert zu heben. Für die Stadt war es ein Fest, Genugtuung für die Hinterbliebenen und Schadenfreude für alle, die sich an einem solchem Spektakel ergötzten.

Ronan wartete als Letzter im Gewölbe unter der Arena. Auch an diesem Ort hatte der Angriff der Kultisten Spuren hinterlassen. Pfeiler, die die Arena stützten, waren vereinzelt beschädigt oder ganz gebrochen. Zum Ausgleich des Schadens wurden provisorische Holzbalken aufgestellt, die das Fundament stützten.

Wieder hörte er das Jubeln der Menge, das das Ende eines Kampfes und den Tod eines weiteren Menschen begleitete. Noch bevor Ronan Schritte hörte, konnte er spüren, dass sich jemand näherte. Seitdem er wusste, dass er irgendeine alte Magie besaß und den Pakt mit dem Efreet eingegangen war, schien seine Vorahnung um einiges stärker ausgeprägt zu sein. Er wusste nicht, ob es an der Bindung mit dem Geist lag oder ob durch die reine Erkenntnis über die Magie seine Sinne geschärft wurden.

Caius trat aus dem Dunkeln in das schwache Licht der Fackeln des Gewölbes. »Ronan, dein Kampf steht als Nächstes an. Bist du bereit?«

Ronan schwieg und schulterte sein Schwert, was für Caius unmissverständlich war. Das Herz in Ronans Brust klopfte laut und schlug ihm in den Ohren. Gemeinsam gingen sie zur Rampe, die hoch in die Arena führte. Auf dem Weg kam ihnen Kealin entgegen, dessen Schwert blutverschmiert war und in seinen Händen zitterte. Er bemerkte Ronan kaum und schien mit seinen Gedanken beschäftigt zu sein. Ronan wusste, dass Kealin soeben das erste Mal jemanden das Leben genommen hatte. Ein Körper konnte noch so gut trainiert werden, aber die Realität des Tötens wog schwer. Ronan hatte das kürzlich am eigenen Leib erfahren, und selbst jetzt, nachdem er zwei Menschen getötet hatte, hatte er Angst. Sie betraten die Rampe, und Caius nickte Ronan bedeutungsvoll zu. Ronan erwiderte die Geste, und Caius klopfte ihm mitfühlend auf die Schulter, bevor er allein hinauf in die Arena ging.

Das grelle Licht der Sonne blendete Ronan, der sich an die Dunkelheit der Gewölbe gewohnt hatte. Die Stimme eines Zuschauers überschallte das bereits eingestimmte Jubeln der Menge und kündigte Ronan an. »Da kommt er! Der Sohn des Großmagus Lucan Valon!« Die Menge jubelte umso lauter. Ronans Beine zitterten bei jedem Schritt, den er weiter in die Arena trat. Ein Kloß bildete sich in seinem Hals, und er begann schwer zu atmen, als wäre er gerade gerannt. Er wusste, dass er kein Wort herausbekommen würde, wenn er jetzt sprechen müsste, und versuchte daher tief durchzuatmen, um sich zu beruhigen. Eben noch konzentrierte er sich auf Kealins Kampf, um herauszufinden, ob sein Freund gewann oder starb. Er hatte dabei auf seine eigenartige Magie zurückgegriffen. Nun, da er sie nicht mehr nutzte, machte sich Erschöpfung in seinem Körper breit, und die Aufregung setzte ihm zusätzlich zu.

Ronans Augen gewöhnten sich nach und nach an das Tageslicht, und er konnte gegenüber in der Arena einen Mann erkennen, dem gerade die Fesseln abgenommen wurden. Zu seiner Überraschung sah der Mann nicht ausgemergelt oder kraftlos aus.

Dem Mann wurde ein Schwert vor die Füße geworfen, und die Wachen entfernten sich aus der Arena. Er beugte sich zu der Waffe herunter und griff danach. Zwischen all den Gefühlen und Eindrücken spürte Ronan etwas an diesem Mann – etwas Gefährliches, eine Mordlust und ein Feuer, das in ihm brodelte.

Es brauchte kein Signal, damit der Kampf begann. Er hatte sofort begonnen. Ronan ging mit Bedacht auf den Mann zu. Sie waren noch ein gutes Stück voneinander entfernt, und Ronan wollte ihn besser einschätzen können, bevor er seinen ersten Angriff wagte. Langsam öffnete er sein Schwertgurt vor seiner Brust, und zog zeitgleich sein schwarzes Schwert aus Schattensilber. Die silbernen Adern des Metalls glitzerten im Licht der Sonne und verliehen Ronans Bewegung eine besondere Eleganz, die ein Raunen bei den Zuschauern auslöste. Die Schwertscheide fiel auf den Boden hinter Ronan, und als wäre das das Signal, preschte sein Kontrahent auf ihn zu. Mit schnellen Schritten verkürzte er den Abstand zwischen sich und Ronan. Als er in Schlagreichweite geriet, versuchte er, Ronan mit einem Stoß in Richtung seines Herzens zu treffen. Ronan parierte den Angriff bewusst, indem er die Klinge mit seiner eigenen zur Seite lenkte, und bemerkte, dass das Silber der Adern seiner Klinge anfing, azurblau zu pulsieren. Unbewusst parierte Ronan einen zweiten, beinahe zeitgleichen Angriff. Aus der freien Hand des Mannes hatte sich ein kleiner Feuerpfeil gelöst, und nur durch die Fokusmagie konnte Ronan diesen hinterhältigen Angriff abwehren. Der Verurteilte blieb unbeeindruckt und vollführte eine geschickte Drehung, um erneut mit dem Schwert Ronan anzugreifen. Ronan parierte den Angriff mit seinem Schwert, und bei dem Aufprall brachen azurblaue Funken aus den Adern, die in alle Richtungen sprühten. Erneut gingen Raunen und Jubeln von den Schaulustigen aus. Ronan nahm es kaum wahr, da er sich mit jedem Moment weiter in den Kampf vertiefte. Er wusste sofort, dass sein Gegner kein leichter Kampf werden würde, doch dass sie einen zum Tode verurteilten Magier gegen ihn in die Arena schicken würden, konnte er nicht erahnen. Den Grund dafür hätte er zu gern sofort gewusst, doch musste er zunächst überleben.

Ronan stieß seinen Kontrahenten mit einem Tritt von sich und wollte selbst in den Angriff übergehen, doch der Magier durchschaute ihn und sprang bereits akrobatisch zurück. Sofort erhielt Ronan als nächste Hürde vier Eisdolche, die auf ihn zuflogen. Er duckte sich unter zwei von ihnen hinweg und zerschnitt die restlichen zwei mit seiner Waffe, woraufhin wieder bedrohliche Funken flogen. Sofort nahm Ronan die Verfolgung auf. Auf Distanz, so merkte er schnell, würde er den Kürzeren ziehen. Er durfte sich keine Pause gönnen und musste selbst in die Offensive wechseln.

Der Magier sah fasziniert auf Ronans schwarze Klinge, die zu dampfen begann und eine starke Hitze ausstrahlte. Ronan nutzte den Moment, den ihm der Magier geschenkt hatte, und führte einen Hieb nach oben aus. Die Klinge stieß auf Widerstand und schnitt über die Haut des Magiers, der nur knapp größeren Verletzungen entgehen konnte. Der Magier sprang zurück. Ronan blieb an Ort und Stelle und nahm eine Verteidigungshaltung ein, um seinem Gegner Überlegenheit zu demonstrieren und um anfliegende magische Projektile abwehren zu können. Kurz nachdem Ronan seine Haltung eingenommen hatte und sein Schwert bereit zum Schlag hielt, begann die Klinge, sich in azurblaue Flammen zu hüllen. Der Anblick ließ den Magier weiter zurückweichen. Verunsichert blickte er fragend in die Zuschauerreihen. Ronan folgte seinem Blick und sah das Podium des Ordens der Magier, wo auch sein Vater saß und den Kampf verfolgte.

Eine Lanze aus purem Eis, gefolgt von einem Feuerball, flogen auf Ronan zu und rissen ihn zurück in den Kampf. Dank seiner eigenen Magie wusste Ronan, wo die Angriffe treffen würden, und führte zwei schnelle Hiebe aus. Der erste Hieb zerschnitt die Eislanze und verwandelte sie in wirkungslosen dichten Wasserdampf. Als der zweite Hieb den Feuerball traf, löste dieser eine Druckwelle aus, die den Wasserdampf explosionsartig auflöste und Ronan zurückwarf. Die azurblauen Flammen seines Schwertes schützten ihn vor der Hitze des zerteilten Feuerballs, sodass er unbeschadet blieb. Sofort sprang er wieder auf die Beine und stürmte auf den Magier zu. Ein weiterer Feuerball wurde auf seinen Weg geschickt. Dieses Mal rollte sich Ronan zur Seite, um einer erneuten Explosion zu entkommen. Als hätte der Magier das geahnt, ließ er mit einer Handbewegung seinen Zauber auf

Ronans Höhe explodieren. Ronan konnte sich vor den Flammen nicht vollständig schützen, war aber bereits weit genug entfernt, sodass sie lediglich seine Kleidung versenkten. Ohne Zeit zu verlieren, preschte Ronan voran. Er konnte erkennen, dass dem Magier Blut über das Kinn lief, als dieser begann, einen weiteren Zauber zu kanalisieren. Zwischen Ronan und dem Magier bildete sich ein immer größer werdender Feuerball. Es dauerte nur wenige Augenblicke, bis der Magier hinter dem feurigen Wall nicht mehr zu erkennen war. Als das der Fall war, warf Ronan sein Schwert in die Feuersbrunst und warf sich zu Boden. Das Schwert traf und löste eine gewaltige Druckwelle aus Feuer aus, die sich in alle Richtungen ausbreitete.

Ronan hielt die Hitze, die über ihn hinwegfegte, aus. Nachdem er sich sicher fühlte, hob er seinen Blick. Als erstes erkannte er sein kaum noch brennendes Schwert, das vor ihm im Sandboden der Arena steckte. Über ihm sah er, dass die Magier des Ordens einen blauen Schild über die Kampfgrube gewirkt hatten, um die Zuschauer vor der Explosion zu schützen. Wo eben noch der Magier gestanden hatte, sah Ronan ebenfalls einen magischen Schild. Dieser wurde von seinem Gegner gewirkt, schützte ihn jedoch nicht vor der Druckwelle. Einige Meter dahinter lag der Magier regungslos am Boden.

Ronan erhob sich, während sich das grelle blaue Schild über ihnen langsam auflöste, und ergriff sein Schwert, das erneut begann, sich mit voller Kraft in azurblaue Flammen zu hüllen. Diese Flammen schienen Ronan wieder zu stärken, und er fühlte sich, als hätte der Kampf gerade erst begonnen. Der Magier konnte sich kaum auf den Beinen halten, als auch er sich erhob.

»Bleib zurück! Du Monster!«, schrie der Magier mit ätzender Stimme und hustete schmerzverzerrt. Ronan blieb nicht stehen. Es gab nur einen Weg aus dieser Arena, und wenn es ein Magier war, der zum Tode verurteilt wurde, dann konnte Ronan sich nicht vorstellen, welche Gräueltaten dieser Mann begangen haben musste, um sein Gegner zu werden. Ronan war klar, dass dieser zum Tode verurteilte Magier das Leben aller hier in Gefahr gebracht hatte, nur um ihn zu töten und sich selbst zu retten.

Der Magier wirkte erneut Eiszauber und schickte diese auf Ronan. Die immer schwächer werdenden Angriffe wehrte Ronan mühelos mit seiner Waffe ab und ging dabei langsam auf den in die Enge getriebenen Magier zu. Als er ihn erreichte, befand sich dieser bereits in einem miserablen Zustand und war kaum bei Bewusstsein. Der Magier hob mit aller Kraft sein Schwert und versuchte, Ronan mit einem Hieb anzugreifen. Mit einer fließenden Bewegung parierte Ronan den Angriff und rammte sein Schwert in die Brust des Magiers. Ronan schien, wie beabsichtigt, das Herz getroffen zu haben, denn der Körper des Magiers sackte sofort reglos zusammen, während die azurblauen Flammen sich durch sein Fleisch fraßen.

Als wären die Zuschauer aus einer Schockstarre erwacht, begannen sie Ronan zuzujubeln und seinen Namen zu rufen. Darunter hörte er einen Titel, den ihn seit jeher begleiten sollten.

*»Azurflamme des Ordens!«*

# Kapitel 12

»Jetzt sind wir vollwertige Ordensritter und müssen trotzdem immer noch Wachdienst schieben«, beschwerte sich Kealin und lehnte sich an die Mauer neben der gewaltigen Ostflügeltür aus Stahl, die zum Magierturm des Ordens in der schwarzen Zitadelle führte.

Darian klopfte ihm aufmunternd auf die Schulter. »Das wird das letzte Mal sein. Noch ein paar Tage, und wir werden unsere ersten Aufträge außerhalb von Königsfurt erhalten: Monster bekämpfen, Rebellionen niederschlagen und Frauen in Nöten retten.«

»Das Einzige, was ihr beide retten müsst, ist eure Haut, wenn ihr nicht aufhört zu quatschen«, entgegnete Eadric, der es sich auf einem Stuhl unweit der beiden gemütlich gemacht hatte und versuchte zu schlafen. Er war der Einzige, der durch den Kampf in der Arena vor zwei Tagen verletzt wurde. Sein Gegner hatte sich im Kampf auf ihn gestürzt und sich trotz des in ihm steckenden Schwertes an seinem linken Arm festgebissen. Bei dem Versuch, seinen Gegner von sich zu befreien, hatte dieser Eadric ein Stück Fleisch aus dem Unterarm gebissen. Die Wunde hatte sich entzündet und Fieber ausgelöst, obwohl die Heiler des Ordens sich sofort darum gekümmert hatten. Wachdienst musste er trotzdem verrichten, da das Schlimmste jetzt überstanden war. Die anderen waren jedoch nachsichtig und meinten, dass er es sich gemütlich machen könne, während sie sich um alles Weitere kümmern würden.

Sie nahmen den Wachdienst innerhalb der Zitadelle nicht wirklich ernst und wussten, dass sie an diesem Tag niemand dafür tadeln würde. Alle verfügbaren Ordensritter waren wie sie in der Zitadelle im Einsatz und bewachten die Prüfung der Magier. Ronan war der Einzige von ihnen, der wusste, dass das magische Tor in der Eingangshalle des Turms unter anderem zu einer gewaltigen unterirdischen Arena führte. Seine Gedanken wanderten zurück zur Nacht, in der er mit den Magiern auf dem Innenhof trainierte, und er dachte an Talia.

»Ob sie gesehen hat, wie ich den Magier tötete?«, fragte Ronan Lyra, während er sie am Kopf kraulte.

Als würde sie ihm antworten wollen, blickte sie abrupt zur Flügeltür, die sie bewachten. Danach sah sie ihn wieder an und legte ihren Kopf schief.

»Ich würde sie ja einfach fragen, aber wie soll ich zu ihr kommen? Im Turm werde ich ihr kaum einfach über den Weg laufen, und außerdem wurde es mir wieder verboten, ohne triftigen Grund in den Hauptturm zu gehen.«

»Redest du wieder mit deinem Haustier?«, fragte Kealin spöttisch und ging zu den beiden.

»Aber auch nur, weil sie intelligenteres von sich gibt als du«, konterte Ronan mit einem Grinsen im Gesicht.

»Willst du dir eine fangen?«

»Wenn das die einzige Sprache ist, die du sprichst. Aber wir wissen beide, wie das ausgehen wird.«

»Vielleicht bin ich ja nicht intelligent genug, um das zu wissen.«

Kealin machte sich bereit Ronan einen Schlag ins Gesicht zu versetzen. Darian begann schon zu lachen, da er ebenfalls wusste, was als Nächstes passieren würde. Ronan spürte, wie die Magie in ihm wirkte, und ließ sich davon leiten. Der erste Schlag verfehlte ihn nur um Haaresbreite, ebenso der zweite und der dritte Schlag. Egal, was Kealin versuchte, er konnte Ronan nicht treffen.

»Und was machst du jetzt?«, fragte Kealin, während er seine Arme ausbreitete und Ronan umklammern wollte. Doch Ronan fand darauf auch eine Antwort. Er packte Kealin an seinem Harnisch und ließ sich mit ihm zusammen nach hinten fallen. Im Fallen setzte er seinen rechten Fuß auf Kealins Hüfte an und stieß ihn beim Aufprall auf den Boden über sich. Kealin krachte überrascht auf den Boden und schlug dabei mit dem Rücken zuerst auf. In einer fließenden Bewegung stand Ronan sofort wieder auf den Beinen und drehte sich zum, nach Luft ringenden, Kealin um.

Da Kealin noch atmete und anscheinend keine bleibenden Schäden von dem kleinen Kampf davontrug, lachte Darian. »Und was machst du jetzt?«, wiederholte er die Worte von Kealin.

Kealin erhob sich und versuchte, seine Atmung zu beruhigen. »Es war knapper als sonst. Beinahe hätte ich dich gehabt.«

»Entschuldige, der Wurf war zu viel.« Ronan sah, dass Kealin leicht blutete. Er hatte sich beim Sturz eine Schramme am Arm zugezogen.

»Ach, das? Ich hab's mir selbst zuzuschreiben.« Er lachte und hielt sich ein Tuch an die blutende Stelle. »Na komm. Verschwinde endlich.«

»Hm … was meinst du?« Ronan sah ihn verwirrt an.

»Du willst doch bei den Prüfungen zusehen. Keiner von uns interessiert sich so sehr für die Magier wie du, und deine Magierin ist bestimmt auch heute mit ihrer Prüfung dran.« Kealin zwinkerte ihm wissend zu, woraufhin Ronan verlegen wegsah. »Darian und ich können hier allein Wache halten. Im Notfall haben wir noch Eadric und Lyra.«

Darian nickte zustimmend. »Deine Ausrüstung lässt du besser hier. Wir haben gestern im Waschraum eine Magierrobe mitgehen lassen. Die solltest du anziehen. Aber falls du auffliegst, wissen wir von nichts.«

Ungläubig wanderte Ronans Blick zwischen den Ordensrittern hin und her. »Wie lange habt ihr das schon geplant?«

»Du redest im Schlaf, und wir alle wissen, wie wichtig diese Frau und die Magie für dich sind. Es ist ein Gefallen für einen Freund und ein Ausgleich für uns, da wir deinetwegen die erste Prüfung rekordverdächtig gemeistert haben.«

Ronan dankte seinen Freunden und begann sich umzuziehen. Als er fertig war, öffneten Kealin und Darian die schwarze Flügeltür.

Eadric wachte durch den Lärm auf und erkannte sofort, was los war. »Ronan, verlieb dich nicht zu sehr in sie. Sie ist eine Ordensmagierin, du ein Ordensritter. Es wird nur wehtun.« Eadric schien sofort wieder weiterzuschlafen, daher sparte Ronan sich eine Antwort. Aber Ronan ging nicht allein wegen Talia, er wollte tatsächlich Magie aus nächster Nähe sehen. Er wollte Antworten auf seine vielen Fragen und wusste nicht, wo er sonst danach suchen sollte. Von Magie umgeben zu sein, um die eigene Magie zu verstehen, erschien ihm nur logisch. Ein ironisches Grinsen schlich sich über sein Gesicht, als ihm auffiel, wie sehr er in der Vergangenheit nichts über Magie wissen wollte, da er sie einzig und allein mit seinem Vater verband. Wenn dieser ach so große Magier wüsste, dass sein verstoßener Sohn eine wohl vergessene Magie besaß. Er schüttelte sich von dem Gedanken los und sein Herz klopfte als er als Magier verkleidet auf die stählerne Flügeltür zutrat.

†

Ronan betrat den Magierturm durch den östlichen Haupteingang und fand sich in einem gewaltigen Korridor wieder. Die Wände des Korridors waren zum Teil mit alten Gemälden und Wandteppichen geschmückt. Das diffuse Licht von schwebenden Kristallleuchtern und magischen Runen an den Wänden warf sanfte Schatten auf den, mit weichem Samt ausgekleideten, Boden. Ronan fühlte sich anders als beim letzten Mal, als er im Turm gewesen war. Es war, als würde er für einen kurzen Moment Menschen um sich herum wahrnehmen, die im nächsten Augenblick wieder verschwanden. Vielleicht war es aber auch nur die Aufregung, die ihm Streiche spielte.

Er folgte dem Korridor in Richtung der Eingangshalle. Es dauerte nicht lange, da traf er auf einige Magier, die ebenfalls in dieselbe Richtung gingen. Er vergewisserte sich, dass sein Gesicht möglichst von der Kapuze seiner Robe verdeckt war, und schloss zügig auf. Zu seinem Glück redeten die Magier nicht miteinander, und er konnte ihnen ungehindert in die Eingangshalle folgen, aus der bereits Musik zu ihm drang.

Als er die Halle betrat, fielen ihm neben den vielen Magiern und Adligen sofort die Veränderungen seit seinem letzten Besuch auf. Die Halle glich einem Bankett und war mit bunten Bannern verschiedener Familien und Städte geschmückt. Unter den Bannern entdeckte er auch ein gelbgrünes Banner, auf dem Dornenranken eine graue Festung umschlangen – das Banner seiner Familie. In der gesamten Halle waren massive hohe

Eichentische mit Essen und Getränken aufgebaut, an denen die Menschen standen und sich lautstark unterhielten. In der Mitte des Raumes stand sein Ziel: das Tor, das ihn auf magische Art zur Arena bringen würde.

Ohne sich lange von dem Prunk, der ihn umgab, aufhalten zu lassen, ging er auf das Tor zu und schloss sich einer Gruppe Magier an, die ebenfalls hindurch wollten. Es gelang ihm problemlos und als er mit ihnen hindurchtrat, änderte sich schlagartig die Akustik. Die eben noch laute Halle, in der alle wie wild durcheinanderredeten, wich einer merkwürdigen Stille. Ronan fand sich auf der aus Stein geschlagenen Tribüne wieder, die über einem Kampfplatz aus quadratischen Steinplatten schwebte. Aristokraten des Reiches und Magier des Ordens saßen auf dieser Tribüne und schauten aufmerksam auf die quadratische Fläche in der Mitte der steinernen Arena, auf der ein Magier gigantische Säulen aus Feuer beschwor.

Er war wie gebannt, als er die magischen Flammen sah, und genoss die wohltuende Wärme, die ihn und alle andere auf der Tribüne umgab. Ronan zwang sich weiterzugehen und nicht länger einfach am Eingang herumzustehen. Er suchte sich einen freien Platz, der möglichst nicht von Magiern des Ordens umgeben war und wurde schnell fündig. Von dort beobachtete er die Prüfungen und bemerkte auch, dass einige hochrangige Ordensritter anwesend waren. Im Gegensatz zur Arena, in der Ronan gekämpft hatte, waren die Zuschauer hier wie stille Geister. Nur selten kam es vor, dass bei herausragender Leistung leise geklatscht wurde. Es glich einer Bühnenaufführung für Adlige, bei denen die hohen Künste der Darstellenden nicht durch auffälliges Benehmen der Zuschauer gestört werden durfte.

Der Magier auf dem Kampfplatz beendete seinen Zauber, und die Säulen aus magischem Feuer verschwanden schlagartig, hinterließen jedoch eine nun erdrückende Hitze. Dann räumten einige Magier, den Bereich für den nächsten Prüfling und beschworen eine magische Barriere über den zu prüfenden Magier, ähnlich der Barriere, die bei Ronans letzter Prüfung beschworen worden war. Ronan konnte sich denken, was nun die Aufgabe des Magiers war: die Barriere musste durchbrochen werden, wofür der vorherige Magier die feurigen Säulen erschaffen hatte.

Ronan erkannte den Magier in der Arena. Es war Marko, der nachts mit ihm und den anderen auf dem Übungsplatz trainiert hatte. Ronan mochte ihn nicht besonders, da er sich wie ein typischer Adliger verhielt und herablassend mit allen sprach – ein Verhalten, das Ronan in dieser Nacht immer wieder aufgefallen war.

»Seht, dort ist Marko. Er hat großes Talent gezeigt und besitzt eine außergewöhnliche Ausdauer im Wirken von Magie«, flüsterte ein Ordensmagier einem Adligen vor Ronan zu.

Marko stellte sich in die Mitte unter die Barriere und zog mit einer allumfassenden Handbewegung die heiße und trockene Luft seines Vorgängers zu sich. Ein frischer und kühler Wind zog um Ronan und nahm den freigewordenen Raum ein. Marko führte einen Faustschlag in Richtung der Barriere aus, und der angesammelte Wind folgte seinem Angriff. Ein starker Windstoß zerschlug die Barriere augenblicklich und prallte gegen die Höhlendecke dahinter. Die Luft drückte sich mit aller Kraft dagegen, musste letztendlich jedoch aufgeben und schoss die Wand entlang in Richtung der Tribüne. Ronans Kapuze wurde wegen des starken Winds, der durch die Reihen fegte, zurückgeworfen, und er musste diese schnell wieder aufsetzen. Er sah sich um und hoffte, dass ihn niemand erkannt hatte, doch der Gedanke verflog sofort wieder, als er sah, wer als Nächstes auf die quadratischen Steinplatten der Arena trat.

Ronan erinnerte sich kaum noch an das stille und in sich gekehrte Mädchen vom Lagerfeuer, denn dort ging eine selbstbewusste Frau, die mit ihrer bloßen Ausstrahlung den gesamten Raum für sich einnahm. Ronan fiel sofort auf, dass sie eine andere Rüstung trug als die bei ihrem Training und dass sie sich von allen Rüstungen unterschied, die bisher während der Prüfungen getragen wurden. Ihre Rüstung bestand aus einer kurz geschnittenen Magierrobe, deren Ärmel fehlten und die nur bis zu ihren Knien reichte. Stiefel oder Schuhe trug sie nicht. Über der Robe trug sie einen Schuppenpanzer aus Leder, wie ihn die Ordensritter trugen, und sie war mit einem Kurzschwert auf dem Rücken bewaffnet. Ihre Kapuze war zurückgezogen und zeigte ihr blondes Haar, das zu einem festen Zopf gebunden war.

»Das kann nicht ihr Ernst sein«, echauffierte sich der Magier in der Reihe vor Ronan. »Damit bricht sie alle Traditionen.« Der Adlige neben ihm hatte jedoch nur Augen für Talia. Auch andere ältere Magier in Ronans Nähe äußerten ihren Unmut über die Änderungen, die sie an der traditionellen Rüstung vorgenommen hatte. Doch die Adligen, sowohl Männer als auch Frauen, schienen Gefallen an ihr zu finden.

Talia ging mit entschlossenen Schritten in die Mitte der Arena. Nachdem sie ihre Position gefunden hatte, hielt sie für einen Moment inne. Dann streckte sie ihre Arme breit aus, und eisige Kälte durchströmte die gesamte Höhle. Ronans Atem, wie der der anderen Zuschauer, wurde sichtbar. Zu Ronans Überraschung löste sich dieser Atemnebel nicht sofort auf, sondern schien zu wabern. Immer schneller werdend, sammelte sich der Nebel über Talia in einem Strudel. Als sich schließlich eine größere Wolke gebildet hatte, riss Talia ihre Arme runter, woraufhin die Kälte aus dem Raum einer angenehmen Wärme wich und die Wolke plötzlich einem Tornado glich, in dessen stillem Auge sie stand. Der Tornado begann, feine Wassertropfen in alle Richtungen zu spritzen, und eine weitere Geste von Talia sorgte dafür, dass der gesamte Tornado schlagartig zu einem Strudel aus Eis erstarrte. Dieses Mal blieben die Zuschauer vor der Kälte verschont, und die wohltuende Wärme blieb bestehen. Die Lichter der Fackeln und magischen Kristallleuchter brachen sich im magischen Eis und warfen regenbogenfarbige Figuren an die Steinwände der Höhle. Die Zuschauer genossen den Augenblick mit Staunen, bevor das Eis ebenso plötzlich barst und sich wieder in Wasser verwandelte.

Talia hatte über sich einen kleinen magischen Schild gezaubert, um sich vor dem Wasser zu schützen, und stand nun in einem flachen See, der sich über die gesamte Fläche der Arena erstreckte. Sie blickte hinab in ihr eigenes Spiegelbild, das sich auf dem ruhigen Wasser perfekt widerspiegelte. Sie hockte sich zu sich selbst hinunter und berührte die Wasseroberfläche sanft mit ihren Fingern.

Dabei wurde Ronan klar, warum sie sich für die Änderungen an ihrer Robe entschieden haben musste. Sie konnte sich elegant und frei bewegen, ohne dass der Stoff sich mit Wasser vollsog und im Zweifel ebenfalls vereist wurde.

Die feinen Wellen, die durch Talias sanfte Berührung ausgelöst wurden, ließ die Arena erzittern, als hätte sie mit ihrer Berührung ein Erdbeben ausgelöst. An der Stelle, an der sie und ihr Spiegelbild sich trafen, verwandelte sich das Wasser erneut in Eis. Sie trat einen Schritt zurück, und das Eis schien aus dem Wasser emporzusteigen. Sie zog ihr Kurzschwert vom Rücken und rammte es kraftvoll in das Eis. Nach und nach erhob sich ein Adler aus Eis, in dessen Schnabel ihr Schwert steckte. Diese gewaltige Gestalt überragte Talia um einiges und stieß einen tiefen Schrei aus. Der Eisvogel spreizte seine Flügel und begann sich mit langsamen, kraftvollen Schlägen in die Luft zu erheben. Während das Wesen an Höhe gewann, konnte Ronan erkennen, dass kleine Eiskristalle von den Schwingen hinabfielen und zu Schneeflocken wurden, die geschmeidig durch die Luft schwebten. Der Adler glitt über die Tribüne hinweg und nahm immer mehr Geschwindigkeit auf. Nachdem der Eisvogel eine Runde gedreht hatte und alle von der Eleganz und Vollkommenheit ihrer Magie überzeugt waren, legte er die Flügel an und stieß hinab zur Kampffläche und auf Talia zu. Er flog knapp über sie hinweg und dann in Richtung seines eigentlichen Ziels. Das magische Schild zerbarst bei dem Aufprall. Als der Adler aus Eis danach gegen die Höhlendecke prallte, verwandelte er sich in Wasser und stieß mit einem Klatschen gegen die Decke. Anstatt dass daraufhin jeder Zuschauer nass durch die herabstürzenden Wassertropfen wurde, entstand an der Stelle, wo der Eisvogel einschlug, dichter Nebel. Einzig ihr Schwert versank in der steinernen Höhlendecke bis zum Griff.

Beeindruckt waren die Magier, und Angst breitete sich gleichermaßen unter den Adligen aus. Eine so gewaltige Angriffskraft und Kontrolle über den Zauber überraschten einfach jeden. Auch Ronan durchflutete ein gemischtes Gefühl aus Anerkennung und Furcht vor dieser Darbietung ihrer magischen Kraft.

Talia trat erneut in die Mitte der Arena und verbeugte sich elegant vor den Zuschauern. Wortlos und wissend, dass sie sich die Hochachtung aller Anwesenden verdient hatte, verließ sie die noch immer staunenden Zuschauer. Nachdem Ruhe eingekehrt war und sich die Leute wieder gefasst hatten, hörte Ronan den Magier vor sich dem Adligen neben ihm etwas erklären.

# Kapitel 13

»Nun folgt eine Pause. Wir sollten zurückkehren, wenn es weitergeht.« Der Adlige neben ihm stimmte zu, und beide Männer vor Ronan erhoben sich. Ronan erkannte seine Chance, wieder durch das Tor in die Eingangshalle zu gelangen, und folgte den beiden. Dabei schnappte Ronan wiederholt den Namen »Eisphönix« auf, den Talia passend zu ihrer Vorstellung erhalten hatte. Ronan hielt etwas Abstand von den beiden Männern und betrat das Tor nach ihnen. Wieder änderte sich seine Umgebung schlagartig, doch das erwartete wilde Durcheinander von Reden und Getümmel in der Eingangshalle blieb aus. Ronan fand sich in einem nur durch schwaches Licht beleuchteten Korridor wieder. Der Magier und der Adlige schienen ihn nicht bemerkt zu haben und unterhielten sich über die letzte Vorführung, während sie ungestört den Korridor entlanggingen. Das Tor hinter Ronan verlor bereits an magischer Kraft und ließ ihn nicht mehr zurück auf die Tribüne, sondern wurde zu einer gewöhnlichen Tür, die in eine Abstellkammer führte. Er fluchte leise, während er sich umsah. Die Mauern und der Stil des Korridors verrieten ihm, dass er sich noch immer im Magierturm des Ordens befand. Es fehlten Fenster, was darauf schließen ließ, dass er sich in einem inneren Korridor oder unter dem Turm befinden musste. Ronan entschloss sich, dem Magier und Adligen zu folgen, doch sie waren bereits verschwunden. Er lief den Korridor hinunter, doch niemand war da. Er erreichte die Stelle, an der er die beiden zuletzt gesehen hatte. Eine Tür führte an der Stelle vom Korridor ab, und als Ronan diese einen Spalt weit öffnete, sah er tatsächlich die beiden Männer und einen weiteren.

Neben den beiden Männern stand auch Marko, der vor Talia in der Arena seine Prüfung abhielt.

»Mein Sohn, das hast du hervorragend gemacht. Deine präzise und starke Magie hatte alle in ihren Bann gezogen. Doch, diese Magierin hat dich übertroffen. Wie hieß sie noch gleich ...«

Ronan hörte mehrere Schritte den Korridor entlangkommen und schloss die Tür ebenso leise, wie er sie geöffnet hatte. Er versuchte, sich unauffällig zu verhalten, und zog seine Kapuze tiefer ins Gesicht, während er auf die Schritte zuging. Zwei Magier und eine Magierin kamen ihm entgegen. Die Gruppe ging an ihm vorbei, und Ronan atmete schon erleichtert auf, als ihn plötzlich eine Stimme von hinten erstarren ließ.

»Moment.«

Ronan drehte sich zu den Magiern um und sah, dass einer von ihnen ihn ansprach. Anhand der Runen auf den Roben erkannte er, dass es sich um zwei Novizen und einen ausgebildeten Magier handelte. Letzterer sprach ihn an.

Der Magier trat näher. »Ich habe dich schon mal gesehen. Vor ein paar Wochen in der Eingangshalle. Du warst verletzt, und an deiner Seite war eine große graue Katze.«

Ronan wusste, dass er in der Klemme steckte und sah die Skepsis im Gesicht des Magiers. Er überlegte schon, ob er einfach losrennen und versuchen sollte, den Ausweg zu finden, oder sich seiner Strafe stellen sollte.

»Da bist du. Meisterin Elvira hat nach dir gesucht. Sie wird nur noch wütender auf dich sein, wenn du dich nicht beeilst.«

Ronan fuhr herum, als er Talias Stimme hörte. Sie stand mit verschränkten Armen im Gang und schüttelte tadelnd den

Kopf. Dabei fielen ihr Strähnen ihres blonden Haars ins Gesicht und umspielten ihr sanftes Lächeln. Ihr eben noch fest gebundener Zopf war nun gelöst, und ihre Haare waren leicht zerzaust in einem lockeren Knoten zusammengebunden. Die Lederrüstung hatte sie anscheinend abgelegt, und sie trug nur ihre gekürzte Magierrobe mit einem Ledergürtel darüber. Ronan spürte, wie sein Herz schneller schlug, und das nicht, weil er erwischt wurde, sondern weil er sie sah. Doch dieses Mal war etwas anders. Seine Magie musste sich unbewusst entfaltet haben, und er nahm sie zum ersten Mal auf diese merkwürdige Weise wahr. Es ist wie ein Gefühl, das schöner nicht sein konnte und alle anderen Präsenz um ihn herum bei weitem übertraf. All das ergab für Ronan keinen Sinn, doch dass sie so nah bei ihm war, war aufregend und wohltuend zugleich.

»Was hat er angestellt?«, fragte der Magier aus der Gruppe.

»Er hat Bücher aus der Bibliothek verspätet zurückgebracht«, erwiderte Talia, während sie Ronan in die Augen blickte und einen gespielten tadelnden Ausdruck aufsetzte. »Meisterin Elvira toleriert ein solches Verhalten nicht. Also ab. Du sollst doch die Arenafläche putzen.« Sie hob resigniert die Arme über Ronans angebliche Unfähigkeit und deutete ihm, ihr zu folgen. Er schloss zu ihr auf, und gemeinsam gingen sie den Korridor entlang. Die Magier beschlossen, dass alles seine Richtigkeit hatte, und setzten ihren eigenen Weg fort. Als die Gruppe außer Sicht war, blieb Talia stehen und wandte sich an Ronan.

»Wie kommt es, dass die Azurflamme des Ordens im Turm der Magier sein Unwesen treibt und sich dazu noch als Magier des Ordens verkleidet?«, fragte sie und setzte dabei ihr freches Lächeln auf.

Ronan war zuerst überrascht, setzte jedoch als Antwort selbst ein ebenso herausforderndes Lächeln auf. »Ich schätze, weil die Azurflamme bei der Entstehung des sagenumwobenen Eisphönix dabei sein wollte. Ein so atemberaubendes Zusammenspiel von Eleganz und Magie haben meine ungebildeten Augen noch nicht erblicken dürfen.« Er verbeugte sich übertrieben formvollendet vor ihr. Als Ronan zu Boden vor ihr blickte, bemerkte er, dass sich sein Herz bereits beruhigt hatte und er seine Magie wieder Kontrollierte, was ihn erleichtert aufatmen ließ. Er richtete sich wieder auf und sah, dass Talias Gesicht rot wurde und sie verlegen wegsah. Ronan schenkte ihr daraufhin ein freundlicheres Lächeln. »Tatsächlich war ich auch hier, um mir die Vorführung der anderen Magier anzusehen. Ich wollte sehen, was mit Magie alles möglich ist.«

»Damit du weißt, was dich in einem Kampf gegen Magier erwartet?«, fragte sie ihn plötzlich ernst.

»Nein. Das ist nicht der Grund. Aber wenn du diese Titel kennst, dann hast du mich gesehen?«

»Deinen Kampf gegen den abtrünnigen Magier? Ja, habe ich. Und lass mich dir eins sagen, der Magier hatte es verdient.«

Ronan sah sie verwirrt an. Sie deutete ihm, ihr zu folgen, und sie gingen weiter den Korridor entlang.

»Du weißt es wahrscheinlich nicht. Der Magier hieß Kaelgor. Er hatte vor einem Monat den Auftrag erhalten, eine Krankheit in einem Dorf nicht weit von der Grenze zu Valorien zu untersuchen. Niemand weiß genau, was dort vorgefallen ist. Nicht einmal unter dem Einfluss von Magie rückte er mit der Sprache raus.«

»Was hat die Krankheit mit seiner Abtrünnigkeit zu tun?«

»Nicht das war der Grund. Er hatte ohne Befehl das gesamte Dorf niedergebrannt. Niemand hatte überlebt und kein Magier vom Rat oder der König hätten dem zugestimmt.« Talia wirkte sehr betroffen. »Meiner Meinung nach hatte er den Tod verdient. Aber dass du ihn töten musstest, war …« Sie blieb stehen und atmete tief ein, als wollte sie sich beruhigen. »Ich hatte Angst um dich, als ich ihn in die Arena treten sah.« Talia griff an seinen Ärmel, als wollte sie sich vergewissern, dass er wirklich da war.

»Danke, dass du dich um mich gesorgt hast. Aber mir geht es gut. Jetzt, wo ich weiß, warum er zu Tode verurteilt wurde, erleichtert mich das etwas.« Es erleichterte Ronan keineswegs; er behauptete es nur, damit sie sich hoffentlich nicht mehr um ihn sorgte.

»Wenn du solche Gewissensbisse hast, warum bist du den Ordensrittern beigetreten?«

Er war überrascht von dem plötzlichen Themenwechsel und musste sich erst eine Antwort zurechtlegen. »Kurz gesagt, es war nicht meine Entscheidung. Mein Vater war der Grund, und wir trafen die Abmachung, dass ich ein vollwertiger Ordensritter werde, um dann frei über mein Leben bestimmen zu können.«

Talia sah ihn gespannt an. »Und, was hast du jetzt vor?«

Ronan musste schmunzeln. »Das weiß ich nicht. Ich finde gerade erst heraus, wer ich wirklich bin.«

Talia schien verwundert über seine Antwort und wollte nachbohren, als Ronan sich an sie wandte. »Jetzt möchte ich dich etwas fragen.« Ronan setzte sich wieder in Bewegung, und Talia folgte ihm. »Als Magierin, kannst du die Präsenz anderer spüren, richtig?«

Sie überlegte kurz und sah ihn verwundert an. »Ja, wir Magier können uns untereinander spüren, allerdings nur, wenn wir kürzlich Zauber gewirkt haben oder gerade wirken. Es ist wie ein Gefühl, eine Präsenz, der wie ein Duft an einem haftet und irgendwann wieder verfliegt. Warum fragst du?«

Ronan zögerte zunächst und überlegte seine Worte. »Hast du auch mich gespürt?«

Diese Frage schien sie sichtlich zu amüsieren. »Als ich dich gerade berührt hatte? Ja, da habe ich dich gespürt«, sagte sie und musste über Ronans Frage lachen.

Ronan ignorierte ihre Albernheit und blieb ernst. »Denn ich kann dich spüren. Naja, nicht nur dich.« Er setzte seine Kräfte frei und zeigte kurz darauf auf eine Abzweigung, die sich vor ihnen auftat. »Wenn wir um die Ecke gehen, werden uns gleich zwei Magier entgegenkommen.«

Talia kicherte noch und verstummte sofort, als zwei Magier um die Ecke traten. Sie schien nichts von ihnen gespürt zu haben und sah erschrocken zu Ronan auf.

»Es fühlt sich an, wie eine Präsenz. Sie ist einfach da. Nur spüre ich das nicht nur von Magiern, sondern von allen Menschen in meiner Nähe«, erklärte Ronan.

»Das ist unmöglich«, sagte sie und inspizierte die Ecke, um die gerade die Magier traten. Als sie keinen Spiegel oder andere Möglichkeit sah von ihrer Position aus, um die Ecke zu spähen, blickte sie Ronan auffordernd an sich zu erklären.

»Wenn ich mich in einem Kampf wiederfand, hatte ich schon immer das ... Talent, wo mich ein Angriff treffen würde und wo die Schwachstelle in der Verteidigung meines Gegners ist. Im Laufe der Ausbildung wurde dieses Gefühl immer stärker, bis es schließlich ein Teil von mir wurde. Seit den Prüfungen weiß ich es.«

Ronan begann, Talia von seiner zweiten Prüfung zu erzählen und ließ dabei kein Detail aus, insbesondere nicht von seiner Begegnung mit dem Efreet, mit dem er einen Pakt als Magier eingegangen war. Es war ihm eine Erleichterung, diese Geschichte loszuwerden; die Worte flossen aus ihm wie von selbst. Dabei konnte er nicht aufhören, vor sich hin zu reden. Er vermied es, Talia in die Augen zu sehen, und so gingen sie den gesamten Korridor entlang, ohne sich bewusst zu sein, wie sehr er sich in seinen eigenen Erzählungen vertiefte. Der Turm der Magier, in dem sie sich befanden, verlor für ihn zunehmend an Bedeutung.

Als Ronan schließlich verstummte, versuchte er, Talia in die Augen zu sehen. Sie hatte ein verständnisvolles Lächeln auf den Lippen. »Also ist der Efreet in deinem Schwert gefangen? Für immer?«, fragte sie.

»Scheint so«, bestätigte Ronan.

»Perfekt, das hat er nicht anders verdient«, sagte sie, und ein Hauch von Schadenfreude schwang in ihrer Stimme mit. Ronan konnte es ihr nicht verübeln – schließlich hatte der Efreet ihren Mentor getötet.

»Und du verfügst über die Fokusmagie?«, fragte sie weiter. Ohne auf eine Antwort von Ronan zu warten, fügte sie hinzu, »Ich habe in alten Folianten darüber gelesen, sie soll aus dem Zeitalter der Taloren stammen.«

Ronan nickte, während er über ihre Worte nachdachte. Er erinnerte sich, dass die Taloren das erste Volk waren, das Magie einsetzte und den Kontinent Talorien unter einem Kaiserreich vereinte, das nun in mehrere Königreiche zerfallen war.

»Wer hätte gedacht, dass die Azurflamme in Wahrheit ein Magier ist«, sagte Talia gespielt überrascht. »Der Rat des

Ordens wird sich darum streiten, ob du nun ein Magier oder Ritter bist.«

»Auf das Chaos kann ich verzichten«, erwiderte Ronan mit einem Lachen und winkte ab. »Und wenn schon. Bisher konnte ich keine Zauber wirken und außerdem steht mir diese Magierrobe nicht.«

»Findest du?«, fragte Talia im Gegenzug und musterte Ronan aufmerksam. »Du machst darin schon was her.«

Ronan blieb plötzlich stehen, als Talias Worte ihm unerwartet nahe gingen. Er spürte eine Wärme in seiner Brust aufsteigen, die er kaum einordnen konnte. Talia ging unbeirrt weiter, ihre Hände locker hinter dem Rücken verschränkt. Als sie bemerkte, dass er nicht folgte, drehte sie sich um, ein fragendes, aber sanftes Lächeln auf den Lippen. »Was ist?«, fragte sie, ihre Augen schienen für einen Moment in seinen Blick einzutauchen. »Ein Kompliment und der furchtlose Ordensritter ist wie erstarrt?«, stichelte Talia.

Ronan trat näher an sie heran, ließ ihre Stichelei unbeantwortet. »Deine Augen…«, sagte Ronan leise, fast ohne es zu bemerken. Seine Stimme schien mehr wie ein Gedanke als eine bewusste Äußerung, doch er sah, wie Talia kurz innehielt. Ein zarter Schimmer von Verlegenheit legte sich auf ihr Gesicht, und für einen Moment schien die Zeit stillzustehen.

»Hör schon auf.« Sie blieb verlegen und stieß ihm spielerisch auf die Brust.

Ronan realisierte, dass er sie begehrend musterte, und fühlte sich ertappt, als sie ihn anstieß. Doch schien sie dasselbe nun zu tun.

Sie räusperte sich und wandte sich von ihm ab. »Keine Sorge. Dein Geheimnis ist bei mir sicher«, sagte sie und schritt den Korridor weiter entlang.

Ronan holte auf. »Danke.«

»Hm, dafür das ich dichthalte?«

»Ja… aber auch für das Gespräch.«

»Die Freude ist ganz meinerseits.«

Immer wieder schien Talia verstohlen zu Ronan hinüberzusehen, und auch er musste sich zwingen, seinen Blick von ihr abzuwenden. Für einige Zeit hörten sie nichts als das leise Echo ihrer Schritte im Korridor. Die schweren Steinwände schienen die Stille zu verstärken, während sie nebeneinander hergingen, beide verloren in ihren eigenen Gedanken.

»Wenn du möchtest, finde ich mehr über dich heraus. Über die Fokusmagie, meine ich«, unterbrach Talia das Schweigen. »Auf jeden Fall musst du hier raus.«

Ronan schaute sich verwundert um und stellte fest, dass sie sich am Osttor des Magierturms befanden, das von seinen Freunden bewacht wurde.

»Es war schön, dich zu sehen und mit dir zu sprechen.«, sagte sie. Sie hob ihren Arm und machte eine wischende Bewegung, woraufhin sich das Tor langsam öffnete. »Ich hoffe, dass wir uns bald schon wiedersehen können. Vielleicht dann ohne, dass du die Robe eines Magiers stehlen musst.«

»Das fand ich auch – und ich würde mich über deine Hilfe freuen.«

Kealin und Darian standen wie erstarrt da, ihre Münder leicht geöffnet, als das Tor vor ihnen langsam aufschwang. Ronans unerwartetes Auftauchen mit Talia an seiner Seite ließ ihre Miene noch verwirrter wirken.

»Wachen, nehmt euren verlorenen Ritter in Empfang«, sagte Talia mit einem gespielten Tadel in der Stimme und zeigte mit einem Schmunzeln auf Ronan.

Ronan ging mit einem Grinsen und erhobenen Armen, wie die eines sich ergebenen Diebes, durch das Tor. Mit einer weiteren Handbewegung seitens Talia begannen sich die Flügeltüren wieder zu schließen. Ronan drehte sich zurück und Talia winkte ihm noch zu, bevor sie sich abwand und aus seinem Blickfeld verschwand.

»Das war doch ... Wie hast du das angestellt? Nicht nur wurdest du nicht erwischt, sondern die bezaubernde Magierin, für die du alles riskiert hast, bringt dich auch noch bis zur Tür?« Kealin stellte sich neben ihn und klopfte ihm auf die Schulter. Er nickte Ronan anerkennend zu. »Nicht schlecht.«

Ronan starrte noch auf die Stahltür und schwelgte bereits in seinen Gedanken an ihr Gespräch. Reflexartig wich Ronan plötzlich zur Seite aus und griff in die Luft vor sich. Er fing ein Messer auf, das ihn getroffen hätte, und warf es umgehend seinem Angreifer zurück, indem er sich schwungvoll umdrehte. Ein metallisches Klirren war zu hören, als das Messer auf ein Schwert traf und so von seiner Flugbahn abgelenkt wurde.

Ronan drehte sich zu Eadric um, der von seinem Stuhl aus, das Messer geworfen hatte und nun mit gezogenem Schwert dastand. »Bist du verrückt geworden?«, fuhr Ronan ihn an. Dabei verfluchte er sich in Gedanken selbst, da er wusste, dass er es übertrieben hatte. Doch sein Körper reagierte wie von selbst, und als er realisierte, was er tat, war es bereits zu spät.

»Das grenzt nicht mehr an Glück«, ignorierte Eadric Ronans gespielten Wutausbruch. »Du konntest mein Messer nicht kommen sehen oder hören. Schon bei den Schlägen von Kealin heute hast du keine überflüssigen Bewegungen gemacht. Zum Teil hast du ihn nicht einmal angesehen. Das hat nichts mehr mit Talent zu tun, Ronan. Was du gerade gemacht hast, war unmöglich!«

Darian und Kealin verstanden Eadric und schienen ebenfalls eine Antwort von Ronan zu verlangen. Lyra war bereits aufgesprungen und stellte sich schützend neben Ronan.

»Oh nein, Lyra, aus der Situation kannst du Ronan auch nicht rausknurren«, sagte Kealin zu ihr.

»Wer redet jetzt mit einem Haustier?«, fragte Ronan und gab sich geschlagen.

Er erklärte nun auch seinen Freunden, was in der zweiten Prüfung passiert war, und ließ dieses Mal ebenfalls seine Begegnung mit dem Efreet nicht aus.

# Eryndor

## II.

Das Mondlicht fiel sanft durch die hohen Fenster der weißen Halle des Adrinorum und hüllte den Raum in ein kühles, silbriges Licht, welches von zuckenden Fackeln an den Wänden durchbrochen wurde. Eryndor stand entspannt vor einem Gemälde mit einem kunstvoll geschnitzten Rahmen, die Arme locker vor der Brust verschränkt. Neben ihm stand Calanthir, einer der ältesten und angesehensten Mitglieder des Senats, die Stirn in tiefe Falten gelegt.

»Eryndor«, begann Calanthir, seine Stimme ruhig, aber von Nachdenklichkeit und Unsicherheit durchdrungen. »Wir haben erneut Berichte über die Menschen erhalten. Es scheint, dass eine Seuche in ihren Landen ausgebrochen sei, und nun seien die Grenzgebiete zwischen den Königreichen Andorien und Valorien betroffen. Ganze Dörfer fallen der Krankheit zum Opfer, ohne dass jemand versteht, woher sie kommt oder wie sie zu stoppen ist.«

Eryndor blickte den alten Senator schweigend an, ließ sich nichts anmerken, obwohl ihm der Verlauf dieser Ereignisse mehr als vertraut war. Innerlich spielte ein kaltes Lächeln in seinen Gedanken. *Die Menschen sind wirklich so leicht zu lenken*, dachte er. Machthunger und Neid in den Köpfen der Menschen ließen Eryndor an Einfluss gewinnen und machte so einige zugänglich für Korruption und falsche Versprechen.

Calanthir fuhr fort. »Die Menschen scheinen verzweifelt. Ihr Wissen ist begrenzt, und ihr Umgang mit dieser Krankheit chaotisch. Das erste befallene Dorf im Land von Andorien wurde von einem … Magier ausgelöscht, offenbar in einem Versuch, die Krankheit mit Feuer zu ersticken. Aber die Seuche hat sich bereits weiterverbreitet, in den noch unbekannten Landen von Valorien.«

Eryndor nickte langsam, seine Miene blieb ruhig und nachdenklich. »Die Menschen handeln aus Angst und Unwissenheit. Sie scheinen zu extremen Maßnahmen zu greifen, wenn sie sich bedroht fühlen. Leider sind sie in ihrer Verzweiflung brutal.« Seine Stimme war sanft, durchdrungen von einem Hauch gespielten Mitgefühls.

Calanthir runzelte die Stirn und trat näher, als ob er in Eryndors Worten etwas Tieferes suchen wollte. »Wir kennen die Menschen erst seit wenigen Jahren, und vieles bleibt uns fremd. Ihre Kulturen, ihre Religionen, ihre Verbindung mit den Urelementen … es gibt so vieles, das wir nicht verstehen. Wir wissen nicht einmal, ob diese Seuche uns, die Aetheri, befallen könnte.«

Eryndor hob die Hände leicht, eine versöhnliche Geste, die seine Worte unterstrich. »Das ist eine berechtigte Sorge, Calanthir. Und ich teile sie. Wir müssen wachsam bleiben und beobachten, wie sich diese Seuche entwickelt. Ich gehe jedoch davon aus, dass wir mit unserem fortschrittlichen Wissen in der Medizin eine Lösung für dieses mögliche Hindernis finden würden.«

*Natürlich betrifft uns die Seuche nicht*, dachte Eryndor dabei. Sie war sein Werk, ein Werkzeug, um das Gleichgewicht der menschlichen Königreiche zu stören, aber nicht das der ihre.

»Und was, wenn sich die Krankheit weiter ausbreitet?«, fragte Calanthir, seine Stimme war leise, fast melancholisch.

»Diese Seuche könnte ein Feuer entfachen, dass zu Kriegen zwischen ihnen führen könnte. Ist es wirklich weise, nur zuzusehen und nichts zu tun?«

Eryndor legte eine Hand auf seine Brust, als wollte er seine Worte mit aufrichtiger Sorge präsentieren. »Die Menschen sind uns fremd, ja. Aber wir dürfen nicht vergessen, dass sie, wie wir, Lebewesen sind. Ihr Leid sollte uns nicht kaltlassen, auch wenn wir uns nicht in ihre Angelegenheiten einmischen. Ich wünsche mir nichts mehr, als dass sie einen Weg finden, diese Krise zu überstehen. Doch ich fürchte, unsere Einmischung würde mehr Schaden als Nutzen anrichten.«

*Lass sie glauben, dass ich Frieden will*, dachte Eryndor, während er Calanthir direkt in die Augen sah. *Lass sie glauben, dass ich Mitgefühl für diese schwachen Geschöpfe habe.*

Calanthir nickte langsam, schien Eryndors Worte abzuwägen. »Ich verstehe deinen Wunsch nach Frieden, Eryndor. Aber ich frage mich, ob wir nicht mehr tun könnten. Vielleicht gibt es sogar einen Weg, den Menschen zu helfen.«

Eryndor lächelte mild, ein Ausdruck voll scheinbarer Weisheit und Güte. »Es wäre edel, ihnen zu helfen und in ihnen Verbündete zu sehen, doch die Menschen sind noch nicht bereit, uns zu erkennen, geschweige denn unsere Hilfe anzunehmen. Sie wissen nicht einmal von unserer Existenz. Wir können noch nicht abwägen, ob sie nicht sofort nach ihren Waffen greifen, sollten wir uns offenbaren.«

*Das Letzte, was wir brauchen, ist, dass die Menschen von uns erfahren, bevor die Zeit reif ist*, dachte Eryndor.

»Unsere Rolle ist es, sie zu beobachten«, fuhr Eryndor fort, »und abzuwarten, wie sich ihre Welt entwickelt. Ihre Kriege, ihre Krankheiten – all das gehört zu ihrem natürlichen Lauf. Es wäre anmaßend, wenn wir uns einmischten, ohne das ganze Bild zu verstehen.«

Calanthir seufzte tief und blickte hinaus in die Nacht, wo der dichte Wald in der Ferne still und unberührt lag. »Es fühlt sich manchmal falsch an, nur zu beobachten, wenn man weiß, dass man vielleicht etwas tun könnte.«

Eryndor legte ihm beruhigend eine Hand auf die Schulter. »Ich verstehe deine Gefühle, Calanthir. Doch wir müssen klug handeln, nicht aus bloßer Emotion heraus. Die Menschen müssen ihren eigenen Weg finden, und es liegt nicht an uns, ihn zu ebnen. Ihre Welt scheint jung und ungestüm. Sie werden Fehler machen, so wie wir es einst getan haben. Aber sie müssen daraus lernen, wenn sie überleben wollen.«

*Wenn sie das überhaupt schaffen*, fügte er in Gedanken hinzu.

Calanthir schien noch immer nicht völlig überzeugt, doch er nickte langsam. »Möge deine Weisheit uns leiten, Eryndor. Ich hoffe, du hast recht. Auch für meine Tochter, sie sehnt sich nach anhaltenden Frieden, so wie du.«

»Das hoffe ich auch, alter Freund«, antwortete Eryndor mit sanfter Stimme, während er innerlich ein anderes Spiel spielte.

Calanthir ging schließlich, seine Schritte hallten leise durch die Halle. Eryndor blieb allein zurück, das Mondlicht spielte auf den glatten Fließen, während seine Gedanken in die Zukunft schweiften.

*Sie werden fallen, die Menschen. Die Seuche, ihre Uneinigkeit – all das wird sie allmählich zerreißen. Und ich, werden ihre Geheimnisse um ihre sogenannte Magie an mich reißen.*

Eryndor wandte sich zurück an das Gemälde, seine Augen blickten dabei auf die feinen Linien, die eine Schlacht zwischen seinem Volk und den Drok darstellte. Dies war sein Werk. Sein Blick blieb auf einem Magier der Drok hängen, der mit seinem smaragdgrünen Zauber dem Licht der grellen Sonne unterlag. Der Magier kam ihn in den Sinn, der die Situation anscheinend treffend eingeschätzt hatte und die Seuche versuchte unverzüglich einzudämmen. Doch, so hörte Eryndor, wurde dieser Magier für seine außerordentliche Tat hingerichtet. Ein Lächeln stahl sich auf sein Gesicht, als ihm diese Ironie bewusst wurde. Aber dieser eine Magier konnte das große Ganze nicht aufhalten. Eryndor zuckte mit seinen Schultern. Mit einer geschmeidigen Bewegung seiner Hand erloschen die Fackeln der Halle. Er wandte sich von dem Gemälde ab, während ihn die Stille der Nacht begleitete.

# Kapitel 14

»Wo reitest du hin? Pass doch auf!«, fuhr Eadric Darian an. Sein Pferd verlangsamte das Tempo und begann zurückzufallen, sodass Eadric, der hinter ihm ritt, aufschloss. Darian zuckte zusammen und zog die Zügel seines Pferdes straffer. »Ich weiß, dass Reiten nicht gerade deine Stärke ist und du genauso müde von der Reise bist wie wir alle, aber wir sind in einer Gegend voller Banditen, die regelmäßig Händler und Reisende überfallen. Da erwarte ich, dass du dich konzentrierst. Ich habe kein Interesse daran, wegen dir von Pfeilen durchbohrt zu werden. Schlafen kannst du, wenn wir im nächsten Dorf sind.«

Darian schwieg und setzte stattdessen eine finstere Miene auf, während er Richtung Westen schaute. Ronan ahnte, was in ihm vorging. Warum Darian diese Reise am liebsten verschlafen würde, statt die einzigartige Landschaft mit ihren Tannenwäldern und schneebedeckten Hügeln zu bewundern. Sie waren nicht weit von den Ruinen der einst größten Handelsstadt in der nördlichsten Grafschaft Solns entfernt. Je näher sie kamen, desto mehr schwand Darians sonst so fröhliches Gemüt.

Ein Fuchs huschte über den Weg und verschwand in den Büschen, Vögel aufschreckend. Lyra lief aufgeregt zum Busch und steckte neugierig den Kopf hinein. Da sie keinen Jagdinstinkt zeigte, ließ Ronan sie gewähren und beobachtete stattdessen die Vögel. Dabei erspähte er einen Adler, der majestätisch hoch oben seine Kreise zog. Das Bild erinnerte ihn an Talia und ihren Eiszauber und an ihr letztes Gespräch und das Lächeln, mit dem sie sich verabschiedet hatte. Seit vier

Monaten hatte er sie nur aus der Ferne gesehen. Talia war damit beschäftigt, eigene Novizen auszubilden und Aufträge für den Orden außerhalb der Zitadelle zu erfüllen, während Ronan und sein Trupp quer durch die Provinzen zogen, um Wegelagerer und Scharlatane in ihre Schranken zu weisen. Caius blieb zurück, um sich um neue Rekruten der Ordensritter zu kümmern.

»Du auch noch?« Eadric riss Ronan aus seinen Gedanken. »Ich wusste es. Du verguckst dich in diese Magierin und fängst an zu träumen, sobald dich etwas an sie erinnert. Kannst du wenigstens deine Magie nutzen, um uns zu warnen, bevor uns das Licht ausgepustet wird? Oder hilft die Magie nur dir allein?« Er lachte kurz auf und schüttelte seinen Kopf, wurde dann aber wieder ernst. »Lass mich dich in die Realität zurückholen. Du bist ein Ordensritter, sie eine Ordensmagierin. Auch wenn ihr beide die Zitadelle als Ausgangspunkt habt, werdet ihr euch kaum je sehen. Sie ist im Turm, du auf dem Übungsplatz. Und wenn ihr doch einmal gemeinsam unterwegs seid, verspreche ich dir eines: Ich werde dir nicht den Rücken freihalten, wenn du sie rettest und den Rest von uns dabei opferst. Narren wie du tun so etwas.«

Ronan grinste und erwiderte, um Eadric zu provozieren: »Falls es jemals dazu kommt, werde ich nur dich beschützen. Alle anderen können auf sich selbst aufpassen.«

Eadric schnaubte. »Deinen dummen Spruch kannst du dir sparen. Ich weiß, was es heißt, zu lieben, und ich kann mir lebhaft vorstellen, welche Probleme du damit verursachen wirst.« Er atmete tief durch und legte für einen Moment seine schroffe Art ab. »Was ich dir sagen will: Pass auf dich auf. So eine Liebe tut dir nicht gut … Was weißt du überhaupt über diese Frau?«

Diese ungewohnte Fürsorglichkeit verunsicherte Ronan und ließ auch Darian und Kealin aufhorchen, die das Gespräch verfolgt hatten. Sie warfen sich fragende Blicke zu.

»Und bevor einer von euch Spatzenhirnen nachfragt: Ich will nicht darüber reden.«

»Mich würde es aber schon interessieren«, meinte Kealin beiläufig.

Eadric ignorierte ihn und wandte sich wieder Ronan zu, der kurz schwieg, ehe er antwortete: »Ist ja gut, du hast mich erwischt.« Ronan seufzte. Er wusste nicht viel über sie. Wie sollte er auch, wenn sie nie Zeit füreinander hatten.

»Gerade deswegen sag ich dir, schlag sie dir aus dem Kopf und konzentriere dich auf das Wesentliche. Unsere Leben könnten davon abhängen.«

Das Wiehern eines Pferdes lenkte ihre Aufmerksamkeit auf Darian, dessen Pferd plötzlich stehengeblieben war. Darian hatte die Zügel fest angezogen und starrte entsetzt nach Westen. Die anderen folgten seinem Blick und sahen zwischen den Hügeln die eingestürzten Türme der Ruinen, die sich am Rande des Waldes erhoben. Die Dämmerung ließ die Überreste der einst florierenden Handelsstadt düster und mystisch wirken. Es war Darians Heimat.

Kealin riss sie aus der Stille. »Na los, wir müssen Dal erreichen, bevor es zu dunkel wird. Ich habe keine Lust, mich hier zu verirren und zu erfrieren.« Er setzte sich wieder in Bewegung und führte die Gruppe an.

»Komm, Darian, weiter. Es ist auch so schon kalt genug. Je schneller wir im Dorf sind, desto eher sitzen wir am Feuer«, sagte Eadric und ritt an Darian vorbei. Er griff nach den Zügeln seines Pferdes, um es in Bewegung zu setzen. Das Pferd widerstrebte kurz, folgte dann aber.

»Lass endlich die Zügel locker!«

Darian schüttelte sich, als wolle er die Erinnerungen abschütteln, und ritt ihnen hinterher.

Eadric warf Ronan einen prüfenden Blick zu. »Und von dir erwarte ich, dass du auch bei der Sache bist.«

»Du kannst dich auf mich verlassen.«

»Das will ich hoffen.«

# Kapitel 15

Dal war ein kleines Dorf nahe den Ruinen von Winterhafen. Schon aus der Ferne erkannten sie vereinzelte, schwache Lichter, die mühsam gegen die Dunkelheit ankämpften. Als sie die Dorfmitte erreichten, erblickten sie ein Langhaus, aus dessen Schornstein Rauch aufstieg. Die Klänge eines Barden drangen nach draußen – es musste die Taverne sein, von der ein Hirte am Wegesrand weiter südlich berichtet hatte. Das Dorf diente bereits einigen Händlern und Wanderern als Raststätte, erkennbar an den festgebundenen Pferden im offenen Stall und einem Karren, der unter einer Plane versteckt stand.

Je weiter sie nach Norden reisten, desto weiter lagen die Dörfer auseinander. Angesichts der Kälte des nahenden Winters wollte niemand von ihnen unter freiem Himmel schlafen. Sie banden ihre Pferde im Stall an und traten in das Langhaus ein. Wie Ronan vermutet hatte, waren nur wenige Menschen anwesend, und noch weniger schienen tatsächliche Dorfbewohner zu sein.

Das Langhaus war ein bescheidener, aber einladender Ort. Die Wände bestanden aus grob behauenen Holzbalken, und das Feuer in der zentralen Feuerstelle brannte ruhig, spendete gerade genug Licht, um die Schatten in den Ecken zu vertreiben. Der Duft von brennendem Holz mischte sich mit dem Aroma eines Eintopfs und dem leichten Geruch von frischem Stroh, das den Boden bedeckte.

Die massiven Eichentische waren nur spärlich besetzt. Ein Händler saß in einer dunklen Ecke, nippte schweigend an einem Krug Ale. Zwei Reisende, deren Kleidung und Gesichter von der langen Reise zeugten, flüsterten miteinander, ihre Worte verloren im gelegentlichen Knistern des Feuers. Einige Dorfbewohner hatten sich um einen Tisch versammelt und sprachen leise, als wollten sie die Stille des Abends nicht stören.

Die Blicke der Gäste prüften die Gruppe Ordensritter, bevor sie sich wieder ihren Gesprächen widmeten, als klar wurde, dass von den Neuankömmlingen keine Gefahr ausging. Eadric ging direkt zum Wirt, während die anderen an einem freien Tisch nahe dem offenen Feuer Platz nahmen. An der Wand stand der Barde, dessen Musik sie bereits draußen gehört hatten. Er zupfte sanft an den Saiten seiner Laute und begann ein neues Lied.

Ronan schwenkte seinen Krug und kraulte Lyras Kopf, den sie auf seinen Schoß gebettet hatte. Während er den Stimmen um sich lauschte, hörte er Gesprächsfetzen von den Händlern und Reisenden:

»Ordensritter, was machen die hier? Und ist das ein Schneeschatten?«

»Solange sie hier sind, kann uns nichts passieren.«

»Ich hörte, sie können nichts als Kämpfen und Töten.«

»Wo sie sind, ist Ärger nicht weit.«

»Vielleicht sind sie hier, um diese Monster zu töten?«

Ronan spitzte die Ohren und suchte die Person, die das Wort *Monster* ausgesprochen hatte. Der Barde, der eben noch gesungen hatte, sprach mit einem Händler. »Wenn sie sich um diese Monster kümmern, können wir unbeschwert weiter nach Norden ziehen, meint Ihr nicht?«

Ronan leerte seinen Krug, stand auf und ging auf den Barden zu. Lyra erhob sich ebenfalls, machte es sich jedoch wieder unter dem Tisch seiner Gefährten bequem.

»Ihr habt von Monstern gesprochen«, wandte sich Ronan an den Barden. Der Barde musterte ihn kurz, bevor er sich vorstellte: »Markus Heron, zu Euren Diensten.« Er verneigte sich leicht, und Ronan stellte sich als Ordensritter vor, ohne seinen vollen Namen zu nennen. Er bat den Barden, mehr über die Bedrohung zu erzählen. »Scheusale, sag ich Euch. Wahre Monster. Ich habe ein Lied dazu verfasst.« Zu Ronans Überraschung begann der Barde tatsächlich zu singen:

*Im frost'gen Land, wo Tannen schweigen,*
*und Schnee die Welt in Weiß gehüllt,*
*sah ich Schatten im Nebel steigen,*
*Gestalten, die kein Licht enthüllt.*
*Mit Fell wie Nacht, in Eis gebannt,*
*trugen sie Hörner, schwer und kant.*
*Doch was sie waren, blieb verhüllt,*
*ein Flüstern nur, das bald verstillt.*

Darian, der Ronan gefolgt war, zog die Augenbrauen hoch. »Gibt es auch eine weniger poetische, dafür faktische Beschreibung?«, fragte er trocken. »Wenn du recht hast, handelt es sich um Fellbestien. Aber die wurden seit Jahren nicht mehr auf dem Festland gesichtet.«

Ronan überlegte, ob die Überfälle nicht vielleicht von Banditen inszeniert wurden, die sich als Fellbestien verkleideten, um die Milizen der Dörfer abzuschrecken. Wenn das zutraf, könnten es dieselben Räuber sein, wegen derer sie hierhergeschickt worden waren. Doch die Berichte des Ordens sprachen von einer besetzten Burgruine weiter im Norden, nahe dem Dorf Myrk. Es wäre jedoch möglich, dass Splittergruppen weiter südlich aktiv waren.

Der Barde verschränkte empört die Arme.»Also nennt Ihr mich einen Lügner?!«

Ronan legte eine Hand auf Darians Schulter und sprach beruhigend:»Wir zweifeln nicht an Euch. Es sind also Fellbestien, sagt Ihr. Wo genau haben die Überfälle stattgefunden?«

Der Barde machte eine dramatische Geste, als wäre er selbst eines der Opfer gewesen.»Die gleichen Bestien, die Winterhafen zerstörten, treiben nun in den Wäldern ihr Unwesen. Zwei bis drei Stunden nördlich von hier erreicht Ihr den Wald von Winterhafen. Dort werdet Ihr sehen, dass meine Geschichten wahr sind.«

†

»Musstest du gestern mit dem Barden so umspringen?«, fragte Ronan, während sie am nächsten Morgen die Straße weiter in den Norden folgten.

»Diesen Verrückten meinst du? Ich kenne Leute wie ihn. Sie ziehen von Ort zu Ort, verbreiten Lügen und versetzen die Menschen mit ihren Geschichten in Angst und Schrecken, nur um sie auszunehmen. Die Fellbestien wurden vertrieben. Jetzt noch Geschichten über sie zu erfinden und das für den eigenen Profit ist einfach … ekelhaft.« Darian spuckte auf den Boden und verfehlte nur knapp Lyra, die zwischen den Pferden umherlief.

»Ich verstehe, was du meinst, aber Barden sind nun mal für die Unterhaltung gut. Was willst du dagegen tun? Sollen wir sie alle ins Gefängnis werfen?« Ronan sah Darian mit einem schiefen Lächeln an.

»Vielleicht! Für mich sind sie nicht besser als die Banditen, die wir jagen.« Darian wurde immer wütender. »Wenn sie doch nur ihre Balladen und Lieder über schöne Zeiten singen würden, anstatt über die Monster der Vergangenheit. Er könnte auch gleich von den ausgestorbenen Drachen erzählen, die angeblich wieder gesichtet wurden. Menschen, die sich solche Lügen anhören und als bare Münze nehmen, verlassen ihre Häuser nicht mehr und rufen uns, um ihre Probleme zu lösen, selbst wenn keine existieren.«

»Sieh es mal so: Gestern hast du ihm einen Grund geliefert, auch über Ordensritter Gerüchte zu verbreiten. Wir haben schon einen düsteren Ruf bei den Bürgern des Reiches. Du hast es doch gehört, als wir dort saßen. Sie halten sich für etwas Besseres und wissen nur, wie man tötet. Bewahrer des Friedens, pah – eher des Krieges.« Ronan machte eine ausladende Geste mit der Hand, um die Vielzahl an Vorurteilen zu verdeutlichen. »Ich verstehe vollkommen, warum du sein Spiel nicht mitspielen wolltest. Aber es wäre einfacher gewesen. Ich sage nicht, dass du ihm nachgeben sollst. Sei klüger als er, handle ruhiger und weitsichtiger. Er ging mir mit seiner Art auch gegen den Strich, aber wir müssen uns bewusst sein, dass wir ein Teil des Ordens sind. Wenn wir Mist bauen, wird es dem gesamten Orden angelastet.«

Darian wollte widersprechen, überlegte es sich aber anders. »Wenn es sich bei den Fellbestien wirklich um Banditen handelt, lasse ich meine Wut an ihnen aus. Und wehe, einer von euch hält mich zurück.«

Im Antlitz der aufgehenden Sonne offenbarte sich erneut der Blick auf die Ruinen von Winterhafen. Das am Vortag noch gespenstisch wirkende Bild der einst großen Handelsstadt wich einem schönen Stillleben unter dem Glanz der Sonne und dem klaren Himmel. Seit ihrer Ankunft in seiner Heimat war Darian nicht mehr er selbst; er ähnelte einer wütenden Version von Kealin, der wiederum zu aller Überraschung den ruhigeren Part der Truppe spielte. Auch in diesem Moment war Darian von Schwere und Zorn erfüllt, als sein Blick über die Ruinen wanderte.

Sie ritten weiter, und als sie dem Wald von Winterhafen näherkamen, wurden sie umso aufmerksamer. Jedes Geräusch, jedes Rascheln in den Büschen wurde beobachtet. Selbst Lyra schnüffelte aufmerksam nach Gerüchen, die auf weitere Menschen schließen ließen. Doch all das war nicht notwendig.

Eine Händlerkutsche bildete am Straßenrand den Mittelpunkt der schrecklichen Szenerie. Sie war in zwei Teile gerissen und mit Brandspuren überzogen. Dunkelrote Glut zehrte noch am Holz und ließ dünne Rauchfäden aufsteigen. Das Abartige an diesem Bild war der in zwei Teile gehackte Händler, der zum Teil unter seinem Karren lag. Blutige Fußabdrücke führten aus seiner Blutlache in den Wald. Allen war sofort klar, dass diese nicht von Menschen stammen konnten.

Die Spuren eines Kampfes zeigten, dass es mindestens einen weiteren Menschen gegeben haben musste, der sich gegen die Angreifer gewehrt hatte. Waffen oder dergleichen waren bei der zerstörten Kutsche nicht zu finden. Auch die Waren, die der Händler transportiert haben musste, fehlten. Auf dem Weg in den Wald entdeckte Kealin ein Hinterbein – das eines Pferdes, das die Kutsche gezogen haben musste.

»Wer auch immer den Händler angegriffen hat, hat sich gründlich Gedanken darüber gemacht, alles wie einen Angriff von diesen Riesen aussehen zu lassen. Die Banditen werden immer gerissener«, stellte Eadric fest.

»Was macht dich so sicher, dass es sich bei den Angreifern nicht doch um Fellbestien handelt?«, fragte Kealin.

»Die fehlenden Waren. Was wollen dumme Kreaturen mit dem Zeug eines Händlers? Das in der nächsten Stadt verkaufen?« Eadric lachte über seinen eigenen Witz, fand jedoch keine Resonanz bei den angespannten Gemütern seiner Begleiter.

»Außerdem wurden alle ausgelöscht. Keine Fellbestie ist mehr auf dem Festland«, fügte Darian mit Überzeugung hinzu.

»Aber mich beunruhigt das verschwundene Pferd. Es muss verschleppt worden sein.«

»Auch Kriminelle müssen etwas essen. So ein Pferd kommt in dieser kalten Region doch gelegen«, erklärte Eadric.

»Hast du auch eine kluge Antwort für die Brandspuren? Für mich sieht das nach Magie aus. Und sag jetzt nicht, dass die Banditen extra Magie nachahmen. Vielleicht ist auch etwas ganz anderes, wie ein Feuergeist, dafür verantwortlich. Erinnert euch an die Mine.«

»Feuergeister greifen an, um Magie zu verschlingen. Ein Händler wird wohl kaum zufällig auch ein Magier sein. Daher wird es wohl kaum ein Geist gewesen sein«, erklärte Ronan.

Kealin winkte, um sich Gehör zu verschaffen, und unterbrach so die andauernde Debatte. »Dann auf in den Wald? Anders werden wir nie wissen, wer den Händler getötet hat. Lyra scheint auch eine Witterung aufgenommen zu haben, und die Blutspur ist mehr als eindeutig.« Kealin zeigte auf den Wald.

Ronan wandte sich von dem Toten ab. »Schauen wir mal, womit wir es hier zu tun haben.« Seine Worte waren hart, genährt von Unverständnis, wie jemand so etwas Grausames tun konnte.

# Kapitel 16

Sie folgten den Spuren tief in den Wald, der sich über eine sanfte Hügellandschaft erstreckte. Ihre Pferde banden sie an Bäumen fest, da das dichte Gehölz ihre Bewegungsfreiheit einschränkte und die Jagd nach den angeblichen Fellbestien stören würde.

Ronan begann allmählich zu zweifeln, ob wirklich Menschen für diese Gräueltat verantwortlich waren. Die Spuren, denen sie folgten, waren gewaltig. Äste und Büsche lagen niedergetrampelt da; etwas Großes hatte sich bewegt, etwas, das mehr als zwei Menschen wiegen musste, selbst wenn dieses Wesen das verschwundene Pferd auf dem Rücken trug.

Als sie merkten, dass sie den Mördern näherkamen, signalisierte Lyra Ronan mit einem Knurren, dass die Spuren frisch waren. Sie versuchten, durch das enge Gehölz zu ihrem Ziel zu gelangen und es flankieren zu können. Ronan spürte eine schwache Präsenz vor ihnen, die er so noch nie wahrgenommen hatte.

Zuerst hörten sie die schweren Schritte, dann das tiefe Schnauben des Wesens, das tatsächlich das Pferd über seinen Schultern trug. Es war ein bis zwei Köpfe größer als ein ausgewachsener Mensch und von oben bis unten mit Fell bedeckt. Improvisierte Kleidungsstücke aus Leder und Stoffen verliehen ihm ein wildes Aussehen. Hauer, anstatt Zähne, ragten aus dem Maul der Fellbestie, und bei jedem tiefen Atemzug entwich sichtbarer Dampf.

Kealin wollte sofort auf das Wesen zustürmen und griff bereits nach seiner Waffe. Ronan packte jedoch seinen Arm und hinderte ihn daran, dem Impuls zu folgen. Mit Handzeichen gab er den anderen zu verstehen, dass sie warten sollten. Diese schwache Präsenz war nicht allein. Aus der Richtung, in der die Fellbestie stapfte, hörte er drei weitere. Eine davon war kräftiger und erinnerte ihn an einen der Kultisten, wie die beiden, die er getötet hatte. Die anderen beiden Präsenzen ähnelten der Fellbestie vor ihnen. Die Ordensritter konnten nicht miteinander reden, doch hatten sie für solche Situationen eine einfache Zeichensprache entwickelt. Ronan teilte ihnen mit, dass sie ihm folgen sollten und es wahrscheinlich noch drei weitere Fellbestien gab.

Erst dann bemerkte er, dass Eadric und Darian wie gelähmt waren und dem Wesen nur hinterherstarrten. Erst nachdem Ronan an ihnen rüttelte, kehrten sie in die Gegenwart zurück. Gemeinsam schlichen sie parallel zur Fellbestie durch den Wald. Sie einigten sich darauf, dass Ronan die Befehle gab. Es war wichtig, dass niemand auf eigene Ideen kam und allein handelte. Nur durch Zusammenarbeit konnten sie gegen einen so unbekannten Feind siegreich hervorgehen. Aufgrund seiner Magie wurde Ronan meist als Befehlshaber seines Trupps ernannt. Er wollte es nie, gewöhnte sich jedoch an seine Rolle und lernte, damit umzugehen, so wie die anderen sich daran gewöhnten, sich blind auf Ronan zu verlassen.

Nachdem sie einige Zeit der Fellbestie gefolgt waren, erreichten sie eine Höhle. In diesem Moment entschied Ronan, dass jetzt der beste Zeitpunkt für einen Angriff gekommen war. Auf sein Zeichen hin rannte Lyra auf die Fellbestie zu. Sofort ließ es das Pferd von seinen Schultern fallen und offenbarte eine breite Streitaxt, bereit, Lyras Ansturm mit einem Hieb zu stoppen. Doch Lyra änderte ihre Laufrichtung, umrundete die Fellbestie und verschwand zwischen den Büschen.

In der Vergangenheit hatten sie diese Strategie bereits mehrfach bei der Jagt von Vieh angewandt. Durch dieses Manöver stand die Fellbestie nun mit dem Rücken zu den Ordensrittern, die sich an sie anschlichen. Eadric war der erste, der das riesige Fellwesen erreichte, das noch immer nach Lyra suchte, und zog seine Klinge von seinem Rücken. Mit einem kraftvollen Schlag stieß er die Klinge zwischen Hals und Schulter in den Körper des Hünen. Doch sie blieb stecken. Eine Handbreite tief drang er in den Körper ein, bevor sich die Fellbestie mit solcher Wucht umdrehte, dass Eadric die Klinge aus der Hand riss. Mit aufgerissenen Augen stieß das Wesen ein markerschütterndes Brüllen aus. Blut floss aus der offenen Wunde, in der Eadrics Schwert steckte.

Nun war wieder Lyra an der Reihe. Sie sprang aus dem Gebüsch auf das Ungetüm zu und klammerte sich an dessen Rücken fest. Als sich die Fellbestie erneut umwandte und ihre Aufmerksamkeit auf Lyra richtete, griff auch Kealin an. Er rammte der Fellbestie sein Schwert tief in die Brust, wo sich bei einem Menschen das Herz befinden würde. Dank der Wucht und Schärfe der Klinge drang das Schwert tief genug in den fellüberzogenen Körper ein. Das Wesen wollte erneut brüllen, doch seine gelben, raubtierähnlichen Augen wurden gläsern, und es verlor den Fokus. Die Fellbestie sank erschöpft auf ein Knie, bevor sie ihren letzten Atemzug tat und reglos zu Boden glitt.

»Da sind noch drei weitere. Sie werden sein Brüllen gehört haben.« Ronan musste nicht mehr sagen. Kealin riss mit Mühe sein Schwert aus der toten Fellbestie und Eadric zog seine Waffe ebenfalls aus dem Leichnam zurück. Nur mit Hebelbewegungen schaffte er es, seine Klinge aus dem zusammengesackten Körper zu befreien. »Diese Biester sind wirklich zäh«, stöhnte er.

Ronan versuchte, sich auf die Präsenz in der Höhle zu konzentrieren. Sie waren noch da, aber kaum merklich. Nur eine Präsenz konnte er weiterhin stark ausmachen. Er konnte nur erkennen, wo sie sich in der Höhle befand. Es konnte keine große Höhle sein; sie mussten sich nah am Eingang befinden.

»Darian, kann ich mir deine Armbrust leihen?« Ronan hielt die Hand nach hinten aus, während er den Höhleneingang im Auge behielt. Er erwartete, eine geladene Handarmbrust gereicht zu bekommen, um den Kampf zu eröffnen, doch Darian reagierte nicht. Zögernd drehte sich Ronan um und sah nach ihm. Wie gelähmt stand Darian da, eine Mischung aus Unverständnis und Angst in seinem Gesicht, während er auf den leblosen Körper der Fellbestie starrte.

»Darian? Ey!« Ronan eilte zu ihm. Mit wenigen schnellen Schritten hatte er ihn erreicht und packte ihn an seinen Schultern. »Jetzt ist nicht der Moment, um schockiert zu sein. Komm zu dir. Du hast gesehen, wie robust ein Vieh ist. Wir müssen zusammen ...« Ein Ruf von Kealin unterbrach Ronan.

Ronan konnte ihn nicht hören, löste sich aber instinktiv von Darian, griff nach seinem Schwert und vollführte einen Abwärtshieb, während er sich zur Höhle zurückdrehte. Die sofort auflodernde Klinge durchtrennte eine grünwabernde Sphäre, welche aus der Höhle geschossen kam. Ronan hatte einen solchen Zauber noch nie gesehen, doch wie gewohnt, durchtrennte die azurblauen Flammen seines Schattensilberschwerts das magische Geschoss und lenkte die Flugbahn der Teile der Sphäre ab. Die zwei Hälften trafen in Bäume hinter ihnen und das Schwert verlor seine Flammen ebenso schnell, wie sie auftauchten. Dort wo die Magie einschlug, ätzte sich der Zauber durch das Holz und hinterließen verbrannte Stellen, die noch glühten. Unter Knarren gaben die Stämme der zwei Bäume nach und brachen.

»Zur Seite! An die Felswand!«, rief Ronan und zog Darian hinter sich her. Sie entkamen so den herabstürzenden Bäumen, konnten den Angreifer in der Höhle jedoch nicht sehen. Ronan schaute auf sein erloschenes Schwert, von dem er erwartet hatte, dass dieses weiterhin brennen würde. Als wäre Darian aufgewacht, riss er seinen Umhang zurück und entblößte eine Handarmbrust. Er lud die Waffe mit einem Bolzen und machte sich an Ronans Seite bereit. Die anderen beiden standen hinter ihnen.

»Schön, dass du auch wieder unter uns bist«, stellte Kealin sarkastisch fest.

»Jetzt nicht«, sagte Ronan und ermahnte mit einer Handbewegung alle ruhig zu sein.

Sie lauschten, doch hörten nichts als den Wind, der durch die Blätter über ihnen wehte. Dann war ein Knistern zu hören. Die Bäume begangen an den gebrochenen Stellen Feuer zu fangen. Sie ignorierten den entstehenden Brand, der trotz des Schnees und der Kälte aufflammte. Sie wussten, dass magisches Feuer anders war als natürliches und sie es ignorieren mussten. Lyra kauerte in den Büschen und sorgte für leises Rascheln, während sie ihre Position änderte.

Jede Bewegung, jeder Laut, jedes Geräusch war jetzt entscheidend. Alle am Kampf Beteiligten würden sich an diesen Geräuschen orientieren und den Feind suchen. Doch die Ordensritter hatten einen Vorteil. Ronan gab mit einem Zeichen das Signal zu schießen. Genau in dem Moment, als sich eine Fellbestie im Eingang der Höhle zeigte, drückte Darian bereits auf den Abzug. Der Bolzen flog und traf die

Bestie am Hals. Einen Menschen hätte dieser Bolzen schwer verletzt, doch die Fellbestie erschrak nur kurz vor den plötzlichen Schmerzen und riss sich den Bolzen mit einem heiseren Schrei heraus. Die Wunde, verursacht durch die Widerhakenspitze, riss weiter auf. Die Verletzung störte sie nicht weiter; ein weiteres Brüllen ertönte aus ihrer Kehle. Anders als bei der ersten Fellbestie änderte sich die Präsenz der Kreatur schlagartig. Auch die andere schwache Präsenz in der Höhle wurde spürbar bedrohlicher. Es war, als würden sie von Hass erfüllt und in Rage verfallen. Eine zweite Fellbestie sprang aus der Höhle. Kaum hatte sie den Boden berührt, wandte sie sich der Gruppe an der Felswand zu. Aus der Dunkelheit der Höhle drangen Laute hervor, die wie eine Sprache klangen. Ein grüner Dampf, sichtbar wie Körperwärme bei Kälte, stieg von den beiden Fellbestien auf. Ihre Augen brannten rot und strahlten eine beängstigende Mordlust aus.

Ronan war der erste, der sich in Bewegung setzte. Er trat vor und riss sein Schwert zum Blocken hoch. Die neu erschienene Fellbestie sprang auf sie zu und schlug mit einer Waffe zu, die einer improvisierten Version eines Hackebeils ähnelte. Ronan fing den Angriff ab, hielt jedoch der Wucht nicht stand und war gezwungen, die Waffe umzulenken. Er vollführte eine Drehung und versuchte, seitlich einen Treffer zu landen. Die Fellbestie griff mit ihrer freien Pranke nach seinem Schwert und stoppte so den Angriff. Blut rann aus ihrer Hand, die die Klinge umschloss, doch Ronan konnte sie nicht bewegen. Mit purer Muskelkraft hielt die Kreatur sein Schwert fest. Siegessicher begann sie zu lachen und holte zum Schlag aus. Zeitgleich züngelten azurblaue Flammen über die Klinge. Die

Flammen schienen den grünen Dampf, der von der Kreatur ausging, in sich aufzusaugen.

Ein weiterer Bolzen sauste an Ronan vorbei und traf die Bestie in die Brust. Er schien keinen großen Schaden angerichtet zu haben. Auch die Hitze der Klinge bewegte das Wesen nicht dazu, die Waffe loszulassen. Doch allmählich lockerte sich der Griff der Fellbestie. Ronan riss die Klinge aus ihrer Hand und trat zur Seite. Nur um Haaresbreite entging er dem Beil, das auf ihn zu raste.

Es roch nach verbranntem Fleisch, und noch immer war die tiefe Stimme aus der Höhle zu hören. Wie ein Lied sang sie wiederholende Laute in einem monotonen Takt. Erneut griff die Fellbestie Ronan an, und erneut wich Ronan aus. Wieder und wieder folgte ein Angriff. Immer wieder schaffte es Ronan, den Angriff abzuwehren oder auszuweichen. Er konnte keinen Moment abpassen, um selbst in die Offensive überzugehen. Sein Kontrahent war in Rage und griff unentwegt an. Erst als Lyra aus ihrem Versteck heraus der Fellbestie auf den Rücken sprang, konnte Ronan diesen Moment für einen Gegenangriff nutzen.

Drei schnelle, aufeinanderfolgende Schwerthiebe auf den Torso der Bestie zwangen sie, ihre Arme schützend vor sich zu halten. Dies nutzte Ronan für einen kraftvolleren Schlag auf das Handgelenk des Arms, der das improvisierte Hackbeil schwang. Ein ekelhaftes Schmatzen war zu hören, als die flammenumzogene schwarze Klinge tief in das Handgelenk schnitt. Ronan versuchte, all seine Kräfte freizusetzen und legte alles in den Schlag. Doch die Klinge drang nicht weiter in den Körper des Monsters ein. Eadric und Kealin flankierten die Fellbestie, die durch Ronans Hieb nicht reagieren konnte, und rammten gleichzeitig ihre Klingen in ihre Flanken. So verharrten sie einige Momente, bevor die Fellbestie endlich leblos zu Boden fiel. Der grüne Dampf hörte auf, von ihrem Körper aufzusteigen, ebenso wie die azurblauen Flammen erneut erloschen.

Sie zogen ihre Schwerter aus dem Körper der Bestie. Ronan sah sich abrupt zur dritten Fellbestie um, die zu Beginn des Kampfes einen Bolzen von Darian in den Hals bekommen hatte. Diese lag bereits besiegt am Boden, und Darian stach blutüberströmt und schwer atmend wieder und wieder auf die Leiche ein.

»Das reicht!«, sagte Eadric und packte Darian am Schwertarm. Darians Schwert hatte sich zwischen den Rippen der Fellbestie verkeilt. Als er sich von Eadric losreißen wollte, bemerkte Ronan, dass die tiefe Stimme nicht mehr sang.

»In der Höhle ist noch etwas. Ich glaube, es ist magisch. Wir sollten …« Ronan konnte seinen Satz nicht beenden, denn aus der Höhle trat eine weitere Fellbestie. In der einen Hand hielt sie ein geöffnetes, in Leder eingeschlagenes Buch, in der anderen eine magische grüne Sphäre. Als die Kreatur die Sphäre wie einen Ball auf Darian warf, warf auch Ronan sein Schwert. Die Klinge fing die zerstörerische Magie vor Darian ab, ohne wie gewohnt in Flammen aufzugehen. Durch den Aufprall fiel die Klinge vor Darians Füßen. Die grünwabernde Sphäre wurde indes unbeschadet gen Himmel gelenkt und stieß dort mit den nahen Baumkronen zusammen. Darian hob in einer Bewegung Ronans Schwert auf und ließ sein eigenes in der toten Fellbestie stecken. Er rannte auf die magische Fellbestie zu. Eadric und Kealin taten es ihm gleich. Sie wussten, dass dieses Wesen keinen weiteren Zauber mehr wirken durfte und schnell ausgeschaltet werden musste.

Nach nur wenigen Schritten erreichte Darian die Fellbestie und holte mit beiden Waffen zum Schlag aus. Doch er schaffte es nicht, mit Ronans Schwert richtig auszuholen. Dabei verlor Darian das Gleichgewicht und geriet ins Stolpern. Die Fellbestie nutzte diesen Moment und kam ihm zuvor. In ihrer freien Pranke manifestierte sich ein smaragdgrünes Kurzschwert, das in Relation mit der Pranke, wie ein Dolch wirkte, und stieß auf Darian zu. Doch Ronan erreichte Darian rechtzeitig und riss ihn um. Zusammen fielen sie zu Boden. Beim Aufprall ließ Darian das Schwert aus Schattensilber fallen.

Ronan versuchte, an seine Waffe zu gelangen, doch die Fellbestie wirkte bereits einen neuen Zauber. Anders als bei den Magiern des Ordens sag sie unbekannte Laute, während sich der grüne Zauber nur langsam in ihrer Hand manifestierte. Kealin erreichte die Fellbestie rechtzeitig und schlug mit seinem Schwert auf den Arm ein, in dessen Hand die Magie Form annahm. Seine Klinge schnitt immer wieder tief ins Fleisch und ließ den Knochen bersten. Der Unterarm hing wie ein Hautlappen am restlichen Arm, während sich der Zauber auflöste. Eadric erreichte ebenfalls die Fellbestie und rammte seine Klinge in ihren Oberkörper. Kraftlos ließ die Fellbestie sich zu Boden sacken.

Eadric behielt seine Klinge in der Brust des Monsters, während Kealin sich nach Darian und Ronan umsah.

»Darian, Ronan – ist alles in Ordnung?«

Ohne auf die Frage einzugehen, schüttelte Darian seine Benommenheit ab, und Ronan streckte ihm bereits eine Hand entgegen.

»Wie schaffst du es, dieses Schwert zu schwingen?«, fragte Darian Ronan, während er ihm aufhalf.

Kealin hob Ronans Schwert vom Boden auf und merkte sofort, warum mit dem Schwert nicht umgehen konnte. Er hatte Schwierigkeiten, das Schwert waagerecht zu halten, geschweige denn, die Klinge zu schwingen. Mühsam übergab er die Waffe an Ronan. Als Ronan sie in seinen Händen hielt, fühlte sich das Gewicht seines Schwertes normal und vertraut an. Woran Kealin gescheitert war, konnte Ronan mühelos bewältigen.

»Ein beängstigendes Schwert, wenn du mich fragst«, gab Kealin zu bedenken, und Darian nickte zustimmend.

»Könnt ihr später diskutieren, was mit euch nicht stimmt? Der hier lebt noch.« Eadric hockte auf der Fellbestie. Diese hatte mit der unbeschädigten Hand Eadrics Klinge umschlungen und hielt sie in einem festen Griff, sodass Eadric sie nicht aus ihrem Körper ziehen konnte. Blut rann aus dem Maul der Fellbestie, und sie atmete kaum noch.

»Menschen ... kennen nichts ... als zu töten.«

»Es spricht?«, fragte Eadric.

Die Fellbestie ließ von Eadrics Klinge ab und griff nach dem Buch, das auf dem Boden neben ihnen lag. Sie umschlang es und presste es an ihre Brust. Mit einem Husten sprach sie einige Worte in einer fremden Sprache.

»Was hat es gesagt?«, fragte Kealin aufgeregt.

»Ich weiß nicht, es ergab keinen Sinn. Aber es nennt uns Menschen.«

Die Fellbestie atmete tief ein und hustete Blut, während sie sprach. »Ihr Menschen ... kennt nichts als zu töten ... ihr wart es. Habt uns gejagt ... wir werden uns rächen. Ihr seid sogar im Krieg mit euch selbst, so sehr liebt ihr das Töten. Ihr seid nicht besser als die ...«

»Was?« Darian trat an die Fellbestie heran. »Ihr wollt Rache? Wofür? Dafür, dass wir unsere Heimat vor euch verteidigt haben? Dafür, dass wir eure Taten zur Rechenschaft gezogen haben und alle von euch abgeschlachtet haben, wie ihr es bei uns getan habt?« Darian trat der Fellbestie gegen die Flanke. Doch sie konnte bereits nicht mehr antworten. Eadric erhob sich und zog sein Schwert aus ihrer Brust. Darian trat unbeirrt weiter auf den leblosen Körper ein. Mit jedem Tritt wurde Darian wütender, bis er nicht mehr wusste, wohin mit sich, und ihm Tränen über das Gesicht liefen. »Sag es mir! ... Wieso solltet ihr euch an uns rächen, wenn ihr die Monster seid? Wenn ihr doch die Invasoren seid?«

Niemand traute sich, etwas zu sagen. Niemand wollte sich anmaßen, zu verstehen, was in Darian vorging. Irgendwann ließ er erschöpft von dem Wesen ab. Blut, sein Blut, rann von seiner linken Schulter, doch störte es ihn nicht.

Ronan sah sich die dritte tote Fellbestie an und erkannte das Buch, das sie zum Ende hin schützen wollte. Dasselbe Buch befand sich in den Archiven des Magierturms des Ordens. Die Runen auf dem Leder erinnerten ihn an das Buch, welches von Heldan versucht wurde zu übersetzen. Ronan nahm das Buch an sich.

In der Höhle fanden sie weitere Bücher, die von Händlern stammen mussten, sowie Runen an den Wänden, die denen auf dem Schamanenbuch ähnelten. Zwischen den Büchern entdeckte er Briefe und Notizen, die ebenfalls mit den Runen der Fellbestien geschrieben waren. Für Ronan wirkte es, als hätte der Schamane so die Sprache der Menschen gelernt. Außerdem fanden sie in der Höhle die gestohlenen Waren, darunter Felle. Es war nicht untypisch, dass Händler aus dem Norden Felle in den Süden brachten, doch blieb unklar, warum der Händler überfallen worden war. Für die Ordensritter ergab es keinen Sinn, was die Fellbestien damit wollten. Letztendlich hätten sie nur das Pferd als Nahrung nehmen müssen.

»Was meinst du? Waren das nur zersprengte Rückstände der damaligen Fellbestien, die Winterhafen überfielen, oder handelte es sich um einen Spähtrupp, der das Terrain für eine weitere Invasion auskundschaften sollte?« Eadric fragte dies direkt an Ronan, ohne dass Darian oder Kealin sie hören konnten.

»Sie verhielten sich zu auffällig, wenn sie überlebende waren«, antwortete Ronan ebenso leise. »Vielleicht sind sie übermütig geworden; immerhin hätten sie es über ein Jahrzehnt geschafft, unentdeckt zu bleiben.«

Eadric dachte sichtlich nach. »Eine neue Invasion ist ausgeschlossen. Die Meere werden seit der Entdeckung der Neuen Welt regelmäßig patrouilliert … Auf jeden Fall müssen wir das melden, wenn wir zurück in der Zitadelle sind.«

Feuer breitete sich vor der Höhle aus, und die Ordensritter waren gezwungen, ohne weitere Nachforschungen zur Straße zurückzukehren.

# Kapitel 17

Die Doktrin des Ordens für die Ordensritter war simpel und unmissverständlich: Stehe für den Orden und dessen Schirmherren – den König – ein, und kämpf um dein Leben, denn die Feinde versuchen, es dir und den Bürgern des Reiches zu nehmen. Wer diese Feinde waren, wechselte ständig. Mal waren es aufrührerische Bandenführer, mal abtrünnige Grafen oder Herzöge. Hin und wieder kam es zu Scharmützeln an den Grenzen im Norden oder Sünden mit benachbarten Ländern fremder Kulturen, doch nur selten waren es echte Invasoren. Ronan erinnerte sich an diese einfache Wahrheit, die Caius ihnen während der Ausbildung immer wieder eingeschärft hatte. Es spielte keine Rolle, welche Seite das geringere Übel oder das größere Gut verkörperte. Die Alten im Orden entschieden, und der König mit seinen Beratern befahl. Damals hatten Ronan und die anderen kaum verstanden, was das bedeutete, doch seit dem Ende ihrer Ausbildung begannen sie, es zu begreifen.

Am Mittag erreichten sie das Dorf Myrk, an der Grenze zu den Nordlanden gelegen. Der Name Myrk, aus der Sprache der Nordländer, bedeutete *Süden* – eine Ironie, die aufzeigte, wie weit sich der Kontinent noch in den Norden erstreckte. Die Dorfbewohner hatten um Hilfe gegen Räuber in den Hochlanden gebeten, und die örtliche Miliz stand bereit, doch es fehlte an Führung und Erfahrung.

Kurz nach ihrer Ankunft machten sich Ronan und seine Gefährten auf, um die Lage zu sondieren. Die Situation war ihnen bereits durch einen Boten und in Tavernen von Reisenden beschrieben worden: Eine Bande von Räubern hatte sich in einer alten Burgruine eingenistet und plünderte die umliegenden Dörfer. Für Kealin, Darian und Eadric waren diese Informationen ausreichend, um sofort mit der Miliz, aus knapp über einem Dutzend Männern und Frauen, aufzubrechen und der Bedrohung ein Ende zu bereiten. Ronan jedoch zögerte. Er wollte mehr über die Beschaffenheit der Ruine und die Anzahl sowie die Ausrüstung der Räuber in Erfahrung bringen, bevor sie in den Kampf zogen.

»Das erledigst du unterwegs«, hatte Eadric gesagt, überzeugt, dass die Stunde Fußmarsch genügend Zeit bieten würde, um die nötigen Informationen zu sammeln. Doch Ronan wusste, dass in einem solch prekären Einsatz jede Kleinigkeit über Leben und Tod entscheiden konnte. Trotzdem, die Zeit drängte, und es war klar, dass sie keine weiteren Verstärkungen mehr erwarten konnten. Mit einem Gefühl der Unruhe folgte er seinen Gefährten, während die düsteren Wolken über den Hochlanden zusammenzogen.

Als sie sich auf den Weg zur Burgruine machten, die sich auf einem erhabenen Hügel am Kamm eines Gebirges abzeichnete, begann es zu schneien. Ein eisiger Wind fegte über die raue Landschaft, und die Kälte kroch unbarmherzig durch die Kleidung. »Denkt daran, dass eure Klingen bei Frost stecken bleiben könnten. Überprüft eure Ausrüstung«, befahl Eadric, während er die Miliz im Blick behielt. Sofort begann eine nervöse Unruhe in den Reihen. Einige rüttelten hastig an ihren Schwertern, andere, die mit Äxten bewaffnet waren, zogen sie aus ihren Schlaufen, aus Angst, dass die Schäfte am Leder festfrieren könnten.

»Vor Einbruch der Dunkelheit will ich an einem heißen Lagerfeuer sitzen und mich morgen bereits auf dem Rückweg zur Zitadelle befinden. Reißt euch zusammen und unterstützt euch gegenseitig. Verfallt nicht in Panik und befreit eure Familien von dieser Plage. Ich will nicht berichten müssen, dass die Männer und Frauen des Nordens Feiglinge sind!« Eadrics Worte lösten vereinzelte Buhrufe aus, was ihm wohl gefiel.»Nein«, stellte er entschlossen fest und riss sein Pferd herum.»Ich sehe hier stolze und mutige Nordmenschen, die ihre Heimat verteidigen. Gemeinsam werden wir im Handumdrehen die Sicherheit eurer Straßen wiederherstellen!« Kealin ritt auf gleicher Höhe mit Eadric.»Du solltest ihnen nicht so viel Hoffnung machen«, sagte er ruhig. Eadric drehte sich verwundert zu ihm um.»Ronan hatte recht«, fuhr Kealin fort.»Ohne irgendeine Art von Vorbereitung können wir keine vernünftige Strategie entwickeln. Wir vier mit Lyra könnten natürlich mit dem Kopf durch die Wand gehen und den Himmel über uns hereinbrechen lassen. Vielleicht hätten wir sogar Glück und würden ohne größere Verletzungen heimkehren. Aber diese Leute …« Kealin warf einen Blick über seine Schulter auf die Miliz, wo ein junger Bauer sein Beil mit zitternder Hand hielt.»Sie mögen das harte Leben im Norden gewohnt sein, aber ich glaube nicht, dass sie alle überleben werden.«

»Das weiß ich auch. Aber es bringt uns noch weniger, wenn sie ohne Hoffnung sofort in Panik verfallen und davonlaufen. Genau deshalb versuche ich, mit Eindruck und Motivation ihre Moral hochzuhalten«, zischte Eadric zurück.

Ronan hörte den Streit zwischen den beiden und seufzte. Beide hatten seinen Punkt nicht wirklich verstanden, und es war jetzt zu spät, um das zu klären. Wenigstens schrien sie sich diesmal nicht an, dachte er.

Der Anführer der Miliz, ein Mann namens Brynjar, schloss zu Ronan auf. Brynjar war einst Hauptmann der Wache in einer

Stadt weiter südlich gewesen und war aufgrund der Umstände zur Miliz gerufen worden. Er wurde namentlich im Schreiben an die Zitadelle erwähnt. »Ihr wolltet mich sprechen, Herr«, sagte Brynjar mit rauer Stimme, die zu seiner wettergegerbten Haut passte, und nahm die Haltung eines erfahrenen Soldaten ein.

Ronan glitt mit einer geschmeidigen Bewegung aus dem Sattel und führte sein Pferd am Zügel, während er sich aufmerksam in der verschneiten Landschaft umsah. »Wir müssen nicht förmlich sein«, sagte er mit einem lächeln. Ronan verabscheute es, wenn Adlige auf ihren Titeln bestanden und Hochgestellte sich über andere erhoben. Er bevorzugte klare Worte und direkte Kommunikation.

»Natürlich«, antwortete Brynjar zögernd, während er Ronan verwundert betrachtete. »Was kann ich für dich tun?«

Ronan nickte. »Ich brächte Informationen über die Menschen.«

»Es sind Bürger der umliegenden Dörfer«, begann Brynjar zögernd, »Freiwillige, die sich für die Miliz gemeldet haben.«

Ronan hob eine Hand, um ihn zu unterbrechen. »Ich meinte nicht die Miliz. Was kannst du mir über die Leute dort in der Ruine sagen?« Er deutete mit einem Nicken in Richtung der düsteren Ruine, die sich am Horizont erhob.

Brynjar runzelte die Stirn, als er sich erinnerte. »Es sind Räuber, Wilde aus dem Norden, die sich weigern, nach den Gesetzen Andoriens zu leben. Sie verehren einen dunklen Gott, der hier nicht geduldet wird.« Er zögerte kurz, bevor er fortfuhr. »Ein Prophet hat in den Dörfern seine ketzerischen Lehren verbreitet und die Menschen gegen den König aufgebracht. Er behauptet, es sei seine göttliche Aufgabe, die Stämme des Nordens zu vereinen.«

Ronan überlegte kurz. »Und wer waren sie, bevor sie diesem Propheten folgten? Die Überfälle begannen erst vor einigen Monaten. Ein solches Räubernest entsteht nicht über Nacht.« Brynjar nickte langsam. »Sie waren einfache Bauern und Handwerker. Ihre Heimat waren die Dörfer hier in der Umgebung, auch Myrk.«

»Was hat sie dazu gebracht, ihre Nachbarn plötzlich zu bedrohen?« Ronan hielt inne und musterte Brynjar.

Der Wachmann zuckte mit den Schultern und war sichtlich verunsichert. »Das habe ich nicht hinterfragt, als ich der Miliz beitrat.«

Eine leise, aber entschlossene Stimme ertönte hinter ihnen. »Mein Herr, darf ich sprechen?« Eine Frau trat vor, und Ronan wandte sich ihr zu. Er nickte und bedeutete ihr, dass sie ohne Formalitäten sprechen sollte.

»Mein Name ist Muriel«, begann sie, »Ich komme aus Myrk, aber meine Familie stammt aus Winterhafen. Im letzten Jahr gab es in der gesamten Grafschaft Solns eine schreckliche Dürre. Nun, mit dem Wintereinbruch, hat sich das Wetter drastisch geändert, und Schnee liegt überall. Die Ernte blieb aus, und die Jagd brachte nichts ein. Unsere Vorräte sind erschöpft, in manchen Dörfern sogar völlig aufgebraucht.« Muriel hielt kurz inne und vergewisserte sich in Ronans Blick, ob er ihr weiter zuhören würde, bevor sie weitersprach. »Doch das war nur der Anfang. Seit Winterhafen von der Invasion zerstört wurde, leidet die gesamte Grafschaft. Ohne das Handelszentrum im Norden kommen kaum noch Händler hierher. Wir haben nichts mehr anzubieten. Die Jagd nach Fellen und die Erzförderung sind fast zum Erliegen gekommen. Mit dem strengen Winter hat sich das Gefühl breitgemacht, von der Hauptstadt im Stich gelassen worden zu sein.«

Ronan blickte in die Ferne mit nachdenklicher Miene. »Also sind diese Räuber nichts anderes als verzweifelte Dorfbewohner, die keinen anderen Ausweg mehr sahen, um zu überleben«, murmelte er leise, als er das Schicksal dieser verlorenen Seelen begriff.

Brynjar und Muriel tauschten besorgte Blicke. »Wollt Ihr die Offensive abblasen?«, fragte Brynjar vorsichtig, mit dem respektvollen Tonfall eines Sergeants, der um Klärung bat.

Ronan schüttelte den Kopf. »Nein. Sie haben sich entschieden zu rauben und zu brandschatzen. Es tut mir leid, was hier im Norden geschehen ist und unter welchen Umständen ihr leben müsst. An ihren Händen klebt Blut.« Vor seinem inneren Auge tauchten Bilder der unschuldige Bürger in der Arena auf, die vor seinen Augen niedergemetzelt wurden, und das Gefühl der Machtlosigkeit, das ihn damals überwältigte. Er schüttelte die düsteren Erinnerungen ab und richtete seine Aufmerksamkeit wieder auf Brynjar. »Und, wie ich schon sagte, wir müssen nicht förmlich sein. Wir mögen Ordensritter sein, aber am Ende kämpfen wir zusammen.«

†

»Und? Hast du gefunden, wonach du gesucht hast?«, fragte Eadric, als Ronan wieder zu ihm aufschloss, mit einem Hauch von Spott in der Stimme.

Ronan ignorierte Eadrics Tonfall. »Ja. Die Räuber haben keine militärische Ausbildung. Es sind einfache Dorfbewohner, die verständlicherweise unzufrieden mit ihrer Lage sind.«

Eadric hob eine Augenbraue. »Diese Unzufriedenheit rechtfertigt, Händler zu überfallen, zu töten und ihr Hab und Gut zu plündern?«

»Sie taten, was ihrer Meinung nach nötig war, um zu überleben, ohne Rücksicht auf die Folgen. Dass der Handel im Norden zum Erliegen kam und andere Menschen um so mehr darunter litten, war ihnen egal.«

Eadrics Miene wurde ernst. »Was hast du jetzt vor? Wenn du Mitleid mit ihnen hast, machst du Fehler. Fehler, die wir uns heute nicht leisten können. Wie Kealin schon sagte, es geht nicht nur um uns.«

Ronan nickte nachdenklich. »Natürlich habe ich Mitleid. Aber diese Menschen haben sich entschieden, ohne Gesetze zu leben und andere dafür bluten zu lassen. Sie müssen zur Rechenschaft gezogen werden. Doch ich glaube nicht, dass es zwangsläufig in Gewalt enden muss.«

Eadric schnaubte leise. »Du bist ein unverbesserlicher Idealist.«

Ronan lächelte dünn. »Worüber ich mir den Kopf zerbreche, ist dieser sogenannte Prophet, der die Nordmenschen gegen die Krone vereint haben soll. Woher kam er, und was ist sein eigentliches Ziel?«

Eadric stieß mit der Faust leicht gegen Ronans Schulter, ein Versuch, die Spannung zu lösen. »Du grübelst zu viel. Konzentrier dich auf das, was direkt vor uns liegt. Wir werden deine Befehle bald brauchen.«

†

Ein Schneesturm brach herein, und die tosende Kälte hätte Ronan, wie jeden anderen, überwältigen können. Doch die

Magie, in ihm, hielt ihn warm und schützte ihn vor der erbarmungslosen Kälte. Um ihn waren trotz des Windes die Geräusche eines Kampfes zu hören. Geschmeidig wich Ronan einem Armbrustbolzen aus, dessen Flugbahn durch den starken Wind beeinträchtigt wurde und gegen die moosbedeckte Steinwand hinter ihm schlug und in tausend Stücke zerbrach. Schnee wirbelte auf, und im nächsten Augenblick stürmte Ronan vorwärts. Er erreichte sein Ziel und schlug mit seinem Schwert einen kraftvollen Hieb gen Himmel. Die Klinge traf den Schaft einer Axt, die ein Räuber schützend vor sich hielt. Das Holz knickte unter dem Schlag und brach entzwei. Der Räuber taumelte von der Wucht zurück und riss unwillkürlich seine Arme hoch, während er versuchte, sein Gleichgewicht zu bewahren. Für einen kurzen Moment war er völlig ungeschützt, und Ronan hätte ihn mit einem weiteren Hieb durch seine leichte Rüstung tödlich verwunden können. Doch Ronan zögerte, ließ den Augenblick verstreichen. Die Angst war deutlich in dem Gesicht des Mannes geschrieben, eine Angst, die sich stark von den verrückten, freudigen Blicken der Kultisten unterschied, die sich am Tod ihrer Opfer berauschten und bereits neue Opfer fixierten.

»Du hast Angst«, sprach Ronan die offensichtlichen Gefühle des Mannes aus und kämpfte mit seiner Stimme gegen den heulenden Wind an. »Es muss nicht so enden. Du kannst dich ergeben.« Er senkte die Klinge, die er bis gerade für einen weiteren Schlag bereithielt, und trat einen Schritt näher. Der Mann wich zurück, ohne seinen Blick von Ronan abzuwenden. »Du wirst ein faires Gerichtsverfahren erhalten …«

Ein neuer Armbrustbolzen der Räuber zischte durch die Luft und hätte den Mann am Boden getroffen, wenn Ronan ihn nicht mit seiner Klinge reflexartig abgelenkt hätte. Der Mann nutzte die Gelegenheit, zog ein Messer und stürmte schreiend mit weit aufgerissenen, tränenden Augen auf Ronan los. Ronan spürte die Angst und Verzweiflung des Mannes und den heranfliegenden Armbrustbolzen, der an ihm vorbeizischte. Diesmal war es ein Bolzen, geschmückt mit dunklen Federn des Ordens, aus nächster Nähe abgefeuert. Der Bolzen traf den Mann in die Brust und bohrte sich tief in sein Herz. Sofort sackte er leblos zu Ronans Füßen.

»Ich hatte dir doch gesagt, dass du kein Mitleid mit ihnen haben sollst!« Eadric trat neben Ronan und lud seine Handarmbrust mit einem neuen Bolzen. »Sieh dich um!« Ronan brauchte sich nicht umzusehen. Er spürte die Präsenz eines jeden, wusste, dass noch niemand aus der Miliz gefallen war und die Räuber sich bereits auf der Flucht befanden.

»Ich werde keinen unbewaffneten Menschen töten, nur um es schneller zu beenden«, erwiderte Ronan ruhig und bestimmt. »Sie fliehen bereits. Sag den anderen, dass wir uns neu sammeln und dann tiefer in die Ruine vordringen werden.«

Ohne ein weiteres Wort ging Eadric. Doch die Wut war deutlich auf seinem Gesicht zu lesen. Das musste warten. Irgendetwas dunkles, magisches strömte aus dem Inneren der Ruine, und das beunruhigte Ronan. Schon als sie die Ruine erreichten und den Kampf mit den ersten Räubern aufgenommen hatten, verspürte er ein unheimliches Gefühl. Es war anders als die Magie der Magier oder der Schamanismus der Fellbestien und Kultisten.

Er schloss die Augen und atmete tief durch, um seine Sinne zu beruhigen und damit seine Fokusmagie zu beenden. Ein plötzlicher Schub von Erschöpfung überkam ihn, als wäre er den ganzen Tag durch die Berge gelaufen. Er lehnte sich gegen eine Wand und versuchte, sich zu erholen, bis Eadric mit den anderen zurückkam. Er nutzte die Pause, um seine Ausrüstung zu inspizieren. Er überprüfte, ob der leichte Schuppenlederpanzer unter den Fellen richtig saß und alle Riemen festgezogen waren. Dabei betrachtete er auch sein Schwert, das an einem Felsen neben ihm gelehnt war. Keine Kerbe, keine Kratzer oder Dellen waren zu sehen. Die Klinge war sauber, das Blut der Räuber floss wie Regentropfen hinab. Als die Klinge bei dem Kampf gegen die Fellbestie von blauen Flammen umgeben war, erinnerte es ihn erneut an den Efreet aus der Mine. Bisher hatte es keine negativen Auswirkungen auf ihn gezeigt, doch ihm war klar, dass Magie immer ihren Preis hatte. Die Lehrbücher der Magier in der Bibliothek des Ordens hatten es immer wieder beschrieben und auch sein Vater hatte es ihm gesagt. Es müsste genauso sein, wie die Erschöpfung, die er gerade spürte, da er seine Sinne beruhigte oder wie früher als er sogar in Ohnmacht fiel, da er diese Magie noch nicht kontrollieren konnte. Aber dieses Schwert schien sich genau wie der Efreet nur von magischem Blut zu ernähren, schloss Ronan.

*Was würde passieren, wenn der Efreet hungrig wurde? Würde er dann nach meinem Blut verlangen, und was wäre, wenn die Klinge zu stark genährt sein würde? Könnte der Efreet dann ausbrechen?*

Ronan zerbrach sich den Kopf ohne Antworten zu finden. Er entschloss sich, in den Archiven des Ordens nach Antworten zu suchen, selbst wenn er seinen Vater um Hilfe bitten müsste. Er fragte sich dabei auch, ob Talia bereits etwas herausgefunden hatte. Nach diesem Auftrag im Norden würde er in die Zitadelle zurückkehren und dort mit den anderen überwintern. Sie sollte dann ebenfalls zurück sein. Ein Lächeln schlich sich auf sein Gesicht bei dem Gedanken, sie wiederzusehen.

Ronan bemerkte kaum, dass sich die Miliz bei ihm gesammelt hatte. Erst als ihn alle erwartungsvoll und durchgefroren ansahen, sah er auf, nahm sein Schwert und trat einen Schritt auf sie zu. »Passt auf euch und die Person neben euch auf und haltet etwas Abstand. In der Ruine könnte es dunkel sein und die Räuber haben einen Vorteil. Sie sind dort zuhause und kennen sich auch im Dunkeln aus. Wir vom Orden gehen voran, und ihr folgt uns. Kämpft nicht in engen Gängen oder in Unterzahl und zieht euch notfalls zurück.« Ronan deutete Kealin, Darian und Eadric an, ihm zu folgen. Wie befohlen folgte danach die Miliz. Lyra, die sich ihr blutiges Fell leckte, wartete bereits am Eingang auf die anderen.

# Kapitel 18

Gemeinsam traten sie in die alte Ruine ein, ein Relikt vergangener Tage, dessen verbliebendes Obergeschoss unter der Last der Zeit ächzte und in sich zusammenzufallen drohte. Die Treppe, die einst in die oberen Ebenen führte, war längst zu Trümmern geworden. Die Räuber hatten sich tief ins Herz der Burg zurückgezogen und dort womöglich eine Falle für ihre Verfolger vorbereitet. Der einzige freie Weg führte über eine Wendeltreppe in die Tiefe, tiefer in die Burg hinein.

Darian folgte Ronan dicht auf den Fersen, während sie sich durch die finstere Passage bewegten. Um den Rückweg nach oben zu sichern, hatten die anderen am Eingang der Wendeltreppe Stellung bezogen und warteten auf ein Zeichen. Darian entzündete eine Fackel, deren zitterndes Licht kaum die dunkle Enge des Treppenschachts durchbrach. Ronan, das Schwert fest in der Hand, setzte jeden Schritt vorsichtig auf die steinerne Treppe. Ihre Schritte hallten durch die Stille, während ein kalter, feuchter Wind um sie wehte, und der Geruch von nassem Moos und frischem Blut in der Luft lag. Plötzlich rutschte Darian auf einer der Stufen aus. Mit einem abrupten Klirren stieß seine Klinge gegen die Wand, das Geräusch zerbrach die Stille wie ein scharfes Messer. Sie hielten inne, lauschten angestrengt, doch die Dunkelheit blieb taub und stumm. Erst beim genaueren Hinsehen entdeckten sie eine Blutspur auf der Stufe, auf der Darian ausgerutscht war. Es war, als ob einer der Räuber erst hier verwundet worden wäre, das Blut frisch und lebendig. Darian zuckte nur mit den Schultern und bedeutete Ronan, weiterzugehen.

»Warum haben wir keinen Magier dabei?«, durchbrach Darian schließlich das Schweigen. »Mit einem Magier könnten wir wenigstens entspannen. Allein die Anwesenheit eines Ordensmagiers würde einen Räuber dazu bringen, zweimal über seine Berufswahl nachzudenken. Und das Licht, das ein Magier zaubern könnte, würde uns jetzt gute Dienste erweisen.«

»Reiche ich dir nicht?« fragte Ronan, sein Lachen ein leiser, ironischer Klang in der Dunkelheit.

»Du weißt genau, was ich meine.«

»Sollten wir nicht besser schweigen und auf mögliche Fallen achten?«

»Ich dachte, mit dir könnten wir uns das sparen.«

Ronan versuchte, seine Sinne zu schärfen, doch die anhaltende Dunkelheit trübte seine Magie. »Es tut mir leid. Nicht alles lässt sich durch Magie lösen. Hier unten ist etwas … lass uns besser vorsichtig sein.«

Darian schwieg und sie setzten ihren Weg fort, bis sich vor ihnen ein Gang aus der Dunkelheit schälte. Die Treppe endete abrupt und sie traten in den Gang ein. Durch das schwache Fackellicht war das Ende des Korridors nicht auszumachen, doch tief in der Finsternis glühte eine Lichtquelle.

»Hol die anderen«, flüsterte Ronan. »Ich werde hierbleiben. Schick Lyra zuerst vor und bringt Schilde mit.«

Darian machte sich auf den Rückweg, und bald war das Klirren von Waffen und die schweren Schritte der Miliz zu hören. Lyra trat an Ronans Seite, ihre Nase nahm die Luft des Gewölbes auf, und ihre Unruhe war spürbar.

»Dir geht's wie mir, nicht wahr?« Ronan hockte sich neben Lyra und kraulte ihr den Kopf. Er untersuchte ihr Fell auf

Verletzungen, doch es klebte nur fremdes Blut an ihr. »Hier gibt es frisches Blut. Kannst du die Spur aufnehmen?«

Lyra schnupperte an dem Blut auf dem Boden, doch plötzlich fauchte sie auf.

»Ronan, schau da!« Darian wies auf das Licht am Ende des Korridors. Das ehemals flackernde Licht war jetzt violett und funkelte wie ein lodernder Amethyst.

Eadric und Kealin erschienen gemeinsam mit der Miliz und erblickten sofort das violette Licht, das den Raum durchdrang.

»In was für einer verdammten Hölle sind wir diesmal gelandet?«, fragte Eadric grimmig, während er seine Handarmbrust erneut mit einem Bolzen belud.

Ronan wandte sich an die Miliz und sprach mit entschlossener Stimme. »Nehmt eine Formation ein. Wir bewegen uns langsam und geschlossen vorwärts. Achtet auf die Wände; wir wissen nicht, ob es hier versteckte Durchgänge oder Fallen gibt.« Er nahm einem der Milizsoldaten ein großes Holzschild ab, das am Rand mit Eisenbeschlägen verstärkt war, und bildete so die Spitze ihrer Einheit. Lyra pirschte sich hinter ihm, jederzeit bereit an Ronan vorbeizupreschen und einen Angreifer zuvorzukommen.

Langsam rückten sie vor, das unheimliche Licht wurde immer intensiver. Es dauerte einige hundert Schritte, bis sie den Durchgang erreichten, aus dem das Licht bedrohlich in den Korridor strahlte. Vor ihnen erstreckte sich ein Höhlengewölbe, in dessen Wände Gräber eingelassen waren, und Fackeln mit violettem Feuer brannten. Am Ende der Höhle erhob sich ein Altar, und davor stand ein Mann in einer schwarzen Robe, die mit weißen Runen verziert war. Er hielt einen Dolch in der Hand und stieß ihn in die Wunde eines verletzten Räubers. Schwarzer Rauch strömte aus der Wunde, während der Mann in der Robe murmelnd Worte sprach.

Drei weitere Räuber lachten und sprachen in der Sprache der Nordlande, als sie sich zu Ronan und seinem Trupp wandten. Die Miliz bereitete sich ebenso auf den Kampf vor wie Ronans Gruppe. Doch während sich die Miliz auf Eadrics Befehl hin aufstellte, schrie jemand plötzlich erschrocken auf. Ein Bauer aus dem Dorf, der zur Miliz gehörte, war, wie viele andere, an der Wand der Höhle entlanggegangen, um die Räuber zu umzingeln. Doch plötzlich packte ihn die verrottete Hand eines auferstandenen Leichnams und zog ihn in eines der Wandgräber. Der Untote griff nach einem rostigen Schwert aus uralter Zeit und stieß es dem Bauern immer wieder in den Rumpf. Der Bauer schrie vor Schmerz, bis sein Schrei schließlich in stummes Leiden überging.

Entsetzt sahen sie sich das groteske Schauspiel an und es dauerte einige Momente, bis diese Unwirklichkeit auf Verständnis stieß. Gerade als Ronan den Rückzug befahl, sackte er unwillkürlich auf die Knie. Ein stechender Kopfschmerz ließ ihn aufkeuchen. Unter Qualen versuchte er, seine Gefährten zu sehen, doch ihnen ging es ebenso, und sie kauerten sich vor Schmerzen auf den Boden. Das Lachen der Räuber hallte in seinen Ohren, während die Untoten aus ihren Gräbern stiegen. Im nächsten Augenblick versank die Welt in völliger Stille. Das violette Licht verschwand, und die Höhle wurde vor Ronans Augen schwarz.

Der Schmerz pochte in seinem Kopf, als er sich mühsam aufraffte. Mit weit aufgerissenen Augen starrte er in die Dunkelheit und versuchte, selbst den kleinsten Lichtstrahl auszumachen, doch die Finsternis verschlang alles. Dann entdeckte er es. Ein feiner Faden aus Licht verband ihn mit etwas im Dunkel. Ronan konnte nicht erkennen, was es war, doch eine vertraute Stimme, die er gehofft hatte, nie wieder hören zu müssen, drang an sein Ohr.

»Allein kannst du den Nekromanten nicht besiegen. Gib ihn mir!« Die Stimme des Efreets hallte wie ein Donnerschlag in Ronans Ohren. Instinktiv griff er nach seinem Schwert. In einer fließenden Bewegung zog er die Klinge und azurblaues Feuer loderte von der schimmernden Klinge auf. Die Flammen umhüllten ihn, durchdrangen seine Sinne und linderte den Schmerz, während sie ihm ein Gefühl von Geborgenheit vermittelten.

Ohne weiter darüber nachzudenken, stürmte Ronan vorwärts, dem Faden aus Licht folgend. Unwillkürlich schlug er mit seiner Waffe von links nach rechts, von oben nach unten. Er vertraute voll und ganz seiner Magie und ließ sich blind von ihr leiten. Entgegen seiner Erwartung traf jeder Hieb auf Widerstand, doch die Klinge durchbrach diesen jedes Mal mit zerschmetternder Kraft.

Mit einigen schnellen Schritten und wild geführten Schlägen folgte Ronan dem Lichtfaden und stieß mit seinem Schwert an den Endpunkt des Fadens. Der stechende Geruch von verbranntem Fleisch stieg ihm in die Nase, während die alles verschlingende Dunkelheit langsam wich und sich vor ihm der Robenträger aus der Finsternis herauslöste, von azurblauem Licht umgeben.

Ronan atmete schwer, als der Körper des Robenträgers von den Flammen seiner Klinge weiter zerfressen wurde, bis er schließlich geteilt zu Boden glitt. Er blickte sich um und stellte fest, dass die vier anderen Räuber, die von ihm getötet worden waren, am Boden lagen. Die Untoten, die sich aus den Gräbern erhoben, lagen vor dieses zusammengebrochen dar und rührten sich nicht mehr. Auch Ronans Gefährten erwachten aus ihrer Illusion und blickten panisch um sich.

Kealin schüttelte sich und trat näher an Ronan heran, der noch immer vor dem Körper des Robenträgers stand. »Dieses Schwert ist wirklich beängstigend. Es hat sogar die Knochen des Magiers geschmolzen«, bemerkte er, nachdem er sich kurz die Leiche des Robenträgers angesehen hatte.

»Nekromant«, korrigierte Ronan ihn ruhig, woraufhin Kealin ihn fragend ansah. Ronan antwortete nur mit einem Kopfschütteln. Die Erschöpfung seiner Magie machte sich zunehmend bemerkbar, und es erforderte Ronans volle Konzentration, um nicht in Ohnmacht zu fallen.

»Seht ihr das?« Ein Mann aus der Miliz deutete auf Ronan. »Ich habe von ihm gehört, das ist die Azurflamme des Ordens!« Die Milizleute begannen aufgeregt zu tuscheln, und bald setzte ein freudiges Jubeln ein. Immer wieder riefen sie seinen Namen »Azurflamme des Ordens.«

Eadric trat nun ebenfalls an Ronan heran. Trotz der Erschöpfung durch die Magie des Nekromanten hielt er Ronan ein Leinentuch hin, das er zuvor in Wasser aus einer Feldflasche getränkt hatte. »Lösch die Flammen«, befahl Eadric mit ernster Miene.

Verwirrt über Eadrics Anweisung nahm Ronan das Tuch und versuchte, die Flammen von seiner Klinge zu wischen. Doch kaum berührte das Tuch die Klinge, begann es sofort in Flammen aufzugehen, als wäre es niemals mit Wasser getränkt gewesen. Ronans Hand, die ebenfalls in Kontakt mit den Flammen geraten war, blieb jedoch unberührt. Er strich mit dem Finger über die Hohlkehle seiner Waffe und stellte fest, dass die Flammen ihm tatsächlich nichts anhaben konnten.

»Wie hältst du diese Hitze aus?«, fragte Eadric ungläubig.

Für Ronan fühlten sich die Flammen warm und wohltuend an. Dennoch hörte er die Stimme des Efreets klar und deutlich. Der Magier, der tot vor ihnen lag, war ein Nekromant – was auch immer das genau bedeutete – und der Efreet hatte sich von seinem Blut ernährt. »Ich habe selbst einige Fragen«, antwortete Ronan.

# Kapitel 19

Ronan betrat den großen Versammlungssaal des Ordens, seine Schritte hallten auf dem polierten Steinboden wider. Sein Herz schlug schnell, eine Mischung aus Erwartung und Ehrfurcht, während er die hohen Wände betrachtete, die von uralten Bannern und Wappen bedeckt waren – Erinnerungen an längst vergangene Zeiten. Das flackernde Licht der Fackeln warf gespenstische Schatten auf die steinernen Gesichter der Statuen, die die Helden vergangener Epochen darstellten. Inmitten dieser ehrfurchtgebietenden Kulisse saß der König, Vardic Miren, flankiert von den Ältesten des Ordens, deren Weisheit und Macht das Reich über Jahrhunderte hinweg geformt hatten – und unter ihnen war auch sein Vater. Zum ersten Mal seit seiner Aufnahme in den Orden sah Ronan all jene versammelt, die das Schicksal des Ordens und des Königreichs lenkten, und alle Augen waren auf ihn gerichtet.

»Es waren die Fellbestien, daran gibt es keinen Zweifel«, begann Ronan mit fester Stimme, auch wenn sein Inneres vor Anspannung bebte. »Wie in Büchern beschrieben, waren sie Humanoide, ihre Körper bedeckt mit pechschwarzem Fell. Ihre Hauer waren lang und tödlich wie die Hörner wilder Stiere, und die smaragdgrüne Magie, die sie entfesselten, erinnerte an jene Kultisten, die einst in der Arena von Königsfurt unsägliches Leid brachten.«

Eine gespannte Stille senkte sich über den Saal, und Ronan spürte das Gewicht seiner Worte. Die Augen des Königs verengten sich, und das leise Murmeln der Ratsmitglieder verstärkte die Spannung, als ob sie jedes seiner Worte zerpflücken wollten.

Ronan war von sich selbst überrascht. Vor seiner Zeit bei dem Orden, hätte in einer solchen Situation kein Wort herausbringen können, geschweige denn sich derart gewählt ausdrücken. »Wir konnten keinen Leichnam bergen«, fuhr Ronan fort, »da ein Waldbrand während des Kampfes ausbrach und uns zum Rückzug zwang. Doch zuvor gelang es uns, einen Blick auf ihren Unterschlupf zu werfen. Es wirkte, als hätten die Fellbestien dort erst kürzlich Halt gemacht. Die Waren von reisenden Händlern, die wir vorfanden, waren nicht alt, und wir entdeckten Bücher, aus denen sie offenbar unsere Sprache lernten. Wir sind überzeugt, dass es sich um einen Spähtrupp handelte.«

»Du willst damit sagen, dass eine erneute Invasion bevorsteht«, sagte ein unbekannter Berater des Königs mit düsterer Stimme und brachte Ronans Worte auf den Punkt.

»Das ist absurd! Die Fellbestien wurden bis auf das letzte Monster ausgerottet. Selbst wenn wieder welche durch ein Portal an unsere Küsten kämen, haben wir überall Magier stationiert, die sofort Alarm schlagen würden. Eine erneute Invasion mit dem gleichen Ausgang ist ausgeschlossen«, entgegnete ein älterer Ratsmagier, den Ronan ebenfalls nicht kannte. In diesem Moment wünschte er sich, sich zurückziehen zu können, um den Magiern das Feld zu überlassen. Doch er wusste, dass er noch mehr zu berichten hatte.

Meisterin Elvira unterbrach ihn und trat vor, bevor er weitersprechen konnte. »Das kann ich nicht glauben. Fellbestien sollen wieder auf dem Vormarsch sein? Zeig mir, was du gesehen hast, Junge.« Sie murmelte unverständliche Worte und machte eine fordernde Geste.

Ronan spürte, wie seine magisch geschärften Sinne ihn vor ihrer Magie warnten, doch es war bereits zu spät. Die

Ratsmagierin drang in seinen Geist ein, und ein stechender Schmerz zwang ihn auf die Knie. Blind, obwohl seine Augen weit aufgerissen waren, griff Ronan nach seinem Schwert, das auf seinem Rücken ruhte. Als er es umschloss und langsam herauszog, flammten azurblaue Flammen auf.

Ronan hörte das Klirren von gezogenen Waffen der Wachen und das Murmeln von Zaubern, die vorbereitet wurden. Trotz der alles verschlingenden Dunkelheit konnte er einen Faden aus Licht erkennen, der ihn mit Meisterin Elvira verband. Mit einem gezielten Hieb durchtrennte er den Faden, und sofort kehrte sein Sehvermögen zurück und er war wieder Herr über seinen Geist.

Meisterin Elvira schrak zurück, erschöpft und außer Atem, aufgrund des anstrengenden Zaubers. Die Verbindung war abgebrochen, und sie hatte nichts von dem erfahren, was sie wissen wollte. Der Saal war still, die Wachen und Magier standen mit gezogenen Waffen und Magie auf Ronan gerichtet da, während sie auf einen Befehl warteten. Doch anstelle von Befehlen ertönte plötzlich ein Schnaufen.

Lucan Valon, sein Vater, zog alle Blicke auf sich. »Ihr wolltet meinen Sohn ernsthaft mit einem Zauber angreifen? Habt ihr vergessen, was mit Kaelgor in der Arena geschah, der das ebenfalls versuchte?«

Der König hob eine Hand, woraufhin die Wachen zurücktraten und die Magier ihre Zauber bannten.

*Nun war ich wieder sein Sohn*, dachte Ronan angewidert. *Nur solange er sich mit mir profilieren konnte.* Das azurblaue Feuer war bereits erloschen, als er sein Schwert zurück auf seinen Rücken führte. Er hielt Meisterin Elviras Blick herausfordernd stand. Sicher, dass erneut jede Aufmerksamkeit auf ihm lag, erhob er wieder die Stimme, als hätte es keinen Vorfall gegeben.

»Es gab noch eine weitere Entdeckung. Während unseres Einsatzes an der Grenz zu den Nordlanden stießen wir in den Ruinen, wie erwartet, auf die Räuber, die dort für Unruhe sorgten. Doch sie wurden von einem Magier angeführt.«

»Lasst mich raten, auch den habt ihr getötet?« Die spitze Bemerkung kam von einer Ratsmagierin, die neben Meisterin Elvira saß. Ihr Aussehen und ihr herablassender Ton ließen darauf schließen, dass sie mit Elvira verwandt sein musste.

»Dieser Magier nutzte eine Form der Nekromantie«, antwortete Ronan unbeirrt. »In alten Büchern der Nordländer gibt es Berichte über Magier, die tote Soldaten und Räuber wiedererweckten, um ihre Länder zu verteidigen. Jener Magier nutze eine solche Magie und auch jener Magier versuchte ebenfalls, wie Ihr, Meisterin Elvira, in meinen Geist einzudringen. Anscheinend hat dies kaum einen Einfluss auf mich, ansonsten würde ich, wie auch meine Gefährten nun nicht vor euch stehen.« Ronan wies mit einer Geste auf Darian, Eadric und Kealin, die hinter ihm standen.

Ein gedämpftes Murmeln durchzog den Saal, als die Ratsmitglieder die Neuigkeiten verarbeiteten. Die Diskussion wurde jedoch abrupt durch die klare, feste Stimme von Vardic Miren unterbrochen. »Es war richtig von euch, uns zu versammeln und diese Warnung auszusprechen. Wir werden deine Worte sorgsam überdenken und die notwendigen Maßnahmen ergreifen. Doch seid gewiss, dies ist nicht die einzige Bedrohung, die derzeit über uns schwebt.«

Der König machte eine lange Pause, seine Stirn in tiefe Falten gelegt, während er sich müde die Augen rieb. »Ronan Valon, wir danken dir und deinen Ordensbrüdern für eure

Tapferkeit und Wachsamkeit. Geht nun und ruht euch aus. Eure Kräfte könnten bald erneut gefordert werden.«

Mit respektvollen Verbeugungen traten Ronan und seine Gefährten den Rückzug an, während die schweren Türen des Saals sich hinter ihnen schlossen. Ronan spürte die Anspannung in der Luft und wusste, dass dies nur der Anfang von etwas weit Größerem war.

»Das war beängstigend«, erwachte Kealin als erster aus ihrer Starre.

†

Am nächsten Morgen suchte Ronan nach Meister Finnegan. Der Weg zum Magierturm führte ihn durch die labyrinthartigen Gänge des Ordens, in denen er sich noch nie vollständig zurechtgefunden hatte. Schließlich traf er auf Amara, die ihn mit einem warmen Lächeln begrüßte, als Lyra, neugierig an ihrer Seite schnupperte. Amara konnte nicht widerstehen, die weiche, schneeweiße Katze zu streicheln.

»Meister Finnegan ist gerade in seinem Studierzimmer vertieft in seine Forschungen«, sagte sie, während sie sanft Lyras Fell kraulte. »Aber ich kann dich gern zu ihm führen.«

Ronan nickte dankbar und folgte ihr gemeinsam mit Lyra durch den großen magischen Torbogen in der Eingangshalle des Magierturms. Sie gelangten in einen Korridor, den Ronan bisher nicht gekannt hatte. Er hatte nie zuvor die Gemächer eines Meisters betreten und fragte sich, wie viel Luxus und Wissen sich wohl hinter diesen Türen verbarg.

Es dauerte nicht lange, bis Amara vor einer schweren, verzierten Tür stehen blieb. »Dies ist sein Studierzimmer«, sagte sie und klopfte, ohne auf Ronans Zustimmung zu warten.

»Großvater, ich habe Ronan Valon mitgebracht. Er möchte dich sprechen.«

Ronans Augen weiteten sich vor Überraschung. Er hätte nie vermutet, dass der alte, weise Meister Finnegan mit der jungen, strahlenden Amara verwandt war. Doch bevor er weitere Gedanken fassen konnte, öffnete sich die massive Tür wie von selbst, angetrieben von einer leisen, unsichtbaren Magie. Eine Einladung, den Raum zu betreten.

Meister Finnegan saß hinter seinem Tisch und blickte mit durchdringenden Augen auf, als Ronan den Raum betrat. »Ronan«, begrüßte er ihn mit ruhiger, aber kraftvoller Stimme, »was führt dich zu mir?«

Ronan trat näher, neigte respektvoll den Kopf und zog das unverschlossene Buch des Schamanen aus der Höhle aus seiner Tasche. »Ich habe gestern vor dem Rat nichts darüber gesagt, aber ich dachte, dass es für euch von Interesse sein könnte. Es enthält auch Notizen des Schamanen, die ich eingesammelt habe. Ich dachte mir, ihr könntet daraus Informationen gewinnen.«

In den Augen des alten Ratsmagiers funkelte jugendliche Neugier, als er das Buch erblickte. Doch etwas störte Ronan. Seine Magie verriet ihm, dass noch jemand, jemand magisches im Raum war. Er sah sich um konnte jedoch nichts Genaues ausmachen. Diese magische Präsenz war schwach, fast vollends aufgelöst.

»Mein Junge, das ist ja großartig! Bitte, leg alles auf meinen Tisch.« Seine Stimme war nun von einer Begeisterung durchdrungen, die Ronan noch nie bei ihm gehört hatte.

Als Ronan an den Tisch trat, fiel ihm erst jetzt auf, dass Meister Finnegan mehrere Reagenzien auf kleinen, schimmernden magischen Feuern vor sich aufgestellt hatte.

Der Magier schielte immer wieder besorgt zu ihnen hinüber. Die Präsenz, die er noch schwach gespürt hatte, war nun restlos erloschen. Was sollte ihn das wundern, er befand sich schließlich im Turm der Magier. Innerlich zuckte er mit den Schultern.

»Was ist das alles?« fragte Ronan neugierig, während er einen freien Platz auf dem überfüllten Tisch suchte.

Meister Finnegan seufzte leicht, während er mit einer Handbewegung die Reagenzien auf dem Tisch arrangierte. »Ich versuche, einfache Kräuterkunde mit Magie zu verbinden, aber es gelingt mir nicht, die gewünschte Stabilität zu erreichen.« Kaum hatte er das gesagt, explodierte eines der Reagenzien mit einem lauten Knall und spritzte seine dampfende Flüssigkeit über den Tisch. Lyra sprang vor Schreck auf der Stelle in die Luft und Ronan reagierte instinktiv. Er zog das Buch gerade noch rechtzeitig zurück, bevor die Flüssigkeit es erreichen konnte.

»Verdammter Mist!«, stieß der alte Magier frustriert aus, während er das Missgeschick mit einem ärgerlichen Blick bedachte.

Meister Finnegan wies auf einen freien Platz auf einer Kommode am Rand des Raumes, und Ronan legte das Buch dort behutsam ab. Amara, die die Szene mit einem leichten Kichern verfolgt hatte, wandte sich nun an Ronan. »Wenn du mich nicht mehr brauchst, werde ich mich meinen Studien widmen. Es war schön, euch beide wiederzusehen.« Mit einem Lächeln verabschiedete sie sich und verließ den Raum.

»Ich danke dir«, sagte Meister Finnegan, während er den Tisch mit einem einfachen Zauber trockenlegte. »Nun, was kann ich sonst noch für dich tun?«

Ronan zögerte kurz, unsicher, wie er das Gespräch beginnen sollte. Schließlich löste er seinen Schwertgurt und legte es vorsichtig auf den Tisch. »Könnt Ihr mir sagen, ob mir dieses Schwert gefährlich werden kann?«, fragte er schließlich.

Meister Finnegan zog die Augenbrauen hoch und sah das Schwert eingehend an. Mit einer vorsichtigen Bewegung berührte er das Schwert, spürte die Magie, die in der Klinge schlummerte. »Interessant …«, murmelte er und begann, es genauer zu untersuchen. »Diese Magie hatte ich beim letzten Mal nicht so stark wahrgenommen. Was genau beunruhigt dich?«, fragte er mit hochgezogener Augenbraue. »Und ich meine nicht die blauen Flammen oder die Fähigkeit, Magie zu neutralisieren, wenn die Klinge auf sie trifft. So wie wir es in der Arena und bei Meisterin Elvira neulich mit eigenen Augen sehen konnten.«

Ronan erzählte Meister Finnegan ausführlich von seiner zweiten Prüfung bei den Ordensrittern und von seiner Begegnung mit dem Efreet. »Ich bin überzeugt, dass der Efreet in diesem Schwert gefangen ist und mit jedem getöteten Magier an Stärke gewinnt«, erklärte Ronan, seine Stimme zitterte leicht. Er zögerte, bevor er seine tiefsten Ängste aussprach. »Was ist, wenn der Efreet so mächtig wird, dass er meinen Geist übernimmt oder, schlimmer noch, aus der Waffe ausbricht?«

Ronan musste schwer atmen, als diese düsteren Gedanken, die ihn schon lange quälten, nun ausgesprochen waren. Eine Welle der Angst durchfuhr ihn, und seine Hände zitterten leicht. Meister Finnegan stand auf, trat zu ihm und legte aufmunternd eine Hand auf Ronans Schulter. Er sah ihm fest in die Augen, bevor er sprach.

»Es tut mir leid, dass ich damals nicht erkannte, was tatsächlich mit diesem Schwert nicht stimmte. Wir haben eure Waffen damals lange und ausgiebig untersucht. Gerade wegen der Vorkommnisse aus der Mine. Aber glaube mir, wenn ich sage, dass kein Geist, so stark er auch sei, aus Noxit ausbrechen könnte. Du hast mir doch eben erzählt, dass bisher keine Kerbe, kein Kratzer auf der Klinge zu sehen ist. Der Efreet verstärkt den magischen Stahl mit seiner eigenen Macht. Aber warum tut er das?«

Ronan war sich nicht sicher, ob der alte Magier eine Antwort erwartete. Doch als Meister Finnegan weiterhin schwieg und ihn erwartungsvoll ansah, brachte Ronan vorsichtig hervor, »Weil der Efreet das Schwert braucht.«

»Genau. Aber warum?«, hakte Finnegan nach.

Dieses Mal dachte Ronan länger darüber nach, um nicht erneut eine so offensichtliche Antwort zu liefern. »Weil der Efreet stirbt, wenn die Klinge zerbricht.«

Meister Finnegan setzte eine stolze Miene auf und nickte Ronan zu. »Richtig. Der Efreet ist in diesem Schwert gefangen, und sein Leben ist untrennbar mit dem Zustand der Waffe verbunden. Es gibt viele Geschichten und Chroniken von Magiern, die Seite an Seite mit Geistern kämpften. All diese Geister hatten gemeinsam, dass sie eine Quelle ihrer Macht brauchten. Wenn ich mich recht erinnere, hattest du den Efreet besiegt, indem du einen Kristall zerstört hast. Dieser Kristall war in jenem Moment die Quelle seiner Macht. Jetzt ist es das Schwert. Aber da es sich um eine Klinge aus Noxit handelt, einem Metall, das Magie aufnimmt, aber selbst nicht magisch ist, kann der Efreet sich nicht davon lösen. Er ist darauf angewiesen, durch dich an Magie zu gelangen.«

Finnegan sah Ronan aufmunternd an. »Der Efreet wird auch nicht in der Lage sein, deinen Geist aus deinem Körper zu verbannen und deinen Körper zu übernehmen. So etwas kann ein Geist nicht. Das Einzige, was passieren könnte, ist, dass der Efreet deine Sinne und Kräfte mit seiner Magie verstärkt.« Er ließ seine Worte einen Moment lang wirken, bevor er weitersprach. »Solange du die Kontrolle über das Schwert behältst, wird der Efreet gezwungen sein, mit dir zu kooperieren. Aber unterschätze ihn nicht, Ronan. Er wird versuchen, dich zu manipulieren. Du musst stark und wachsam bleiben. Doch solange die Klinge in deiner Hand bleibt, bist du derjenige, der die Macht hat.«

Ronan schenkte den Worten des alten Meisters Glauben und hoffte inständig, dass er recht behielt.

»Wenn es dir nichts ausmacht, würde ich mir die Waffe gerne genauer ansehen.« Meister Finnegan griff bereits nach dem Griff des Schwerts, als Ronan zustimmend nickte. »Es ist ziemlich schwer«, stellte er fest. Meister Finnegan zog das Schwert blank. Im schwachen Licht der magischen Flammen um sie herum glitzerten die silbernen Adern im Stahl der schwarzen Klinge. »Das Schwert ist nicht ausbalanciert«, sagte der alte Magier, was Ronan verwirrte.

»Wie meint Ihr das?«, fragte Ronan. Meister Finnegan versuchte, das Schwert auf seiner Handfläche auszubalancieren, doch die Klinge rutschte immer wieder von einer Seite runter.

»Versuch es selbst, Ronan.« Er übergab das Schwert an Ronan.

Für Ronan fühlte sich das Gewicht der Waffe vertraut und gut ausbalanciert an. Um dem fragenden Blick des alten Magiers eine Antwort zu geben, balancierte Ronan das Schwert am flachen Knauf auf seiner Fingerspitze. Ohne Mühe hielt er es so für eine Weile.

»Erstaunlich. Der Efreet scheint nur dich als seinen Träger akzeptiert zu haben. Wer hätte von einem so bösartigen Wesen erwartet, dass es solche Loyalität zeigt?« Meister Finnegan wirkte über diese Erkenntnis erstaunt und begann, eine Feder in ein Tintenfass zu tauchen. Danach notierte er hastig einige Gedanken auf einem Stück Papier.

»Ronan, ich würde gerne Nachforschungen zu deinem Efreet anstellen«, schlug Meister Finnegan vor, ohne den Blick von seinem Notizbuch abzuwenden. »Mit Meisterin Elvira oder deinem Vater würdest du wohl kaum gerne zusammenarbeiten wollen, und ich bin trotz meines fortgeschrittenen Alters ebenso wissbegierig wie neugierig. Was meinst du?«

Ronan trat näher an Meister Finnegan heran und versuchte, die Notizen des Magiers zu lesen. Die Schrift war schön und formvollendet, jedoch in einer Sprache verfasst, die die Magier für ihre Zauber verwendeten, und Ronan konnte sie nicht entschlüsseln. »Ihr habt wohl recht.« Ronan musste schmunzeln bei der Vorstellung mit einen der Beiden zusammen zu arbeiten und dass es offensichtlich war, dass er einen Groll gegen seinen eigenen Vater hegte. »Ich werde die nächsten Monate ohnehin hier in der Zitadelle verbringen. Da bietet sich das geradezu an.«

»Hervorragend. Dann erzähl mir alles, was du über die Fähigkeiten des Efreets weißt, und lass keine noch so kleinen Details aus.«

# Eryndor

## III.

Eryndor stand am hohen Fenster seiner Privatgemächer im Adrinorum, den Blick über die in der Dunkelheit der Nacht erleuchtenden Türme der prunkvollen Stadt gerichtet, doch seine Gedanken waren weit weg – im kalten, nebligen Norden des für ihn noch fremden Kontinents. Der Kerzenschein warf flackernde Schatten auf die weißen Wände, und ein leises, kaum wahrnehmbares Flüstern drang durch den Raum. Ein Flüstern, das nur er hören konnte.

*Der Norden ...*, dachte er. *Dort liegt also ein weiterer Schlüssel zur Macht.*

Er hob die Hand, als wollte er das unsichtbare Geflüster greifen, das durch sein Bewusstsein wehte. Er sprach nie laut darüber, nicht einmal zu seinen engsten Vertrauten. Es war kein gewöhnlicher Informant, der ihm diese Erkenntnisse lieferte. Nein, es war etwas Weitreichenderes, Älteres – ein Seelenstein. Der ovale Stein war erfüllt von einem düsteren Glanz, tiefschwarz wie die Nacht, und von feinen silbernen Adern durchzogen. Er lag auf einem purpurnen Samtkissen auf dem Tisch inmitten des Raumes und Eryndor wandte sich zu diesem um. Er lauschte den Worten des Schattens, der aus dem Seelenstein zu ihm sprach und lächelte zufrieden. Es gab Hindernisse – Widersacher, die seine Spielfiguren vom Brett nahmen. Aber was spielte das für eine Rolle? Macht war Macht, und er war bereit, sie zu nutzen.

Die Kunde von dieser aufgetauchten Nekromantie im Norden Andoriens hatte ihn besonders aufmerksam werden lassen. Diese Mächte hätten viele im Senat in Panik versetzt, doch Eryndor sah die Möglichkeiten. »Der Tod …«, murmelte er leise, »… ist nur der Anfang.«

Er hatte bereits vor einem Jahr seine ersten Schatten in die Königreiche ausgesandt. Diskret und unauffällig, die für ihn im Dunkeln operierten. Sie sollten mehr über die Praktiken herausfinden, die sich in den wilden, unerforschten Gebieten des Kontinents regten. Es hieß, dunkle Rituale würden durchgeführt, um die Toten wieder zu beleben – eine Kunst, die längst vergessen war, aber nicht verloren. Die Seelen der Verstorbenen wurden als Werkzeuge benutzt, als Mittel, um die Lebenden zu beeinflussen. Eryndor sah darin eine Gelegenheit, die sich kein weiser Mann entgehen lassen würde. *Sie werden Erfolg haben … oder sie werden sterben.* Er zuckte die Schultern. Am Ende war es unwichtig. Wenn die ersten scheiterten, würde er andere schicken oder ausnutzen. Und andere danach.

Doch die Nekromantie war nicht die einzige Herausforderung im Norden von Andorien. Es gab Gerüchte – vage und schwer zu bestätigen – über die Drok. Diese unzivilisierten Wesen, deren Rituale sich von allem unterschied, was jene im Senat je verstanden hatten. Ihre Rituale waren alt, älter als der Senat selbst.

Nach der Auslöschung der Drok vor einigen Jahren, konnten viele dieser Art dennoch mithilfe ihrer Rituale zu diesen östlichen Königreichen fliehen. Nur um dort auf ein ebenso feindseliges Volk zu stoßen. *Welch Ironie*, dachte er. *Anstatt einer Zuflucht fanden sie Feuer und Stahl.* Eryndor konnte nicht anders als lachen, als er sich an seine entscheidende Rolle erinnerte und wie er zuletzt die Rituale der Drok zu seinen Gunsten in Andorien einsetzen konnte – für die sogenannten Kultisten. Er war der Einzige, der diese mächtigen Rituale verstand und der Einfluss dieser Mächte auf Menschen resultierte in etwas unerwartetes, aber willkommenes. Menschen scheinen, wie die Aetheri, eine Verbindung mit den Urelementen zu haben. Diese menschliche Magie, sei sie noch so schwach und unbedeutend, mischte sich mit den Ritualen der Drok, zu etwas Neuem. Es war unvorhergesehen, jedoch für Eryndor eine willkommene Waffe.

Aber einige versprengte Gruppen der Drok, so hörte er es, hatten sich in den eisigen Wäldern Andoriens gezeigt. Er hatte keine Angst vor ihnen. Im Gegenteil, ihre Anwesenheit deutete nur darauf hin, dass er auf dem richtigen Weg war. Auch sie würde er für sein Spiel zu nutzen wissen, wie er es bereits in der Vergangenheit tat. Aber es konnte auch sein, dass sie spürten, wie ihre Rituale unrechtmäßig genutzt wurde und dies nun verhindern wollten. Weitere Gründe, seine Finger weiter in Andorien auszubreiten und auch mehr Einfluss über die verschiedenen Königreiche zu gewinnen.

Der Wind draußen rüttelte an den Fensterläden, und für einen Moment glaubte Eryndor, das leise Flüstern erneut zu hören. Aber die Stimme, und damit der Schatten, hatte ihn bereits wieder verlassen.

*Ich werde die Gedanken des Senats formen,* dachte er, während sein Blick in die Ferne schweifte. *Und niemand wird mich aufhalten können. Nicht die Drok, nicht die Menschen, und vielleicht schon bald auch nicht mehr der Tod.*

# Kapitel 20

*Knall.*

Ronan saß in seinem Quartier und las am Morgen in Büchern über elementare Geister und Magie. Eadric hatte ihm zwar gesagt, es sei Zeitverschwendung, Tag für Tag die alten Texte der Magier zu studieren und er solle sich lieber den Aufgaben eines Ordensritters und dem Training widmen. Doch für Ronan brachte es innere Ruhe, mehr über die tiefen Geheimnisse der Magie zu erfahren. So wie er gerade gelesen hatte, dass der magische Torbogen in der Eingangshalle des Magierturms durch die Leichnamen von verstorbenen Magiern mit Magie versorgt wurde. Die magischen Runen an dem Torbogen würden Licht reflektieren und den Stein magische Eigenschaften verleihen, solange eine magische Quelle vorhanden war. In diesem Fall war es das Zusammenspiel von den magischen Überresten, welche sich unter dem Turm in einer Krypta bestattet wurden und die Magie des Magiers, der die Runen aktivierte.

*Knall.*

Er hatte sich auch weiter mit der bekannten Magie Andoriens in Büchern informiert. Neben den individuellen Affinitäten eines Magiers, spielt auch die Urmagie eine wichtige Rolle. Auf diese können alle Magier zurückgreifen, auch wenn mit unterschiedlichen Stärken und Schwächen. Talia hatte ihm einst gesagt, dass ihr Eiszauber liegen und nur selten hat Ronan sie eine andere Art von Zauber wirken sehen. Das ergab für ihn Sinn, denn sie war noch jung. Zauber, wie ein magisches Schild zählte, wie der Zauber, mit dem Elvira in Ronans Geist eindringen wollte zu einer Arkanen-Urmagie, oder Seelenmagie genannt. Er gab es nur ungern zu, doch konnte sein Vater, Lucan, auf mehrere Formen der Urmagie zurückgreifen. Auch wenn er eine Affinität für Feuerzauber hatte, sah Ronan ihn bereits Wind- und Seelenmagie einsetzten. Ronan atmete hörbar aus.

Bei dem Gedanken stieß Ronan gerade auf einen Abschnitt aus einem Buch über Magie von seinem Vater, welches er gerade las.

*Viele Magier halten körperliches Training und Disziplin für unnötig. Mit mächtigen Zaubern, verzauberten Waffen und schützenden Barrieren scheint körperliche Stärke oft nebensächlich. Doch das ist ein Trugschluss. Geist und Körper sind durch ein Geflecht aus Lebensenergie, magischen Kräften und der Gesundheit der Sinne tief verbunden. Körperliches Training stärkt dieses Geflecht, schärft den Geist und entfaltet das wahre Potenzial eines Magiers.*

Ronan musste seinem Vater zustimmen. Gerade für seine Fokusmagie war diese Erkenntnis über einen gestärkten Körper mehr als zutreffend.

*Knall.*

Ohne die Ruhe, die diese Bücher Ronan gaben, würde er sich nur den Kopf über Talia zerbrechen, die noch nicht von ihrem letzten Auftrag zurückgekehrt war. Wie gerne würde er mal wieder mit ihr reden wollen.

*Knall.*

Ronan blickte aus dem Fenster und ärgerte sich über den ständigen Lärm. Die neue Waffenlieferung war angekommen, und nun musste jeder Ordensritter unbedingt die neuen Schusswaffen ausprobieren. Es waren Musketen und Pistolen, gefertigt in der Waffenmanufaktur von Königsfurt, die bisher nur gewaltige Kanonen für Schiffe oder Belagerungen hergestellt hatte. Schon lange gab es Magie, die mächtig genug war, um Mauern einzureißen und Schiffe zu versenken, doch Kanonen, eine wissenschaftliche Errungenschaft aus dem Sonnenreich von Helion, erwiesen sich oft als ebenso effektives Mittel. Für viele waren sie wie Magie, zugänglich für jeden, der wusste sie zu nutzen.

Wieder knallte es, als jemand mit einer Muskete auf ein Strohziel schoss, das an der steinernen Mauer des Magierturms angebracht war. Ronan hatte sich interessiert von Dante erklären lassen, wie diese Waffen funktionierten. Der runde, hohle Lauf dieser neuartigen Waffe wurde mit schwarzem Pulver geladen. Ein Stück Stoff wurde auf das Ende der Mündung gelegt, gefolgt von einer Bleikugel, die zusammen mit einem langen Stab in den Lauf gestopft wurde. Ein Funke entzündete das gepresste Schwarzpulver, und es kam zu einer Explosion.

*Knall.*

Ronan beobachtete, wie das Geschoss durch die Explosion aus dem Lauf geschleudert wurde und die Zielscheibe traf. Frustriert klappte er das Buch in seiner Hand zu und legte es beiseite. Er mochte diese neuen Waffen nicht. Keines der Geschosse konnte aus der Entfernung tatsächlich Schaden anrichten, geschweige denn eine Panzerrüstung durchdringen und im Nahkampf waren sie unbrauchbar, da das Nachladen einige Zeit in Anspruch nahm.

*Knall.*

Allein die ohrenbetäubende Lautstärke dieser Musketen missfiel ihm, und er konnte sich gut vorstellen, wie die Magier im Turm, auf den gerade geschossen wurde, ebenso von den lauten Explosionen genervt waren. Ronan beschloss, nach draußen auf den Übungsplatz zu gehen, wenn er schon keine Ruhe für seine Studien fand.

Auf dem Übungsplatz sah Ronan Ordensritter, einige Ausbilder und neue Knappen, die die Schusswaffen begutachteten und ausprobierten. Er ging zu ihnen und begrüßte seinen alten Ausbilder, Erevan.

»Ah, Ronan, darf ich der Azurflamme eine Probe unserer neuen Waffen anbieten«, fragte Erevan freundlich.

Ronan überlegte kurz, war jedoch nicht drauf aus selbst eine solche Waffe abzufeuern. Auch wenn er den Adrenalinrausch verstehen konnte, die bei einem Schuss mit diesen Waffen beim Schützen ausgelöst wurde, »Ich habe eine bessere Idee«, meinte er. »Machen wir einen Wettbewerb daraus. Wir nutzen die fünf Ziele dort drüben.« Ronan zeigte auf die Ziele, die an der Mauer des Magierturms angebracht waren. »Ich werde einen Langbogen verwenden, und einer von euch nimmt eine dieser Musketen. Dann sehen wir mal, welche der beiden Waffen besser ist.«

»Hört sich interessant an«, stimmte Erevan zu. »Aber lass uns lieber mit Bögen den Wettkampf bestreiten. Ich bin noch nicht geübt genug mit diesen Schusswaffen, als das ich mir zutrauen würde gegen einen geübten Bogenschützen zu gewinnen.«

Ronan sollte dies recht sein. Er ging zu den Bögen, die an einem hölzernen Ständer lehnten. Er prüfte einige auf ihre Stabilität und fand einen Langbogen der robust genug war. Mit fünf Pfeilen in der Hand begab er sich auf einen Punkt einige

Fuß weiter entfernt von der Markierung, auf der die Schützen zuvor gestanden hatten.

Dante, der Ordensritter, der Ronan einst von seinem Vater nach Königsfurt begleitet hatte, lachte, als er sah, was Ronan vorhatte. »Überschätz dich nicht, Junge«, meinte er mit seiner tiefen Stimme, während er sich ebenfalls einen Bogen nahm und neben Ronan trat.

»Heute wird der Schüler zum Meister«, sagte Ronan siegessicher. »Ach und …, wenn ich gewinne, hört ihr für heute auf, diese nervenzerreißenden Waffen abzufeuern.«

»Das wird nicht passieren«, entgegnete Erevan und positionierte sich ebenfalls auf Ronans Höhe mit einem Bogen. »Wer als erstes alle Ziele getroffen hat?«

Sie stimmten zu. Beide erfahrenen Ordensritter waren mit Köcher und ein paar Dutzend Pfeilen ausgestattet.

Ronan hingegen nahm sich drei Pfeile zwischen die Finger der Hand, die den Bogen umschloss, und die beiden restlichen Pfeile in die andere. Erevan und Dante beobachteten ihn verwirrt und zuckten belustigt mit den Schultern.

Auf das Nicken von Erevan hin gab ein Rekrut das Startsignal, indem er in die Hände klatschte.

Ronan schloss für einen Moment die Augen und rief sich das Gefühl seiner Magie in Erinnerung. Als er seine Sinne geschärft spürte, öffnete er seine Augen wieder und begann in Bruchteilen von Sekunden, mit schnellen, kraftvollen Bewegungen alle fünf Pfeile hintereinander auf ihren Weg zu schicken.

Erevan und Dante schossen gerade ihren dritten Pfeil ab, als bereits alle fünf Pfeile von Ronan in den Zielscheiben steckten. Die Spitzen der Pfeile trafen auf die Mauer dahinter und brachen unter der Krafteinwirkung.

»Wisst ihr, ich werde immer den Bogen bevorzugen. Eure neuen Waffen sind klobig, langsam und ungenau«, sagte Ronan gespielt überheblich und ignorierte die erstaunten Blicke der Ordensritter. Er ging zurück zum Waffenständer, um den Langbogen zurückzubringen.

Erevan und Dante sahen davon ab, weitere Pfeile abzuschießen, und sahen sich ungläubig an. »Es gibt Gerüchte, dass du ein Magier seist«, sagte Erevan, aus seiner Starre erwacht.

»Kein Magier könnte das vollbringen«, meinte Dante.

Ronan überging ihre Bemerkung und zeigte auf die Musketen. »Ich verstehe, dass das Gute an den Musketen und Pistolen ist, dass jeder sie nutzen kann. Aber Ordensritter sollten weiterhin auf schnellere und effizientere Waffen setzen, auch wenn das deutlich mehr Training bedeutet.« Er sprach laut genug, dass auch die Knappen, es hören konnten.

Ronan sah, dass seine Worte Wirkung zeigten. Die neuen Rekruten hatten nur noch Augen für die Bögen. Es war, als wären sie tatsächlich motiviert worden, ähnliche Fähigkeiten zu entwickeln. Als Ronan sich wieder vom Übungsplatz in Richtung des Quartierturms der Ordensritter begab, nahmen sich die neuen Rekruten nacheinander einen Bogen und begann mit diesen zu Trainieren. Zufrieden wandte sich Ronan endgültig ab und begab sich zurück in sein Quartier.

†

Ronan vertiefte sich erneut in sein Buch und genoss die Stille, die den Raum erfüllte. Doch die Ruhe währte nicht lange. Caius und Kealin traten ein, und die Stille wurde von deren Ankunft zerrissen. Worauf sie sich einen genervten Blick von Ronan einfingen.

»Wir haben einen neuen Auftrag«, verkündete Kealin mit ernster Miene.

Ronan Gesichtsausdruck wandelte sich sofort in Überraschen. Eigentlich sollten sie, wie fast alle Ordensritter, über den Winter in der Zitadelle bleiben. Die Pässe waren zugeschneit, und es war nicht zu erwarten, dass sich Probleme ergaben, die die Aufmerksamkeit des Ordens erforderten. Dies konnte nur einen Notfall bedeuten.

Kealin und Caius bedeuteten Ronan, ihnen zu folgen. In wortlosem Einvernehmen machten sie sich auf den Weg zu einem Unterrichtsraum im Magierturm. Ronans Neugier brannte, doch er zwang sich zur Geduld, bis sie den Raum betraten. Dort fanden sie eine Gruppe von Magiern und Ordensrittern vor. Darian stand neben Eadric, und Ronan gesellte sich mit den anderen zu ihnen. Unter den Magiern erkannte er Meister Finnegan, der ihm kurz zunickte, als sich ihre Blicke trafen und Amara. Die weitere Magierin kannte er nicht.

»Nun, ich denke, wir sind vollständig«, sagte Meister Finnegan und ließ seinen Blick über die Anwesenden schweifen. »Vor einigen Tagen erreichte uns eine verschlüsselte Nachricht von Magiern, die im Auftrag des Ordens den Herzog Alarc Darstin an der Grenze zum Sonnenreich von Helion aufsuchten. Heute gelang es uns, die magische Nachricht zu entschlüsseln, und es ist von äußerster Dringlichkeit, dass wir sofort handeln.«

Ronan lauschte aufmerksam, während er die Gesichter der Anwesenden musterte.

»Unsere Kollegen wurden als Begleitung für Diplomaten zum Herzog geschickt, da es Gerüchte gab, er hätte sich gemeinsam mit dem Sonnenreich gegen unseren König und damit Andorien verschworen. Die Diplomaten des Königs wurden sofort hingerichtet, und unsere Magier gefangen genommen.« Meister Finnegan machte eine kurze Pause, um den Ernst seiner Worte zu unterstreichen. »Der Rat hat gemeinsam mit dem König entschieden, dass eure Aufgabe darin besteht, die gefangenen Magier ohne großes Aufsehen zu befreien. Jegliche Vergeltungsmaßnahmen gegen den Herzog müssen warten – das Leben der Magier hat oberste Priorität, und ein größerer Konflikt soll vermieden werden.«

»Von wie vielen Magiern sprechen wir?«, fragte Caius ernst.

»Es sind drei: Magus Elowic, Magierin Talia und der Novize Thorne.«

Als Ronan Talias Namen hörte, durchfuhr ihn ein Schock, der ihn wie mit eisernen Fesseln umschloss. Der Gedanke, dass sie in Gefangenschaft litt, raubte ihm den Atem. Und nicht nur ihm. Amara wurde ebenfalls blass.

Darian legte ihm eine Hand auf die Schulter, doch Ronan nahm es kaum wahr. Seine Gedanken wirbelten durcheinander, und die Worte, die Meister Finnegan an die Gruppe richtete, drangen nicht mehr zu ihm durch.

»Bereitet euch vor und brecht noch heute auf«, beendete Meister Finnegan schließlich die Besprechung.

Ronan verließ mit den anderen den Raum. Caius blieb zurück, um noch mit den Magierinnen zu sprechen, die sie bei der Rettung begleiten sollten. Doch ihn kümmerte das bereits nicht mehr. Er eilte in sein Quartier, sammelte die nötige Ausrüstung und sattelte auf dem Hof sein Pferd. Lyra begleitete ihn und wartete aufmerksam, an seiner Seite. Ronan blickte sich nach den anderen um, Darian, Eadric und Kealin bereiteten sich ebenfalls vor, doch von den Magiern und Caius fehlte jede Spur.

»Was dauert da so lange?«, zischte Ronan ungeduldig.

»Ronan, du musst dich beruhigen.« Darian sattelte neben ihm sein Pferd und musste bemerkt haben, wie Ronans Knöchel weiß hervortraten, da er die Zügel zu fest umklammert hielt. »Es bringt nichts, sich jetzt den Kopf zu zerbrechen. Wir tun, was wir können.«

»Wir sollten ohne die Magier aufbrechen. Sie werden uns nur aufhalten, und unbemerkt ein Schloss oder eine Burg betreten können sie ohnehin nicht. Ihnen fehlt es an unserer Ausbildung«, fauchte Ronan wütend, ohne auf Darians Worte einzugehen.

»Das ist nicht unsere Entscheidung«, mischte sich Kealin ein. »Aber, ich bin ganz deiner Meinung. Ihre Zauber sind zu auffällig … und zeig mir bitte einen Magier, der eine Burgmauer hochklettern kann. «

»Könnt ihr euch einmal zusammenreißen?« Eadric erhob seine Stimme. »Ronan, hör auf, in den Wolken zu schweben. Sie ist noch nicht tot, und du kannst dem Herzog, meinetwegen den Kopf abschlagen – aber erst, wenn wir unsere Aufgabe erfüllt haben und alle heil zurückgekehrt sind.« Er wandte sich an Darian, ohne eine Antwort von Ronan abzuwarten. »Darian, kümmer dich um deinen eigenen Kram, anstatt dir immer um andere Sorgen zu machen. Dein Sattel sitzt nicht richtig, dein Köcher fehlt, und deine Feldflasche hast du vergessen aufzufüllen. Und Kealin, unterschätz die Magier nicht. Vergiss die Vorurteile. Auch wenn sie nicht unsere Ausbildung haben, kann ihre Magie nützlich sein. Allein gegen Ronan wären sie wahrscheinlich machtlos, aber das macht sie noch lange nicht nutzlos …« Er musterte Ronan kurz und wandte sich dann wieder an Kealin.»Bisher hatte Ronan nur Glück gehabt. Jeder Magier oder Kultist wurde von ihm überrascht und war allein. Du wirst froh sein, wenn sie uns mit ihrer Magie den Hintern retten.«

Niemand wagte es, etwas zu erwidern. Eadric war immerhin der älteste und erfahrenste, daher derjenige, der die Gruppe zusammenhielt und jedem, der aus der Reihe tanzte, unverblümt seine Meinung sagte. Sie alle brauchten hin und wieder diese direkte Art – besonders Ronan.

Ronan atmete tief durch und zwang sich, seine Ungeduld zu bändigen. Eadric hatte recht – jetzt war nicht der Moment, sich von seinen Emotionen leiten zu lassen. Noch war nichts verloren.

»Du hast recht«, sagte Ronan schließlich, seine Stimme wieder ruhiger und atmete tief durch. Er lockerte den Griff um die Zügel und versuchte, seine Gedanken zu ordnen.

Eadric nickte zufrieden.

Darian überprüfte stillschweigend seine Ausrüstung, befestigte den Köcher und zog den Sattel fest.

Kealin, der ebenfalls die scharfe Zurechtweisung akzeptiert hatte, seufzte leise und nickte ebenfalls.

Die Magierinnen kamen kurz darauf aus dem Turm begleitet von Caius. Sie sattelten ebenfalls ihre Pferde und bereiteten ihre Ausrüstung vor.

»Das sind unsere Begleiterinnen für diesen Auftrag: Magierin Lisandra Versif und Magierin Amara Nor, stellte Caius die Magierinnen vor, als die sie Proviant aus dem Lager holten. Lisandra war kaum älter als Ronan und hatte rotbraunes lockiges Haar und blaue Augen. Amara hatte sich wieder gefasst, ihr Gesicht hatte wieder Farbe und sie wirkte entschlossen. »Nun denn, lasst uns keine weitere Zeit verlieren. Wir besprechen uns unterwegs weiter«, sagte Caius.

Bald darauf war die gesamte Gruppe bereit. Sie saßen auf ihren Pferden und bereit zum Aufbruch. Der kalte Winterwind blies über den Hof der Zitadelle, als Ronan, Eadric, Darian und Kealin die Zügel ergriffen. Die Magierinnen reihten sich schweigend mit Caius hinter ihnen ein.

»Auf geht's«, rief Eadric und setzte sich an die Spitze.

Ronan warf einen letzten Blick auf den Turm der Magier hinter sich, der mahnend in den Himmel ragte, als wollte er ihn an die Verantwortung erinnern, die auf ihnen lastete. Doch seine Gedanken waren nur bei Talia. Er würde sie retten – koste es, was es wolle.

Die Pferde und Lyra setzten sich in Bewegung, und die Gruppe ritt hinaus in den eisigen Winter.

†

Sie ritten bereits seit einer Woche von Sonnenaufgang bis in die Dunkelheit hinein. Ronan kämpfte mit wachsender Ungeduld, denn seine Gedanken kreisten unablässig um Talia und die Frage, in welchem Zustand er sie in der Gefangenschaft vorfinden würde. Doch die Magierinnen verlangsamten ihren Fortschritt. Besonders Lisandra, die sich immer wieder über Nichtigkeiten aufregte, stellte ein Hindernis dar. Am Abend schlugen sie ihr Lager auf, und über dem knisternden Feuer brieten sie ein Reh, das Lyra erlegt hatte.

»Das kann doch niemand essen«, sagte Lisandra und zeigte angewidert auf Lyra. Während Amara unbeirrt aß. »Ich soll etwas essen, das dieses Vieh erlegt hat?«

Lyra, unbeeindruckt von der Beleidigung, blieb zusammengerollt auf einem ausgelegten Fell neben Ronan liegen und schlummerte friedlich. Ronan ließ Lisandras Gezeter kalt, obwohl er sich darüber wunderte, wie diese Frau, die nicht einmal adlig war und kaum älter als er, sich so über alles aufregen konnte. Aber letzten Endes war es ihm egal. Wenn sie nichts essen wollte, dann sollte es ihm recht sein.

»Ronan«, begann Eadric, während er das Fleisch über dem Feuer wendete, »hast du dir schon Gedanken darüber gemacht, wie wir in die Burg eindringen wollen? Ich hätte da einen Vorschlag …« Ronan nickte nur und hörte Eadric gespannt zu. »Zwei von uns könnten sich als Diplomaten verkleiden und um eine Audienz beim Herzog bitten. Währenddessen könnten wir …«

Lisandra unterbrach Eadric mit einem lauten Räuspern. »Wenn hier jemand einen Plan schmiedet, dann sind es wir Magierinnen. Ihr Soldaten tut, was euch gesagt wird.«

Die Ordensritter starrten die arrogante Magierin sprachlos an. Ronan erhob sich langsam und trat auf sie zu, in seinen Augen spiegelte sich Missverständnis gegenüber Lisandra wider.

»Möchtest du etwas sagen, Ordensritter?«, fragte Lisandra herausfordernd, und ihre abfällige Betonung des Wortes *Ordensritter* ließ keinen Zweifel an ihrer Geringschätzung.

Ronan wollte gerade ansetzen, um seine Stimme zu erheben, doch Caius kam ihm zuvor. »Natürlich, Magierin. Der Auftrag liegt in euren Händen, und wir sind lediglich eure Begleitung. Solltet ihr eine zweite Meinung benötigen oder Fragen haben, stehen wir euch jederzeit zur Verfügung.«

»Caius, ist das dein Ernst …« begann Kealin, doch Caius hob eine Hand und Kealin verstummte.

Amara hingegen stellte sich auf die Seite der Ordensritter, traute sich jedoch nicht Lisandra zu widersprechen. Ronan wunderte sich darüber, da Amara wie eine Frau wirkte, die sich nichts Ungerechtes gefallen lassen würde. Nur wusste auch er nicht, was zwischen ihnen lag. Auch dachte Ronan, dass Amara, wie Talia ihre Prüfung gehabt habe und nun eine vollwertige Magierin des Ordens sei. Im geeigneten Rahmen wolle er sie das auch Fragen, nur Amara war so eingeschüchtert, dass er sich nicht einfach traute sie anzusprechen.

Stille legte sich über das Lager, während sich die zwei Frauen langsam zurückzogen. Kealin spuckte verärgert ins Feuer und wandte sich zischend an Caius. »Wie kannst du zulassen, dass sie so mit uns umspringt?«

Caius sah Kealin ruhig an, seine Augen funkelten im Schein des Feuers. »Zum einen, weil sie insofern recht hat, dass Ordensritter Magiern unterstellt sind und zum anderen, weil dies nicht der richtige Moment für Streitigkeiten ist«, antwortete er mit ernster Stimme. »Unser Ziel ist es, die gefangenen Magier zu befreien und unbemerkt wieder zurückzukehren. Wenn wir jetzt anfangen, uns gegenseitig zu zerfleischen, spielen wir Alarc Darstin direkt in die Hände. Der Gebirgspass an der Grenze zum Sonnenreich wird bald zufrieren, und in wenigen Wochen könnte es unmöglich sein, ihn zu überqueren. Daher dürfen wir uns nicht mit so etwas aufhalten.«

Kealin knirschte mit den Zähnen, doch er wusste, dass Caius recht hatte. Dennoch konnte seine Verachtung gegenüber der Frau deutlich von seinem Gesicht abgelesen werden. Er war es leid, sich von den Magiern herumschubsen zu lassen, besonders von einer wie Lisandra, die keine Gelegenheit ausließ, ihre Überlegenheit zur Schau zu stellen.

Ronan, der bisher geschwiegen hatte griff nach einem weiteren Stück des gegrillten Rehs. Die Magierin gefiel ihm nicht und er wusste, dass er Talia auch allein retten würde.

»Lasst sie reden«, murmelte Eadric, während er in das Fleisch biss. »Am Ende wird sich zeigen, wer durch Leistung Respekt verdient.«

Die Worte hingen in der eisigen Nachtluft, und die Spannung im Lager war fast greifbar. Die Ordensritter aßen schweigend, jeder in Gedanken versunken. Lyra hob ihren Kopf, spitzte die Ohren und schnupperte in die Dunkelheit, bevor sie sich wieder an Ronans Seite rollte.

Als die Mahlzeit beendet war, erhob sich Eadric und begann, die Feuerstelle zu löschen. »Wir sollten Wachen aufstellen. Ich will nicht überrascht werden und wir wissen nicht, was uns erwartet.«

Ronan nickte. »Ich übernehme die erste Wache.«

Die Nacht legte sich schwer über das Lager, und die Kälte kroch durch die Ritzen ihrer Umhänge. Ronan stand am Rande des Lagers, seine Augen fest auf den Weg gerichtet, der vor ihnen lag. Gedankenverloren strich er Lyra über das Fell, während sie neben ihm saß, ihre Augen wachsam auf die Dunkelheit gerichtet. Eine unbegreifliche Unruhe und unbekannte Wut ließen ihn nicht los.

# Kapitel 21

Es dauerte einige Tage, bis sie die Berge sehen konnten. Ihr Ziel war Hochtal, welches inmitten dieses Gebirges lag. Kurz nachdem sie am Morgen am Fuß des Gebirges aufgebrochen waren, begegnete ihnen ein Bauer, dessen Karren im Schnee und Schlamm feststeckte.

»Verzeiht, könnten die Herren mir helfen?«, fragte der ältere Bauer Eadric, der am nächsten an ihm vorbeiritt.

Die Magierin blickte sich sofort zu dem Bauern um und kam Eadric einer Antwort zuvor. »Wir haben keine Zeit für sowas. Wir reiten weiter«, befahl sie.

Kealin, dem es reichte, zügelte sein Pferd und stieg ab.

»Ich habe gesagt, dass wir weiter reiten«, protestierte Lisandra, doch niemand reagierte auf sie.

Die anderen Ordensritter stiegen nun ebenfalls ab und sie gingen auf den Karren zu. Gemeinsam zogen sie binnen weniger Momente den Karren frei. Der Bauer bedankte sich und sogleich befanden sie sich wieder auf dem Weg in Richtung des Passes.

»Ich verlange, dass meine Autorität nicht noch einmal missachtet wird. Habe ich mich klar ausgedrückt?« Es donnerte in der Ferne über dem immer näher rückenden Gebirge vor ihnen, als Lisandra vor Wut kochte.

Caius versuchte sie zu beruhigen, während die anderen Ordensritter keine Miene verzogen und wieder aufstiegen. Ronan sah dabei, wie Amara sich ein Kichern verkniff. Nicht nur wegen Lisandra, sondern auch weil Lyra ängstlich vor dem anrückenden Gewitter die Ohren eng angelegt hatte und verunsichert zwischen den Pferden lief.

Es dauerte nicht lang und Regen setzte ein. Der Gebirgsweg wurde zudem immer steiler.

»Ein Gewitter im Winter?«, fragte sich Kealin, während er ein dickes Fell über sich hielt, um sich vom Regen zu schützen. »Das liegt an dem Sonnenreich hinter dem Gebirge. Die Temperaturen schaffen es manchmal über das Meer an dem Gebirge vorbei und sorgen dann hier beim Aufstieg für ein Gewitter«, sagte Caius und musste zum Teil lauter sprechen, da ein starker Wind aufkam.

»Das ist selten, aber da es noch nicht jeden Tag kalt ist, durchaus möglich«, fügte Amara hinzu.

»Wir sollten uns Schutz suchen«, schlug Eadric vor und musste bereits gegen eine plötzlich aufkommende Windböe anbrüllen, damit ihn alle verstanden.

Lisandra blieb als einzige unbeirrt. Sie zauberte sich einen magischen Schild, der sie vor dem Regen schützte. »Wir reiten weiter. Durch eure Trödelei beim Bauern haben wir bereits genug Zeit eingebüßt.«

Alle waren anderer Meinung, doch sie gehorchten ihr und ritten weiter. Dann erst beschwor auch Amara einen Schild, der zumindest auch Kealin und Darian mit vor dem Regen schützte. Lyra schüttelte sich ihr nasses Fell, als sie ebenfalls unter den Schild Schutz suchte. Nach und nach begann der Weg sich zu schlängeln und weiter anzusteigen. Felswände erhoben sich entlang des Weges und steile Abgründe auf der gegenüberliegenden Seite zeugten von der Höhe, die sie bereits erreicht hatten.

Plötzlich schlug nicht weit von Lisandra ein Blitz ein und ihr Pferd bäumte sich auf. Sie verlor den Halt und fiel rücklings vom Pferd. Ihr magisches Schild barst beim Aufprall und sie rutschte über den nassen Boden in Richtung des Abhanges. Sie schrie auf vor Schreck und griff wild um sich um verzweifelt einen Halt zu finden. Ronan reagierte reflexartig und sprang von seinem Pferd. Er hechtete ihr hinterher und zog dabei einen Dolch aus seinem Gürtel. Er holte Lisandra kurz vor dem Abgrund ein. Mit dem freien Arm umschlang er die Hüfte der panischen Magierin und rammte sogleich seinen Dolch in die durchtränkte Erde. Gemeinsam rutschten sie noch ein Stück, bis sie zum Halt kamen. Ihre Beine baumelten bereits am Abgrund und Gestein bröckelte an der Stelle ab. Es fehlte nicht fiel und beide währen hinabgestürzt. Ronan zog sich gemeinsam mit der Magierin vom Abgrund weg, sodass sie wieder festen Boden unter ihren Füßen hatten.

Darian warf ihnen ein Seil zu, welches er an seinen Sattel gebunden hatte. »Haltet euch fest. Dem Stein unter euren Füßen würde ich nicht trauen«, rief er ihnen zu.

Lisandra wehrte sich gegen Ronans Griff. »Lass mich los!« befahl sie ihn.

Ronan spürte Lisandras Widerstand, doch er ließ sich nicht beirren. »Halt still, wenn du nicht abstürzen willst«, knurrte er und griff fest nach dem Seil, das Darian ihm zugeworfen hatte. Darian setzte sich mit seinem Pferd in Bewegung und zog Ronan und Lisandra von der Klippe auf sichereren Boden. Erneut wehrte sie sich gegen Ronan und er ließ sie los. Sie drückte sich durch den Schlamm, einem Gemisch aus Erde, Schnee und Regen. Sie stand fluchend auf und wischte sich vergebens über ihre Robe, um sich von dem feuchten Schmutz zu befreien.

»Ich hatte alles im Griff«, fluchte sie, als Ronan ebenfalls aufstand und seinen Dolch wegsteckte. »Ich wollte gerade einen Zauber wirken, um mich vor der Klippe zu retten.« Sie verschränkte die Arme und wandte sich von den Ordensrittern ab, um ihr Pferd wieder zu besteigen, dass Lyra bereits eingefangen hatte und von Amara wieder beruhigt wurde.

»Nicht nur arrogant, sondern auch undankbar«, sprach Kealin das aus, was alle dachten. Lisandra wandte sich mit wütend funkelnden Augen an ihn und wollte gerade eine wischende Handbewegung machen, als Ronan sie am Handgelenk packte und damit ihren Zauber unterbrach.

Ronan hielt Lisandras Handgelenk zu ihrer Überraschung fest und schaute ihr direkt in die Augen. »Ich verstehe, dass du dich als Magierin für etwas besonders hältst«, begann er ruhig, aber mit Nachdruck. »Aber das bedeutet nicht, dass du dich über uns stellen kannst. Wir sind hier, um ein gemeinsames Ziel zu erreichen. Wir kämpfen zusammen – oder wir scheitern zusammen. Das ist das Leben, das uns der Orden vermacht hat.«

Lisandra starrte ihn einen Moment lang wütend an, ihr Blick funkelte vor Trotz, während die Regentopfen ihr über das Gesicht rannen. »Ich brauche deine Lektionen nicht, Ordensritter. Ich bin durchaus in der Lage, mich selbst zu retten.« Sie versuchte, ihr Handgelenk aus seinem Griff zu befreien, doch Ronan ließ nicht locker.

»Vielleicht«, erwiderte er, seine Stimme ernst, »aber in dem Moment hast du es nicht getan. Wir alle haben unsere Stärken, aber wenn wir uns ständig in die Quere kommen, gefährden wir nicht nur uns selbst, sondern auch die anderen.« *Er klang wie Eadric*, dachte er. Doch musste es ihr gesagt werden.

»Du verstehst nicht«, zischte Lisandra. »Du weißt nicht, was es bedeutet, sich ständig beweisen zu müssen, dass man mehr ist als nur ein nützliches Werkzeug.«

Ronan ließ ihr Handgelenk los, er meinte Tränen in ihren Augen zu sehen, die sich mit dem Regen mischten. Aber er verstand sie, besser als jeder andere. Ronan und seine Geschwister wurden dazu erzogen nicht mehr als Werkzeuge für seinen Vater zu sein. Jetzt, da er als Teil des Ordens dem Königreich vom Nutzen war, schenkte ihm sein Vater mehr Beachtung; wenn er das Beachtung nennen konnte. Zuvor war Ronan in den Augen seines Vaters nichts Wert, nicht einmal zum Werkzeug zu gebrauchen. »Und du verstehst anscheinend nicht, was es bedeutet, in einer Welt zu leben, in der ein falscher Schritt den Tod bedeuten kann«, erwiderte Ronan. »Keiner von uns ist hier, um sich zu beweisen. Wir sind hier, um zusammenzuarbeiten und zu überleben.« *Und um Talia zu retten*, fügte er in Gedanken hinzu.

Lisandra schwieg einen Moment, ihre Wut verflog, als Ronans Worte zu ihr durchdrangen. Schließlich senkte sie den Blick. »Vielleicht … hast du recht«, murmelte sie widerwillig. »Aber ich brauche keinen Beschützer.«

»Vielleicht nicht«, antwortete Ronan, etwas milder, »aber manchmal ist es in Ordnung, Hilfe anzunehmen.«

Lisandra blickte ihn an, diesmal ohne den Zorn von zuvor, sondern mit einem Hauch von Resignation. »Das ist schwerer, als du denkst.«

Ronan nickte, denn er wusste, was sie meinte. Alle in seinem Trupp fiel es zu anfangs schwer sich aufeinander zu verlassen und Hilfe anzunehmen. Doch mit der Zeit und durch die Notlagen, in die sie gerieten und diesen trotzten, lernten sie was es heißt Freunde zu haben.

Ein kurzes Schweigen folgte, bevor Lisandra leise seufzte. »Lasst uns weiterreiten.«

Ronan nickte erneut, während sie sich abwandte und zu ihrem Pferd zurückging. Als sie in den Sattel stieg, war ihre Haltung weniger angespannt.

Kealin, der das Gespräch beobachtet hatte, wandte sich Ronan zu. »Das war … anders«, bemerkte er mit einem schiefen Lächeln.

»Vielleicht fangen wir jetzt an zusammenzuarbeiten«, erwiderte Ronan mit einem leichten Schulterzucken, bevor er wieder auf sein Pferd stieg. »Und das ist auch gut so. Denn wir werden jeden brauchen, wenn wir das hier schaffen wollen.«

Sie ritten schweigend weiter, das Unwetter lag schwer über der Gruppe, verstärkt durch das Grollen des anhaltenden Gewitters. Nach einer Weile zeigte Darian plötzlich aufgeregt nach vorne. »Seht, dort unter dem Felsvorsprung könnten wir ein Lager aufschlagen.« Darian führte die Gruppe an und deutete auf etwas, das die anderen noch nicht erkennen konnten. Als sie um die Biegung ritten, sahen sie es schließlich auch: Ein Haufen Geröll bildete mit einer darüberliegenden Steinplatte eine Art natürliche Höhle, die ihnen Schutz vor dem peinigenden Unwetter bot.

Bei näherer Untersuchung entdeckten sie die Überreste eines alten Lagerfeuers, das vor einigen Tagen gebrannt haben musste. »Wir sind nicht die ersten, die hier Zuflucht gesucht haben«, bemerkte Caius.

»Das ist perfekt«, stellte Darian fest.

»Perfekt?«, fragte Lisandra skeptisch, offenbar doch weniger beeindruckt als zuerst angenommen. »Wenn uns da mal nicht die Decke über unseren Köpfen einstürzt.«

Die anderen ignorierten ihren Einwand und begannen, das Lager aufzuschlagen. Lisandra schwieg, half Amara und entzündete mit einem einfachen Zauber das alte, verkohlte Holz im Feuerkreis erneut.

»Danke«, murmelte Eadric, als das Feuer flackernd zu neuem Leben erwachte. Lisandra reagierte nicht, sondern schaute nur hochnäsig weg.

Eadric holte Trockenfleisch hervor und teilte es mit den anderen, als sie sich um das Feuer versammelten. In stiller Eintracht genossen sie die einfache Mahlzeit und lauschten dem Donnern, das von den Bergen widerhallte. Einer nach dem anderen legte sich schlafen, während Ronan wie üblich die erste Wache übernahm.

Er saß neben dem Feuer, kraulte Lyras Fell, die in seiner Nähe schlief, und dachte wie so oft an Talia. Morgen würden sie den Pass überqueren und schon bald Hochtal und damit die Burg des Herzogs erreichen. In Gedanken malte er sich aus, was er Alarc Darstin antun würde, wenn er ihn endlich in die Hände bekäme. Er stellte sich vor, wie die azurblauen Flammen des Efreets den Herzog verschlangen, als er ihm sein Schwert in die Brust stieß.

Ronan zuckte zusammen, als ihn seine eigenen Gedanken erschreckten. Sie fühlten sich nicht allein wie seine eigenen Vorstellungen an, und das machte ihn nervös.

# Kapitel 22

Am nächsten Morgen lag eine dünne Schneeschicht über der Landschaft. Die dichten Wolken, die am Tag zuvor die Berge verhüllt hatten, brachten nun eine sanfte Stille, die den ohrenbetäubenden Donner der vergangenen Nacht ablöste. Das Knirschen des frischen Schnees unter den Hufen ihrer Pferde war das erste Geräusch, das die morgendliche Ruhe durchbrach. Denn Lyra tollt fröhlich durch den Schnee und beunruhigte damit die Pferde. Ihre Pfoten wirbelten kleine Schneeflocken auf, während sie in wilden Kreisen rannte, die Ohren aufgestellt und die Augen vor Freude funkelnd. Sie warf sich auf den Rücken und rollte sich hin und her, bis ihr Fell mit einer feinen Schicht Schnee bedeckt war. Zwischendurch grub sie ihre Schnauze tief in den Schnee, schnupperte neugierig und schnellte dann plötzlich nach vorne, als hätte sie etwas entdeckt. Immer wieder hüpfte sie auf und ab, ihre Bewegungen leicht und spielerisch, und ließ fröhliche Laute hören, während sie sich in dem kühlen Weiß austobte. Darian, Kealin und Amara beobachteten lachend dieses Schauspiel. Selbst Eadric schmunzelte bei dem Anblick.

Ronan sah Lyra gedankenverloren zu, aber war zu besorgt, um eine Reaktion zu zeigen. Auch Caius und Lisandra schienen sich nicht für die energiegeladene Ibris zu interessieren und beschäftigten sich mit ihrer Ausrüstung.

»Passt auf, dass ihr nicht ausrutscht, es könnte noch matschig vom Sturm letzte Nacht sein«, warnte Eadric die Gruppe, als sie das Lager abbauten. Die kalte Luft biss in ihre Gesichter, doch die Stille, die der Schnee brachte, wirkte beruhigend, fast tröstlich nach den Strapazen des stürmischen

Aufstiegs. Lyra machte die Kälte nichts aus und der Schnee war ihr willkommen.

Schweigend ritten sie weiter den verschlungenen Pfad hinauf, der sich wie ein schmaler Faden durch die schroffen Felsen des Gebirges zog. Die Bäume, die weiter unten noch dicht gestanden hatten, waren nun nur noch karge, schneebedeckte Stämme, die der Kälte trotzten. Nach einigen Stunden gesellte sich Lisandra zu Ronan. Mehrmals schien sie etwas sagen zu wollen, doch jedes Mal verstummte sie wieder, als hätte der Schnee auch ihre Gedanken bedeckt.

Ronan bemerkte ihre Unruhe und ergriff schließlich das Wort. »Meine Worte gestern … sie waren hart, und das tut mir leid. Die Umstände waren … sind schwierig.«

Lisandra zögerte, ihre Augen suchten den weißen, unberührten Pfad vor ihnen. Dann schüttelte sie entschlossen den Kopf. »Das ist es nicht, ich wollte mich für mein Verhalten ent…«

Plötzlich schoss ein massiver Felsen, so groß wie ein ausgewachsener Mensch, durch die Luft auf sie zu. Mit einem Krachen, das an den Donner der letzten Nacht erinnerte, schlug der Fels nur knapp neben ihnen ein. Ronan reagierte instinktiv, zog die Zügel seines Pferdes und lenkte es in die Richtung, aus der der Angriff kam. Auf einer erhöhten Felsplattform stand ein steinerner Riese, der den Steinwächtern aus den Archiven des Magierturms ähnelte, nur viel größer. Die Kreatur war gewaltig und bedrohlich und holte bereits zum nächsten Wurf aus.

»In Deckung!«, rief Caius, als er und Ronan sich zum Angriff formierten. Lisandra und Amara waren einen Moment wie erstarrt, bis ein weiterer Felsen mit einem ohrenbetäubenden Krachen in den steinigen Boden einschlug und Lisandra aus ihrer Starre riss.

»Ist das ein Golem?!«, rief Lisandra, während der Riese einen weiteren Felsbrocken auf sie schleuderte. Ronan wich mit seinem Pferd knapp aus, der Fels rutschte im Schlamm aus Erde und Schnee an ihm vorbei und rollte gefährlich nah an den Rand des Abgrunds.

Kealin, der Amaras Zögern bemerkte, schlug ihrem Pferd auf die Flanke, und das Tier schnaubte aufgeregt, bevor es sich endlich in Bewegung setzte. Gemeinsam mit den anderen suchten sie Schutz vor den Angriffen.

Ronan ritt unbeirrt auf den Steingolem zu und achtete darauf, dass er stabilen Boden unter den Hufen seines Pferdes hatte. Seine Magie durchfloss ihn, und plötzlich spürte er es – Fellbestien. Aus den schneebedeckten Felsen schälten sich mehrere Gestalten. Brüllend und mit dunklem Fell sprangen sie auf die Gruppe zu.

»Fellbestien! Es sind vier von denen!«, rief Ronan den anderen zu, seine Stimme scharf und entschlossen.

»Fellbestien?!« Lisandra warf einen schnellen Blick in die Richtung, die Ronan ihr zeigte. Ihre Augen weiteten sich, als sie die zotteligen Kreaturen erkannte, die mit riesigen Sprüngen auf ihre Gefährten zustürmten. »Bei den Geistern«, murmelte sie und richtete ihre Aufmerksamkeit dennoch auf den Golem. »Lass mich diesen Wächter erledigen, dann kümmern wir uns um diese Biester.«

Lisandra konzentrierte sich, während sie auf den gewaltigen Steinwächter zuritt. Ihre Lippen murmelten unverständliche Worte, und in ihrer Hand formte sich ein gleißendes Licht, das rasch zu einem lodernden Feuerball anwuchs. Mit einer fließenden Bewegung schleuderte sie die flammende Kugel auf den Steinriesen. Der Feuerball zischte durch die Luft, heiß und tödlich, und traf den Golem mit einem dröhnenden Knall.

Doch anstatt in Flammen aufzugehen, wie Lisandra es wohl erwartet hatte, prallte der Feuerball an der massiven steinernen Haut des Riesen ab und verpuffte im Schnee. Der Golem brüllte auf, doch es war kein Schrei des Schmerzes – es war ein Schrei des Zorns.

»Was … wieso …« Lisandra fluchte, als sie erkannte, dass ihre Magie gegen die Steinhaut des Golems wirkungslos war.

Ronan zog sein Schwert, als er sah, dass der Feuerzauber abprallte. Er erinnerte sich an die Schriften über diese Kreaturen. »Steinwächter haben einen natürlichen Schutz gegen Magie!«, rief er Lisandra zu. Er wusste, dass sie aus magischer Energie bestanden – das machte sie resistent. Doch es blieb keine Zeit, das weiter auszuführen.

»Dann bleibt nur Stahl«, murmelte Caius, während er sein eigenes Schwert zog und sich bereit machte.

†

Zeitgleich rannten die Fellbestien mit ihren massigen Körpern, mächtigen Hauern und mit rostigen Äxten und Beilen bewaffnet, auf die anderen zu. Ihre Blicke waren erfüllt von animalischer Wut und einem unstillbaren Blutdurst.

Kealin, Eadric und Darian standen ihren Gegnern gegenüber, die Schwerter gezogen. Ihre Pferde wussten sie bereits in Sicherheit.

Eadric wich einem wilden Hieb aus, das rostige Langschwert seiner Bestie sauste dicht an seinem Kopf vorbei. Er drehte sich geschickt zur Seite und ließ sein eigenes Schwert blitzschnell auf die Seite der Bestie niederfahren. Es brüllte auf, als die Klinge tief in sein Fleisch eindrang, doch es blieb kampfbereit, seine Augen funkelten vor Schmerz und Wut.

Darian, nicht weit von Eadric, erkannte seine Chance, als die Fellbestie vor ihm im Schnee versank. Mit schnellen Schritten manövrierte er um seine Bestie herum, sein Schwert wie ein verlängerter Arm. Er führte präzise Schläge gegen die Gelenke und ungeschützten Stellen des Wesens aus, doch jeder Treffer machte die Kreatur nur noch wilder.

Kealin hielt sich in der Nähe von Amara, die mit zitternden Händen wiederholt Schutzzauber beschwor. »Darian, pass auf!« rief er, als eine Fellbestie gegen das flimmernde Schild prallte, das Darian schützte. Kealin wusste, dass Darian ohne den Schutzzauber gerade tödlich verwundet worden wäre und dankte Amara dafür. Er hielt er seine Klinge bereit, um jeden Gegner abzuwehren, der Amara zu nah kam, denn sie war anders als die Ordensritter. Wenn eine Fellbestie sie erreichen würde, würde sie sterben. In einer fließenden Bewegung stieß Kealin sein Schwert nach vorne, als ein weiteres Biest heranpreschte, doch er musste sich schnell zurückziehen, um nicht von einem kräftigen Hieb getroffen zu werden. Das Wesen setzte jedoch nach. Sein Angriff prallte, so wie der gegen Darian, an einem magischen Schild ab. Das Klirren von Metall, wie auf Stein, war zu hören, als sich allmählich arkane Reste vom magischen Schild lösten. Wie Glassplitter flogen sie durch die Luft, bevor sie sich restlos auflösten.

Plötzlich sprang ein Schatten in das Kampfgetümmel. Der Schneeschatten, tauchte, ihren Namen alle Ehre machend, aus dem Schneegestöber auf. Mit einem Knurren stürzte sich Lyra auf die Fellbestien vor Kealin, ihre scharfen Krallen und Zähne bohrten sich in das zähe Fleisch der Kreatur. Das Biest brüllte vor Schmerz und versuchte, das Raubtier abzuschütteln, doch

Lyra blieb fest an ihm dran. Darian nutzte die Gelegenheit und fügte der Fellbestie eine tödliche Wunde an der Brust zu.

†

Ronan sah, wie Lisandra eine weitere Feuerkugel bereit machte, doch er wusste, dass Magie hier nichts ausrichten würde. »Lisandra, lass es! Konzentriere dich auf die Fellbestien!«, rief er über den Lärm des Kampfes hinweg. »Wir kümmern uns um den Golem.«

Lisandra knirschte mit den Zähnen, doch sie nickte und richtete ihren Blick auf die Kämpfenden hinter ihnen. Sie lenkte ihr Pferd zu Darian und Eadric hinüber, wo die Fellbestien sie immer weiter zurückdrängten. Ihre Hände glühten bereits mit der Magie eines weiteren Zaubers.

»Caius, lenk es ab!«, befahl Ronan, doch Caius schien eigene Ideen zu haben.

Der Riese schwang erneut einen gewaltigen Felsbrocken, bereit, ihn dieses Mal aus nächster Nähe auf Ronan niederregnen zu lassen. Doch Ronan war schneller. Er sprang von seinem Pferd, welches an dem Golem vorbei galoppierte und er rollte sich geschickt auf dem federnden Schnee ab. Der Steinwächter riss den Felsen über den Boden, um Ronan doch noch mit seinem Angriff zu erwischen. Caius befand sich jedoch im Rücken des Monsters und hieb mit seinem Schwert im vollen Ritt in die Kniekehle des Riesen.

Der Golem brüllte, als Caius Schwert tief zwischen den Steinen eindrang, die dessen Bein bildeten. Ronan war überrascht, da Caius Schwert tatsächlich an dem magischen Wesen Schaden verursachen konnte. Es musste aus Arkanium bestehen. Sein Hieb durchbrach die Magie zwischen den Steinen.

Mit einem donnernden Schlag ließ der Steinwächter den Felsbrocken los, der gefährlich nahe an Ronan vorbeisauste und Schneegestöber aufwirbelte, als er über den Boden rollte. Ronan nutzte den Moment, in dem der Steinwächter durch Caius Angriff abgelenkt war. Sein Schwert leuchtete in einem warmen, azurblauen Schimmer und loderte kurz darauf vollends auf. Mit einem kraftvollen Sprung brachte er sich in die Reichweite der wuchtigen Beine des Riesen und schlug mit aller Kraft zu, zielend auf die Gelenke des rechten Beins. Das brennende Schwert brannte sich durch die Steine und gelangte an die darunter liegende Magie. Der Golem schwankte, verlor das Gleichgewicht und fiel schwerfällig auf ein Knie. Die Steine, die den Mund des Golems bildeten, brüllten erneut, doch Ronan blieb unerbittlich. Er wusste, dass er den Riesen endgültig zu Fall bringen musste, bevor dieser sich wieder erholen konnte.

†

Der Kampf gegen die Fellbestien tobte ungebremst weiter. Lisandra erreichte die Gruppe und stieg von ihrem Pferd. Sie sah, wie Eadric gerade noch einem gewaltigen Hieb einer der Bestien entging, indem er sich geschickt zur Seite drehte. Mit einem leisen Zischen schossen Flammen aus ihren Händen und bildeten eine lodernde Mauer zwischen den Fellbestien und den Ordensrittern. Die Kreaturen brüllten vor Wut und zögerten, durch das Feuer zu stürmen, was Kealin, Eadric und Darian wertvolle Sekunden verschaffte, um sich neu zu formieren.

»Gut gemacht!«, rief Darian, während er einen schnellen Hieb auf eine der Bestien ausführte, die die Flammen ignorierte und dennoch angriff. Seine gekrümmte Klinge blitzte auf, als sie auf das Biest niederfuhr und eine tiefe Wunde in dessen Seite schlug. Doch die Bestie war noch nicht besiegt. Mit einem zornigen Brüllen schwang sie ihre eigene Waffe, eine massive Keule, der Darian nur knapp ausweichen konnte. Kealin ließ Amara hinter sich und unterstützte Darian. Mit schnellen Hieben schlug er auf die Fellbestie vor sich ein. Lyra sprang ebenfalls auf die Bestie zu und riss sie zu Boden, ihre Zähne und Klauen blitzten auf, während sie die Kreatur angriff. Das Biest versuchte, sich zu wehren, doch Lyra war zu schnell und zu geschickt. Sie wich den wütenden Schlägen aus und nutzte jede Gelegenheit, um weitere tiefe Wunden zuzufügen.

†

Ronan wusste nicht, ob das Feuer des Efreets dem Golem etwas anhaben konnte, doch glitt die brennende Klinge durch die Oberfläche des steinernen Monsters. Der gewaltige Gegner taumelte, das Bein unter ihm gab nach. »Jetzt, Caius!«, rief Ronan, und der Ordensritter nutzte die Gelegenheit. Bereits wieder auf den Wächter zureitend, zielte er mit einem wuchtigen Hieb auf die verwundete Seite des Golems und brachte die Klinge mit aller Kraft zum Einsatz. Das Schwert drang erneut zwischen die Steinplatten, tief in den Körper des Golems ein. Caius Schwert verkantete sich jedoch und im Ritt konnte er seine Waffe nicht festhalten.

Mit einem markerschütternden Brüllen sackte der Steinwächter vollends in sich zusammen, seine mächtige Gestalt brach in den Schnee, wo sie wild um sich schlug. Ronan wich den steinernen Pranken geschickt aus und rammte sein Schwert zwischen dessen Kopf und Rumpf, woraufhin die

Klinge nur noch stärker brannte. Er setzte all seine Kraft ein und brüllte vor Anstrengung, als er mit seinem Schwert durch die Magie im Inneren des Steinwächters schnitt. Es klaffte eine tiefe und breite geschmolzene Wunde, dort, wo der Hals des Riesen war. Besiegt versuchte er noch einen Laut von sich zu geben, doch es war nur ein Zischen zu hören, bevor das Wesen leblos zusammenfiel.

In dem Moment, als Ronan sich von dem reglosen Steinhaufen abwandte, sah er Lisandra, die sich vor Angst nicht zu rühren schien. Sie stand am Rande des Kampfgeschehens, einige Meter von ihm entfernt, ihre Hände zitterten. Die Fellbestien, die von der Mauer aus Flammen umzingelt wurden, wandten sich ihr zu.

»Lisandra, lauf!«, rief Ronan, als er sah, wie eine der Bestien ein wuchtiges Beil schwang und direkt auf die Magierin zusteuerte. Jeder Schlag eines solchen Gegners war tödlich, und Lisandra stand wie gelähmt da, unfähig, sich zur Seite zu bewegen.

Ronan setzte sich bereits in Bewegung, doch würde er sie nicht rechtzeitig erreichen. Mit einem verzweifelten Satz warf er sein Schwert. Es glitt durch die Luft, und das Zischen des fallenden Schnees, der beim Kontakt mit der brennenden Klinge verdampfte, war deutlich zu hören. Die Klinge traf ihr Ziel und bohrte sich tief in die Brust der Kreatur, die mit einem schmerzhaften Brüllen vor Lisandra zusammenbrach.

»Schnell, weg hier!«, rief Ronan erneut, während er durch den Schnee auf Lisandra zueilte.

Mit einem entschlossenen Blick wandte sich Lisandra der letzten, von Eadric zuvor verletzten, Fellbestie zu. Ihre Angst verwandelte sich in Entschlossenheit. Sie begann, einen weiteren Zauber zu wirken. Ihre Hände leuchteten auf, als sie die Magie konzentrierte, und ein Feuerpfeil schoss durch die Luft, traf die Fellbestien und schleuderte sie zurück. Lisandra ließ ihren vorherigen Feuerzauber erlöschen, und Eadric und Darian stürmten vor, um der verwundeten Kreatur den Todesstoß zu versetzen.

Als auch die letzte Fellbestie tot war und die Schneewolken sich legten, atmeten die Gefährten erleichtert auf. Das Schlachtfeld wurde still, nur das Zischen des Schnees, der auf Ronans Schwert fiel, war zu hören. Ronan legte Lisandra beruhigend eine Hand auf die Schulter. Sie atmete schnell und war, wie alle anderen, erschöpft von der Anstrengung des Kampfes. Dann griff er nach seinem Schwert, das sich durch das Fleisch der Fellbestie gebrannt hatte, und zog es mit einem Ruck heraus.

Lisandra war sichtlich erschöpft und schaute fragend zu Ronan. »Waren das wirklich Fellbestien … die sollten doch ausgestorben sein … wie Drachen und Kobolde … und ist das Schwert … verzaubert?«, fragte sie ihn schwer atmend.

Ronan holte Luft und wandte sich an Lisandra. »Ja, es ist jetzt das zweite Mal, dass wir auf diese Kreaturen gestoßen sind … und nein … mein Schwert wird von einem Efreet bewohnt«, antwortete Ronan und pfiff dann laut, woraufhin sein Pferd zu ihm trappte.

Die Antwort lies Lisandra zunächst sprachlos. »Solche Informationen hätte ich gerne vorher gehabt«, meinte sie dann jedoch aufgeregt.

»Du wolltest nichts von uns wissen, wir sind doch nur Soldaten«, erinnerte Ronan sie an ihre eigenen Worte und legte sein Schwert in den Schnee, um dieses abzukühlen. Dampf stieg auf und erneut war Zischen zu hören. Als der schwarze Stahl kalt genug war, wischte er mit einem Leinentuch drüber und steckte es zurück auf seinem Rücken. Ronan wandte sich erneut an Lisandra, die sein Vorgehen aufmerksam beobachtete hatte. »Oder warum meinst du, werde ich Azurflamme des Ordens genannt?«

Eingeschnappt überging Lisandra Ronans Frage und rollte mit ihren Augen. »Wir reden später«, sagte sie und ging zu Amara, um sich zu erkundigen, ob sie verletzt war.

Darian verband sich eine Wunde am Arm und trat an Ronan heran. »Hier waren nun auch Fellbestien und dieses Ding.« Er zeigte auf den Steinhaufen »Was wollen diese Monster nur?«

Ronan überlegte, während er sich die Leichen dieser Kreaturen ansah. »Ich kann mir darauf auch keinen Reim machen. In den Büchern über die Invasion wurde von einem Portal berichtete, durch welches diese Wesen in unser Land kamen. Vielleicht wurden nun mehrere Spähtrupps an verschiedene Orte geschickt, um nach Schwächen in unserer Verteidigung zu suchen.« Er sah zu dem toten Golem hinüber. »War dies hier nur eine zufällige Begegnung oder kämpften die Fellbestien mit diesem Steinwächter zusammen?«

Die anderen drei Ordensritter nahmen an der Diskussion teil, doch konnten sie keine Antworten auf ihre vielen Fragen finden.

†

Nach einigen Stunden hatten sie den größten Teil des Gebirgspasses hinter sich gelassen und ritten nun auf den Rand des Tals zu. Oben auf dem höchsten Punkt des Passes hielten sie ihre Pferde an und blickten in das Tal hinunter. Die kleine Stadt Hochtal lag vor ihnen, eingebettet in die majestätische Berglandschaft. Aus dunklem Holz und Stein gebaut, wirkten die Häuser in der Ferne wie Spielzeug, deren Dächer leicht mit Schnee bedeckt waren. Feine Rauchsäulen stiegen aus den Schornsteinen auf, verloren sich im klaren Himmel und verstärkten das Gefühl von Ruhe und Abgeschiedenheit.

Doch es war die Burg von Hochtal, die inmitten der Stadt thronte, die Ronans Blick fesselte. Ihre massiven Steinmauern, die über das Tal wachten, erinnerten an eine uneinnehmbare Festung. Die Türme ragten in den Himmel, und von hier oben schien es, als könnten sie den gesamten Pass überblicken. Der Burggraben war gefroren, und die Zugbrücke hochgezogen, als wäre die Burg auf alle Eventualitäten vorbereitet.

Die Gefährten verharrten einen Moment, um den Ausblick auf sich wirken zu lassen. Die Nachmittagssonne tauchte die Szenerie in ein weiches, warmes Licht, das die kalten, schneebedeckten Berge und die friedliche Stadt in einen faszinierenden Kontrast setzte. In der Ferne erklang das leise Heulen eines Wolfs, das durch die klare Luft hallte und den Moment noch eindrucksvoller machte.

»Wir reiten noch hinunter ins Tal. Dort am Wegesrand ist ein Waldstück«, sagte Lisandra und deutete hinunter. »Wir verlassen die Straße und schlagen dort unser Lager auf.«

Mit einem letzten Blick auf die Burg, die ihr Ziel war, setzten die Gefährten ihren Weg ins Tal fort.

Sie fanden eine Lichtung im Wald, der über die Jahrzehnte hinweg stark gerodet worden war — vermutlich, um die Gebäude in Hochtal mit Baumaterial zu versorgen. Dort errichteten sie ihr Lager. Das Feuer knisterte leise, seine Flammen warfen tanzende Schatten auf die Gesichter der Ordensmitglieder. Schließlich brach Lisandra das Schweigen und ließ ihren Blick durch die Runde schweifen.

»Ich habe einen Plan«, begann sie mit ruhiger Stimme. »Wenn wir die Magier retten wollen, brauchen wir eine Ablenkung. Sobald wir wissen, wo sie untergebracht sind, werde ich in der Burg ein Feuer entfachen und damit Chaos stiften. Während die Wachen mit dem Löschen beschäftigt sind, schleichen wir uns hinein und befreien die Gefangenen.«

Caius lehnte sich nach vorne, die Stirn in Falten gelegt. »Ein Feuer könnte funktionieren, aber was, wenn es außer Kontrolle gerät und uns den Weg zu den Magiern versperrt? Oder wenn es nicht genug Ablenkung schafft?«

Lisandra hob eine Augenbraue. »Natürlich gibt es Risiken, aber ohne Ablenkung ist es unmöglich, unbemerkt in die Burg zu gelangen. Und selbst wenn wir ohne Störung eintreten, riskieren wir einen offenen Kampf, den wir nicht gewinnen können.«

Ronan starrte schweigend ins Feuer, seine Hände zu Fäusten geballt. Eine lähmende Angst nagte an ihm. Was, wenn sie bereits zu spät kamen?

Darian nickte nachdenklich. »Wir müssen sicherstellen, dass das Feuer die Magier nicht gefährdet. Und was, wenn die Wachen die Gefangenen einfach an einen anderen Ort bringen, sobald das Feuer ausbricht?«

Lisandra biss sich auf die Lippe, unsicher. »Das ist ein weiteres Problem, ja. Aber wenn wir nichts tun, sind sie genauso verloren.«

Ronan konnte seine Angst nicht länger zurückhalten. »Wir verlieren wertvolle Zeit! Sie könnte in diesem Moment gefoltert werden oder Schlimmeres!« Die Worte brachen unkontrolliert aus ihm heraus.

Eadric stand abrupt auf, packte Ronan fest am Riemen seiner Rüstung und riss ihn mit einem entschlossenen Zug auf die Beine. »Ich habe dir oft genug gesagt, bleib bei der Sache! Ich sehe, wie du immer wieder abgelenkt bist. Du kannst nur an sie denken, aber so bringst du uns alle ins Grab!«

»Eadric, lass gut sein«, sagte Darian, stand ebenfalls auf und legte eine Hand auf Eadrics Schulter.

Eadric ließ sich nicht beirren. »Wir brauchen dich, Ronan. Hier und jetzt. Wenn du dich nicht zusammenreißt und für einen Moment vergisst, dass Talia die Gefangene ist, dann werden wir sie nicht retten können – und allein schaffst du es erst recht nicht. Lisandra mit ihrer ach so großartigen Feuermagie nicht. Amara mit ihren Schilden auch nicht.« Er ließ ihn los.

Kealin sprach ruhig, ohne den Blick vom Feuer zu lösen. »Du kannst andere mit deiner Magie spüren. Du musst uns daher führen.«

Eadric nickte zustimmend. »Und bei den Geistern, ich werde dir nicht folgen, wenn du nicht auch an uns denkst.«

Lyra stellte sich an Ronans Seite und stieß ihn sanft mit ihrer Schnauze an. Darian und Kealin nickten ebenfalls bei Eadrics Worten. Lisandra und Amara warfen sich einen verwirrten Blick zu, als fragten sie sich, was Eadric mit Magie meinte, außer dem Schwert an Ronans Seite. Doch sie schwiegen.

Ronan fühlte sich leer, doch schließlich ließ er die Schultern sinken. Eadric hatte recht. »Also gut…« Er atmete tief durch. Seine Wut, kam nicht allein von ihm, etwas stimmte nicht, das wusste Ronan, doch konnte er nicht ausmachen, was es war.

# Kapitel 23

Ronan schlenderte durch die Straßen von Hochtal. Die Kälte schien ihm durch das dünne Hemd und die Fellweste, die er trug, nichts anzuhaben, aber ohne sein Schwert und die Rüstung des Ordens fühlte er sich verletzlich, fast nackt – so sehr hatte er sich an deren Schutz gewöhnt.

Die Häuser der Stadt drängten sich eng aneinander, sodass kaum Platz für Hinterhöfe oder Gassen blieb. Er fluchte leise, als auch die nächste Abbiegung ihn nicht näher an den Burggraben brachte.

Sie hatten sich aufgeteilt und versuchten getrennt Informationen zu sammeln. Er wollte herausfinden, wo die Magier, und Talia, gefangen gehalten wurden. Doch um das zu tun, musste er so nah wie möglich an die Burg herankommen. Jeder Pfad, den er bisher erkundet hatte, führte zurück auf die Hauptstraße, die direkt auf die Burg zuführte – ein Weg, der viel zu offensichtlich und stark bewacht war.

Ronan fühlte sich erschöpft. Seit Stunden hatte er versucht, mit seiner Magie etwas zu erspüren, doch die Anstrengung zerrte an seinen Kräften. Trotzdem gab er nicht auf, denn er spürte sie – Talia war da, irgendwo in der Nähe. Diese Gewissheit trieb ihn an, seine Magie weiter einzusetzen, in der Hoffnung, einen unentdeckten Weg zur Burg zu finden.

Als er um die nächste Ecke bog, fiel sein Blick auf eine Taverne. Hinter ihr musste sich der Burggraben befinden. Es war zwar erst Mittag, doch die Taverne war bereits gut besucht. Menschen gingen ein und aus, lachten fröhlich, und die Musik eines Barden drang nach draußen.

Ronan trat in die Taverne ein und suchte nach einem freien Platz. An der hinteren Wand entdeckte er einen Tisch, von dem aus er durch ein kleines Fenster die Mauer der Burg sehen konnte. Doch als er nähertrat, stellte er fest, dass der Tisch besetzt war. Er seufzte, während sein Magen laut knurrte, und machte sich stattdessen auf den Weg zur Theke. Dort setzte er sich auf einen freien Hocker und bestellte etwas zu essen.

Es dauerte nicht lange, bis ihm geschnittenes Brot und ein dampfender Eintopf serviert wurden, den der Wirt ihm empfohlen hatte. Als Ronan jedoch zum Zahlen aufgefordert wurde, traf ihn die Erkenntnis wie ein Schlag – er hatte kein Geld dabei. Sein Geldbeutel lag im Lager, mit seinen anderen Sachen. Er klopfte sich hektisch ab, um Zeit zu schinden, während ihm kalter Schweiß auf die Stirn trat.

»Kann ich später zahlen?«, begann Ronan zögernd, wurde jedoch sofort unterbrochen.

»Wenn du nicht zahlen kannst, bekommst du auch nichts«, schnauzte der Wirt. »Ich kann es nicht fassen, dass Reisende wie du denken, sie könnten mich übers Ohr hauen.«

Ronan rechnete schon damit, hinausgeworfen zu werden. Er hoffte nur, dass es dabeiblieb und die Stadtwache nicht noch auf ihn aufmerksam gemacht werden würde.

»Hier sind drei Silber«, erklang plötzlich eine weibliche Stimme. Eine Frau umschlang mit ihrem Arm Ronans und legte das Geld vor ihm auf den Tresen.

Ronan drehte überrascht seinen Kopf zu der Frau. Sie war jung und von auffallender Schönheit. Anders als die meisten Frauen in der Stadt trug sie kein traditionelles Kleid, sondern einen Umhang, darunter eine Felljacke und eine Leinenhose, an der an einigen Stellen Leder verarbeitet war. Die

Lederriemen, die ihre Kleidung an einigen Stellen ausbeulten, ließen darauf schließen, dass sie mit Messern bewaffnet war.

Ronan starrte sie sprachlos an, woraufhin sie schmunzelte und ihren Arm zurückzog. »Möchtest du dich nicht zu mir setzen, wenn ich dir schon dein Essen bezahle?«, fragte sie und nickte in Richtung des Tisches unter dem Fenster, den Ronan zuvor im Auge gehabt hatte.

Der Wirt beachtete die Frau kaum, nahm zwei Silberstücke und legte vier Kupferstücke zurück auf den Tisch. Ronan nahm das Wechselgeld, sein Essen und folgte der Frau. Als er sich setzte, musterte er sie erneut. »Kennen wir uns?«, fragte er zögernd.

Sie kicherte leise und spielte mit einer Strähne ihres dunklen Haares. »Ich habe dir noch drei Silber von damals geschuldet …«, sie musterte Ronan mit hochgezogener Augenbraue. »Aber wer hätte gedacht, dass ich demselben Ordensritter zwei Mal über den Weg laufen würde.« Sie schüttelte belustigt den Kopf.

Ronan erkannte die junge Diebin von damals kaum wieder. Sie war gewachsen und hatte nicht mehr das kindliche Aussehen eines Mädchens. »Waren das auch deine Silbermünzen oder gehören die einem einfachen Bauern?«

Erneut wirkte sie belustigt, überging jedoch Ronans Frage. »Über zwei Jahre ist es her, wenn ich mich nicht irre«, sagte sie. Sie stützte ihren Kopf leicht auf ihrem Handrücken auf, während ihr Blick aus dem Fenster wanderte. Sie betrachtete die Reflektionen auf dem Eis des Burggrabens und träumte dabei. Langsam, fast unmerklich, löste sich ihr Blick von der Szenerie außerhalb der Taverne und suchte den von Ronan. »Du hast mir damals das Leben gerettet«, sagte sie mit einer leichten Schwere in ihrer Stimme. »Hättest du mich nicht aufgehalten, wäre ich in der Arena gewesen, während diese Magier angriffen. Es ist nur fair, dass ich dir dein Geld zurückgebe. Wobei ich mich wundere, warum du es überhaupt nötig hattest. Werden Ordensritter mittlerweile schlechter bezahlt als einfache Diebe?«

»Seitdem ist eine Menge passiert«, sagte Ronan bedeutungsvoll und starrte auf den Tisch vor sich. Sein Magen knurrte erneut, laut genug, dass die Diebin es hören konnte.

Sie lächelte und tippte mit dem Zeigefinger ihrer freien Hand auf seinen Teller. »Iss erst mal. Dann kannst du mir alles erzählen.«

Ronan begann zu essen, wandte sich jedoch erneut an sie, nachdem er den ersten Bissen runtergeschluckt hatte. »Wie lautet eigentlich dein Name?«, fragte er. Er hatte ihn nie erfahren, und wenn sie ihm schon half, wollte er zumindest das von ihr wissen. Zudem kam ihm der Gedanke er, ob sie ihm vielleicht bei seiner Aufgabe helfen könnte. Eine Diebin wüsste sicher, wie man unbemerkt an einen Ort gelangt und ihn ebenso unauffällig wieder verlässt – falls sie überhaupt noch eine Diebin war.

Sie lächelte und zögerte einen Moment. »Ich heiße Anya.«

*Wenn das ihr echter Name war*, dachte Ronan.

»Ich bin Ronan«, stellte er sich jedoch vor und biss vom Brot ab. »Warum bist du hier? Ich dachte, Stadtmenschen fürchten sich vor den weiten Landen des Königreichs. Besonders Frauen, die allein reisen. Es sind gefährliche Zeiten.«

»Wer sagt, dass ich allein bin?«, entgegnete sie spielerisch und zwinkerte ihm zu.

Ronan ließ seinen Blick durch den Raum schweifen, doch niemand schien auf sie zu achten oder sie zu belauschen. Dann lehnte er sich vor. »Ist mir eigentlich auch egal, aber sag, bist du noch eine Diebin?«

Anya zuckte mit den Schultern und verschränkte ihre Hände ineinander. »Wer weiß. Vielleicht bin ich mittlerweile eine Spionin. Oder ich verdiene meinen Lebensunterhalt als Eskorte für wohlhabende Lüstlinge. Das wäre doch aufregend.« Sie sah ihn herausfordernd an.

Ronan erkannte, dass diese Frau nichts über sich preisgeben würde, es sei denn, er bezahlte für die Informationen. »Na schön«, gab er sich geschlagen und lehnte sich zurück. »Wie würde es dir gefallen, zum ersten Mal in deinem Leben rechtmäßige Münzen zu verdienen?«, fragte Ronan, wobei seine Stimme einen Hauch von Ironie verriet.

Anya zog eine Augenbraue hoch und lehnte sich interessiert näher an ihn heran. »Du meinst mit rechtschaffener Arbeit? Soll ich für das Gute kämpfen oder eher Felder bestellen?« Ihre Worte tropften vor Sarkasmus, aber Ronan konnte das Funkeln in ihren Augen sehen.

Er konnte sich ein Schmunzeln nicht verkneifen. Es war überraschend einfach, ihr Interesse zu wecken so lange Münzen im Spiel waren. »Der Orden von Andorien könnte an deinen Diensten interessiert sein.«

»Interessant … von welcher Art Dienste sprechen wir?« Anya hielt seinen Blick, ihre Neugier nun endgültig geweckt.

»Verschaffe uns Zutritt zu einer gut bewachten militärischen Anlage, finde heraus, wo Gefangene festgehalten werden, und finde einen sicheren Weg, uns wieder herauszubringen«, sagte Ronan und sah ihr fest in die Augen. Dabei achtete er auf jede noch so kleine Regung in ihrem Gesicht, während er gleichzeitig seine Magie einsetzte, um sicherzugehen, dass sie unbeobachtet waren. Er suchte auch weiterhin nach einem Hinweis auf Talias Präsenz. Für einen kurzen Moment kämpfte er gegen die Erschöpfung an, die zuerst die Oberhand gewann und seine Augen schlossen sich für einen Moment. Er schüttelte sich kurz und musste sich zwingen wach zu bleiben.

Anya musterte ihn, als würde sie prüfen, wie weit sie ihm vertrauen konnte. »Von welcher Anlage sprechen wir?«, fragte sie schließlich, ihre Stimme leiser.

Ronan nickte kaum merklich in Richtung des Fensters.

»Ah, deswegen also«, murmelte sie und ein wissendes Lächeln huschte über ihr Gesicht. »Ich habe gehört, dass Ordensmagier dort hineingingen, aber nie wieder herauskamen. Es gäbe einen Weg über den vereisten Burggraben hinein in die Burg.« Plötzlich hielt sie inne und schlug sich offensichtlich spielend eine Hand vor den Mund. »Ich habe schon zu viel gesagt, ohne zu wissen, was die Bezahlung ist«, fügte sie hastig hinzu.

Ronan überlegte kurz und lehnte sich zurück, dabei an die Decke der Taverne schauend. »Wir reden von einer Bezahlung jenseits deiner Vorstellungskraft«, sagte er schließlich, als er sich wieder wachrüttelte und ihren Blick erneut auffing.

»Dazu musst du wissen, ich habe eine sehr ausgeprägte Vorstellungskraft«, sagte sie mit einem Grinsen, welches ihn an einen Fuchs erinnerte. »Ich gehe davon aus, dass dein Orden auch für Ausrüstungskosten und Verpflegung aufkommen wird?«

Ronan nickte. »Wenn die es nicht tun, so werde ich es.«

»Du und wohlhabend? Das sehe ich dir gar nicht an.« Sie schmunzelte belustigt. »Ach und danke für den Tipp Reiche zu bestehlen. Ich muss schon sagen, seitdem lebe ich ein luxuriöses Leben.«

Ronan schreckte plötzlich hoch und riss seinen Kopf in Richtung der Burg. Anya im Gegenzug zuckte zusammen und griff unter ihre Fellweste. Durch den leichten Nebel sah Ronan die Sonnenstrahlen drängen, die auf der Wasseroberfläche des Burggrabens glitzerten. Doch dies weckte nicht seine Aufmerksamkeit. Er starte zwar auf das Wasser aber konzentriere sich auf das, was ihm gerade noch so deutlich erschien. Anya folgte überrascht seinem Blick, mit ihrer Hand den Griff eines Messers umschlingen. »Siehst du etwas, was ich nicht sehe? Du siehst aus, als hättest du einen Geist gesehen.«

Ronan ignorierte ihre Worte. »Ich glaube, ich habe dir gerade einen Teil der Aufgaben abgenommen. Ein Gefangener ist unterhalb der Burg – wahrscheinlich in einem Kerker.« Den letzten Teil sagte er mehr zu sich selbst als zu Anya. Ronan spürte noch Talias Zauber, der bereits begann schwächer zu werden. Doch konnte er sie weiterhin spüren.

Er atmete erleichtert auf und ein Lächeln schlich ihm auf sein müdes Gesicht. Er vergewisserte sich nochmal und musste beinah vor Freude anfangen zu lachen. Da war sie. Sie war allein, doch ihre magische Präsenz blieb, schwach, aber beständig.

Anya sah Ronan misstrauisch an und rollte mit den Augen, als würde ein Verrückter vor ihr sitzen. »Soweit ich weiß, hat diese Burg keinen Kerker. Ich hätte daher gedacht, dass deine Magier in einem Quartier irgendwo innerhalb der Burg festgehalten werden. Also, woher willst du das wissen?«

Ronan schüttelte leicht den Kopf und gab Anya damit zu verstehen, dass er ihre Frage nicht beantworten würde. »Soweit ich das beurteilen kann, ist eine Magierin allein unter der Burg. Mehr weiß ich bisher auch nicht. Wo die weiteren Magier sind, wirst du herausfinden. Oder überschätze ich deine Fähigkeiten?«

»Pah«, stieß sie aus. »Ich zeige dir, dass ich das Gold wert bin.« Damit erhob sich Anya. »Sieh zu, dass du dich ausruhst. Heute Nacht brichst du in eine Burg ein. Wir treffen uns bei Anbruch der Nacht vor der Taverne wieder. Bring gerne deine Freunde mit. Ich gehe davon aus, dass du mit uns in die Burg bringen meinst: dich, mich und andere.« Sie ging ohne ein weiteres Wort und ließ Ronan mit seinem Essen allein zurück.

# Kapitel 24

»Du vertraust einer Diebin? Was ist, wenn sie uns an die Stadtwache und damit an den Herzog verkauft?«, zischte Lisandra, während sie mit Ronan im Schutz der Nacht vor der Taverne wartete.

Caius stand neben ihr und gab ebenfalls seine Bedenken preis. »Anya, oder wie sie auch heißen mag, könnte uns bereits an den Herzog verkauft haben und wir laufen direkt in eine Falle.«

Sie waren in Umhänge gehüllt und Ronan trug seine Ausrüstung. Sein Schwert jedoch hielt er mit Gurt und Scheide in seiner linken Hand, nah an seinen Körper gedrückt, um keinen neugierigen Augen den Eindruck zu geben bewaffnet zu sein. Die anderen des Ordens waren in Paaren aufgeteilt und standen in Sichtweite die Straße entlang. Nur eine fehlte. Ronan hatte Lyra bei den Pferden vor der Stadt zurückgelassen. Egal wie der Plan aussah. Lyra konnte keine Mauer überwinden.

»Sie wird uns helfen. Ohne sie würden wir wahrscheinlich erst in einer Woche mit einem guten Plan aufschlagen. Wenn wir bereits heute Nacht den Rückweg antreten können, dann wäre das umso besser.«

Ronan gefiel das alles auch nicht, doch wusste er genau, dass sie sich beeilen sollten. Er konnte Talia noch immer ausmachen doch nur noch sehr schwach.

»Du würdest alles für diese Prinzessin tun, stimmt's?« Lisandra Stimme klang verurteilend und sie schüttelte ungläubig ihren Kopf. Ronan überging ihre Stichelei, aber es nervte ihn. Auf ihrer Reise hatte Lisandra wiederholt Talia als Prinzessin bezeichnet, die gerettet werden musste.

Ein Klappern ließ sie herumfahren und sie blickten die Straße entlang. Dort am Ende sahen sie ein schwaches Licht. Das kleine Feuer in der Nacht schwang hin und her, als würde es sie zu sich einladen. »Das dürfte sie sein«, bemerkte Ronan.

»Ich hoffe, wir begehen keinen Fehler«, entgegnete Caius, als sie sich in Bewegung setzten.

Sie gingen auf das Licht zu und die anderen schlossen sich ihnen an. Es dauerte nicht lang, da schälte sich aus der Dunkelheit Anya, die ihre kleine Fackel gelöscht hatte, als sie sah, dass Ronan näherkam.

»Wir müssen uns beeilen. Auf der Westseite des Burggrabens ist das Eis dick genug, damit wir an die Mauer kommen.« Sie deutete ihnen ihr zu folgen.

»Wenn du glaubst, dass wir dir blind folgen …« setzte Lisandra an, wurde jedoch mit einem Handzeichen von Anya zum Schweigen gebracht.

»Ich habe drei Seile an den Zinnen der Mauer festgespannt. Über diese klettern wir hinein und wundert euch nicht, oben liegen zwei Wachen bewusstlos. Nachdem wir oben sind, teilen wir uns wegen den Patrouillen auf. Wir werden nicht denselben Weg wieder hinausnehmen können…« Anya nickte zum erleuchteten Burgtor hinüber. »Wir gehen durch das Tor.«

Lisandra gefiel es offensichtlich nicht zu von der jungen Frau Befehle zu erhalten und setzte erneut an, um Einwände vorzubringen.

Anya kam ihr jedoch zuvor und fuhr ihre Erklärungen unbeirrt fort. »Die beiden Wachen haben zu tief in die Weinflasche geschaut … Es könnte sein, dass ich nachgeholfen habe. Keine Sorge, die stehen nicht vorm Morgen auf. Ich bin schließlich keine Mörderin.«

Lisandra packte Anya an der Schulter, während sie gerade in eine Gasse späte.

Anya sah herausfordernd in Lisandras Augen, wandte sich dann jedoch erneut Ronan zu. »Sag deiner Freundin, wenn ihr eure Magierin gerettet haben wollt, dann müsst ihr mir vertrauen ... Habe ich schon erwähnt, dass wir keine Zeit verlieren dürfen?«, fragte sie sarkastisch.

Ronan griff nach Lisandras Handgelenk. Sie sah wütend zu Ronan, der ihr mit einem Kopfschütteln deutete es gut sein zu lassen. Sie ließ Anya los. Lisandra warf Ronan einen Blick zu, der mehr als deutlich machte, wie sehr ihr die Sache nicht gefiel.

»Was ist mit den anderen Magiern?«, fragte Amara, als sie aufgeholt hatten.

»Womöglich tot. Es gab vor paar Tagen innerhalb der Burg Hinrichtungen, ohne dass die Bewohner etwas mitbekommen haben.« Anya erklärte es, als wäre es nur eine beiläufige Information.

»Und woher weißt du davon?«, fragte Eadric misstrauisch.

»Eine Frau hat ihre Geheimnisse, aber wenn du es unbedingt wissen willst. Ich war vor einem Tag erst in der Burg und habe es dort aufgeschnappt.«

»Und warum?«, fragte nun Caius ernst.

Anya spielt die Unschuldige. »Weil Herzoge gerne Reichtum anhäufen. Kommt jetzt. Fragen könnt ihr später stellen.«

Sie gingen die schmale Gasse entlang und kamen an einen Steg eines kleinen Hinterhofs. Die Fenster der umliegenden Häuser waren zum Teil erleuchtet, jedoch überwiegend dunkel.

Ronan, wie auch die anderen banden sich ihre Schwerter auf ihren Rücken fest. Caius, Eadric und Lisandra waren Anya noch immer misstrauisch, folgten jedoch ohne weitere Fragen zu stellen.

»Beeilung«, drängte Anya. Sie führte die Gruppe weiter an das Eis des Burggrabens.

Eadric pfiff und deutete den anderen sich aufzuteilen und so das Gewicht auf dem Eis zu verteilen. Die Ordensritter nickten, während die Frauen sich verunsichert ansahen. Anya und Lisandra flankierten Kealin, als er als erstes das Eis betrat.

»Komm jetzt bloß nicht auf die Idee mit Feuer zu spielen«, stichelte Kealin Lisandra.

Sie rollte als Reaktion nur mit ihren Augen und trat einen Schritt nach dem nächsten auf die Burg zu.

Nachdem sie einige Schritte getan hatten und sich überzeugt hatten, dass das Eis sie hielt, nahmen sie an Tempo auf. Es folgten Eadric, Caius und Amara, die ebenfalls zügig auf dem Eis in Richtung der Burg gingen. Darian und Ronan bildeten den Abschluss. Es war ein leichtes Knacken von Eadrics Schritten zu hören, als er etwa die Hälfte des Weges geschafft hatte. Sofort begannen Darian und Ronan mehr Abstand voneinander zu nehmen als zuvor, jedoch ohne an Tempo zu verlieren. Das Eis begann nun auch unter Ronan und Darian zu knacken. Die ersten hatten indes die Burgmauer erreichet und griffen nach den Seilen, die Anya für sie vorbereitet hatte.

Eine kalte Welle schoss Ronan über seinen Rücken, woraufhin sich seine Armhaare aufstellten. Talia musste erneut einen Zauber gewirkt haben. Er spürte, wie unter der Burg ihre magische Präsenz wie ein kaltes Feuer aufflammte. Er wurde ungeduldig und begann schneller über das Eis zu treten.

»Ronan«, flüsterte Darian mit Nachdruck und deutete unter ihn. Sofort sah Ronan an sich runter. Das Eis unter seinen Stiefeln dampfte. Dabei bemerkte er auch, dass seine letzten Schritte Abdrücke in das Eis geschmolzen hatten. Er hatte keine Zeit sich darüber Gedanken zu machen und ging schnellen Schrittes weiter über das Eis, bis sie die anderen erreichten.

»Brennen jetzt nicht nur dein Schwert, sondern auch noch deine Stiefel?«, scherzte Kealin.

»Ich weiß es nicht.« Ronan schaute besorgt an sich runter. Es gab keinen festen Boden außer das Eis, auf dem er stehen konnte. Daher ließ Kealin ihm den Vortritt am Seil. Anya, Lisandra, Caius und Eadric waren bereits hochgeklettert. Oben angekommen griffen Eadric und Caius nach Ronans Armen und half ihm über die Zinnen.

»Jetzt brennen auch noch deine Stiefel?«, fragte Eadric mit einem Grinsen.

»Ja ja, du bist nicht der erste, der mir diese Frage stellt. Hilf mir lieber.« Ronan griff nach dem Seil, an dem sich Amara festhielt und zog sie gemeinsam mit Eadric hinauf. Kurz darauf erschienen auch Kealin und Darian auf der Mauer.

Anya sah sich um und nickte zufrieden. »Die Ablösung für die Wachen erscheint bald. Wann genau kann ich nicht sagen«, flüsterte sie.

Ronan wandte sich an Darian und gab ihm mit Handzeichen zu verstehen, dass er, Kealin, Caius und Amara auf der Brücke warten sollen.

»Worauf soll ich warten?«, fragte Darian flüsternd.

»Darauf, dass wir zu euch kommen. Ihr erobert das Torhaus, während wir zu viert Talia befreien.«

Anya stimmte mit einem Nicken Ronans Plan zu. »Diese Seile brauchen wir dann nicht mehr.« Sie löste die Knoten, woraufhin die Seile hinunter auf das Eis glitten. »Dann Beeilung.«

»Passt auf euch auf«, sagte Ronan.

»Und ihr auf euch. Wir treffen uns auf der Brücke«, antwortete Kealin.

✝

Anya führte Eadric, Lisandra und Ronan über einen Zugang auf der Mauer in das Innere der Burg des Herzogs. Schwache Fackeln leuchteten ihnen den Weg durch den schmalen Gang. Sie achteten darauf möglichst still, wie die Nacht selbst zu sein, um keine Wachen auf sie aufmerksam zu machen, die hier in den unbekannten Gängen patrouillieren könnten. Eine Wendeltreppe führte sie dann, tiefer in die Burg. Am Ende angekommen blieb Anya stehen, als sich ihnen ein neuer Gang öffnete. Sie deutete den anderen ebenfalls stehen zu bleiben und hob ihren Zeige- und Mittelfinger. Eadric zog daraufhin zwei Dolche von seinem Gürtel und machte sich bereit. Ronan hatte die beiden bereits gespürt. Einer der beiden fühlte sich jedoch für ihn nahezu unheimlich an. Es war nicht wie beim Nekromanten im Norden, es erinnerte ihn an einen Kultisten.

Auf ein Nicken von Anya hin sprang Eadric hervor und warf seine Dolche. Indes rannten auch Ronan und Lisandra in den Gang, der sich ihnen als weiter Raum präsentierte. Der erste Dolch traf sein Ziel im Hals, woraufhin die gut gerüstete Wache Blut gurgelnd zu Boden ging. Bei der zweiten Person handelte es sich jedoch um einen Robenträger, der reflexartig einen smaragdgrünen Schild wirkte, in dem der Dolch stecken blieb. Während Ronan sein Schwert blank zog, warf Lisandra bereits einen schmalen Pfeil aus Feuer auf den Kultisten. Der Feuerpfeil traf auf den Dolch und stieß diesen durch den Aufprall durch das Schild und in die Brust des Mannes. Bevor Ronan den Robenträger erreicht hatte, wurde er in seinen Schritten bereits langsamer. Der Kultist war tot.

»Was machen die hier?«, stieß Ronan aus.

Anya schritt nun ebenfalls in den Raum und auf die Tür zu, die von den beiden Männern bewacht wurde.

Ronan bückte sich zu dem Kultisten und inspiziere ihn. Er war ein junger Mann, kaum älter als er. Sein Kopf war kahlgeschoren und Runen wurden auf der Kopfhaut eingebrannt. Anscheinend mit Magie.

»Der lebt noch«, sagte Eadric, der sich über den Wachmann gebückt hatte. Der Dolch hatte den Mann zwischen dem einfachen Stahlhelm und den Brustharnisch in den Hals getroffen. Ronan konnte nicht anders als die tödliche Präzision von Eadrics Würfen mit staunen anzuerkennen. Auch wenn der Mann mit panischen Augen wild um sich sah, um Gnade flehend.

»Brings' zu Ende«, sagte Lisandra trocken und trat neben Anya an die Eisentür.

Mit einer schnellen Bewegung zog Eadric sein Dolch aus dem Hals des Mannes und stieß diesen in die linke Achsel des nun toten Mannes. Der Dolch durchbohrte sein Herz. In den Jahren mit Eadric hatte sich Ronan schon häufiger über Eadric gewundert. Er war kein Adliger, sondern ein ehemaliges Mitglied der Stadtwache von Königsfurt. Durch herausragende Leistung soll Eadric dem Orden empfohlen worden sein. Von seinem sonstigen vorherigen Leben wusste Ronan nichts und auf Fragen wich Eadric nur aus. Aber keiner aus dem Trupp war so konzentriert und effektiv im Kampf wie er.

»Diesen Magier besprechen wir später. Wir müssen zur Prinzessin«, sagte Lisandra. Anya wunderte sich über ihre Bemerkung, stimmte Lisandra jedoch zu. Auch Ronan wusste, dass sie nicht viel Zeit hatten, bevor ein Alarm ausbrechen würde.

Anya hockte sich mit zwei kleinen Stäben aus Eisen vor das Schloss der Eisentür.

»Die Tür ist verschlossen?«, fragte Ronan zu allem Überfluss und half Eadric, der bereits die Toten nach einem Schlüssel durchsuchte. Er hockte sich über den Kultisten und fing an ihn abzutasten. Neben der Robe und anderer Kleidung schien der Mann jedoch nichts bei sich zu tragen. Mit einem Ruck zog Ronan den Dolch aus dessen Brust und warf diesen Eadric zu. Er fing ihn problemlos auf und wischte das Blut an den Toten vor ihm ab. Dann steckte er den Dolch zurück an seinen Gürtel.

»Ich könnte die Tür aufsprengen«, schlug Lisandra vor.

»Und damit Jeden in der Burg geradezu einladen uns hier und jetzt zu töten? Großartige Idee.« Ronan konnte nicht sehen, ob Anya mit ihren Augen rollte, ihr Ton ließ es jedoch stark vermuten.

»Hast du was gefunden?«, fragte Ronan, als Eadric etwas klimperndes aus der Tasche des toten Wachmanns nahm. Zur Antwort klimperte er erneut mit einem Beutel, bei dem es sich um das Ersparte des armen Mannes handeln musste.

Lisandra schritt ungeduldig hinter Anya auf und ab. »Für so etwas haben wir keine Zeit. Tritt beiseite …«

Ein Klicken war zu hören und Anya stieß die Eisentür auf.

»Du wolltest etwas sagen?« Anya richtete sich auf und

verlagerte ihr Gewicht auf ein Bein, dabei ihre Haare über ihre Schultern werfend. Mit vielsagendem Blick sah sie Lisandra an.

Lisandra atmete hörbar aus. Ronan dachte schon, dass sie erneut auf Anya einreden wollte, aber Eadric kam ihr dieses Mal zuvor. »Könnt ihr euch zusammenreißen und mit den Albernheiten aufhören. Wenn wir hier raus sind, könnt ihr euch gegenseitig gerne eure Augen auskratzen. Aber jetzt haben wir Wichtigeres zu erledigen.«

Er ging an den Frauen vorbei und stieg die Treppe hinab. Ronan folgte ihm zügig. Sie gelangten in einen größeren Raum, bei dem es sich um die Eingangshalle der Burg handeln musste. Es waren nur wenige Fackeln erleuchtet und zu ihrem Glück keine Wache anwesend. »Sie patrouillieren nur außerhalb. Hier sollte sich uns niemand mehr in den Weg stellen«, flüsterte Anya, als sie mit Lisandra aufholte. »Aber der Herzog und seine Gäste sind hier untergebracht. Zu den Kerkern geht es dort entlang.« Sie zeigte auf die breite Treppe, die in einen Saal führte.

»Dort soll sich ein Zugang befinden«, murmelte Anya und überprüfte die Wand neben der Treppe.

Sie folgten ihr und inspizierten ebenfalls die Wand. Durch das Licht der Fackeln konnten sie nichts Außergewöhnliches erkennen. Es handelte sich um eine schlichte Wand aus Stein. Ronan trat näher heran, er konnte Talia spüren. Sie war hier, nicht weit von ihm – unter ihm. »Es muss hier einen Schalter oder anderen Mechanismus geben.«

Sie begannen die Wand abzutasten.

»Kannst du nicht Magie sehen oder sowas?«, fragte Eadric mit Drängen in seiner Stimme. »Eine schnelle Lösung wäre auf jeden Fall angebracht. Es wird nicht mehr lange dauern, bis die Leichen dort oben entdeckt werden.«

»So funktioniert das nicht«, erwiderte Ronan. Er sah sich um, irgendwo musste es doch etwas geben. Einen Schalter, einen Stein, den er eindrücken konnte oder eine Fackel, an der gezogen werden musste. Doch nichts wollte sich bewegen. Könnte er doch nur besser sehen.»Licht«, sagte Ronan, als wäre dies die Lösung.»Lisandra entzünde alle Fackeln!«

Lisandra sah Ronan skeptisch an, doch tat sie, was er verlangte. Sie schnipste und schlagartig entflammten alle Fackeln. Der Raum war plötzlich hell erleuchtet und das magische Licht, dass auf die Seite der Treppe zum Saal der Burg traf, wurde reflektiert, als würde die Wand nicht aus Stein, sondern einer Art Kristall bestehen.

»Dort«, rief Anya aus, lauter als beabsichtigt.

»Vielleicht funktioniert diese Tür wie die im Turm?«, fragte Ronan.

»Welche Tür im Turm?«, fragte Eadric im Gegenzug. Lisandra trat jedoch bereits an die unsichtbare Tür und leitete ihre magischen Kräfte in diese. Runen leuchteten auf und bildeten dabei die Form eines Torbogens. Zwischen ihnen schälte sich aus dem Stein eine hölzerne Tür. Anya versuchte die nun sichtbare Klinke zu drücken, doch musste sie feststellen, dass die Tür verschlossen war.

»Das dürfte nicht lange dauern«, meinte sie und hockte sich bereits vor das Schloss der Tür.

Eadric trat neben Anya und trat mit aller Kraft gegen das Schloss. Die Tür gab unter der Wucht nach und barst auf Höhe des Schlosses. Der Teil der Tür, der noch in den Angeln hing, öffnete sich quiekend.

»Auch eine Möglichkeit die Tür zu öffnen«, stellte Anya fest.

»Ronan, du und Anya holt Talia, wir halten euch den Rücken frei.«

»Danke, wir beeilen uns.« Ronan schritt an Eadric vorbei und trat den ersten Schritt hinab zu den Kerkern. Er konnte Talia noch immer spüren und sie war nah.

†

Ronan lief die Treppe hinab und kam wegen seiner eigenen Beine ins Stolpern. Anya packte ihn noch rechtzeitig an seinem Schwertgurt, wodurch er wieder an Halt gewonnen hatte. Sie hielt in ihrer freien Hand eine Fackel, die sie sich aus einem Halter an der Wand genommen hatte.

»Der Boden ist wohl vereist«, stellte Anya fest und ließ Ronan wieder los.

»Talia bevorzugt Eiszauber, das könnte von ihr stammen«, erklärte Ronan, der sich bereits wieder in Bewegung setzte.

Sie gelangten in einen Gang von dem links und rechts leere Kerkerzellen abgingen. Mit immer stärker schlagendem Herzen lief Ronan den Gang entlang, seinen Blick fest auf die Präsenz von Talia gerichtet. Er würde sie Wiedersehen, sie erneut retten und wenn es sein müsste, nachhause tragen. Euphorie machte sich in ihm breit, obwohl auch ein Schwall von Sorge durch ihn drang, als er sich ausmalte, in welchem Zustand er sie vorfinden würde. Er wischte sich die Vorstellung aus dem Kopf und warf sich unwillkürlich zu Boden, als er die nächste Zelle erreichte. Seine Magie zwang ihn auszuweichen, doch wusste er nicht, warum er auswich.

Nur knapp über ihn hinweg flog im Dunkeln eine Eislanze, die gegen das Gitter der Kerkerzelle zu Ronans Linken einschlug und das rostige Eisen verbog. Er blickte in die gegenüber liegende Zelle, aus der der Zauber gewirkt wurde – die Zelle stand offen. Darin stand eine Frau. Es war Talia und sie wirkt einen weiteren Zauber. Über Ronan zog sich die kalte Luft zusammen. Das angesammelte Wasser formte sich in ein Schwert, das über ihm schwebte und mit der Spitze der Klinge auf ihn hinunter zeigte. Das magische Schwert wurde von der unsichtbaren Hand, die sie führte, losgelassen. Ronan drehte sich zur Seite und zog sein eigenes Schwert, mit dem er das Schwert in einer flüssigen kraftvollen Bewegung zerschlug, bevor dieses erneut angreifen konnte.

»Talia, ich bin's. Ronan«, rief er, während azurblaue Flammen über seine schwarze Klinge züngelten.

Anya eilte ihm nach und brachte Licht in die dunklen Ecken des Kerkers und ihr Atem war vor Kälte sichtbar. Die Tür zur Kerkerzelle vor ihnen war aufgerissen und Eis bedeckte den Boden, sowie die Wände. Fesseln, die an der Wand verankert waren, lagen bis auf eine ungenutzt auf dem Boden. Diese eine führte von der Wand zu dem rechten Fuß einer blonden Frau. Talia stand in der Mitte des kleinen Raums. Ihre ärmellose Robe war an vielen Stellen gerissen und entblößten auf Höhe ihrer Hüfte und ihrer Beine Haut. Die Kapuze war vollständig abgerissen und getrocknetes Blut klebte am Kragen unterhalb ihres Kinns. Sie war dünner als das letzte Mal, als Ronan sie sah, jedoch war sie nicht ausgemagert. Sie hielt noch immer die Hände oben und zeigte sich kampfbereit und damit jederzeit in der Lage einen weiteren Zauber zu wirken.

»Ronan …« Talia erkannte Ronan und ließ ihre Arme sinken. Ihre Augen begannen zu Tränen, obwohl ihr

Gesichtsausdruck ihm verriet, dass sie glücklich war ihn zu sehen. Anya sah Ronan fragend an, doch er bemerkte es kaum. Er trat in die Kerkerzelle und Talia umarmte ihn, fest. Sie war eiskalt, was Ronan kaum spürte. Die Kälte, die von ihr aufgrund ihrer Zauber ausging, fühlte sich angenehm an. Sie umarmte ihn stärker, als würde sie überprüfen wollen, ob er wirklich dort war, bevor sie sich wieder löste und Ronan sie stützte.

»Wir holen dich hier raus. Kannst du gehen?« Ronan sprach sanft zu ihr. Sie sah schwach aus und überall an ihr haftete Schmutz. Doch dürfte ihre Schwäche von den Zaubern herrühren, die sie gewirkt hatte.

Sie nickte leicht und sah mit feuchten Augen zu ihm auf. »Ich ... ich habe daran geglaubt, dass du kommen wirst.« Ihre Stimme war leise und zittrig. »Seitdem sie mich hier eingesperrt haben, habe ich jeden Tag meine Magie eingesetzt ... um mich zu befreien und ... in der Hoffnung, dass du es bemerkst.«

Das bestätigte, was Ronan dachte. All das Eis im Kerker stammt von ihr und sie nutzte ihre Magie unentwegt wie ein Notruf an alle, die wie er Magie spüren konnten. Er lächelte ihr aufmunternd zu und wandte sich dann an Anya. »Anya, ich brauche Licht.«

Anya rieb sich aufgrund der Kälte und trat ebenfalls in die Zelle. Ronan stieß mit seinem Schwert auf die Fessel am Fußgelenk von Talia. Nach dem dritten Hieb gab das Schloss am rostigen Eisen nach und Talia war frei. Ronan legte ihr seinen Umhang um und führte sie aus der Zelle.

# Kapitel 25

Sie gingen die Treppe hinauf, während Anya mit ihrer Fackel vorging.

»Wir sind aufgeflogen«, rief Eadrics tiefe Stimme von der Treppe hinunter.

Als sie die letzte Stufe erklommen hatten, stieß Eadric gerade einem Wachmann sein Schwert durch die Seite, während Lisandra Feuerpfeile auf die offene Seitentür warf.

»Könnte sich die Prinzessin etwas beeilen«, zischte Lisandra, als sie nun einen Feuerball durch die Seitentür warf.

Ronan konnte nicht verstehen, wieso Lisandra nun auch noch in Talias Anwesenheit von diesem Schwachsinn sprach. Doch Talia kam ihm mit einer Antwort zuvor. »Wir könnten dich doch mal für Monate einsperren und sehen, wie es dir danach geht.«

Lisandra zuckte zusammen, lächelte jedoch. »Dann hast du hier nicht deinen Kampfgeist verloren. Amara wird das freuen«, stellte sie fest.

Talias Gesicht hellte bei Amaras Namen für einen kurzen Moment auf, dann verlor sie allerdings ihr Gleichgewicht und musste sich an der Wand abstützen.

Ronan löste sein Gurt und damit sein Schwert vom Rücken und hockte sich mit dem Rücken zu Talia hin. »Halt dich fest, es könnt etwas ungemütlich werden.«

Unsicher trat sie an ihn heran und legte ihm ihre Arme um den Hals. Er umschlang im Gegenzug mit seinem freien Arm ihr linkes Bein und stand auf. Er stellte fest, dass sie leicht war, es fühlte überraschenderweise für ihn an, als würde sie kaum mehr als sein Schwert wiegen.

»Danke«, flüsterte sie so, dass nur er es hören konnte. Ronan spürte zwar nicht ihr Gewicht, aber dafür die Kälte, die von ihr ausging. Es fühlte sich erfrischend an, als würde sie die Flammen in seinem inneren zügeln.

Sie setzten sich in Bewegung und liefen die Treppe erneut hoch zu den toten Wachen. Kaum erreichten sie die letzte Stufe wurde ein Alarm geschlagen. Eine schrille Glocke war zu hören, die auf er Burgmauer geschlagen wurde.

»Hier lang«, rief Anya und wies der Gruppe einen anderen Weg, als sie in die Burg kamen. Sie führte die Gruppe zu einer Treppe, die im Innenhof endete.

Als sie den Innenhof erreichten, sahen Ronan auf der anderen Seite des Hofes Kealin, Darian, Caius und Amara die Treppe vom Torhaus hinuntersteigen. Das Tor war offen.

»Lauft zum Tor, wir geben euch Deckung«, rief Eadric.

Von allen Seiten waren Rufe zu hören und auf der Mauer waren die dunklen Silhouetten der Wachen zu erkennen.

Sie hatten die Hälfte ihres Weges geschafft, da hörte Ronan einen vertrauten Knall. Eben das Geräusch, dass er vor einigen Wochen wieder und wieder auf dem Übungsplatz der Zitadelle ertragen musste. Eine kleine Kugel aus Metall schlug nehmen ihnen in den schneebedeckten Kiesweg und traf auf die Steine, die durch den Aufprall zusammen mit Schnee in die Luft geschleudert wurden. Sofort erschuf Talia mit einer Handbewegung eine Wand aus Eis, die die Gruppe vor einer Salve dieser Geschosse schütze. Schwer atmend keuchte sie an Ronans Ohr, während er mit ihr aus der Deckung weiter in Richtung des rettenden Tores lief.

Eine darauffolgende unerwartete Explosion riss Ronan beinah von den Füßen und er konnte sich nur mühsam auf den Beinen halten. Dieses Mal würde er sie nicht fallen lassen.

Ein Feuerball wurde von der Mauer auf die Barriere aus Eis geworfen und ließ diese in unendlich viele Splitter zerspringen. »Die haben noch mehr Magier?«, stöhnte Eadric, der knapp vor Ronan stehen geblieben war und sich zu der Mauer umsah. »Weiter!«, rief Ronan, der sich wieder in Bewegung setzte. Erneut erklangen Schüsse, deren Ronan nur dank seiner Magie rechtzeitig ausweichen konnte. Eadric wurde ebenfalls beschossen, doch in seinem Fall handelte es sich um grüne Lanzen, die den Eislanzen von Talia ähnelten. Ein weiterer Kultist warf diese auf ihn. Zwei verfehlten ihn nur knapp und die dritte traf den schneebedeckten Boden vor ihm. Eadric konnte sich noch rechtzeitig abrollen, um nicht zu stürzen, und zog seine Handarmbrust.

»Ich kann euch ebenfalls etwas bieten«, zischte er und spannte seine Armbrust. Er wartete nur darauf, dass der Kultist erneut einen Zauber wirkte, um ihn im Dunkeln zu erkennen. Als sich grüne Magie auf der Burgmauer in der Hand eines Magiers sammelte, schickte Eadric den Bolzen auf seinen Weg. Ob der Kultist tödlich verletzt wurde, konnte Eadric nicht ausmachen, doch Ronan wusste es. Die Präsenz auf der Mauer wurde schwächer und einen Moment später war sie gänzlich gelöscht.

»Wie gefällt euch das!«, rief Eadric aus, als er sah, wie der Zauber, der eben noch kanalisiert wurde, zerplatzte und unvollendet erlosch.

Der verbleibende Magier wusste eine Antwort darauf. Feurige, arkane Fäden leuchteten in der Dunkelheit auf der Mauer auf und offenbarten, dass der Magier in Wirklichkeit eine Magierin war. Ein weiterer Feuerball flog kurz darauf auf Eadric zu, der diesem nur entkam, da Lisandra die feurige

Kugel mit einem eigenen Feuerpfeil abfing. Licht erhellte den Hof, als magische Flammen, wie Schnee, zu Boden schwebten.

»Verdammte Hexe«, spie Lisandra aus und ließ den angestauten Frust der letzten Tage in einen eigenen Feuerzauber fließen. Kurz nachdem sie ihre Sphäre aus Feuer in Richtung der Angreiferin warf, spreizte der Zauber Flügel aus und wandelte sich in einen zweibeinigen Drachen. Die Magierin hob beide Hände und rief einen magischen Schild herbei, doch der Wyvern legte seine Flügel an, stürzte mit unaufhaltsamer Wucht auf die Verteidigung zu und explodierte mit einem ohrenbetäubenden Knall. Der Schild zerbrach in einem Flammenmeer, das den Wehrgang in die Luft sprengte. Auf das Donnern folgte der Klang von brechendem Eis des zugefrorenen Burggrabens, der unter der Wucht der gelösten Steine nachgab.

Sowohl Eadric als auch Ronan, der Talia fest auf seinem Rücken trug, blieben wie gebannt stehen. Ronan spürte, dass die Magierin den Angriff überlebt hatte, aber sie hatten Zeit gewonnen – Zeit, die sie nicht länger vergeuden durften.

Mit einem letzten Blick auf die brennenden Überreste des Wehrgangs riss er sich los und rannte weiter. Eadric folgte ihm dichtauf, während Lisandra sich noch vom gewaltigen Zauber erholte, das Blut von ihrer Nase wischte und sich stolz aufrichtete. Eadric packte sie an ihrer Schulter und setzte sie ebenfalls in Bewegung. Anya war bereits bei den anderen beim Torhaus angekommen.

Die Schützen der ersten Salve mussten nachgeladen haben, denn Ronan wich einer tödliche Kugel nach der nächsten aus. Als mehrere Schützen gleichzeitig auf ihn schossen, blieb ihm nichts anderes übrig als nach vorne zu Hechten. Dennoch konnte er einem Schuss nicht gänzlich entkommen, der seinen linken Oberarm streifte. Der Schmerz schoss durch seinen Körper – nicht nur von der Wunde, sondern auch, weil Talia auf ihn stürzte und seine Magie ihn erschöpfte. *Sie war eine Zielscheibe*, durchfuhr es ihn und drehte sich unter Talia. Er hielt sie mit seinen Armen fest und rollte sich gemeinsam mit ihr über den Boden. Armbrustbolzen durchschlugen den Schnee, gruben sich tief in den gefrorenen Boden ein – tödlich nahe. Die Wachen mussten eingesehen haben, dass die Ladezeit der neuen Waffen zu lang war, um fliehende Ziele damit zu erwischen.

Ronan wollte Eadric gerade zurufen, dass die Schützen ihre Waffen gewechselt hatten, da hörte er bereits sein Fluchen. Ronan wandte seinen Kopf zu Eadric und konnte im schwachen Kontrast zu dem Licht der Fackeln des Innenhofes erkennen, wie ein hölzerner Schaft aus seiner Schulter ragte. Lisandra griff nach Eadric, der auf ein Knie gesackt war und stützte ihn die letzten Meter zu dem rettenden Tor.

Weitere Bolzen suchten ihren Weg durch die Luft, um Ronan zu treffen, der schützend über Talia kniete. Er fühlte sein Herz schneller schlagen, als ihm klar wurde, dass es keinen Ausweg gab. Er konnte nicht fliehen. Wenn er sich rettete, würde Talia schutzlos sein. Er sah in ihre hellblauen Augen und spürte den kalten Griff der Angst. Doch bevor er handeln konnte, murmelte sie Worte, die er nicht verstand, und eine niedrige Eisbarriere erhob sich zwischen ihnen und den Schützen. Er hörte, wie die Geschosse mit der Eiswand kollidierten. Es war noch nicht vorbei.

Ronan stand auf und griff mit seiner freien Hand nach Talias Arm. Er zog sie auf ihre Beine. Er sah, wie ihre Augen glasig wurden, als sie versuchte, sich auf den Beinen zu halten. Blut lief über ihre Lippen, doch sie zwang sich zu einem schwachen

Lächeln. Sie hatte ihre Grenzen längst überschritten, aber er wusste, dass sie weiterkämpfen würde – für ihn.

»Geh zu den anderen«, sagte er sanft, während er ihre Hand für einen Moment festhielt. »Ich bin hinter dir.« Sein Herz hämmerte, doch er zwang sich, ruhig zu bleiben – für sie.

Sie wischte sich über ihr Gesicht und wandte sich in Richtung des Torhauses. Ronan band sich sein Schwert um und zog es. Er drehte sich in einer fließenden Bewegung zu den Schützen und parierte zwei heranfliegende Bolzen. Der Schmerz in seinem Arm war wie vergessen und seine Erschöpfung war kaum noch zu merken, als er sich seiner Magie überließ.

Kealin, Darian, Caius, Anya und Amara waren bereits durch das erste Fallgatter geschritten, durch das nun auch Eadric und Lisandra gingen, und kamen an das Zweite. Sie sahen sich nach Eadric um, der von Lisandra gestützt wurde. Nur Darian lief noch einmal zurück und half Eadric. Kaum hatten sie das zweite Fallgatter ebenfalls durchschritten und Ronan mit Talia das Erste, schossen diese, wie der Anker eines Schiffes, hinunter

»Ronan, nein!«, rief Darian und streckte seinen Arm durchs Gatter, als könne er so die beiden aus der Falle retten.

Ein Bolzen wurde vom Fallgitter umgelenkt und traf den Boden vor Talia. Daraufhin zauberte sie erneut einen Wall, der das Gitter bis hoch zur Mauer mit Eis bedeckte. Ihre Kräfte hatten sie nach diesem Zauber verlassen und sie wäre zu Boden gestürzt, wenn Ronan sie nicht gestützt hätte.

Talia richtete sich auf und ging einen Schritt auf das Fallgitter zu, das sie von ihrer Freiheit trennte. »Und was nun … ich habe keine Eismagie, die stark genug wäre dieses Eisengitter zu verbiegen … Lisandra und Amara würden uns mit ihrer Magie in jedem Fall auch treffen.« Talia wandte sich an Ronan und Verzweiflung legte sich wie ein Schatten über ihr Gesicht. Sein Herz pochte in seinen Ohren, dumpf. Ronan ließ seinen Blick durch den Raum schweifen, suchte verzweifelt nach einer Möglichkeit, zu entkommen. Doch es gab keinen Ausweg – keine Tür, keinen verborgenen Gang. Nur das unbarmherzige Gitter, das sie festhielt wie die Schlinge eines Henkers.

Darian und Kealin hämmerten mit ihren Waffen unentwegt gegen das Eisengitter, doch die Stangen waren zu stabil, als dass sie durch ihre Hiebe nachgeben würden. Mit einem wütenden Brüllen schlug Darian auf das Gitter ein, seine Klinge grub sich tief ins Metall – nur um im nächsten Augenblick mit einem ohrenbetäubenden Knirschen zu zerbrechen. Ungläubig ließ er sich auf die Knie fallen, als ob die Hoffnung selbst in diesem Moment zersprungen wäre. Kealin ließ sich jedoch nicht aufhalten. Er akzeptierte nicht, was geschah und hämmerte unentwegt weiter.

Caius stand hinter ihnen und suchte mit seinem Blick die Fassade der Mauern ab, um nach einer anderen Lösung zu suchen. Amara und Lisandra behandelten mit Magie Eadrics Schulter, in der der Bolzen bereits entfernt wurde.

»Talia … tritt beiseite.« Diese Worte kosteten Ronan bereits Kraft, doch er wusste, was er tun konnte.

Als er das Gitter, dass sie von der Freiheit trennte, erreichte, ließ er Talia auf ihre eigenen Beine stehen und setzte sein schwarzes Schwert auf eine Querstrebe an.

»Morvan, ich hab dich nie um was gebeten. Nie! Aber jetzt brauche ich dich!«, rief Ronan verzweifelt und hoffte, der Efreet würde ihn hören. Die Klinge blieb matt schwarz jedoch waren die silbernen Adern im Metall leuchtend blau.

*Wie war das?* *Es sollte köstlich schmecken*, erinnerte sich Ronan und ließ das Blut, welches aus der Verletzung im linken Arm floss auf die Klinge tropfen. Das Schwert erwachte, als azurblaues Feuer aufflammte und die Klinge vollständig umschloss. Kurz darauf wurde die Querstrebe an der Stelle, auf der das Flammenschwert angesetzt war, erhitzt und verfärbte sich rötlich.

Talia stand neben Ronan und sah besorgt zu, wie immer mehr Blut auf die Klinge tropfte und sich das Schwert langsam, aber sicher durch das Eisen fraß. »Es muss einen anderen Weg geben«, sagte sie. Doch Ronan war entschlossen.

»Das dauert zu lang, es wird nicht reichen!«, rief Kealin.

Ein Knall erklang, doch Ronan hatte Talia bereits mit der Schulter zur Seite gestoßen. Die Kugel, die für sie bestimmt war, bohrte sich durch seine rechte Schulter. Der Schmerz war wie ein Schlag gegen seinen Verstand. Doch er biss die Zähne zusammen, hielt das Schwert fest umklammert, während das Feuer des Efreets durch ihn strömte. Er konnte nicht loslassen – selbst wenn es ihn das Leben kostete. Talia erfasste die Situation sofort und warf dem Schützen eine Eislanze entgegen, der aus einer Falltür über ihnen auf sie schoss. Sie traf ihn und kurz darauf breiteten sich Dornen aus der Eislanze aus, die den Mann durchbohrten. Entsetzte Rufe waren über ihnen zu hören.

»Ronan, oh nein.« Talias Hände zitterten, als sie auf Ronans Wunde mit seinem Umhang drückte. »Amara, Lisandra, irgendwer … tut was!« Talia schrie die Worte, während ihr Tränen aus Verzweiflung über ihre Wangen glitten.

Die Klinge glitt durch die erste Stange und traf mit einem metallischen Klang auf die nächste. »Wie viel … von meinem Blut brauchst du, um dieses Gitter zu zerschneiden?«, fragte er den Efreet mit schwacher Stimme. Trotz Ronans Magie konnte er sich kaum auf etwas anderes als seine gerade wichtigste Aufgabe konzentrieren. Er hörte und spürte Talia, wie sie verzweifelt um Hilfe rief und versuchte seine Blutung zu stoppen, doch nahm er ansonsten kaum noch etwas wahr. Weder seine Freunde, die auf der anderen Seite dieser anscheinend unüberwindbaren Barriere standen, noch die Wachen des Herzogs, die sich langsam gegen Talias Eis durchkämpften.

*Ich dachte schon, du bettelst mich nie um meine Macht an.*

Die Stimme des Efreet war tief und donnernd, wie ein Sturm, der sich zusammenbraute, während das azurblaue Feuer in immer größeren Wellen die Klinge umschloss.

*Nimm meine Kraft, lass sie durch dich fließen – und zerschmettere diese Ketten, die uns aufhalten!*

Die Flammen loderten stärker auf. Das Metall knisterte.

*Ich werde dich nicht enttäuschen, Ronan. Doch erinnere dich: Unsere Wege sind eins. Wenn ich brenne, brennen wir zusammen.*

Talia riss erschrocken ihre Hände von Ronans Schulter und trat einige Schritte zurück. Kealin, der von der anderen Seite des Gitters mit seiner Waffe auf das glühende Eisen schlug, um Ronan zu unterstützen, riss schützend seine Arme hoch und trat ebenfalls zurück. Die Hitze, die von den Flammen ausging, musste unerträglich für sie sein, doch Ronan spürte eine willkommene Wärme, die seine Erschöpfung und Schmerzen wegbrannte. Es brauchte vier Hiebe und einen Tritt, dann hatte Ronan ein rechteckiges Loch in das Fallgitter geschlagen.

»Danke«, flüsterte Ronan und fügte in Gedanken hinzu, *ich werde es mir merken*, als das azurblaue Feuer um seine Waffe sich wieder zu beruhigen begann. Seine Sinne weiteten sich wieder, als Morvans Macht abnahm und er bemerkte Talia neben sich, die erneut einen Eiszauber wirkte. Er drehte sich um. Schützen auf der anderen Seite des Fallgitters begannen ihre Schusswaffen zu laden. Das schützende Eis war durch die Flammen des Efreets geschmolzen und sie standen in knöchelhohen Wassern, das um Ronan herum kochte. Der Dunst erhob sich wie ein lebender Schatten und schlang sich um sie, während die Schützen ihre Waffen luden.

Kealin packte Ronan durch das geschaffene Loch und riss an ihm. Dabei zischte es leise, als seine Handschuhe Ronan berührten. »Verdammt bist du heiß und das meine ich nicht als Kompliment.« Die ledernden Handschuhe waren versenkt und qualmten durch die kurze Berührung mit ihm.

Talia erschuf eine neue Wand aus Eis und schleppte sich mit letzten Kräften an die Öffnung im Gitter. Darian half ihr durch die glühenden Eisenstäbe und stützte sie. Blut rann ihr aus der Nase und sie keuchte vor Erschöpfung – sie lebte und sie war frei.

Sofort setzten sie sich in Bewegung und liefen die Brücke entlang hinüber zu den Häusern von Hochtal. Da fiel Ronan erst auf, dass Anya verschwunden war. Ronan konnte Anya nicht spüren – sie war keine Magierin, und nur magische Wesen hinterließen eine spürbare Präsenz in seiner Wahrnehmung. Normale Menschen verschwammen hier für ihn zu einer undefinierbaren Masse.

Kaum erreichten sie das Ende der Brücke, ritt Anya auf einem Pferd aus einer Seitenstraße auf sie zu. »Wo sind eure Pferde?«, fragte sie.

»Außerhalb der Stadt im Wald. Lyra ist bei ihnen«, antwortete Amara für die Gruppe.

Anya nickte und streckte Talia ihren Arm hin. »Du siehst am langsamsten aus. Steig auf.«

Talia nickte schwach und streckte mit zitternder Hand ihren Arm aus. Ohne Darians Unterstützung hätte sie es wohl nicht geschafft, sich auf das Pferd zu schwingen. »Wir treffen uns außerhalb.« Mit den Worten ritten sie voraus.

Hinter ihnen brach das metallische Knarren der Tore die Stille, und sie wussten, dass ihre Verfolger nicht weit hinter ihnen waren. Jeder Schritt fühlte sich an wie ein Wettlauf gegen die Zeit, und die Erschöpfung lastete wie Blei auf ihren Gliedern.

Sie liefen hinterher, so schnell sie konnten. Im Lauf wandte sich Darian an Ronan. »Wie geht es dir?«

Ronan musste erst genau über seine Worte nachdenken, bevor er antworten konnte. Seine Glieder fühlten sich federleicht an, wie im Rausch. Doch tief in seinem Inneren wusste er, dass dies nicht die Realität war – seine Wunden, die brennenden Schmerzen, wurden nur von der Magie betäubt. Wie lange würde dieses Gefühl anhalten, bevor der Schmerz ihn wieder überwältigte?

»Noch geht es mir gut«, antwortete Ronan.

Erkennen lag in Darians Augen und er nickte. »Dann hoffe ich, dass du lange genug durchhältst.«

»Dein Schwert«, Ronan wies auf die gebrochene Klinge in Darians Hand.

Darian zuckte nur mit den Schultern und in der Dunkelheit der Nacht konnte er das Gesicht seines Freundes nicht erkennen. Ronan beließ es dabei, war Darian jedoch dankbar für seine Hilfe und Aufopferung.

Sie liefen weiter und bald waren die Hufe von Pferden zu hören, bei denen es sich nicht um Verbündete handeln konnte. »Reiter zur Linken«, rief er. Ronan wusste, dass ihre Chancen gering waren. Der Efreet war seine letzte Hoffnung. »Dann wollen wir mal sehen, wozu du noch im Stande bist«, flüsterte er, den drohenden Feind fest im Blick.

Als sie auf die Kreuzung traten, konnten sie die fünf Reiter in einer Keilformation sehen. Die Reiter trugen schwere Rüstungen mit dem Wappen von Alarc Darstin und waren mit Lanzen bewaffnet. Eadric hatte bereits seine Armbrust an Kealin übergeben der die geladene Waffe auf das erste Pferd der Reiter abfeuerte. Das Pferd trug zwar ebenfalls einen schützenden Harnisch aus Stahl, jedoch traf Kealin zwischen den Stahlplatten und damit das vordere Rechte Bein. Zeitgleich flammten die azurblauen Flammen des Efreets hell auf und vertrieb die Dunkelheit zurück in die schmalen Gassen zwischen den Häusern.

Ronan sprang vor, zerteilte die Luft mit seiner Klinge. Flammen schossen hervor, als würde unsichtbarer Brennstoff plötzlich entflammen. Ronan schütze, überrascht von den grellen Flammen, wie alle anderen seine Augen. Er wollte lediglich zu einem Schlag gegen den erster Reiter Ausholen, doch reichte die Bewegung, um eine Wand aus Flammen zu erschaffen. Ronan starrte einen Moment auf die lodernde Feuerwand. Er hatte nicht gewollt, dass es so außer Kontrolle geriet – aber das war die Natur von Morvans Macht: gewaltig und unberechenbar.

Das erste Pferd stürzte und sein Reiter wurde vornüber abgeworfen. Die Flammen erfassten den Soldaten und er schrie schmerzgepeinigt auf. Der Mann rollte sich auf dem Boden, während Darian bereits an ihn heraneilte. Die Flammen waren zwar schnell erloschen, jedoch fügten sie ihm starke Schmerzen zu und die Panik in ihm war den Schreien deutlich zu vernehmen. Mit zwei schnellen Stichen mit der gebrochenen Klinge, in den Rumpf und Hals, erlöste Darian den Mann. Für einen kurzen Augenblick konnte Ronan das Gesicht seines Freundes im Licht der Flammen erkenne. Darian hatte sich genau so wenig wie er an das Töten gewöhnt und sah betroffen auf den Mann, der sich nicht mehr regte.

Durch die Wand aus blauen Flammen sah Ronan die anderen vier Pferde aufbäumen und in Panik verfallen.

*Übertreib es nicht, Junge. Bald ist auch meine Kraft zuneige.*

Die Flammen begannen zu flackern, wie eine sterbende Kerze. »Schnell weiter«, rief er, während er das schwindende Feuer in sich spürte.

»Das war ja unglaublich«, rief Kealin zu Rowan, als sie weiter die Hauptstraße Richtung Norden entlangliefen.

»Wie hast du das gemacht?«, fragte Lisandra schwer atmend.

»Spar dir deine Fragen für später auf. Siehst du nicht wie erschöpft er ist«, mahnte Eadric sie. Ronan drehte sich nicht um, wusste aber, dass Eadric genauso besorgt war wie Darian. Auch Kealin war mit Sicherheit besorgt, doch seine Überraschung über Ronans Fähigkeiten konnte er nicht zurückstellen. Aber auch Ronan war verwundert. Verwundert über all das, was in der Nacht mit ihm geschehen war und vermutlich noch geschehen würde. Lisandra und Amara waren ebenfalls hinter ihm. Gemeinsam mit Darian lief er voraus und Kealin und Eadric bildeten den Abschluss. Lisandra und Amara waren von ihnen eingekeilt.

Auf der Straße vor ihnen trat ein Bürger mit einer Öllampe in der Hand aus seinem Haus und kurz darauf weitere, die dies ebenfalls taten. Alle von ihnen waren mit bäuerlichem Werkzeug, wie Heugabeln, Sicheln und Spitzhacken, bewaffnet.

»Aus dem Weg!«, rief Lisandra und blieb stehen. Ronan und Darian blickten sich zu der Magierin um und ahnten, was sie vorhatte.

Die Menge, die sich gebildet hatte, machte keinen Platz. Im Gegenteil, sie bauten sich zu einer Hürde aus Menschen auf, die einen Teil der Straße blockierten. Lisandra hob bereits ihre Hand und fing an einen Zauber zu sprechen, da hielt Eadric ihr den Mund zu. Kealin antworte jedoch ihrem fragenden Blick.

»Das ist die Stadtmiliz. Einfache Bürger.«

»Los weiter«, sagte Darian und die Gruppe lief weiter auf die Miliz zu.

Mit seinem noch immer brennenden Schwert fest in der Hand lief Ronan vor. Das beständige Licht der Öllampen zeigte das Erkennen und die nachfolgende Ehrfurcht in den Augen der Bürger von Hochtal. Denn nie waren es die Magier, die dem einfachen Volk des Landes halfen, und selten waren es die Heiler oder Forscher, aber die in dunklen Rüstungen gekleideten Ordensritter waren es, die die Bürger Andoriens sahen, wenn sie um Hilfe flehten.

Die Reihen öffneten sich und bildeten eine Schneise, durch die sie liefen.

*»Ordensritter!«*

*»Sind sie zu unserem Schutz hier?«*

*»Das ist die Azurflamme!«*

*»Werden wir angegriffen?«*

*»Schaut, sind das Magier?«*

Ronan hörte die verschiedenen Stimmen, als er an den Menschen vorbeilief, und spürte den Stolz, den er empfand, weil er kein *nutzloser Adliger* war, sondern ein Ordensritter. Auch wenn es einiges gab, was ihm am Orden missfiel.

†

Sie entkamen der Stadt. Anya und Talia ritten mit ihren Pferden und Lyra im Schlepptau bereits auf sie zu. Wobei Lyra die kleine Herde, wie ein Schäferhund zusammenhielt. »Ihr hättet mir auch sagen können, dass Lyra eine Großkatze ist. Ich hatte mich zu Tode erschrocken«, warf Anya der Gruppe vor.

Wenige Momente später saßen sie auf ihren Pferden. Anya teilte sich das Pferd weiterhin mit Talia und so ritten sie in Richtung des Passes. Noch immer musste Ronan sein Schwert fest umklammert halten. Zwar waren die Flammen erloschen doch die Klinge war noch zu heiß, um es zurück in die Schwertscheide zu stecken. Talia ritt vor Ronan und war nur knapp bei Bewusstsein. Es war ein Wunder, dass sie so lange durchgehalten hatte, obwohl sie bereits so geschwächt war und dennoch so beeindruckende Zauber gewirkt hatte. Er konnte nicht glauben, dass sie es geschafft hatten. Talia ist gerettet und alle haben es raus geschafft. Ronan sah sich zu den anderen um. Sie alle waren erschöpft aber lebten. Selbst Eadric, dessen Schulter eine Brandwunde zierte, um die Verletzung zu verschließen, saß aufrecht im Sattel und folgte den anderen. Sie hatten es geschafft.

Seine Finger krampften um den Griff des Schwertes, aber die Wärme des Metalls, die ihn zuvor noch angetrieben hatte, wurde schwerer. Jede Bewegung fühlte sich an, als würde er durch zähen Schlamm waten. Sein Blick verschwamm, und als er tief Luft holte, spürte er nur noch die Erschöpfung, die wie eine dunkle Welle über ihn hinwegrollte. Morvans Flüstern verklang, als ihn die Ohnmacht ergriff.

# Kapitel 26

Ronan erwachte an einem Lagerfeuer. Die Wärme der azurblauen Flammen, die das Holz zum Knistern brachte, schenkte ihm ein Gefühl von Frieden und Ruhe. Er sah sich um. Ein ebenso blauer Himmel wie das Feuer, durchzogen von stillstehenden, silbernen Blitzen streckte sich in alle Himmelsrichtungen und der Boden, auf dem er sich aufrichtete, war pechschwarz. Er atmete ruhig und flach, während er nach seiner Schulter tastete. Keine Wunde war zu spüren und auch als er seine Schulter weiter inspizierte, fand er die Schusswunde nicht. Auch die Wunde am linken Oberarm fehlte. Als wäre er nie verletzt worden.

»Du hast einiges abbekommen«, stelle eine vertraute Stimme fest. »Die Wunde, die für diese Frau bestimmt war, hättest du nicht auch noch erleiden müssen. Das hat einiges an Kraft gekostet.« Morvan saß in seiner feurigen Gestallt gegenüber von Ronan am Lagerfeuer und verschmolz fast mit den Flammen, weswegen Ronan ihn nicht sofort bemerkt hatte.

»Wo sind wir?«, fragte Ronan und sah sich erneut um.

»Manchmal weiß ich wirklich nicht, ob du aus Spaß so einfältige Fragen stellst oder einfach ein Narr bist.« Morvan lachte gehässig.

»Dies ist also dein Reich?«

»Mein Reich …« Morvan schien Ronans Worte erst zu schmecken, stand dann jedoch auf. Er ging einige Schritte und zeigte um sich. »Das ist mein Gefängnis … und mein Grab. Kein Zauber, keine Magie oder Verbindung mit den Urmächten könnte daran etwas ändern.« Morvan sprach die Worte ungewohnt ruhig und nachdenklich.

Ronan spürte die Empathie wie ein schwaches Flackern in seiner Brust, doch die Erinnerung an die brennende Mine und die Schreie von Lamber hielten ihn zurück. Seine Hand krampfte sich um die Schulter, die er erst gerade untersucht hatte – die Wunde war weg, aber das Unbehagen blieb. »Du brauchst eine magische Quelle«, stellte Ronan fest, der sich den kraftlosen Efreet genauer ansah.

Morvan zuckte mit den Schultern. »Ja und nein. Du hast das meiste meiner angesammelten Kraft in nur einer Nacht aufgebraucht.« Morvan schritt erneut auf das Feuer zu und hockte sich hin. Er wirkte, als würde er sich an dem Feuer wärmen, obwohl er selbst aus den gleichen Flammen bestand. »Ich werde schlafen, um meine restlichen Kräfte nicht auch noch zu verbrauchen.« Sein Kopf drehte sich zu Ronan und die Konturen eines müden älteren Gesichts waren zu erkennen. »Das Noxit speichert natürliche, magische Energie, aus seiner Umgebung. Wie ein Geist, der sich in der Nähe von Arkanium aufhält und durch dessen Urelement an Kraft gewinnt.«

»Das bedeutet, wenn ich einen Zauber mit der Klinge zerschneide, wird ein Teil dessen Kraft durch das Schattensilber aufgenommen ...«

»Und so überlebe ich«, beendete Morvan Ronans Gedankengang.

Es war unerwartet und beunruhigend dem Efreet derart gesprächig zu begegnen. »Was willst du von mir?«

Der Feuergeist wandte sich erneut dem Feuer zu und starte auf die schwungvollen Flammen, die ununterbrochen ihre Form änderten. »Ich habe gesehen, wie du kämpfst und welchen Idealen du folgst. Ohne die Fokusmagie wärst du verloren und ich hätte dich schon damals getötet. Deine Ideale sind naiv und zum Scheitern verurteilt.«

»Wenn du nicht mehr als Beleidigungen für mich übrighast, dann schlaf und lass mich hier raus«, entfuhr es Ronan, der sich erhob und vom Efreet abwandte. Er konnte es sich sparen mit einem mörderischen Geist über seine Erfolge und Misserfolge zu sprechen.

»Du erinnerst mich an einen Mann, der vor tausenden von Jahren genau so war.« Ronan sah über die Schulter zum Efreet und sah, wie das Feuer immer schwächer wurde.

Nicht nur das Lagerfeuer, sondern auch der Efreet verlor an Kraft und unter den schwachen azurblauen Flammen konnte Ronan einen Mann mit einem markanten Gesicht erkennen dessen Augen rot, wie Feuer leuchteten. »Du warst ein Mensch?«, fragte Ronan und drehte sich zum Mann um.

»Nein, kein Mensch – Aetheri.«

Morvans Flammen erloschen gänzlich und bis auf das Himmelsgewölbe über ihnen wurde alles dunkel. Die Wärme wich, als Kälte nach Ronan griff.

Aetheri – das unbekannte Wort hallte in Ronans Gedanken nach. Er blickte noch ein letztes Mal in die Richtung von Morvan, doch konnte er ihn im Dunkel nicht aus machen. Ronan wollte etwas sagen, doch seine Stimme erstickte in der dichten Dunkelheit. Es gab kein Licht mehr, keinen Wind, nicht einmal das Knistern des Feuers. Nur Stille. Und dann, nichts.

†

Ronan spürte, dass seine linke Schulter und auch sein Arm kalt, wie Eis waren. Er öffnete seine Augen und sah hinauf auf das hölzerne Dach einer Waldhütte – er lag auf dem Rücken. Erinnerungen an den Einbruch in die Burg des Herzogs schossen ihm vor das innere Auge. Dann erinnerte er sich an die Flucht und dass sie es geschafft hatten. Er spürte in seiner rechten Hand den Griff seines schwarzen Schwerts. Er ließ die Klinge los und Schmerz zog sich durch seine Finger, als hätten sie sich um die Waffe verkrampft.

»Ronan ...« Ronan hörte eine leise Stimme an seinem Ohr. Er lag auf Fellen, auf denen er nicht allein lag. Als er seinen Kopf zur linken Seite legte, sah er in Talias Gesicht. Sie schlief und umklammerte dabei seinen linken Arm. *Sie redet wohl im schlaf*, dachte er und musste lächeln. Nach allem, was sie durchgemacht hatten, schien es fast unwirklich, dass sie jetzt hier waren – lebendig, zusammen. Doch eine leise Angst nagte an ihm: Wie lange würde diese Ruhe anhalten?

Ihr Körper war kalt. Jetzt da Morvan seine Kraft aufgebraucht hatte, konnte er dies ungefiltert spüren. Ronan hatte davon gelesen, dass die Körper der Magier mit einer Affinität für ein Element sich bei wiederholtem Wirken von Magie anpassten, wodurch sie resistenter gegen das Element werden konnten, jedoch barg dies auch Gefahren. Hätte sie weiter Zauber gewirkt, ohne in Ohnmacht zu fallen, wäre sie selbst irgendwann zu Eis geworden, wenn sie vor Erschöpfung nicht zuvor gestorben wäre. Aber jetzt sollte ihr nichts mehr passieren.

Er strich mit seiner rechten Hand eine blonde Strähne aus ihrem Gesicht. Es haftete an einigen Stellen noch Schmutz, doch waren die feinen Linien ihres Gesichts umwerfend. Auch wenn ihre Haare verknotet und schmutzig waren, konnte er sein Herz schneller schlagen spüren und Wärme in seinen kalten Arm zurückkehren. Er sah an ihr herab. Sie trug noch immer ihre zerrissene Robe und an einigen Stellen sah er Schrammen und Kratzer und es klebte Blut an ihrer Robe. Sie sah ziemlich mitgenommen aus.

Ronan wurde seine Rüstung ausgezogen und er fand sie nicht weit von ihm auf dem Boden liegend. Ronan spürte noch immer die Kälte in seinem Arm, als er sich vorsichtig von Talia löste. Das Knarren der Holzdielen unter seinen Füßen hallte leise durch die Hütte, als er aufstand und nach seiner Rüstung griff.

»Ronan, du bist wach.« Er hörte Kealins Stimme. Ronan drehte sich zu ihm, während Kealin gerade in die Hütte trat. Es war eine kleine Hütte mit Fellen auf dem Boden, einem Tisch und zwei Stühlen. Gegenüber der Wand mit der Eingangstür, befand sich ein provisorischer Kamin aus festem Stein, in dem kein Feuer brannte. Licht drang durch die zwei Fenster neben der Tür – es war Tag.

»Sag mir nicht, dass ich wieder tagelang ohnmächtig war«, murmelte Ronan und rieb sich die Augen.

Kealin schnaubte und hob vier Finger in die Luft.

»Nur vier Stunden – oder waren es vier Tage«, fragte Ronan beunruhigt.

»Du bist einfach nicht der Frühaufsteher.« Kealin grinste, woraufhin Ronan erleichtert ausatmete. »Steh auf und komm mit raus. Lassen wir Talia noch etwas schlafen.« Kealin verließ die Hütte wieder. Ronan folgte ihm kurz darauf, nachdem er vorsichtig sein Schwert vom Boden hob und seine restliche Ausrüstung an sich nahm.

Die frische, klare Luft des verschneiten Waldes schlug ihm entgegen, als er die Hütte verließ. Der Schnee knirschte unter seinen Stiefeln, und kleine Flocken tanzten lautlos durch die Luft. Ein Gefühl von Frieden durchströmte ihn – für einen

Moment schien die Welt still zu stehen, verborgen unter einer Decke aus Schnee.

Er sah Lisandra, die sich Felle übergeworfen hatte und sich auf einem Holzstamm mit ihrer Magie aufwärmte. Kealin stand kurz vor ihm und ging in ihre Richtung.

»Wo sind die anderen?«, fragte Ronan, als er sie erreichte. Lisandra warf ihm einen schnellen, flüchtigen Blick zu – eine Spur von Erleichterung huschte über ihr Gesicht, bevor sie sich wieder versteinerte. »Schön, dass du uns doch noch beehrst«, murmelte sie, doch in ihrer Stimme lag etwas, das Ronan nicht ganz einordnen konnte. »Wir haben uns in drei Gruppen aufgeteilt, kurz nachdem du ohnmächtig wurdest. Die beiden anderen Gruppen versuchen dabei möglichst auffällig zurück über den Pass zu reisen. Wir nehmen einen weniger bekannten Weg zurück«, beantwortete sie seine Frage.

Anya trat zwischen den Bäumen hervor und trug einen toten Hasen, den sie mit der Handarmbrust erlegt haben musste, die an ihrer Seite befestigt war. »Sie an, der Ordensritter weilt wieder unter uns.«

Neben Anya erkannte Ronan seine Gefährtin, Lyra.

»Dieser Schneeschatten ist eine beeindruckende Jägerin. Als ich den Hasen verfehlt hatte, sprang sie aus dem nichts auf den Hasen zu und erlegte ihn mit einem kraftvollen Biss.«

Lyra lief auf Ronan zu und sprang ihm gegen die Brust. Noch immer unsicher auf den Beinen fiel Ronan rücklings in den Schnee und wurde von Lyra über das Gesicht geleckt. Sie begann zu schnurren und Ronan griff ihr ins Fell. Es war warm und weich. Er streichelte die Ibris und drückte sein Gesicht in ihr Fell. »Ich bin auch froh, dass wir es geschafft haben.«

Lyra stand auf und blickte auf die Hütte.

»Talia hat viele Zauber benutzt und ist deswegen sehr kalt. Was meinst du, kannst du sie aufwärmen?«

Lyra ging noch einmal an Ronans Beinen entlang, als er aufstand und ging dann in die Hütte.

»Wie geht es dir?«, fragte Lisandra.

»Mir fehlt nichts.«

»Wirklich?«, hakte sie mit hochgezogener Augenbraue nach. »Nicht nur wurdest du von zwei Schüssen von diesen nervtötenden Musketen getroffen, sondern bist du beinah auch in Flammen aufgegangen.« Lisandra zeigte auf Ronans Rücken, wo er bereits sein Schwert angelegt hatte. »Und trotzdem willst du mir weismachen, dass dieses Schwert harmlos ist? Der Efreet hat dich fast verbrannt! Ich vertraue diesem Ding nicht.«

Ronan wusste, dass Lisandra Recht hatte. Irgendwo in ihm nagte der Zweifel – wie viel Kontrolle hatte er wirklich über den Efreet? Doch ein Teil von ihm war dankbar für diese Macht. Ohne Morvan wären Talia und er tot.

»Ich bin unverletzt. Ich weiß nicht, ob der Efreet meine Wunden geheilt hat. Es ist schon mal passiert, aber das spielt keine Rolle. Falls es dich beruhigt: Meister Finnegan hat das Schwert bereits untersucht. Ohne den Efreet wären wir nicht hier«, antworte Ronan. Seine Antwort beruhigte Lisandra nicht und sie zauberte eine kleine Flamme zwischen ihren Händen, die sie wärmte.

»Sie hat dennoch recht«, mischte sich Kealin ein. »Wir haben es nicht geschafft dir dieses Schwert abzunehmen, als du bewusstlos auf dem Pferd saßt. Das arme Tier hast du damit auch noch die Flanke versengt und der Sattel ist auch hinüber. Hätte Talia dich nicht die Nacht über mit Eiszaubern abgekühlt, wärst du wahrscheinlich wirklich in Flammen aufgegangen und hättest diese Hütte abgefackelt.«

»Das hat sie getan?« Ronan blickte zurück zur Hütte. Ronan erinnerte sich an das Eis, das unter seinen Füßen begann zu schmelzen, an die Kälte, die ihm nichts anhaben konnte und an Kealins Handschuhe, die bei einer kurzen Berührung mit ihm anfingen zu qualmen. Es war, als wurde der Efreet ein Teil von ihm. Doch jetzt fühlte sich die Luft um ihn herum kühl an und er fröstelte sogar etwas. Ronan zog sein Schwert blank. Das Schattensilber war kalt und die Schneeflocken, die langsam vom Himmel fielen blieben daran haften. Es war kein zischen zu hören, kein Wasser zu sehen. Die Klinge war kalt. »Der Efreet hat alles getan, um mich am Leben zu halten. Wäre er nicht gewesen, wäre Talia weiterhin in Gefangenschaft oder mit mir getötet worden. Morvan ist ein Verbündeter.«

»Natürlich, ein Feuergeist, wie dieser Efreet ist dein Freund.« Lisandra warf fassungslos die Hände empor und ihre magische Flamme löste sich auf. »Sei es so. Ich werde es dennoch dem Orden melden müssen.«

Ronan hatte nichts dagegen, dass Lisandra dem Orden, seinem Vater oder anderen von der Kraft, die im Efreet steckte, erzählen würde. Früher oder später würde es sowieso rauskommen. Er hoffte nur, dass ihm Untersuchungen oder ständige Fragerein erspart blieben.

»Seid ihr dann fertig?«, fragte Anya. »Ich würde sonst vorschlagen, dass eure Magierschaft uns diesen Hasen brät und wir etwas essen können, bevor wir uns durch die Klamm schlagen.« Anya ging an Ronan vorbei in Richtung der Hütte. »Außerdem solltest du dich unbedingt waschen. Du stinkst nach Blut und Verbranntem. Jagdhunde können dich leicht wittern.«

# Kapitel 27

Ein Wasserfall stürzte in ein Becken aus Stein, bevor der Fluss weiter in die Täler floss. Ronan wusch seine Kleidung und Rüstung und vermisste dabei die Wärme, die ihn die letzte Woche vor dem eisigen Wind geschützt hatte. Zumindest drang hin und wieder die Sonne durch die Wolkendecke und wärmte ihn mit ihren Strahlen. Der Schnee hatte aufgehört zu fallen und gab ihm die Möglichkeit sich von dem Schmutz und Blut zu befreien, dass an seiner Ausrüstung und an ihm haftete. Als Ronan mit seiner Ausrüstung fertig war, stieg er selbst in das kalte Wasser. Die Strömung war nicht stark und das Becken war tief genug, dass es ihm bis zur Brust ging, als er darin aufrecht stand.

Vielleicht war es Gewohnheit geworden, doch fühlte Ronan in sich hinein und suchte das vertraute Gefühl seiner Magie und ließ sich von dieser durchdringen. Das taube Gefühl, das ihn begleitete, als er sich fokussierte, war ihm willkommen, um die Kälte des Wassers nicht in vollem Umfang spüren zu müssen. Doch spürte er eine vertraute Präsenz, ganz nah.

Talia stand am Ufer und beobachtete ihn. Sie senkte ihren Blick, als er sich umdrehte, ihre Bewegungen schienen plötzlich zurückhaltend.

»Guten Morgen«, sagte Ronan erleichtert, sah dann jedoch ebenfalls verlegen weg. Talia hatte nur ein feines weißes Hemd an, dass sie von Lisandra bekommen haben musste, und es lag eng an ihr und verdeckte wenig. Ihre zerrissene Robe lag auf dem schneebedeckten Boden neben ihr.

»Guten Morgen«, erwiderte sie ebenfalls mit Erleichterung in ihrer Stimme.

»Entschuldige, ich bin fast fertig. Hier ist das Wasser tief genug.« Mit dem Rücken zu Talia gedreht trat Ronan an das Ufer und griff nach einem Laken, das er sich zum Abtrocknen vorbereitet hatte.

»Was ist das?«, hörte er Talias Stimme fragend. Es folgten Schritte und sie stand nun direkt hinter ihm. Als Ronan sich zu ihr umdrehen wollte. Griff sie bereits nach seinen Schultern und hielt ihn vor sich. Ihre Hände waren warm.

»Was ist was?«, fragte Ronan verunsichert und hielt sich das Laken fest um die Hüfte gewickelt. Die Luft war im Kontrast zu ihrer warmen Berührung eisig.

Ronan spürte Talias Finger zögernd über seinen Rücken gleiten, dann hielt sie inne. Die Stille, die folgte, machte ihn unruhig, bis sie leise sagte, »Da ist etwas … zwischen deinen Schulterblättern.« Ihre Stimme klang verwundert, fast ehrfürchtig. »Es sieht aus wie … eine blaue Flamme, sie bewegt sich. Sie … sie lebt, Ronan. Und diese Wärme.«

Er runzelte die Stirn. »Eine Flamme?«

»Ja, aber nicht wie eine herkömmliche«, fuhr sie fort, ihre Finger noch immer auf seiner Haut. »In der Mitte ist ein Zeichen, wie … eine Rune, sie sieht aus, als würde sie aus Lava bestehen. Sie fließt, verändert sich ständig. Und um dieses Zeichen herum ziehen sich feine Linien – wie Risse, die leuchten, als wäre deine Haut darunter aus glühender Kohle. Aber wieder diese … azurnen Flammen.« Sie zögerte kurz, dann fügte sie leise hinzu, »Es sieht wunderschön aus, jedoch auch … gefährlich.«

Ronan spürte, wie die Worte in ihm nachhallten, ein seltsames Echo in seinem Inneren. »Ich … ich wusste nicht, dass es da ist.« Ronan erinnerte sich an diese unbekannte Wut, die seine Gedanken vernebelten – an die Kälte, die er nicht spürte und die Hitze, die von ihm ausging. »Der Efreet. Er teilte seine Kraft mit mir.«

Als würde Talia diese erste Erklärung ausreichen, ließ sie von ihm ab. »Du meinst deinen Pakt mit dem Efreet und das, was am Fallgitter geschah?«

Ronan drehte sich zu ihr um. Talias Blick verriet ihm mehr als deutlich, dass sie besorgt war. Besorgt, wie Eadric, Kealin und Darian es waren. »Ja. Ich verstehe es selbst noch nicht, aber Morvan scheint mir helfen zu wollen.«

»Morvan, so heißt der Efreet? Ich will für ihn hoffen, dass er dir nichts antut. Ansonsten beende ich, was ich in der Mine nicht beenden konnte.« Talia lächelte ihn selbstbewusst an und er konnte nicht anders als ihr Lächeln zu erwidern. Es war so bezaubernd. Dann verschwand ihr Lächeln und sie sah ihn unsicher an. »Bleibst du noch?«, fragte sie. »Ich bin im Moment nicht gerne allein.«

Ronan nickte.

Talia schritt in das Becken, in dem auch Ronan sich eben noch wusch. In der Zwischenzeit zog sich Ronan ein mehr oder weniger sauberes Hemd an, sowie seine Hose. Er wusste, dass Talia ihn beobachtete und auch er konnte es sich nicht verkneifen sie anzusehen.

»Wie geht es dir?«, fragte Ronan, als er seinen Schuppenpanzer untersuchte und feststellte, dass die Innenseite noch immer nach Feuer roch. Der Schuppenpanzer war noch nass, doch ging er davon aus, dass ihm Lisandra gleich behilflich sein könnte diesen zu trockenen, wenn nicht sogar die Wärme dieses Mals auf seinen Rücken dafür ausreichte. Er hoffte inständig, dass es wirklich nur ein Teil des Paktes war, etwas anderes konnte er sich zumindest nicht vorstellen.

»Es geht mir gut – wirklich.« Sie kämmte sich gerade ihr Haar, als sie knietief im Wasser stand, und sah ihn mit schiefgelegtem Kopf an. Ihre Finger glitten durch ihr blondes Haar und stießen dabei wiederholt auf verknotete Bündel. »Bis vor wenigen Tagen befand ich mich unter Hausarrest. Ich bekam zu essen und mir wurde nichts angetan.«

»Und wie kamst du in den Kerker?«

Talia wurde sichtlich betroffen und verschränkte ihre Arme vor der Brust. »Ich hörte, dass die Magier, die mit mir gefangen genommen wurden, auf einem Scheiterhaufen im Innenhof verbrannt werden sollten und ich versuchte sie zu befreien. Dabei gelang es mir auf den Innenhof für ordentlich Probleme zu sorgen ... doch kam ich bereits zu spät.« Sie stieg tiefer ins Wasser und war nun bis zum Hals versunken. Sie legte ihren Kopf zurück und fuhr sich erneut durch ihre Haare, die durch das Wasser schwebten. »Die Herzogin griff mich letzten Endes mit Magie an und überwältigte mich mit einigen Kultisten und ihren Soldaten. Kaum bei Bewusstsein warfen sie mich in den Kerker und legten mir eine Fußfessel an. Zu mehr waren sie nicht im Stande, denn ich setzte meine letzten Kräfte frei und wirkte willkürlich Zauber.«

Sie stand mit dem Rücken zu Ronan. Er wusste nicht, wie nah ihr all dies ging, doch wirkte sie gefasst. Sie schwieg und wusch sich weiter. Daher bohrte er vorsichtig nach. »Die Herzogin ist eine Magierin?«

»Ja. Sie war im Orden, bis sie den Herzog heiratete. Das passiert häufig, wenn Magier adlig sind.«

»Und sie arbeitet mit Kultisten zusammen?«

Talia spielte mit der Wasseroberfläche, indem sie mit ihren Fingerspitzen darauf tippte und so Wellen entstanden. »Die Frage habe ich mir auch schon gestellt. Das passt nicht zusammen. Eigentlich sollten keine Kultisten dort sein. Alarc Darstin plante sich dem Sonnenreich anzuschließen. Die jagen Magier.«

Sie zuckte mit den Schultern. »Kannst du mir das Laken dort geben?«, fragte sie Ronan und er blickte sich zum Laken um, dass von Talia zuvor an einem Ast aufgehängt wurde. Inzwischen begann sie aus dem Wasser zu steigen. Als er das Laken nahm und sich wieder zu Talia umdrehte, zögerte er. Ihr nasses Hemd klebte durchsichtig an ihrer Haut, was Ronan unwillkürlich erröten ließ. Er konnte jeden Muskel an ihrem Körper sehen. Seine Augen wanderten von ihrer Hüfte über ihren Bauch hoch zu ihren Brüsten, die spitz vor Kälte hervorstanden.

»Was ist?«, fragte sie ihn verwundert.

Sie sah an sich runter und schlug erschrocken ihre Arme vor ihre Brüste. Ronan streckte ihr das Laken ausgebreitet hin und wandte seinen Blick ab. »Entschuldige, ich wollte nicht …«

Talia kicherte und wickelte sich im Laken ein. »Das ist wohl nur fair, nachdem ich mir dich auch genauer ansehen durfte.«

Sie trat näher an ihn heran, nahm sein Gesicht in ihre Hände und drehte ihn zu sich. Ronans Herzschlag beschleunigte sich, als er ihr in die Augen sah. Ihr Lächeln zog ihn in den Bann, und als ihr Blick kurz auf seine Lippen wanderte, hielt er den Atem an. Etwas lag in der Luft, ein Moment des Zögerns, der von einem unausgesprochenen Verlangen zeugte. Dann streckte sie sich zu ihm hoch und küsste ihn. Er erwiderte den ersehnten Kuss und hielt Talia fest in seinen Armen. So lange schon dachte er darüber nach, wie es sein würde sie zu küssen. Sie so in seinen Armen zu halten.

Ihre Hand wanderte von seiner Wange zu seinen Haaren und drückte ihn näher an sich, während die andere über seinen Hals zu seiner Brust glitt, wo sie nun seine Muskeln sanft erforschte. Seine Arme umschlangen sie und er wollte sie nicht loslassen. Er wollte nicht, dass dieser Moment endete. So oft hatte er versucht zu verstehen, was er empfand. Jetzt war die Gelegenheit. Spürte er nur die Leidenschaft, die er schon früher empfand, bei all den Frauen, die ihn besuchten oder war es etwas vollkommen anderes?

Talia öffnete ihren Mund und lud Ronans Zunge damit ein sie weiter zu erkunden. Er spürte Leidenschaft, das konnte er nicht abstreiten. Aber er spürte auch etwas anderes. Die Tatsache, dass er an keine andere Frau mehr denken konnte, seitdem er das erste Mal mit ihr Sprach, war ungewohnt für ihn. Er fürchtete sich vor dem Neuen, doch war er auch bereit dem auf den Grund zu gehen, egal was es kosten möge.

Talia fuhr mit beiden Händen über Ronans Rücken und umschlang seinen Hals. Ronan packte sie an der Hüfte und hob sie hoch. Ihre Beine umschlangen nun ebenfalls Ronans Hüfte und drückten ihn noch näher an sich. Talia war nicht bereit sich von ihm zu lösen, doch unter dem sanften Stöhnen, das von ihr ausging, ahnte Ronan etwas. Er löste sich von ihren Lippen und sah ebenso aufgeregt in ihre hellblauen Augen, wie sie in seine.

Sie atmeten schwer und hielten sich für einen Moment zurück. »Ich muss dir etwas sagen ...«, begann Talia. »Mein richtiger Name lautet Valleria.«

Ronan küsste ihren Hals und hielt sie noch immer fest eine Hand mittlerweile an ihrem Hintern und die andere auf ihrem Rücken. Dann stoppte er, als ihn die Erkenntnis traf. »Valleria ... Miren?« *Die Prinzessin und zweite in der Thronfolge*, fügte Ronan in Gedanken hinzu. Vorsichtig setzte er Talia, oder

Valleria, ab und sah ihr in die Augen. Noch immer sah er die Lust in ihrem Blick, jedoch gemischt mit Schuldgefühlen. Die Prinzessin von Andorien nickte und bestätigte damit seine Befürchtungen. Ronan wusste, was es für ihn bedeuten würde, wenn herauskäme, dass er sie geküsst hatte und dabei war es egal, ob sie das wollte oder nicht. Im schlimmsten Fall war es die Todesstrafe, wenn er denn das Königshaus mit seiner Tat in Gefahr gebracht hätte. Aber so weit kam es nicht, noch nicht. So wie es zurzeit aussieht würde ihm lediglich Verbannung oder Titelentzug bevorstehen. Letzteres war ihm egal, aber Verbannung?

»Wie soll ich dich nennen?«, fragte Ronan plötzlich. Von allen Fragen, die ihm durch den Kopf gingen, war ihm diese im Moment am wichtigsten.

»Wie du möchtest.« Ein schwaches Lächeln huschte über ihre Lippen, aber ihre Augen spiegelten den inneren Kampf wider – Tränen schimmerten darin, auch wenn sie immer noch nach Ronans Lippen trachtete. »Talia ist der Name meiner Großmutter … und um mich zu schützen nahm ich den Namen an. Nur die Meister des Magierordens wussten davon.« Die Prinzessin blickte auf den Boden, als wäre sie enttäuscht von sich selbst, da sie wusste, dass sie den Moment zwischen ihnen ruiniert hatte. »Seit meines Abschlusses weiß jeder Magier im Orden, dass ich Valleria bin. Ich nutze aber noch Talia, wenn ich im Auftrag des Ordens reise. Ich … ich wollte es dir schon lange sagen.« Valleria drückte sich an ihn. »Nur wusste ich nicht wie. Ich konnte dich nicht treffen. Ich weiß von dir alles. Deine Familie, deinen Stand. Dein …« Er küsste Valleria und unterbrach ihre hastigen Erklärungen.

Sollen sie ihn doch dafür hinrichten. Er konnte einfach nicht anders. In diesem Moment zählten Konsequenzen nicht – nur sie. Nichts in seinem Leben hatte sich so richtig angefühlt, wie dieser Frau nah sein – sie zu küssen.

Valleria erwiderte seinen Kuss und griff erneut im Anflug von Begierde in sein Haar. Als sie sich wieder lösten, sah sie ihn verwundert an, aber fuhr langsam fort.»… deinen Vater. Lucan. Ich weiß, dass du ihn verachtest und ich kann nur erahnen warum. Aber er war mein Mentor.«

Ronan sah ihr fest in die Augen.»Das habe ich mir schon gedacht.« Er erinnerte sich an das Buch, dass sie ihm in den Archiven übergab und den Kommentar seines Vaters vor der Arena, vor dem Anschlag der Kultisten.

Sie drückte sich wieder an ihn, als würde sie sich vergewissern, dass er noch da war.»Ich will, dass du nur noch die Wahrheit erfährst. Ich danke dir für alles, was du für mich getan hast. Kealin hat mir erzählt, dass du der erste warst, der nichts anderes wollte als mich zu retten. Ich … Danke.« Tränen liefen ihr über das Gesicht.

Ronan strich ihr durch das nasse Haar und bettete sein Kinn auf ihren Kopf. Er überlegte kurz und musste erst seinen Vater aus seinen Gedanken verbannen, bevor er sich auf das Wesentliche konzentrieren konnte.

»Verdammt …«, stöhnte er und fuhr dann mit ruhiger Stimme fort,»Hast du dir schon überlegt, wie wir das anstellen werden?« Er löst Valleria von sich, um ihr in die Augen blicken zu können. Wie gerne er im Moment von eben gefangen wäre und diese Frau für immer küssen würde.

»So naiv das auch klingen mag, aber ich will jeden Moment nutzen, den ich mit dir haben kann. Ich will bei dir sein und dir keine Sorgen mehr bereiten. Du sollst mich gefälligst nicht wieder retten müssen.« Sie schmunzelte aufgrund ihrer eigenen

Worte. »Es wird schwer werden es – uns – geheim zu halten und auch, dass wir uns treffen können.« Ihr Ton wurde traurig. »Das ist naiv«, stellte Ronan mit einem Lächeln fest. »… und wenn es rauskommt, wird mein Vater mich vermutlich umbringen.« Ronan hielt inne, seine Stirn ruhte sanft an ihrer, während seine Hände zärtlich über ihren Rücken strichen. »Ich weiß, dass es nicht leicht werden wird«, flüsterte er leise, seine Stimme kaum mehr als ein Hauch. »Du bist eine Prinzessin, und ich … bin nur ich.« Er lächelte schwach, bevor er ihren Blick wieder suchte. »Aber wenn ich die Wahl hätte – ganz egal, wer du bist oder wer ich bin – würde ich dich immer wieder wählen. Selbst wenn ich nur einen Moment haben könnte … einen Moment mit dir wäre es wert, alles zu riskieren.«

Valleria griff nach seiner Hand, löste sich von ihm, nur um ihn noch einmal zu küssen – ein letzter Kuss, bevor sie zurückmussten. Bevor jemand merkte, dass sie zu lange schon fehlten. Es begann zu schneien, so als würde die Natur selbst sagen, dass es an der Zeit war. Sie waren noch immer auf der Flucht und hatten bereits zu viel kostbare Zeit vergeudet. Auch wenn Ronan diese Zeit nicht als vergeudet ansah, sondern viel mehr als die wichtigste Zeit seines Lebens.

Sie hörten Lyra erst, als der Schneeschatten neben ihnen im Schnee saß und anfing zu schnurren.

»Nanu? Seit wann bist du hier?«, fragte Valleria überrascht. Sie löste sich nun endgültig von Ronan und beugte sich runter zur Ibris. Sie begann ihren Kopf zu streicheln und sah zurück zu Ronan.

Ronan fühlte Glück. Natürlich hätte er sich alles leichter vorstellen können und es war ungewiss, was nun auf sie zukommen würde. Doch freute er sich auch darauf. Sie empfand wie er, zumindest gab sie ihm das Gefühl. Eadrics Worte kamen ihm in den Sinn: sie ist eine Magierin und er ein Ordensritter. Sie würden keine Zeit füreinander finden. Eadric hatte ihn vor Talia gewarnt, auch wenn er nicht wusste, dass es sich bei ihr tatsächlich um die Prinzessin von Andorien handelte. Ronan musste schmunzeln und zuckte mit den Schultern. *Morvan und Eadric haben da etwas gemeinsam. Für beide bin ich ein einfältiger Narr*, dachte Ronan.

# Kapitel 28

In der Ferne konnten sie bereits die hohen Türme der schwarzen Zitadelle erkennen, die in das goldene Licht der aufgehenden Sonne getaucht wurden. Ihr Ziel war in greifbarer Nähe.

»Als ich das erste Mal diese Türme sah, fühlte ich mich verloren«, begann Ronan leise und schaute sich die vertrauten Reflektionen der Sonnenstrahlen an, die auf die Wasseroberfläche der Obsidianbucht trafen. »Mein Vater zwang mich, dem Orden beizutreten, und ich hatte Angst. Angst vor den Geschichten, die man sich über die Ritter erzählte. Angst davor, nie wieder nach Hause zurückzukehren. Und Angst vor der Veränderung.« Er verstummte, während seine Gedanken in die Vergangenheit schweiften.

Valleria ritt neben ihm und beobachtete ihn mit einem nachdenklichen Blick. Er war sich noch immer unsicher, welcher Name sich für ihn richtiger anfühlte.

»Und was fühlst du heute?«, fragte sie schließlich sanft, ohne ihren Blick von ihm abzuwenden.

Ronan brauchte einen Moment, um ihre Frage zu beantworten. Seit sie den Pass hinter sich gelassen hatten, waren die anderen zu ihnen gestoßen. Sie alle hatten die Flucht überstanden, sogar Eadric, dessen Brandwunde dank Amaras Magie bereits verheilt war. Als Ronan sich umsah, erkannte er, dass dies die Wahrheit war: »Der Orden ist meine Heimat geworden«, sagte er schließlich leise und sah zu seinen Freunden. »Und sie wurden meine Familie.«

Valleria lächelte ihn warm an. Wie sehr er sich die letzten Tage in dieses Lächeln verliebt hatte. »Mir ging es nicht anders«, sagte sie. »Ich wurde mit acht Jahren in den Magierturm geschickt. Anfangs durfte ich noch oft zu meiner Familie zurückkehren, aber ich konnte mich nie an das Leben hinter den schwarzen Mauern gewöhnen.« Sie blickte zu Amara hinüber. »Erst als ich Freunde fand, begann ich, mich dort wohlzufühlen.«

Ronan spürte, wie sich seine Brust zusammenzog, als er an die bevorstehende Trennung dachte. Die Wochen des gemeinsamen Reisens hatten sie einander noch nähergebracht, und jetzt, da das Ende dieser Reise bevorstand, machte sich eine ungewohnte Unruhe in ihm breit. »Wie werden wir jetzt leben?«, fragte er ernst, seine Gedanken immer wieder bei Eadrics Worten.

Valleria sah sich kurz um, um sicherzustellen, dass niemand sie belauschte, dann lehnte sie sich näher zu ihm. »Du bist doch ein Magier«, flüsterte sie mit einem neckischen Lächeln. »Besuch mich in meinen Gemächern, wann immer du willst.« Sie zwinkerte ihm verführerisch zu und die Vorstellung ließ in ihm Wärme aufsteigen, auch wenn er nicht wusste, ob sie das ernst meinte.

Einerseits stimmte es – er war ein Magier, auch wenn der Orden ihn noch nicht als solchen anerkannt hatte. Valleria bemerkte seine Verwirrung, denn sie legte eine Hand auf sein Bein, während sie weiter in seinem Tempo ritt. Ronan warf schnell einen verstohlenen Blick zu den anderen, doch es schien niemandem aufgefallen zu sein. Sie hatten sich bisher auf dieser Reise zurückgehalten und vor den anderen versucht zu wirken wie Freunde. Aber selten gab es auch die Momente, in denen sie allein waren. Lyra war ihnen dabei eine treue Wachkatze und hatte sie schon mehrfach vor peinlichen Entdeckungen bewahrt.

»Sie wissen es doch eh«, flüsterte Valleria leise, als sie seine Anspannung bemerkte. Dann wurde ihre Stimme ernster. »Es tut mir leid, aber wir werden uns nicht oft sehen können. Und ungestört … das wird noch schwieriger.«

Ronan wusste, dass sie mehr sagen wollte, doch die Worte blieben unausgesprochen. *Nicht, solange sie ihre Beziehung nicht offiziell machten*, sprach er ihre Gedanken stumm zu Ende. Aber sie konnten noch nicht so weit vorausplanen. Um Vallerias Hand anhalten zu können, müsste er als Ordensritter zurücktreten, so wie sie keine aktive Magierin im Orden sein würde. Und dass Ronan das dritte Kind eines Herzogs war, erschwerte es zusätzlich. Sein Vater, Lucan, wäre zwar erfreut, seine Familie mit der des Königs zu verbinden, aber der König selbst würde eine solche Verbindung wohl kaum billigen. Valleria stand in der Thronfolge hinter ihrem Bruder – eine Ehe mit Ronan, dem Nichtsnutz seines Vaters, würde zu Aufständen führen. Kein Adliger würde dulden, dass ein Mann wie er, der sich sein Leben lang aus dem Adelsleben zurückzog und den Titel des Herzogs nicht erben würde, zum Prinzgemahl werden würde. Und das schlimme an allem, das war der einzige Weg. Eine einfache Beziehung war für eine Prinzessin nicht möglich.

»Hör auf«, unterbrach Valleria seine düsteren Gedanken mit sanftem Nachdruck. »Ich kenne diesen Gesichtsausdruck. Du hast ihn in den letzten Tagen viel zu oft gehabt.« Sie legte eine Hand auf seine und sah ihm aufmunternd in die Augen. »Du bist kein Niemand. Du hast mir zweimal das Leben gerettet. Das Volk schätzt dich und du bist als Azurflamme bekannt. Und selbst wenn es eine Rolle spielen würde – wir finden einen Weg. Es braucht nur Zeit.«

Ihre Worte brachten Ronan wieder zurück in die Gegenwart, und als er in ihre Augen sah, vergaß er für einen Moment all seine Sorgen. Die Versuchung, sie zu küssen, war überwältigend, aber er riss sich zusammen und nickte schließlich, ein leichtes Lächeln auf den Lippen. Sie erwiderte es wissend.

»Ich habe nachgedacht«, sagte Valleria, während sie ihre Hand zurückzog, den Blick jedoch auf Ronan gerichtet hielt. »Ich weiß nicht, ob wir uns in der Zwischenzeit sehen können, aber im Frühling findet wie jedes Jahr ein Ball im Palast meines Vaters statt. Ich werde dafür sorgen, dass du eingeladen wirst.«

Ronan schüttelte leicht den Kopf. »Der Orden wird das nicht zulassen. Nach dem Winter werden wir Aufträge erhalten und durch Andorien ziehen. Außerdem … ich habe seit meiner Kindheit nicht mehr getanzt und ich bin verdammt ungeschickt.«

»Der Orden wird nicht viel dagegen ausrichten können, wenn die Familie des engsten Beraters meines Vaters eingeladen wird und dies als Dank für meine Rettung geschieht.«

Ronan unterbrach sie mit einem ernsten Blick. »Ich habe dich nicht allein gerettet. Es ist wirklich lieb von dir, aber ich würde mich unwohl fühlen, wenn nur ich von meinen Pflichten entbunden werde, während die anderen in der Zitadelle auf mich warten. Außerdem war es unsere Aufgabe. Dafür gibt es keine Belohnung.«

»Deshalb …«, fuhr Valleria mit einem schelmischen Lächeln fort, »… sind auch Kealin und Amara als Mitglieder adliger Familien eingeladen.«

Ronan lächelte. »Und die anderen?«, fragte Ronan und warf einen Blick auf ihre Gruppe.

Valleria schüttelte bedauernd den Kopf. »Darian und Eadric sind keine Adligen und zu niedrig im Rang beim Orden. Mein Vater würde es nicht erlauben. Tut mir leid. Aber Caius als Klingenhüter … ich werde es versuchen. Und Lyra ist natürlich ein Ehrengast.« Sie schenkte der Ibris ein fröhliches Lächeln, die wie immer ruhig neben ihnen herlief.

»Ich glaube, da seid ihr euch schon längst einig«, entgegnete Ronan grinsend. Er konnte nicht anders, als Vallerias Entschlossenheit zu bewundern.

»Immerhin besser als keine Belohnung, oder? Ihr habt immerhin die Prinzessin gerettet – Stoff für Legenden! Oder hättest du brav in der Zitadelle gewartet, wenn niemand dich geschickt hätte?« Sie warf ihm einen neckischen Blick zu, genau wie damals in den Gängen des Turms nach ihrer Prüfung.

Ronan hob eine Braue und erwiderte ihren Blick, während ein amüsiertes Lächeln seine Lippen umspielte. »Wäre ich brav in der Zitadelle geblieben?« Er legte kurz den Kopf schief und tat, als würde er ernsthaft darüber nachdenken, ehe er gespielt übertrieben seufzte. »Ja, wahrscheinlich. Ich wäre ganz artig geblieben und hätte auf meinen nächsten Auftrag gewartet.«

Vallerias Lippen verzogen sich zu einem spöttischen Lächeln. »Du lügst.«

»Vielleicht.« Ronan beugte sich leicht zu ihr, seine Stimme senkte sich, fast verschwörerisch. »Oder vielleicht auch nicht. Aber …«, er hielt inne, und seine Augen funkelten verschmitzt, »wenn ich weiß, dass du in Gefahr bist …« Er ließ die Worte kurz in der Luft hängen, bevor er sanft hinzufügte, »… würde ich keine Sekunde zögern.« Sein Blick hielt den ihren fest, und die leichte Neckerei wich einer Wärme in seiner Stimme. »Egal wo, egal wann. Ich würde alles stehen und liegen lassen, um dich zu retten.«

Valleria blinzelte überrascht, und ein leichtes Rot stahl sich auf ihre Wangen. Doch bevor sie etwas sagen konnte, fügte Ronan mit einem verspielten Grinsen hinzu,»Wenn du mich wirklich auf diesen Ball schleppst, werde ich dir auf die Füße treten. Versprochen.«

Valleria richtete ihren Blick nach vorne und räusperte sich leicht.»Dann freue ich mich darauf, dich dort zu sehen. Vielleicht finden wir auch etwas Zeit, nur für uns zwei.« Die letzten Worte waren kaum mehr als ein gehauchtes Flüstern, und es war nun an Ronan, rot zu werden.

Ohne ihm eine Chance zu lassen, darauf zu reagieren, trieb sie ihr Pferd leicht an und schaute über ihre Schulter zurück. »Und nur, um das klarzustellen …«, rief sie ihm zu, ein freches Lächeln auf den Lippen,»du bist der geschickteste Mensch, den ich kenne. Wie sonst hättest du meinen Zaubern im Kerker entkommen können?« Bevor er überhaupt Widerworte finden konnte, war sie bereits auf gleicher Höhe mit den anderen Magierinnen und ließ ihm keine Möglichkeit zur Erwiderung.

Ronan lenkte seinen Blick nach vorn und erblickte eine Gruppe von Reitern, die das Banner des Königs trugen. Das erklärte, warum Valleria sich zu Amara und Lisandra gesellte – die königliche Garde kam, um sie das letzte Stück des Weges zu begleiten. Ein flaues Gefühl breitete sich in seinem Magen aus, als die Reiter mit dem Banner des Königs näher kamen. Was, wenn einer von ihnen herausfand, was er mit Valleria getan hatte? Er dachte über alles nach und seine Gedanken schweiften unwillkürlich zum Kerker und zu Alarc Darstin. Valleria hatte ihm von dessen Plänen erzählt, doch je mehr er darüber nachdachte, desto weniger Sinn ergab es.

Sicher, eine Geisel aus der Königsfamilie wäre ein wertvolles Druckmittel im Krieg, aber das Sonnenreich von Helios hätte die Frau des Herzogs als Magierin niemals verschont. Warum also sollte Alarc ihnen folgen? Und warum hatten die Kultisten ihn bei seinem Vorhaben unterstützt? Es ergab einfach keinen Sinn – weder für Ronan noch für Valleria. Es sei denn ... die Kultisten hatten den Herzog dazu gezwungen. Ihr Ziel war doch klar: Sie wollten Andorien schwächen. Sollte es aber tatsächlich zu einem Krieg mit dem Sonnenreich kommen, war Andorien noch immer in einer starken Position. Andorien stand nicht allein. Die Königreiche Valorien und Marais hatten sich durch ein Verteidigungsbündnis mit Andorien verbündet, um den Handel zu sichern und Kriege zu vermeiden.

Doch das Sonnenreich war anders. Dort herrschte der Glauben an nur einen einzigen Gott, der von seinen Anhängern verlangte, alles Magische, von Geistern bis zu Magiern, auszulöschen. Ein solcher Konflikt würde mehr als nur um Ländereien oder Ressourcen gehen – es wäre ein Religionskrieg.

Jahrhundertelang hatten natürliche Grenzen einen solchen Krieg verhindert. Das Frühlingsmeer und die Berge von Hochtal schirmten Andorien vom Sonnenreich ab. Eine Flotte aus Helion, die über das Meer angriff, wäre zu leicht auszumachen, und Magier könnten die Schiffe versenken, bevor sie auch nur einen Hafen erreichten. Auch die Berge boten keinen besseren Weg – die engen Pässe konnten von wenigen Soldaten verteidigt werden, bis Verstärkungen eintrafen.

Der wahre Grund, warum im Gegenzug Andorien noch keinen Krieg gegen das Sonnenreich erklärt hatte, lag in zwei

Dingen: dem König, der den Frieden seines Volkes über alles stellte und damit die Tradition seiner Vorfahren fortführte, und dem fehlenden Rückhalt der Bündnispartner Valorien und Marais bei einem Angriffskrieg.

»Worüber denkst du nach?«, fragte Darian und ritt nun neben Ronan. Ronan bemerkte es nicht einmal, so in Gedanken vertieft war er.

»Ich denke über einen möglichen Krieg nach ... Es ist viel passiert auf unserer Reise.« Ronan seufzte und ließ seinen Blick in die Ferne schweifen.

»Das Thema hatten wir gerade auch besprochen. Es ist alles ziemlich verwirrend«, stimmte Darian ihm zu. »Hast du auch nochmal über die Fellbestien nachgedacht?«

Ronan bemerkte, wie Darian die Zügel fester umklammerte. Er konnte es ihm nicht verübeln. Die Fellbestien hatten Darian alles genommen, waren der Grund, warum er Ordensritter geworden war. »Ich plane, Meister Finnegan von ihnen zu berichten und dann wahrscheinlich erneut dem gesamten Rat. Es kann kein Zufall sein, dass wir nun schon zweimal auf sie gestoßen sind, und dass an völlig verschiedenen Provinzen. Wären sie an einem einzigen Ort gesichtet worden, wäre es eine andere Sache, aber so verteilt ...«

»Als würden sie etwas auskundschaften«, gab Darian zu bedenken.

Ronan überdachte seine Worte. Es war möglich, dass die Fellbestien nach strategischen Punkten suchten, um erneut eine Invasion zu starten. Bei Winterhafen hatten sie es schon einmal versucht, und dort waren sie auch das erste Mal auf diese Kreaturen getroffen. Doch nun, im Gebirge im Osten von Andorien, stellte sich das Ganze als ein einziges Rätsel dar.

»Ich kann mir wirklich keinen Reim darauf machen«, gab

Ronan schließlich auf.»Aber wir werden es herausfinden.« Mit diesen Worten versuchte er, Darian etwas aufzumuntern. Doch es half nicht. Darian war immer noch so angespannt wie Eadrics Armbrust.

Kealin ritt nun an Ronans anderer Seite und brach das aufgekommene Schweigen.»Seht ihr das?«, fragte er und deutete auf die Königsgarde.

»Die Königsgarde, wir sind nicht blind. Sie ist eine Prinzessin«, erwiderte Darian ungewohnt spöttisch. *So war er, wenn ihn die Fellbestien beschäftigten*, dachte Ronan.

Kealin zeigte erneut in dieselbe Richtung, seine Augen fixiert auf die herannahenden Reiter der Königsgarde.»Nein, das meine ich nicht.«

Ronan folgte Kealins Blick und betrachtete die Reiter genauer. Fünf von ihnen, alle in prächtigen Rüstungen, die in der aufgehenden Sonne strahlten. Ihre Brustpanzer waren aus makellosem Weiß gefertigt, mit feinen, goldenen Verzierungen, die sich wie Sonnenschein über die Oberfläche zogen. Über ihren Schultern wehten weiße Umhänge, die mit goldenen Symbolen bestickt waren. Es war ein starker Kontrast zu den Ordensrittern, deren Rüstungen stets dunkel und schlicht gehalten waren.

Der vorderste Reiter unterschied sich deutlich von den anderen. Seine Rüstung war noch kunstvoller, das Gold funkelte heller, und auf seiner Brust prangte ein großes Wappen. Doch es war das Schwert an seiner Seite, das an ihm wirklich herausstach. Der Griff des Schwerts bestand aus Gold, verziert mit funkelnden Edelsteinen. Es war eine Waffe, die nicht nur für den Kampf, sondern auch für die Darstellung von Macht und Autorität gefertigt worden war.

»Das ist der Prinz«, flüsterte Darian ehrfürchtig, seine Stimme voller Bewunderung. Seine Aufregung stand in scharfem Kontrast zu seiner zuvor düsteren Grübelei über die Fellbestien.

Die Reiter erreichten Valleria und Amara und hielten an. Valleria stieg von ihrem Pferd, gefolgt von Amara, und beide näherten sich dem Prinzen. Ronan beobachtete, wie der Prinz seine Schwester in eine herzliche Umarmung zog.

»Was meint ihr, worüber sie reden?«, fragte Kealin neugierig.

»Was würdest du mit deiner Schwester besprechen, wenn sie gerade aus der Gefangenschaft befreit wurde?«, antwortete Eadric trocken.

Kealin öffnete den Mund, um etwas zu erwidern, doch bevor er etwas sagen konnte, näherte sich Anya, die mit einem leisen Seufzen von ihrem Pferd stieg. »Solange die Belohnung für mich stimmt, ist mir das Gespräch egal«, murmelte sie.

Caius warf ihr einen scharfen Blick zu. »Still jetzt. Der Prinz kommt her. Verbeugt euch, und erhebt euch erst, wenn er es erlaubt.«

Kealin hob die Augenbrauen. »Das ist nicht das erste Mal, dass ich jemandem aus der Königsfam …« Doch bevor er weitersprechen konnte, packte Eadric ihn am Nacken und zwang ihn zu einer respektvollen Verbeugung.

Ronan musste innerlich schmunzeln.

Eine tiefe, kräftige Stimme unterbrach die Szene. »Bitte, die Retter meiner Schwester müssen sich nicht verbeugen.«

Ronan hob den Kopf und blickte auf den Reiter, der vor ihnen stand: Prinz Varis Miren. Hochgewachsen und eindrucksvoll, mit dem Helm unter dem linken Arm geklemmt, strahlte er eine natürliche Freundlichkeit aus. Größer als

Eadric, breitschultrig und mit einer Präsenz, die man nicht ignorieren konnte, musterten seine freundlichen blauen Augen die Gruppe.

»Ich danke euch allen von Herzen für eure Tapferkeit«, sagte er, und seine Stimme war von echter Anerkennung durchdrungen. »Ohne euch wäre meine Schwester nicht hier.« Ronan spürte, wie sich die Anspannung in der Gruppe etwas löste, doch es war Valleria, die zuerst das Wort ergriff. »Varis, du musst nicht so formell mit ihnen umgehen.«

Der Prinz nickte ihr zu. Sein Blick wanderte von Valleria zu Ronan und dann zu den anderen. »Andorien schuldet euch eine große Schuld. Ich werde dafür sorgen, dass ihr die Anerkennung erhaltet, die euch zusteht. Meine habt ihr zumindest auf ewig gewonnen.«

Caius verneigte sich leicht. »Es war unsere Pflicht, Hoheit.« Anya wollte etwas erwidern, doch ein Blick und ein Kopfschütteln von Valleria reichten aus, damit sie es sich anders überlegte.

»Vielleicht war es eure Pflicht«, antwortete Varis mit einem Hauch von Nachdenklichkeit, »aber nicht jeder erfüllt seine Pflicht mit solcher Hingabe oder ist an irgendeine Pflicht gebunden … Anya, richtig?«, fragte Varis und musterte die Diebin.

Anya nickte. Ihr Gesicht verriet, dass sie zwar Respekt vor Varis hatte, aber auch bereit war die Beine in die Hand zu nehmen. Letzen Endes war sie schließlich eine Kriminelle.

»Der Orden könnte jemanden mit deinen Fähigkeiten gut gebrauchen. Vielleicht ist es sogar an der Zeit, dass auch Frauen eine Chance erhalten, bei den Rittern einen Platz zu erringen.«

Anya schien kurz sprachlos.»Ich werde darüber nachdenken.«

»Bitte tue das und bleib als Gast in der Zitadelle. So oder so wirst du eine faire Belohnung erhalten.« Varis deutete eine Verbeugung an.»Nun denn, habe ich etwas vergessen?« Er wandte sich an Valleria und als wäre ihm etwas an ihr aufgefallen, folgte er ihrem Blick, den sie gerade noch Ronan zugeworfen hatte.

Valleria schüttelte mit einem Lächeln den Kopf, als ihr Bruder ihren Blick wieder auffing.»Nun denn«, sagte er und wandte sich ein letztes Mal an die Gruppe. Blieb mit seinem Blick jedoch an Ronan haften.»Meine Schwester und ich reiten vor und werden mit meinem Geleit zum Palast unserer Familie aufbrechen. Unsere Wege trennen sich nun.«

Ronans Blick huschte für einen kurzen Moment zu Valleria, und ihm wurde bewusst, dass er sich damit verraten hatte. Doch Varis lächelte nur. Der Prinz setzte sich wieder seinen Helm auf, und Ronan meinte, Varis habe ihm zugezwinkert. Verwirrung durchfuhr ihn, doch das warme Lächeln von Valleria ließ ihn beruhigt zurück, als sie aufsaßen und in Richtung Königsfurt ritten.

# Eryndor

## IV.

Die Sonne stand hoch über der gewaltigen Stadt, die sich wie eine strahlende Krone über den Hügeln erhob. Ihre weißen Mauern, aus Marmor und mit goldenen Ornamenten geschmückt, funkelten im Licht wie Juwelen. Der Marktplatz war erfüllt von Leben. Händler priesen ihre Waren an, edel gekleidete Bürger wandelten zwischen Ständen voller exotischer Stoffe, feinster Gewürze und filigranem Schmuck. Die Straßen waren mit glatt poliertem Marmor gepflastert, in denen sich die Säulen der gewaltigen Tempel und Paläste spiegelten. Über den Köpfen der Bevölkerung spannten sich Brücken aus weißem Stein, die majestätisch von Gebäude zu Gebäude führten, und in der Ferne ragte das Adrinorum wie ein Monument der Macht empor.

Eryndor schritt auf dem Marktplatz entlang, seine Haltung aufrecht und würdevoll. Neben ihm ging Myranda, eine angesehene Senatorin, deren Augen immer wieder unruhig über die Menge wanderten.

»Die östlichen Königreiche bereiten mir Sorgen«, sagte Myranda, als sie eine Gruppe Kinder sahen, die lachend um einen Brunnen spielten. »Diese *Menschen* … Sie sind barbarisch, unberechenbar. Ich habe Berichte erhalten, die besagen, dass einige von ihnen magische Wesen gezielt auslöschen. Sie sind wild und ungezügelt, und ich fürchte, sie könnten eines Tages zur Gefahr für uns werden.«

Eryndor lächelte sanft, ein warmes, beruhigendes Lächeln. »Die Menschen in den östlichen Königreichen sind ... anders, ja. Aber unberechenbar?« Er schüttelte den Kopf. »Sie handeln nach ihren eigenen Regeln, und ihre Kulturen sind uns fremd. Doch das bedeutet nicht, dass sie eine Bedrohung darstellen.«

Myranda runzelte die Stirn. »Aber könnten wir ihnen nicht die Erleuchtung bringen? Sie könnten zu wertvollen Verbündeten werden, wenn wir ihnen nur den Weg zeigen würden.«

Eryndor hielt inne, ließ seinen Blick über den Platz gleiten, auf dem Händler und Bürger gleichermaßen miteinander verhandelten, und nickte leicht. »Die Menschen sind fehlbar, wie wir es alle sind«, sagte er, seine Stimme sanft und nachdenklich. *Myranda war genau wie Calanthir*, dachte er jedoch und rollte innerlich mit den Augen. *Es wird ermüdend, immer wieder dieselben Gespräche und Debatten zu führen.* »Aber sie sind auch ein eigenständiges Volk«, fuhr er fort. »Es liegt nicht an uns, ihnen unsere Erleuchtung aufzuzwingen. Sie müssen den Weg zu uns selbst finden. Nur wenn sie aus eigener Kraft verstehen, wer wir sind und was wir bieten, können sie wirklich von unserem Wissen profitieren.«

Myranda seufzte leise und dachte nach. »Du hast wohl recht, Eryndor.«

»Geduld, meine Liebe«, erwiderte Eryndor mit einem leichten Lächeln. »Ihre Gemeinden an unseren Küsten wachsen zwar, doch trauen sie sich kaum in das Landesinnere. Solange sie nicht entschlossen genug sind, das Unbekannte mit offenen Augen zu erforschen. Können wir nichts für sie tun.«

Während die Worte zwischen ihnen verhallten, ließ Eryndor einen Moment lang seine freundliche Fassade bröckeln, jedoch nur in seinen Gedanken. Sein Geist driftete ab, weit entfernt von der scheinbaren Harmonie auf dem Marktplatz. Denn in der Dunkelheit seiner Intrigen hatte er ganz andere Pläne.

Die Prinzessin von Andorien war befreit worden, ein Rückschlag, den er nicht vorhergesehen hatte und dieses azurblaue Feuer des Jungen kannte er aus alten Legenden der Aetheri. *Es kann kein Zufall sein*, dachte er und wusste, dass auch diese Macht in seine Hände fallen wird.

Seine Schatten hatten ihm dies erst kürzlich berichtet, und es war ihm nur allzu bewusst, was ihre Rettung bedeuten konnte: Der Krieg zwischen Andorien und dem Sonnenreich von Helios könnte nun gefährdet sein. Es hatte Wochen, ja Monate gedauert, diesen Konflikt so geschickt zu spinnen, dass beide Seiten in die Falle tappten. Die Geiselnahme der Prinzessin war ein entscheidender Schritt gewesen, um den König von Andorien in blinden Zorn zu stürzen und Helios als den Aggressor zu sehen.

Doch trotz dieses Rückschlags war Eryndor nicht beunruhigt. Seine Schatten waren überall, in jeder Stadt, in jedem Hof. Sie beobachteten und manipulierten die Geschicke der Königreiche wie kaum hörbares Flüstern in der Dunkelheit. *Früher oder später würde der Krieg dennoch ausbrechen. Es lag in der Natur dieser Menschen, sich gegenseitig zu zerstören, und ich würde sicherstellen, dass sie es taten.*

Noch wichtiger war jedoch die Entwicklung im Norden des Kontinents für Eryndor. Dort hatte er weitere Hinweise auf diese *Nekromantie* entdeckt, eine anscheinend uralte und vergessene Kunst, die längst aus den Geschichtsbüchern der Menschen verschwunden war. Seine Schatten hatten diese Spuren für ihn aufgespürt, und nun lag es an ihm, die Geheimnisse zu entschlüsseln. Wenn er dies tat, würde er eine Macht in den Händen halten, die weit über das hinausging, was der Senat je verstehen könnten. Eine Macht, die ihm allein dienen würde.

»Was hältst du davon, Eryndor?« Myranda riss ihn aus seinen Gedanken.

Er blinzelte, lächelte sie an und nickte. »Ich denke, wir werden abwarten müssen. Die Menschen haben ihre Zeit, und wir unsere.« Seine Stimme war ruhig und beherrscht, wie immer, doch innerlich spürte er die Befriedigung seines Spiels. *Auch wenn ein Plan scheitern würde, ich habe weitere, bereit in die Tat umgesetzt zu werden. Es spielte keine bedeutende Rolle*, dachte er.

»Dann lass uns weitergehen«, sagte Myranda, und sie setzte ihren Weg fort, als hätte sie die Schatten in Eryndors Augen nicht bemerkt.

Er folgte ihr, die Hände hinter dem Rücken verschränkt, den Blick weiterhin auf den leuchtenden Platz gerichtet. Die Zeit arbeitete für ihn. Und während er zwischen den prächtigen Marmorwänden der Stadt wandelte, war es ihm bewusst, dass diese scheinbare Harmonie nur der Ruhe vor dem Sturm glich.

Ein Sturm, den er selbst entfesseln würde.

# Kapitel 29

Der Winter war im vollen Gange und die Reise stellte sich nicht so leicht dar, wie Ronan es angenommen hatte. Er war allein. Darian hatte ihm zwar angeboten, dass er mitkommen würde, doch bestand Ronan darauf allein nachhause zurückzukehren. Es schneite und der Wind wehte doch spürte Ronan die Kälte nicht. Er ritt in der Rüstung eines Ordensritters mit seinem schwarzen Schwert auf dem Rücken über die Handelsstraße nach Falkenheim. Seiner Heimat.

Seine Gedanken wanderten zu Valleria und ihren letzten Kuss – ihr letztes Gespräch. Valleria blieb den Winter über bei ihrer Familie in Königsfurt. Dies hatte er aus einem Brief von ihr erfahren, in dem sie auch geschrieben hat, dass ihre Gefangenschaft nicht öffentlich gemacht wurde. Es ginge dabei um ihre Ehre als Prinzessin und darum, keinen Aufruhr in der Bevölkerung auszulösen. Der hohe Rat des Ordens hatte sich einige Tage vor ihrem Brief von den Ordensrittern und Magiern den Verlauf der Rettung erklären lassen, jedoch stellten sie keine Nachfragen. Sie nickten nur und beendeten die Anhörung, als Kealin als Letzter vorgesprochen hatte. Bei der Versammlung fehlten jedoch der König und Ronans Vater. Der König war bei seiner Familie in Königsfurt und Lucan zog sich angeblich auf den Familiensitz bei Falkenheim zurück.

Ronan war mit dem Ergebnis unzufrieden. Zwar verstand und unterstützte er den Punkt, dass Valleria aufgrund ihrer Gefangenschaft einiges unterstellt werden könnte, aber Alarc Darstin damit durchkommen zu lassen, ließ Wut in ihm aufsteigen. Auch hatte Ronan mit keinem Ordensmeister oder Magus über sein Mal auf dem Rücken oder die Fokusmagie gesprochen. Sein Vater sollte es als erster erfahren. Nicht nur, weil Lucan Valon der Großmagus und damit wichtigster Magier Andoriens war und mächtige Magier, wie Zarek, Ronans Bruder, und die Prinzessin, als Mentor ausgebildet hatte, sondern auch, weil sein Vater es war, der Ronan als Kind im Stich ließ. Sein Vater war es, der wieder und wieder an Ronan Experimente und waghalsige Tests durchgeführt hatte. Sein Vater war es, der nach dem Tod von Ronans Mutter in die neue Welt verschwand, jeden mitnahm und nur ihn, sein magieloses Kind allein zurückließ.

Ein schneebedecktes Gebüsch neben Ronan raschelte leicht und er hörte das Knacken von Schnee, welches unter Druck nachgab. Ronan blieb entspannt und lauschte mit Hilfe seiner Magie in die Sträucher unweit von ihm, am Wegesrand.

»Lyra …«, atmete Ronan den Namen des Schneeschattens aus, welche im Schnee kaum zu erkennen war.

Mit einem Satz sprang Lyra auf Ronans Pferd zu, worauf dieses erschrak und sich aufbäumte. Ronan schaffte es mit beruhigender Stimme das Pferd wieder unter Kontrolle zu bringen.

»Ich habe auch dir gesagt, dass ich bald zurück bin und du in der Zitadelle mit den anderen auf mich warten solltest.« Ronan schüttelte den Kopf und stieg von seinem Pferd. Es an den Zügeln haltend, schritt er auf Lyra zu und kraulte sie zwischen ihren Ohren.

Die Ibris begann zu schnurren und überließ sich genießerisch Ronans Streicheleinheiten.

»Naja, was soll's. Es ist nicht mehr weit. Willst du sehen, wo ich aufgewachsen bin?«

Lyra wandte sich von Ronan ab und ging den Weg in Richtung von Falkenheim entlang. Ronan ging neben ihr und zog sein Pferd hinter sich her. »Das bedeutet wohl, ja.«

†

Ronan war zwar früh morgens aufgebrochen, jedoch waren die Tage kürzer geworden und die Dunkelheit machte sich bereits breit als er und Lyra am Abend Falkenheim erreichten. Ronan entschied sich daher im Dorf unweit vom Anwesen seiner Familie zu übernachten. Es war nicht leicht den Wirt zu erklären, dass die weiße Katze, die die Größe eines Wolfes erreicht hatte, mit im Zimmer schlafen würde, doch als er auf dem Sohn des Wirts traf, den er noch aus seiner Kindheit kannte, war alles kein Problem mehr. Ronan hinterließ am nächsten Morgen weitere Münzen auf dem Tisch in seinem Zimmer und brach auf – seinem Vater zu begegnen.

†

Ronan sah sich in der Empfangshalle seines alten Anwesens um. Es hatte sich auf dem ersten Blick nichts verändert. Derselbe Prunk bedeckte die Wände und ein rot-goldener Teppich war ausgerollt, was die Anwesenheit seines Vaters bestätigte. Ronan sah die geschwungene Treppe hinauf und dachte an sein altes Leben. Er wandte sich ab und ging zwischen zwei Marmorsäulen, wo ein Spiegel an der Wand angebracht war.

Ein Mann mit harten Kannten im Gesicht sah ihm mit wachsamen dunkelblauen Augen entgegen. Das blonde Haar des Mannes war am Hinterkopf zusammengebunden und nur wenige kurze leicht lockige Strähnen hingen lose. Der kurze gepflegte Bart rundete das Bild ab. Ronan konnte nicht anders, als seine Riemen der Ausrüstung, die er Trug zu überprüfen und nervös sein Schwertgurt und damit sein Schwert auf seinem Rücken zu richten.

Lyra blieb bei der Stallung mit dem Pferd. So gerne die Ibris auch mitgekommen wäre, um Ronan beizustehen, wollte er seinem Vater allein gegenübertreten.

Schritte ließen Ronan zwischen den Säulen hervortreten und die steinerne Treppe hinaufschauen. Garet, der wohl einzige noch verbliebene Diener des Anwesens stieg die Treppe hinab.

»Ah, ich meinte doch jemanden gehört zu haben. Wie darf ich euch beim Durchlaucht vorstellen?«, fragte der alte Diener mit deutlicher Stimme und formvollendeter Verbeugung.

»Ronan Valon.«

Ronan konnte sich ein Grinsen nicht verkneifen, als Garet hochsah und ihn mit weit aufgerissenen Augen ansah.

»Junger Herr«, stieß Garet freudig aus. »Ihr ... ihr seid gewachsen.« Garet musterte Ronan von Kopf bis Fuß. »Und ihr habt euch die Fähigkeit angeeignet gepflegt zu erscheinen.«

Ronan musste schmunzeln.

Garet schritt auf Ronan zu und fand etwas, was nicht perfekt saß. Er richtete einen Riemen an Ronans linker Schulter. »Es ist schön Euch wohlauf zu sehen. Ich habe nicht viel von Euch gehört. Aber was ich hörte ... Ihr könnt stolz auf euch sein. Eure Mutter wäre es.«

»Danke«, erwiderte Ronan und er erinnerte sich an die verblassten Albträume, die er immer von ihrem Tod hatte. Er wusste nur nicht, seit wann diese aufgehört hatten. »Ich bin leider nicht hier, um über alte Zeiten zu reden … Ich bin wegen meines Vaters hier.«

Ronan wandte sich zur Tür, die in das Arbeitszimmer führte. Den Raum, der für ihn einst der Ort war, der ihm Sicherheit und Geborgenheit bot. Als Ronan nach seinem Vater suchte, spürte er ihn in diesem Raum, zusammen mit einer weiteren magischen Präsenz, die Ronan jedoch nicht kannte. Er hatte diese Person aber schon einmal wahrgenommen. Er wusste nur nicht wo oder wann.

»Wann wird mein Vater seine Besprechung mit dem Magier beendet haben?«

Garet sah Ronan verwundert an. »Seine Durchlaucht ist allein in dem Raum … seit er am Morgen erwachte, wenn ich mich nicht irre. Ich hatte ihm zumindest um die Zeit das Frühstück reingebracht.«

Ronan konzentrierte sich erneut auf seine Magie. Doch da war es. Eine weitere Präsenz. Ebenfalls verwundert zog Ronan seine Augenbrauen hoch. »Dann dürfte es kein Problem sein einzutreten.« Ronan schritt auf die breite Tür zum Arbeitszimmer zu.

»Lasst mich Euch erst anmelden. Was wenn euer Vater in Studien vertieft ist. Seine Durchlaucht würde sich ebenfalls auf ein Treffen vorbereiten wollen.« Garet versuchte weiterhin Ronan aufzuhalten, um die Etikette zu waren. Doch Ronan erreichte bereits die Tür und griff nach der Eisenklinke.

Der Herzog, Lucan Valon, stand hinter dem langen Tisch vor dem brennenden Kamin, am Ende des Raums. Er lehnte sich an diesen heran und dachte über etwas nach. Der Raum war genau, wie Ronan ihn vor fast vier Jahren verlassen hatte. Die Vorhänge waren genau, wie an jenem Tag zugezogen. Es war für Ronan, als würde sich der Tag, an dem er zu dem Orden geschickt wurde, wiederholen. Die zweite magische Präsenz war noch da – schwächer. Lucan wandte sich überrascht Ronan zu, der in den Raum trat. Noch bevor sein Vater etwas sagen konnte, kam ihm Ronan zuvor. »Reden wir mit einem Kamin?«, fragte Ronan mit fester Stimme. »Ich wusste nicht, dass Magier über diesen Weg kommunizieren können.« Ronan erreichte den ersten Stuhl am Tisch und bettete seine Hände auf dessen Lehne, um sich abzustützen. »Hallo … Vater.«

Lucan hatte sich gefasst und setzte seine steinerne Mine auf, mit der er Ronan immer gegenübertrat. Mit einem Nicken begrüßte er seinen Sohn, bevor er sich ebenfalls an den Tisch begab. »Ich bin allein.« Seine Stimme war tief, aber interessiert.

»Willst du mich deinem Freund nicht vorstellen?«, überging Ronan die Aussage seines Vaters. Neugier brannte in ihm, die ihn vergessen ließ, warum er seinen Vater eigentlich aufsuchte. Die Präsenz wurde so schwach, dass Ronan wusste, dass sie nun wirklich allein waren, bis auf Garet, der die Tür hinter Ronan geschlossen hatte. *Doch woher kannte er dieses Gefühl*, fragte er sich.

Lucan musterte seinen Sohn, entschied sich anscheinend jedoch weiterhin den Unwissenden zu spielen und im Gegenzug seine Nachfrage zu ignorieren. »Ich hörte, du hast Talia aus den Händen von Alarc Darstin befreit. Ich weiß nicht, wie groß deine Rolle in ihrer Rettung war, aber dein Erfolg wurde bemerkt.« Lucan ging um den Tisch herum und hielt an einem Bücherregel. Er drehte sich zu diesem, als würde er ein Buch suchen.

Ronan ging entgegengesetzt um den Tisch, so dass er im Rücken seines Vaters stand und sich das Feuer im Kamin ansehen konnte. Das Feuer brannte, wie es in jedem entzündeten Kamin mit Feuerholz brennen würde und keine Spuren oder Auffälligkeiten waren zu erkennen. »Du meinst Valleria«, korrigierte er Lucan. »Die Prinzessin von Andorien.«

Es gefiel Lucan nicht jetzt das zweite Mal von Ronan überrascht zu werden. Lucan legte seine Hände hinter seinem Rücken ineinander und drehte sich zu Ronan um. »Das sollte kein Ordensritter erfahren«, stellte er fest. »Aber schließlich bist du mein Sohn und damit intelligenter als diese einfältigen Ritter.«

*Da war es wieder*, dachte Ronan. Egal welche Erfolge Ronan vollbringen würde, sein Vater strich die Lorbeeren für sich ein und blickte auf alle von oben herab. »Ich bin nicht hergekommen, um von dir zu hören, wie großartig meine Leistungen sind, nur weil dein Blut in meinen Adern fließt.« Ronan atmete tief durch und diese Pause, nutzte sein Vater sofort.

»Deine Erfolge, sind meine Erfolge. Es war richtig dich dort hinzustecken, wo du jetzt bist. Meine Gnade war es, die dich zu einem funktionierenden Werkzeug gemacht hat und nicht zu einem nutzlosen Aristokraten.« Als würde die Suche nach einem bestimmten Buch unwichtig geworden, wandte Lucan sich an seinen Sohn. »Nachdem du mir gezeigt hast, dass du mit diesen Kultisten fertig werden konntest, habe ich dir diesen übereifrigen Magier vor die Füße geworfen. Ich wusste, dass du auch ihn besiegen würdest und damit ganz Andorien zeigst, dass du zu etwas nutze bist.«

Ronan schüttelte belustigt seinen Kopf. Er wusste, dass es so ablaufen würde und auch dass seine Prüfung in der Arena von seinem Vater eingefädelt wurde. Er ahnte es von dem Moment an, als Kaelgor zu ihm auf die Tribüne aufsah.

»Ich bin nicht dein Werkzeug. Ich danke dir dafür mich an die Ordensritter verkauft zu haben, aber damit endet es auch. Ich diene nicht den Magiern oder dir, sondern dem König und Andorien.«

»Du vergisst dabei den Rat des Ordens«, erinnerte Lucan ihn mit kalter Miene.

»Zwar erteilt der Rat mit die Befehle, aber der König ist es, der das letzte Wort hat. Wenn gemeinsam entschieden wurde, dass etwas zum Wohl von Andorien beiträgt, dann führe ich gerne die Befehle des Rats aus.« Ronan hoffte, dass er mit diesen Worten Wind aus Lucans Segel nehmen konnte, doch zeigte das aufflammende Feuer im Kamin, dass Ronan ihn nur wütend machte.

»Du unbelehrbares Kind«, fluchte Lucan und das Feuer des Kamins schlug aus. Zusätzlich entzündeten sich alle Kerzen im Raum und die Flammen wurden unnatürlich groß.

Ronan entschied, dass es reichte und wandte sich zur Tür. »Ich kam her, weil ich dir etwas sagen wollte. Aber solange du mich nicht als einen Menschen siehst, werde ich es für mich behalten … Ysara wäre enttäuscht von dir.« Die letzten Worte, sprach Ronan mit aufrichtigem Bedauern.

Ronan konnte nicht sehen, was sein Vater tat oder wie er auf seine Worte reagierte, doch brauchte Ronan das auch nicht. Seine Magie warnte ihn vor demselben Zauber, den sein Vater schon einmal gegen Ronan wirkte. Doch war ein solche Zauber nutzlos gegen ihn. Morvan war wieder bei Kräften und seine Magie stärkte seine Instinkte.

Ronan drehte sich halb zu Lucan um und griff nach den unsichtbaren Fäden seines Zaubers vor sich, der ihn zum Reden zwingen sollte. Im festen Griff seiner Faust rannen azurblaue Flammen zwischen den Fingern und verbrannten den Zauber, noch bevor dieser seine Magie entfalten konnte. Auch die restlichen Flammen im Raum loderten bedrohlich blau auf, bevor sie schlagartig wieder ihre alte Form annahmen. *Morvan hatte maßlos übertrieben*, dachte Ronan zufrieden.

Lucan riss überrascht seinen Kopf zurück und bereitete sich auf einen Konter vor. Doch Ronan lächelte nur traurig.

»Glückwunsch, du hast drei Kinder mit magischen Fähigkeiten ... Ich hätte erwartet, dass du das bereits früher bemerkt hättest.« Ronan zuckte gleichgültig mit den Schultern und verließ seinen Vater, seine Heimat. Ronan fühlte sich wie er sich noch nie zuvor gefühlt hatte. Der Druck, der ihn ständig begleitet hatte, war nicht mehr da und er konnte tief durchatmen – er fühlte sich frei.

# Kapitel 30

Es war bereits Frühling und Ronan konnte es kaum abwarten Valleria wieder zu sehen. Seit Monaten hatte er nur in Briefen von ihr erfahren und musste selbst in der Zitadelle überwintern, während sie die gesamte Zeit bei ihrer Familie blieb. Ronan Steig gemeinsam mit Kealin aus der Kutsche. Lyra war erwartete sie bereits, während Eadric und Darian in der Zitadelle zurückblieben. Eadric trainierte unentwegt, um seine verletzte Schulter zu stärken und Darian schmiedete an einem neuen Schwert.

»Ich fühle mich wirklich unwohl in diesem Fummel«, beschwerte sich Kealin. »Muss ich wirklich mitkommen?«

»Es wäre unhöflich die königliche Einladung abzulehnen«, meinte Ronan, der sich ebenfalls in seinen Kleidern unwohl fühlte. Sie waren es einfach gewohnt bewaffnet zu sein und mindestens eine Lederrüstung zu tragen. »Und soweit ich weiß, wird Amara auch hier sein.« Ronan lockte Kealin mit diesen Worten aus seiner Reserve. Seit ihren Abenteuern in den Bergen hatte Kealin einen Narren an Amara gefressen. Aus diesem Grund kam er des Öfteren mit Ronan mit, wenn er neue Bücher aus den Archiven auslieh, in der Hoffnung Amara über den Weg zu laufen.

»Das weiß ich auch … nur was ist, wenn ich nicht gut genug aussehe oder einen Fehler mache.«

Ein Grinsen breitete sich über Ronans Gesicht. *Wie sich doch die Dinge wenden konnten*, dachte er. Letztes Jahr war es Ronan, der für Unruhe in ihrer Gruppe sorgte, indem er nicht aufhören konnte über Talia, also Valleria, nachzudenken und nun war es Kealin, der mit seinem Kopf in den Wolken steckte.

Gut, dass sie seitdem keinen Auftrag bekamen. Eadric hätte sie beide geköpft, wenn sie nicht bei der Sache gewesen wären.

»Mach dir darüber nicht so viele Gedanken. So wie sie dich immerzu anstrahlt und tatsächlich immer noch mit dir redet.« Ronan stieß ihn leicht mit seinem Ellenbogen in die Seite. »Sie hat definitiv Interesse an dir.«

Kealin hellte etwas auf, doch nagte noch immer Unsicherheit an ihm. »Meinst du wirklich?«, fragte er unsicher.

»Seit wann bist du so feige?«

Kealin atmete hörbar aus. »Seit ich wohl etwas für jemanden empfinde«, antwortete er unerwartet ehrlich.

Sie erreichten die schweren Tore des Palastes des Königs. Sie waren noch nie gemeinsam im oberen Viertel von Königsfurt. Kealin war bereits hier gewesen, doch Ronan mied jede Form von adligen Spektakeln. Da Kealin, wie Ronan, eines von vielen Kindern war, würde auch er keine Titel erben und war aus dem Grund den Ordensrittern beigetreten. So konnte er weiterhin ein Leben als Adliger führen und musste nicht fürchten von seinem ältesten Bruder abhängig zu sein, auch wenn ein Leben im Orden gefährlicher war.

»Meine Herren, Eure Namen bitte«, sagte ein Herold in den purpurnen Farben des Königshauses gekleidet.

»Das ist Kealin Rheon. Ich bin Ronan Valon und das ist Lyra, die Ibris.« Lyra setzte sich aufrecht neben Ronan, während der Herold sie musterte.

»Ihr musst spaßen …«, begann der Herold, schien dann jedoch Lyras Namen auf seiner Schriftrolle entdeckt zu haben.

»Gibt es ein Problem?«, fragte Ronan.

»Nein, kein Problem. Bitte folgt mir, meine Herren.« Der Herold deutete mit einer leichten Verbeugung an ihm zu folgen.

Die schweren Tore des Palastes glitten lautlos auf, und Ronan trat ein, begleitet von dem leisen Knirschen seiner Stiefel auf dem polierten Mamorboden. An seiner Seite schritt Lyra, mit lautlosen geschmeidigen Bewegungen, als wäre sie nur ein Schatten unter dem gleißenden Licht der Kristallleuchter, die über ihnen schwebten. Die Blicke der Gäste folgten ihm, Neugierde und ein Hauch von Ehrfurcht mischten sich in ihre Mienen – nicht nur wegen seiner imposanten Erscheinung, sondern auch weil Lyra jedem verriet, dass er *die Azurflamme des Ordens* war.

Ronan trug eine aufwendig gearbeitete, dunkle Weste aus edlem Samt, die über einem weißen Hemd mit goldenen Stickereien lag. Seine Schultern waren breit, die Silhouette elegant, aber die Schlichtheit seines Outfits konnte nicht darüber hinwegtäuschen, dass Ronan in erster Linie ein Ordensritter war. Sein Umhang, in tiefem, nachtblauem Farbton gehalten, fiel schwer über seinen Rücken und war mit silbernen Ketten befestigt, deren Muster an die alten Symbole der Ordensritter erinnerten.

Lyra blieb dicht an seiner Seite, ihre eisblauen Augen aufmerksam, fast lauernd, während sie die Gäste musterte.

Kealin blieb ebenfalls an seiner Seite, und war in ähnliche Kleider wie Ronan gehüllt. Mit dem Unterschied, dass Kealin das Wappen seiner Familie in Form von goldenen Knöpfen trug. Sie sahen aus wie Brüder.

Als sie durch den Eingangsbereich geschritten waren und an die Tür zum Ballsaal gelangten, wurde diese von einem Magier in einer feinen Robe mit einer wischenden Bewegung geöffnet. Der Herold trat als erster in den Raum, gefolgt von Ronan, Kealin und Lyra.

»Der hochgeborene Herr Ronan Valon, Sohn des Herzogs von Falkenheim und der hochgeborene Herr Kealin Rheon, Sohn des Grafen von Schönbrunn!« Der Herold sprach laut, klar und deutlich, woraufhin sich viele Blicke zu den beiden Ordensrittern umsahen und Gemurmel zu hören war. Der Herold räusperte sich und sah beirrt zur Großkatze neben Ronan, fügte dann aber weniger selbstsicher hinzu, »Und Lyra, die Ibris.«

Alle Blicke ruhten für einen Moment auf die Neuankömmlinge. Ronan war es unangenehm im Mittelpunkt zu stehen, auch wenn dies die Etikette verlangte und damit notwendig war. Kealin ging es nicht anders mit der Situation und seine Blicke huschten zwischen den Gästen von einem Gesicht zum nächsten. Lyra jedoch gefiel es. Über dem ganzen Lärm um sie herum, meinte Ronan die Ibris tatsächlich schnurren zu hören.

Sie schritten die breite Treppe hinunter in den Saal und über den roten Teppich auf den Thron und damit dem König zu. Der Saal war symmetrisch aufgebaut, mit einer hohen Decke. Schwebende Kristallleuchter wanderten unter der Decke umher und spendeten Licht in alle Ecken des Raumes. Die Decke war anders als erwartet - nicht mit Fresken von Drachen oder des Familienwappens des Königshauses bemalt, sondern war gar eine klassische Kassettendecke. Jedoch konnte Ronan durch die quadratischen Vertiefungen über ihren Köpfen einen klaren Nachthimmel erkennen, als würde die Decke aus Glass bestehen. Ihm wurde schnell bewusst, dass es sich dabei um Magie handelte, dennoch war es beeindruckend.

Die Wände waren wie erwartet mit Wandteppichen und Gemälden verschiedener Künstler dekoriert von denen Ronan keine erkannte, da er sich nicht wirklich für Kunst interessierte.

Die Fahnen und Wappen an den Wänden kannte er bereits von der Abschlussprüfung der Magier aus der Halle des Magierturms.

Zu Ronans Linken waren Tische am Randbereich des Saals aufgebaut, die nebst Dekoration auch Speisen und Getränke aufwiesen. Ronan wusste, dass Kealin nach der Vorstellung beim König als erstes dort Mut aufbauen wollte. Von Amara war zunächst schonmal keine Spur.

Zu Ronans Rechten befand sich eine freie Fläche, auf der bereits einige Gäste zu den Instrumenten der Musiker tanzten. Für letztere war an der Fläche eine Erhöhung, wie eine Bühne aufgebaut, von der aus sie ihre klassische Musik spielten.

Insgesamt war es für Ronan eine Reizüberflutung, auch ohne seine Magie, mit der er jede einzelne Präsenz spürte. Er zwang sich, sich nicht umzusehen, sondern möglichst, ohne besonders aufzufallen, auf den König zuzugehen. Als sie den Thron erreichten, verbeugten sie sich vor dem König. Auch Lyra schob ihre Vorderbeine weit nach vorne, sank ihre Schultern hinab, während sie ihren Rücken zu einem eleganten Bogen formte. Ihren Kopf neigte sie dabei tief zur Erde und ihr Schweif zog eine geschmeidige Kurve in der Luft. Oder die zu groß geratene Katze streckte sich bloß. Ronan konnte es nicht mit Sicherheit sagen.

Der Platz neben Vardic Miren war leer und auch konnte Ronan Varis und Valleria nicht ausmachen. Auf ein Zeichen des Königs hin erhoben sie sich wieder.

»Valon und Rheon, meine Tochter erzählte mir von euch«, sprach der König so, dass nur sie und seine Garde, ihn hören konnten. »Und auch wenn es mir als König nicht gebührt, euch für ihre Rettung zu danken, so tue ich dies als Vater.«

Vardic nickte ihnen anerkennend zu, woraufhin Ronans Herz anfing schneller zu schlagen. Er hatte nicht damit gerechnet, dass der König sich persönlich bei ihnen bedanken würde. Ein Gefühl des Glücks breitete sich ihn Ronan aus und ein ähnliches Gefühl konnte er bei Kealin erkennen. Sie verbeugten sich nochmal. Dann schritten sie einige Schritte zurück und wandten sich vom König ab.

Kaum hatten sie sich in Richtung der Getränke gedreht stand vor Ronan ein bekanntes Gesicht. Mark Ovan stand vor ihm und hatte zwei Gläser mit tiefrotem Wein in den Händen.

»Ich hätte nicht gedacht dich eines Tages auf einer solchen Feierlichkeit zu sehen«, sagte Mark mit einem warmen Lächeln.

Ronan hatte ihn seit dem Vorfall bei der Arena in Königsfurt nicht mehr gesehen und war froh ihn wiederzusehen. »Wie es aussieht konnte ich mich nicht ewig hinter dem Orden verstecken«, entgegnete Ronan.

Ronan war erleichtert. Er hatte nicht damit gerechnet, dass das erste Gesicht ein freundliches und verständnisvolles, wie Mark, sein würde.

Mark überreichte Ronan und Kealin die Getränke, woraufhin Kealin ihm zunickte und sofort seinen ersten tiefen Schluck trank.

»Er ist wohl ebenfalls kein Verehrer der Aristokratie?«, fragte Mark belustigt.

Ronan stellte Kealin vor und erklärte ihm, woher er und Mark sich kannten. Kaum hatte Ronan die kurze Geschichte zu Ende erzählt, ertönte die Stimme des Herolds erneut.

»Herzog Lucan Valon mit seinem hochgeborenen Sohn Zarek Valon und seiner hochgeborenen Tochter Selena Valon!«

Ronans riss seinen Blick die Treppen hinauf und auf seine Familie. Neben seinem Vater standen sein Bruder und seine Schwester. Beide hatte er seit über dreizehn Jahren nicht mehr gesehen. Seit dem Tod seiner Mutter und seit der anhaltenden Enttäuschung in den Augen seines Vaters. Wut musste in Ronans Gesicht gestanden haben, denn auch Lyra fletschte ihre Zähne.

»Ronan, ist alles in Ordnung?«, drang Marks Frage zu ihm durch.

Doch bevor er antworten konnte, kam Kealin ihm zuvor. »Das wird eine lange Nacht.«

# Kapitel 31

Ronan ließ seine Geschwister nicht aus den Augen, als sie über den roten Teppich auf den König zuschritten. Sein Bruder, Zarek war bereits erwachsen, als sie ihn verließen, und hatte sich kaum verändert. Er hatte kurzes dunkelblondes Haar und trug einen kurzen Bart. Seine Augen waren grüngelb und blickten ernst auf den König. Er war ein Ebenbild von Lucan, mit einer ähnlichen Ausstrahlung, ein Gemisch von Erhabenheit und Stärke. Selbst ihre Kleidung ähnelte sich. Beide trugen dunkle Westen mit Goldenen und dunkelgrünen Elementen, die die Farben des Familienwappens widerspiegelten und darunter ihre dunklen Magierroben. Seine Schwester jedoch bestätigte Ronans gemeinsame Verwandtschaft. Sie hatte hellblondes Haar, welches aufwändig zu einer Art Krone zusammengeflochten war, und dieselben Augen wie er – wie Ysara, ihre Mutter. Selena hatte ein freundliches Gesicht und lächelte, während sie auf dem Teppich entlang schritt. Ihr langes dunkelgrünes Kleid aus edlem Samt mit goldenen Verzierungen glitt über dem Boden.

»Sie ist hübsch«, stellte Kealin fest, doch registrierte Ronan seine Bemerkung nicht. Wie gebannt prägte er sich die Gesichter ein, die er seit so langer Zeit nicht gesehen hatte. Auch wenn er wenig mit seinem Bruder zu tun hatte, um so mehr hatte er Zeit mit Selena verbracht. Sie hatte ihn mit ihren einfachen Zauberstücken stets zum Lachen gebracht, auch wenn sie sich dafür von ihrem Vater Ärger einheimste. Er mochte sie sehr und war gespannt, was sie erlebt hatte und ob sie sich noch genauso gut an ihn erinnern konnte.

Eine Hand griff nach Ronans und riss ihn so aus seinen Gedanken. Sofort blickte er sich um und sah in Vallerias Gesicht. Seine Augen weiteten sich, als er sie sah und seine Besorgnis von zuvor verflog auf der Stelle.

»Dachte ich mir doch, dass ihr bereits angekommen seid«, sagte sie mit warmer Stimme und blickte ihn ebenso warm in die Augen.

Ihre goldenen Haare waren mit Nadeln aufwendig hochgesteckt und ihre hellblauen Augen fingen an ihn zu mustern. Im Gegenzug konnte Ronan nicht anders, als sie ebenfalls von Kopf bis Fuß zu bestaunen. Sie trug ein enganliegendes Kleid aus hellblauem Brokat mit königsblauen Elementen und durchsichtigen Ärmeln. Die goldenen Fäden ließen das Kleid im Licht der magischen Kristallleuchter schimmern. Die, im Brustbereich, eingenähten Verzierungen und kleinen Edelsteine blitzten bunt hervor. Das Kleid weitete sich ab der Hüfte abwärts und betonte ihre Taille. Ihre Schuhe waren aus Seide, passend zum Kleid.

»Amara meinte Lyras Namen vom Herold gehört zu haben. Auf dem Balkon konnten wir kaum etwas verstehen.« Valleria deutete auf die große gläserne Flügeltür, durch die die Dunkelheit der Nacht zu erkennen war.

»Der Nachthimmel ist heute unfassbar schön«, fügte Amara hinzu, die hinter Valleria stand. »Kealin, wie schön, dass du auch gekommen bist.« Amara machte einen Knicks vor Kealin, der sie wie gefesselt anstarrte. Hätte Lyra ihn nicht mit ihrem Kopf angestupst, hätte er sich wohl nie von seiner Versteinerung befreien können.

»Es ist auch schön dich zu sehen … ich meine euch.« Kealin fasste sich nervös an den Hinterkopf und sah hilflos zu Ronan. Ronan konnte nicht anders als innerlich den Kopf zu schütteln.

Kealin war furchtlos und ein Draufgänger, aber wenn es zu dieser Frau kam, war er wie ein schreckhaftes Kind. Nichts, was guter Wein nicht heilen konnte. Ronan nickte zu Kealins Getränk und Kealin folgte seinem Blick. »Ja, richtig. Möchtest du etwas trinken?«, fragte er Amara.

Mit einem Lächeln stimmte sie ihm zu und gemeinsam gingen sie in der Menge unter.

»Und weg sind sie«, bemerkte Valleria und sah ihnen noch hinterher, bis auch sie beide aus den Augen verloren hat. Dann wandte sie sich an Lyra und kraulte sie zwischen ihren Ohren. »Hab ich dir jemals gesagt, wie groß du eigentlich geworden bist?«, fragte sie Lyra im verspielten Ton. Die Ibris genoss ihre Aufmerksamkeit und war um so trauriger, als Valleria von ihr abließ.

»Eure Hoheit«, verbeugte sich Mark.

»Nicht doch«, erwiderte Valleria schnell. »Ein Freund von Ronan ist auch mein Freund«, versicherte sie ihm.

»Ist das so?«, fragte eine tiefe Stimme. Zarek erschien in Ronans Rücken, und ein schmales, selbstbewusstes Lächeln spielte auf seinen Lippen. »Wie oft hat euer Freund sich denn bewährt, Eure Hoheit?« Zarek musste sich verbeugt haben, denn auch Valleria verbeugte sich, wenn auch nur knapp.

Ronan spürte, wie sich ein leichter Schauer über seinen Rücken zog. Zarek hatte sich anscheinend kein bisschen verändert. Seine arrogante Art war dieselbe wie damals, und Ronan fühlte sich in die Vergangenheit zurückversetzt. Er drehte sich um, und sah Zarek direkt an. Er fand in seinen grüngelben Augen eine Mischung aus Neugier und Überlegenheit.

»Er hat seine Fähigkeiten und Mut bereits bewiesen, Zarek. Ich vertraue ihm«, erwiderte Valleria unerschrocken, und

Ronan konnte nicht anders als stolz auf sie sein. Es war eine Seltenheit, dass jemand Zarek so direkt entgegentrat, und Ronan hatte es sein Leben lang nicht gewagt – aber auch er war jetzt jemand.

»Das mag sein, aber ich hoffe, er versteht, dass man sich in diesem Umfeld nicht leichtfertig bewegen kann«, gab Zarek mit einem spöttischen Unterton zurück. Ronan spürte, wie sich sein Magen zusammenzog, aber ignorierte die Herausforderung. Auch Lyra spürte die Anspannung entschied sich jedoch nicht zu knurren oder zu fauchen. Sie stand an Ronans Seite, bereit ihn zu unterstützen.

»Wir sind alle hier, um zu feiern, Zarek. Es ist gut dich wohlauf zu sehen«, sagte Ronan und versuchte, die aufkommende Spannung zu zerstreuen.

Zarek hob eine Augenbraue, als würde er Ronan neu bewerten. »Ein weiser Mann weiß, wann er kämpfen sollte und wann nicht«, murmelte er, seine Miene entspannte sich ein wenig. Doch Ronan wusste, dass Zarek nur auf einen Grund wartete, um ihn wieder herauszufordern.

»Ronan!« Eine vertraute Stimme ließ ihn aufblicken. Es war Selena. »Es ist so schön, dich wiederzusehen!« Sie umarmte ihn herzlich, und Ronan spürte sofort ihre alte Verbundenheit.

»Ich habe dich vermisst, Sel! Es ist eine Ewigkeit her«, gestand Ronan und betrachtete seine Schwester. Sie hatte sich in der Zeit, die vergangen war, so sehr entwickelt. Ihre Augen funkelten vor Freude und Stolz.

»Und schau, wie groß du geworden bist! Du bist jetzt ein echter Mann!«, bemerkte sie bewundernd und stellte ihn kurz auf die Probe, indem sie ihm einen sanften Klaps auf die Schulter gab.

Mit einem Lächeln verbeugte sich Selena vor Valleria. »Es ist mir eine Ehre, eure Bekanntschaft zu machen, Hoheit. Ich hoffe, mein Bruder ist niemandem zur Last gefallen.«

»Die Ehre ist ganz meinerseits und nein, wenn bin ich Ronan eine Last gewesen«, antwortete Valleria freundlich. Auch wenn Selena nicht wusste, was sie meinte.

»Was ist das für ein Tier?«, fragte Zarek und deutete auf Lyra.

»Ein Ibris«, antwortete jedoch Selena. »Weiblich, wenn ich mich nicht irre. Gehört sie zu dir?«, fragte sie Ronan interessiert.

Ronan nickte knapp und streichelte Lyra über den Kopf.

»Beeindruckend …«, murmelte sie, wandte sich dann jedoch an Zarek. »Komm, Zarek. Vater wollte uns noch jemandem Vorstellen und Ronan scheint gerade beschäftigt zu sein«, sagte Selena und nahm ihren Bruder Zarek mit sich, während Ronan das Geschehen beobachtete. »Wir sprechen uns später«, fügte sie an Ronan gewandt hinzu. Zareks arrogante Miene blieb fest, als er von seiner Schwester mitgezogen wurde. Es war ein vertrautes Bild, und Ronan konnte nicht anders, als über die Dynamik zwischen ihnen zu schmunzeln.

»Lyra kommst du einen Moment allein klar?«, fragte Valleria. Als Antwort erhob sich Lyra und schritt in Richtung von Kealin und Amara, die sich bei dem Buffet aufhielten. Menschen wichen ihr erstaunt aus, als sie unbeirrt eine Tatze vor die andere setzte.

»War es wirklich eine gute Idee Lyra mit auf diesen Ball zu nehmen?«, fragte Ronan, während er Lyra hinterher sah.

»Warum nicht? Lyra ist eine außergewöhnliche Katze. Seit dem ersten Tag lässt es mich nicht los: wieso war sie an dem

Tag so weit südlich ihrer eigentlichen Heimat und warum entschied sie sich dazu, bei dir zu bleiben.« Valleria legte ihren Kopf schief und überlegte.

Auch Ronan hatte sich oft Fragen zu Lyra gestellt, doch irgendwann damit aufgehört. Niemand konnte wissen, was die Ibris dachte und ob alle Ibrise so intelligent waren, wie sie. Es gab kaum Aufzeichnungen oder Bücher über ihresgleichen.

Beide sahen sie Lyra hinterher, bis sie bei Amara ankam und sich von ihr streicheln ließ.»Aber bei einem können wir uns sicher sein. Ihr Verhalten ähnelt der einer normalen Stadtkatze«, sprach Ronan laut aus und machte so einen Strich unter seinen Gedanken.

»Du schuldest mir noch einen Tanz«, meinte Valleria und blickte Ronan an, ihre Augen funkelten vor Vorfreude.

Ronan zögerte kurz, dann nickte er.»Gerne«

Sie schlüpften zwischen den Gästen hindurch, bis sie einen Platz auf der Tanzfläche fanden. Die Musik spielte ein fröhliches Stück, das die Luft mit Energie füllte.

»Du musst dich freuen, deine Geschwister wiederzusehen«, bemerkte Valleria, als sie ihre Hände in Ronans legte und sie sich zur Musik bewegten.

Ronan konnte nicht sofort antworten, da er sich zusehends auf seine Schritte konzentrieren musste.»Meine Schwester, Sel, habe ich wirklich vermisst«, gab Ronan mit einem Lächeln zu.»Aber Zarek ... es ist schwierig. Unser Vater hat all seine Ambitionen in ihn gesteckt. Zarek hat immer versucht, das Bild eines perfekten Nachfolgers zu verkörpern, und ich ... nun ja, ich war einfach der jüngere magielose Bruder, der im Schatten stand.« Ronan überlegte kurz und ließ sich von Valleria führen. Sie sah ihn mitfühlend an und er fand sofort Trost in ihrer Nähe.

»Als Kind besuchte Zarek bereits die Zitadelle und zuhause

bildete Lucan ihn privat weiter aus. Wir haben nur selten miteinander geredet«, fügte Ronan nachdenklich hinzu. »Ich hatte oft das Gefühl, dass er mich nicht einmal bemerkte. Es war, als würde ich in einer anderen Welt leben.«

»Vielleicht hast du damals im Schatten gestanden«, sagte Valleria plötzlich. Ihre Bewegungen waren elegant und geschmeidig. »Aber heute strahlst du in deinem eigenen Licht. Du hast eigene Fähigkeiten und Stärken. Die bereits dazu im Stande waren, vielen Menschen zu helfen – mich eingeschlossen.«

Ronan erwiderte ihr strahlendes Lächeln und dachte über ihre Worte nach. Dabei ließ er sich von ihren Schritten und der Musik führen. Erst dann bemerkte er die Blinke der anderen. Was hatte er Anderes erwartet? Er tanzte mit der Prinzessin von Andorien. Adlige werden reden und Gerüchte werden unvermeidlich gestreut. Als Ronan wieder in die glücklichen Augen von Valleria sah, war es ihm egal. Sie war es, um die es ihm ging. Nicht die Aristokraten der Länder und auch nicht ihre Gerüchte, sollten sie auch noch so viel Wahrheit beinhalten.

Sie tanzten ein Lied nach dem anderen.

»Ich wollte dir noch etwas erzählen«, begann Valleria ernst, als ein Lied endete und sie die Tanzfläche verließen. Sie deutete ihm ihr zu folgen. »Der Herzog ist geflohen und die Grenzen zum Sonnenreich werden verstärkt. Es könnte zum Krieg kommen, doch mein Vater versucht alles, um diesen zu verhindern«, sagte sie so leise, dass Ronan Schwierigkeiten, hatte sie zu verstehen.

✝

Sie führte Ronan raus auf den Balkon und auf der gegenüberliegenden Seite zurück in den Palast. Sie befanden sich in einem Korridor, der ähnlich wie die Eingangshalle dekoriert war. Sie öffnete eine Tür in ein Arbeitszimmer. Ronan konnte nicht sagen, ob das ihr Zimmer oder das des Königs war. Sie schloss hinter ihm die Tür und fuhr unbeirrt fort,»Ich jedoch finde, dass die Magier im Sonnenreich beschützt werden sollten. Die Berater, darunter auch Lucan, drängen auf einen Krieg, um Häfen zu erobern und Enklaven, sichere Orte, für Magier zu erklären und diese über das Frühlingsmeer nach Andorien zu überführen.«

»Was bedeutet Alarc Darstin ist geflohen?«, fragte Ronan nach.

Valleria atmete hörbar aus und lehnte sich gegen die geschlossene Tür. »Die Herzogin, seine Frau, erlag ihren Verletzungen und Alarc verfiel beim Anblick ihres toten Körpers dem Wahnsinn. Das ist die offizielle Version.«

»Und die weniger Offizielle?«, bohrte Ronan nach.

»Magier des Ordens und ein Infanteriebataillon eroberten und besetzten die Burg in Hochtal. Alarc und seine Frau waren jedoch bereits nach Süden geflohen.« Valleria sprach klar, aber leise und sah betroffen zu Boden. Dann hob sie wieder ihren Blick und trat einen Schritt auf Ronan zu. »Ich wollte dich warnen, dass es zu einem Krieg kommen wird. Egal wie sehr mein Vater auch den Frieden wahren will. Unschuldige werden aufgrund einer lächerlichen Religion in Massen hingerichtet. Da können wir nicht tatenlos zusehen.« Ihre Lippen bebten, als sie die letzten Worte lauter als beabsichtigt aussprach.

Ronan ließ sich ihre Worte durch den Kopf gehen und ging dabei vor Valleria im Zimmer auf und ab. »Aus dem Grund sind Zarek und Selena nachhause beordert worden. Sie sollen im Krieg unterstützen«, fügte Ronan die Puzzleteile zusammen.

Valleria nickte.

»Und wissen es bisher nur die Magier oder auch die Ordensritter?«

»Nur die Ratsmitglieder und der Ordensmarschall wissen davon. Aber ich wollte das du es weißt. Ich will nichts vor dir verheimlichen.«

Ronan blieb stehen und sah in Vallerias Gesicht. Sie sah in ernst an, als würde sie von ihm eine Reaktion erwarten. »Aber das heißt nicht, dass du mir Staatsgeheimnisse anvertrauen musst.«

»Ich vertraue dir mein Leben an«, sagte sie aufrichtig. »Aber viel mehr wollte ich deine Meinung hören.«

Ronan überlegte für einen Augenblick. »Zum einen sollten die Magier vom Rat die Ordensritter viel mehr einbinden. Magier sind nicht allwissend und andere Sichtweisen können häufig bessere Lösungen hervorbringen«, begann Ronan. Er fuhr fort, als er Vallerias bestätigenden Blick bemerkte. »Und zum anderen, bin ich deiner Meinung. Was ich über Helios erfahren habe, ist … fassen wir es so zusammen: grausam. Außerdem muss Darstin für seine Taten zur Rechenschaft gezogen werden.«

Valleria atmete erleichtert aus. »Danke, ich … mir war wirklich wichtig zu hören, was du von all dem hältst.«

Sie lächelte ihn auf eine Art an, die Ronans Herz schneller schlagen ließ. Dann legte sie ihren Kopf schief und ihr Blick wanderte für einen kurzen Augenblick auf seine Lippen. »Ich habe dich vermisst«, hauchte sie.

Dem ernsten Thema folgte eine elektrisierende Spannung im Raum. Ronan trat näher an sie heran und erwiderte den lang ersehnten Kuss, den Valleria mit ihm teilte. Ronans Herz schlug noch schneller und verlangen gewann die Oberhand.

Auch er hatte sie vermisst und es gab keinen Tag, an dem er nicht an sie dachte. Er drückte sie gegen die Tür.

Es klopfte an derselben.

»Schwester, wenn du allein mit einem Mann in einem Raum bist, könnten einige Gäste einen falschen Eindruck gewinnen.« Varis Stimme drang dumpf durch das Holz der Tür. Im nächsten Moment waren bereits seine Schritte zuhören, als er sich wieder von der Tür entfernte und den Korridor entlang ging.

»Heute sind viele Menschen anwesend«, murmelte Ronan leicht verärgert, während er von Valleria zurücktrat. Valleria hingegen zuckte mit ihren Schultern, als würde die Störung ihr nichts ausmachen, auch wenn ihre roten Wangen etwas anderes verrieten.

»Es ist wahrscheinlich wirklich eine schlechte Idee länger hier zu bleiben.« Sie schritt auf Ronan zu und küsste ihn flüchtig. »Versprich mir, dass du auf dich aufpasst, wenn es zu einem Krieg kommt.«

Ronan überlegte, während er sie in seinen Armen hielt. »Das werde ich … Aber du wirst als Magierin auch im Krieg mitkämpfen?« Er suchte ihren Blick und sie nickte. Ronan wusste, dass er sich um sie sorgen würde und hoffte, dass sie zumindest in seiner Nähe eingesetzt werden würde.

»Wir sollten zurück«, sagte Valleria mit Bedauern in ihrer Stimme und löste sich nur langsam von Ronans Umarmung. Er folgte ihr und gemeinsam gingen sie durch den Korridor zurück auf den Balkon. Ronan erkannte Zarek, der mit einem Wein in der Hand auf ihn zuging, sofort.

»Wenn das mal nicht mein kleiner Bruder ist. Ich habe gehört du hast ein Schwert, mit dem du Magie auflösen kannst. Sehr beeindruckend …«, seine Worte waren voll Hohn und er lallte leicht. »Wer hätte gedacht, dass mein unfähiger Bruder es zu was macht?«, rief Zarek und riss dabei seine Hände hoch. Mit seinem Auftreten lenkte er die Aufmerksamkeit aller anwesenden Gäste auf sich.

»Dem kann ich nichts hinzufügen«, sagte Ronan mit fester Stimme. Früher hätte er vor Angst kein Wort rausgebracht. Aber heute sah das anders aus. Ronan war der klügere, wenn er seinem Bruder jetzt aus dem Weg ging.

Ronan legte eine Hand an Vallerias Rücken und führte sie an Zarek vorbei.

»Noch immer ein Feigling was?«, fragte Zarek spöttisch.

Ronan blieb stehen und blickte über seine Schulter zu seinem Bruder. Wie gerne er ihm sagen wollte, wie sehr Zarek ihrem Vater ähnelte und wie sehr er diese Seite an ihnen verabscheute. Zarek sah wie immer von oben herab und hielt sich für unbesiegbar.

*Dann zeig ihm, wie leicht er besiegt werden kann.*

Morvans Stimme drang durch Ronans Kopf. Es kam überraschend für ihn, dass er die Stimme des Efreets hören konnte, auch wenn er sein Schwert in seinem Quartier in der Zitadelle ließ, aber diese Überraschung spülte den Impuls, die Wut, hinunter. Das Band, durch das Mal, wirkte stärker als Ronan dachte.

Valleria zog kaum merklich an Ronans Ärmel und er fing ihren Blick auf. Sie lächelte ihn zuversichtlich an. Ronan nickte und setzte sich wieder in Bewegung.

»Eure Hoheit, sagt mir eins: wie kommt es, dass ihr euch für jemanden so unbedeutenden, wie Ronan interessiert. Solltet ihr euch nicht einen Magier, wie mich suchen?«

Nun war es an Valleria sich nicht provozieren zu lassen. Sie ließ nach außen hin Zareks Worte an sich Abprallen, jedoch merkte Ronan ihre Anspannung.

»Das ist was er will«, sagte Ronan mit ruhiger Stimme. »Er provoziert und testet so seine Gegner.«

»Das weiß ich. Lucan bildet alle Magier auf diese Weise aus«, zischte sie, wohl doch wütender als beabsichtigt. »Das heißt aber nicht, dass er sich alles erlauben darf.«

Sie hatte recht. »Es wäre besser, wenn du dich beruhigst und heute Nacht nichts mehr trinkst. Was sollen die Leute von unserem Vater denken«, sagte Ronan über seine Schulter an Zarek gerichtet.

Zarek setzte jedoch eine unschuldige Miene auf. »Ich will doch nur sehen, was du mir entgegenzusetzen hast, kleiner Bruder. Ich habe eben von deinen Kämpfen in der Arena erfahren. Ich muss mich einfach davon überzeugen, dass du wirklich zu solchen Taten im Stande bist.«

Ohne Vorwarnung schossen drei Eissplitter, nicht größer als Nadeln, vom Dach auf Ronan zu. Ronan verließ sich auf seine Magie und reagierte, in dem er einen Schritt zur Seite trat. Die Eissplitter hätten ihn an der Schulter erwischt, doch stießen sie mit einem Klirren auf den Mamorboden neben Ronan.

Valleria schaute überrascht zu dem magischen Eis. »Wann hat er den Zauber gewirkt?«, fragte sie, mehr sich selbst als Ronan und beide wandten sich zu Zarek um.

Zarek hob interessiert eine Augenbraue. »Keine Sorge, Eure Hoheit. Ich werde Ronan nicht ernsthaft verletzten.« Er hob einen Arm und streckte die Finger aus, woraufhin sich die Eissplitter in die Luft erhoben. »Ein Ordensritter ist es schließlich gewohnt verletzt im Dreck zu liegen.«

»Ist er warnsinnig geworden?«, hörte Ronan Amara fragen.

»Du hast zu viel getrunken, lass es gut sein«, befahl nun Selena ihrem Bruder.

»Misch dich nicht ein«, zischte Zarek. »Wenn Ronan uns all die Jahre angelogen hat, dann muss ich es jetzt wissen.« Ein kalter Wind zog über den Balkon, als sich Schaulustige versammelten, die sich das Spektakel nicht entgehen lassen wollten.

*Was meinte er mit angelogen*, fragte sich Ronan und bereitete sich auf Zareks Angriff vor.

»Du wirst noch jemanden verletzen!«, rief Selena.

»Nur einen …« Die Eissplitter ließen sich vom Wind tragen und schwirrten um Ronan und Valleria. Kurz darauf blieben sie abrupt in der Luft stehen und zeigten bedrohlich auf Ronan.

Ronan hörte Morvans gehässiges Lachen in seinem Kopf.

*Na komm, er bettelt förmlich danach! Nutz mich!*

Die Eisplitter setzten sich wieder in Bewegung. Ronan griff instinktiv nach seinem Schwert auf dem Rücken und auch wenn er es in seinen Quartieren ließ, umschlossen seine Finger den vertrauten Griff seiner Waffe. Ronan stieß Valleria mit seinem freien Arm aus der Flugbahn eines dieser Geschosse und parierte alle drei magischen Eissplitter mit zwei fließenden, nahezu unmenschlich schnellen Bewegungen. Die azurblauen Flammen warfen weite Schatten auf die Wände des Palastes, die traurig tanzten.

In Zareks Augen stand Verachtung und seine Lippen zeigten, dass er bereit war einen weiteren Zauber zu kanalisieren.

»Das reicht!«, donnerte Lucans Stimme, als er aus den Reihen der Schaulustigen hervortrat. »Was fällt euch ein …«

»Wie lange schon siehst du auf uns herab?«, fragte Zarek wütend. »All die Jahre hast du den Nutzlosen gespielt, während du dir hinter unseren Rücken das Maul über uns zerrissen hast!«

Ronan war sprachlos. Wovon sprach Zarek? Ronan war der ohne Magie, auch wenn er jetzt eine andere Form von Magie nutzen konnte. Ronan war derjenige, der von seinem Vater verstoßen und allein zurückgelassen wurde. Zarek bekam alles: Aufmerksamkeit, Stolz, Magie.

»Sag schon!« Zarek trat auf Ronan zu und riss seinen Arm hoch. Selena blockte die heraneilenden Eisnadeln, die von den Dächern erneut auf sie zuflogen mit einem magischen Schild und trat hervor. »Sel, halt dich da raus!«, rief Zarek ihr wütend zu.

Ronan war wie angewurzelt. Er konnte nicht verstehen, warum sein Bruder so wütend auf ihn war. Ronan war es, der wütend sein durfte.

Unnatürlich starker Wind erfasste Zarek und Ronan, die daraufhin von ihren Füßen gerissen und zu Boden gedrückt wurden. »Ronan!«, stieß Valleria erschrocken aus.

Ronan kämpfte gegen den Wind an. Er stemmte sich auf seinen Armen hoch, konnte jedoch nichts gegen die Magie ausrichten, die sein Vater wirkte. Zwar fraßen sich Morvans Flammen durch den magischen Wind, kamen jedoch nicht gegen an und als sie erloschen, verschwand auch das Schwert in seiner Hand. Niemand sonst war von Lucans Magie erfasst. Auch Valleria, die nur einen Schritt von Ronan entfernt stand nicht.

»Genug!«, brüllte Lucan, und seine Stimme hallte von den Wänden wider. Die Luft um ihn flimmerte vor aufgestauter Magie. Alle Bewegungen erstarrten, selbst die Eissplitter schwebten regungslos in der Luft. Zareks Zorn wich für einen Moment einem Ausdruck von Furcht, und selbst Ronan, der sich mühsam aufrichtete, konnte die Macht, die von ihrem Vater ausging, nicht leugnen.

»Ihr seid keine Feinde!«, fuhr Lucan fort, und seine Augen wanderten zornig zwischen seinen beiden Söhnen hin und her. »Ihr seid Brüder, verdammt nochmal! Reißt euch zusammen, bevor ich es tun muss!«

Die Magie, die sie zu Boden drückte, erlosch und Zarek, richtete sich auf. »Er hat uns belogen!«, rief er, seine Stimme rau vor Wut. »Die ganze Zeit hat er uns vorgemacht, schwach zu sein, während er seine Magie versteckt hielt!«

Blicke wandten sich zur Tür, die in den Ballsaal führte. »Das ist nicht die Zeit und schon gar nicht der Ort interne Familienangelegenheiten zu besprechen, findet Ihr nicht auch, alter Freund?«, drang die Stimme des Königs an Ronans Ohr.

Zarek sah aus, als wolle er widersprechen, doch dann senkte er widerwillig den Blick. »Es ist noch nicht vorbei«, knurrte er leise, während die Eissplitter sanft zu Boden fielen. Ohne sich umzusehen oder jemanden vor sich zu beachten schritt Zarek durch die Wand an Gästen, die sich das magische Schauspiel angesehen hatten und ihm hastig auswichen. Lucan folgte seinem Sohn wortlos und überließ Ronan sich selbst.

Für Ronan geschah alles viel zu schnell, als dass er es hätte begreifen können. Zareks Zorn war ihm ein Rätsel. Warum diese Wut? Dass er nun Magie besaß – was kümmerte das Zarek? Jahrelang waren Zarek und Selena gemeinsam mit ihrem Vater in der neuen Welt gewesen, auf einer Expedition, die weit über das hinausging, was Ronan je erträumt hatte. Was hatte das alles mit ihm zu tun?

Ronan spürte, wie seine Hände zitterten, während sein Verstand die letzten Augenblicke durchforschte, auf der Suche nach einer Antwort. Es war, als wäre etwas Entscheidendes zwischen ihnen zerbrochen, doch er wusste nicht, wann oder warum.

Langsam begannen die Schaulustigen sich aufzulösen, und die Anspannung ließ nach. Valleria inspizierte Ronan mit ihren Blicken. »Ist alles in Ordnung?«, fragte sie besorgt.

»Bis auf meine Verwirrung darüber was gerade passiert ist … geht's mir gut«, antwortete Ronan ehrlich. »Fehlt dir etwas?«

Valleria schüttelte ihren Kopf.

»Ronan, es tut mir leid.« Selena trat auf ihn zu und verbeugte sich vor Valleria.

»Sel, was ist mit ihm? Warum ist er so wütend? Was habe ich getan?« Ronan hatte zu viele Fragen, um Selenas Tränen zu bemerken, die ihr über ihre Wangen auf den Boden tropften.

Selena wischte sich schnell die Tränen ab, als ob sie sich schämte, sie gezeigt zu haben. Sie rang einen Moment lang mit ihren Worten, bevor sie endlich antwortete. »Es ist nicht, was du getan hast, Ronan«, sagte sie leise. »Es ist, was du nicht getan hast. Oder besser gesagt, was er glaubt, dass du uns verheimlicht hast.« Sie suchte Ronans Blick. »Er wünschte sich immer ein normales Leben, wie deines. Unser Vater ging nicht behutsam mit ihm um, während seiner Ausbildung und noch heute verlangt er viel von Zarek. Jetzt glaubt er, dass du dich vor deiner Verantwortung gedrückt und uns allein gelassen hast.«

»Aber das ist doch Unsinn!« Ronans Stimme zitterte vor Frustration. »Ich habe meine Magie selbst erst vor kurzem entdeckt. Wie sollte ich so etwas vor ihm verbergen?«

»Wir spüren keine Magie an dir, Ronan. Dein Schwert ist das eine, aber wie du den Angriffen ausgewichen bist und sie abgewehrt hattest, war magisch.« Selena brachte es damit auf den Punkt.

»Aber warum sollte ich vor euch etwas verbergen?«

»Ich rede mit ihm. Am Ende spielt es auch keine Rolle«, sie schüttelte enttäuscht den Kopf. »Zarek, er neigt zu voreiligen Schlüssen und hat seine Art.« Sie seufzte. »Es war schön dich wiederzusehen. Ich würde dich gerne bald in der Zitadelle besuchen kommen. Dann berichte ich dir von der neuen Welt und du erzählst mir, was in unserer Abwesenheit hier passiert ist.« Sie schenkte Ronan ein warmes Lächeln und verbeugte sich zum Abschied vor Valleria. Dann verschwand sie ebenfalls im Palast.

Die Schaulustigen verließen den Balkon. Kealin trat neben Amara und auch Lyra erschien auf einem Stück Fleisch kauend neben ihnen.

»Du hast definitiv die verrücktere Familie«, kommentierte Kealin und fing sich daraufhin einen Hieb mit den Ellenbogen von Amara ein.

# Kapitel 32

»Den halben Tag sitzen wir jetzt schon hier und nichts passiert …«, stöhnte Kealin.

»Sei still«, zischte Eadric.

Ronan hockte zusammen mit Darian neben den anderen, und sie beobachteten, von einem Felsvorsprung aus, ein kleines Dorf des Sonnenreichs Helion. Der Krieg stand unmittelbar bevor. Nur wenige Tage nach dem Frühlingsball waren die vier Ordensritter nach Hochtal zurückgeschickt worden. Der Herzog war geflohen und die Stadt wurde von Soldaten und dem Orden eingenommen.

Seit einem Monat waren sie nun dort stationiert und operierten als Späher an den Grenzdörfern zwischen Andorien und dem Sonnenreich. Morgen würde es ernst werden: Andorien hatte eine Armee im Tal versammelt, und die letzten Truppen aus Valorien sollten heute eintreffen. Das neu formierte talorische Befreiungsbündnis, bestehend aus Andorien, Valorien und Marais, war bereit, Helion anzugreifen. Auch wenn Valorien nur geringe Hilfen zusicherte, da sie seit einem Jahr mit einer schweren Krankheit zu kämpfen hatten und es ihnen an Ressourcen fehlten.

Ronan war erschöpft, und seine Gedanken wanderten. Seit dem Ball hatte er keine Gelegenheit gehabt, mit Selena oder Valleria zu sprechen. Er wusste nur, dass Valleria auf dem Seeweg eingesetzt werden würde und damit gemeinsam mit seinen Geschwistern. Der Rat von Andorien sah vor, die Häfen am Frühlingsmeer schnell zu erobern, während Verstärkung auf dem Seeweg folgen würde, um die Versorgungsrouten zu sichern.

Während sie das Dorf unter ihnen beobachteten, fiel Ronan auf, wie still es dort war. Es lag am breitesten Pass aus dem Gebirge, dem besten Weg, um Truppen schnell in die Ebene zu bringen. Doch wie an den vergangenen Tagen entdeckten sie weder Soldaten noch Wachen – nur einfache Dorfbewohner, die das Land bewirtschafteten, Ziegen hielten und Obstbäume pflegten.

»Keine Soldaten. Nur die Dorfbewohner, wie die letzten Tage auch. Spürst du etwas anderes, Ronan?«, fragte Darian leise.

Ronan konzentrierte sich auf seine Magie, zählte die Lebenszeichen und schüttelte dann den Kopf. »Wie die letzten Tage.«

»Das Dorf wird ein lohnendes Ziel für den Einmarsch«, flüsterte Eadric.

Ronan missfiel der Gedanke, dass sie so beiläufig über das Schicksal der Menschen sprachen. Auch wenn Eadric recht hatte – dieses Dorf würde geplündert werden. Die Soldaten brauchten Vorräte, und sie würden sie sich von den Bauern nehmen, anstatt die eigenen Dörfer mit höheren Abgaben zu belasten. Der Fokus des Krieges lag auf den Häfen, nicht auf den Ländereien.

Kealin seufzte. »Hätte dieser Krieg nicht auf diplomatischem Wege gelöst werden können? Jetzt werden wir den restlichen Frühling und wahrscheinlich den Sommer in der heißen Wüste verbringen ... Hat einer von euch schon die neue Ordensrüstung gesehen, die speziell für diesen Krieg gemacht wurde?«

»Wir werden kaum bis zu den Wüsten vordringen. Unser Ziel sind die Häfen«, antwortete Darian, bevor Eadric ihn und Kealin mit einem Blick zum Schweigen brachte.

Ein Geräusch lenkte ihre Aufmerksamkeit auf das Geröll neben ihnen. Eine Bewegung, und Lyra trat aus dem Schatten der Felsen hervor. Ihr Maul war blutverschmiert – offenbar hatte sie sich selbst Nahrung beschafft.

»Bei den Geistern«, stieß Kealin erleichtert aus.

»Kannst du endlich still sein?«, fuhr Eadric ihn an.

Kealin überlegte einen Moment, sagte aber nichts mehr. Ronan untersuchte Lyra genauer und wischte das Blut mit einem Tuch von ihrem Fell. Sie war unverletzt.

»Wurdest du gesehen?«, fragte Ronan sie leise.

Mit einem zufriedenen Schnurren ließ sie ihn wissen, dass alles in Ordnung war. Ronan würde Lyra zurücklassen müssen, wenn sie weiter in den Süden aufbrechen sollten. Es ist zu warm für den Schneeschatten, die sich an Ronan schmiegte. Er streichelte ihr über ihr dichtes Fell.

Ronan richtete seinen Blick wieder auf das Dorf.

Schweigend blieben sie bis zum Einbruch der Nacht und kehrten dann, wie jede Nacht, zum Heerlager zurück. Hochtal hatte sich in den letzten Wochen verändert: Wo zuvor Schnee und Wald das Tal bedeckten, hatten sich nun unzählige Lager breitgemacht, und die Bäume waren teils gerodet. Die Flaggen und Wappen fremder Familienhäuser aus den Königreichen Marais und Valorien wehten überall.

Als sie den Trainingsplatz passierten, sahen sie, wie Ordensritter neue Rekruten ausbildeten. Ihr Trupp, bestehend aus Darian, Kealin, Eadric und Ronan, war einer der kleinsten des Ordens und wurde nicht für die Ausbildung der Soldaten eingesetzt. Stattdessen nutzte man sie für Spähaufträge und geplante Infiltrationen, wie sie es schon zuvor in diesem Tal getan hatten.

»Was ist eigentlich aus Anya geworden?«, fragte Darian, als sie am Trainingsplatz vorbeigingen.

»Sie hat nach ihrer Bezahlung das Weite gesucht und auch das Angebot, dem Orden beizutreten, abgelehnt«, antwortete Kealin. »Zumindest hat Amara mir das erzählt.«
Darian wirkte enttäuscht.

»Warum fragst du?«, hakte Ronan nach, der sich seinen Teil denken konnte.

»Nur für den Fall, dass wir wieder in eine Burg einbrechen müssen«, antwortete Darian nachdenklich. »Ohne sie hätten wir das damals nicht so einfach geschafft.«

Ronan stimmte ihm insgeheim zu, auch wenn er ahnte, dass Anya mehr als nur einen praktischen Nutzen für Darian hatte.

»Vielleicht sehen wir sie bald wieder«, sagte Kealin mit einem schiefen Grinsen. »Jetzt lasst uns das schnell hinter uns bringen. Lyra hat mich hungrig gemacht.«

Das Zelt war zweckmäßig eingerichtet. Es erinnerte Ronan an den Ratssaal des Magierturms, doch anders als dort, wo die Ratsmitglieder auf einer erhöhten Plattform saßen, begegneten sich hier alle auf Augenhöhe.

Das hohe Dach des Zeltes spannte sich wie ein Segel aus festem, dunkelgrünem Stoff über den Köpfen der Anwesenden. Die schweren Seile knarrten leise im Wind, und durch eine schmale Öffnung im Stoffdach stieg der Rauch eines offenen Feuers auf, das darunter flackerte. In der Mitte des Raumes dominierte ein massiver, grob behauener Holztisch, auf dem eine große Karte ausgebreitet war. Kleine Figuren aus Stein markierten die Truppenbewegungen und die Häfen, die es zu erobern galt. Eine flackernde Öllampe warf unruhige Schatten über die Karte, während an den Wänden des Zeltes schwere Umhänge, Waffen und Wappenbanner hingen.

Ronan blickte über den Tisch und sah seinen Vater Lucan, den Prinzen und den Ordensmarschall Kalais, dem sie seit Wochen täglich Bericht erstatteten.

»Bericht«, forderte Kalais leise. Seine Stimme war ruhig, doch die Entschlossenheit darin ließ keinen Raum für Widerspruch.

»Wir haben das Dorf an der Grenze erneut ausgekundschaftet«, begann Eadric. »Es gibt keine Anzeichen feindlicher Truppen. Keine Soldaten, keine Banner. Nichts, was darauf hindeutet, dass der Feind Vorkehrungen für den Krieg getroffen hätte. Jedoch konnten wir den Pass nicht unbemerkt überschreiten, um zu sehen, was sich in der Hügellandschaft tut.«

Kalais verschränkte die Arme hinter seinem Rücken, seine Augen verengten sich kaum merklich. Ronan, der hinter Eadric auf Höhe von Darian und Kealin stand, spürte förmlich, wie der Ordensmarschall die Informationen durchdachte.

»Ein leerer Ort also«, sagte Kalais schließlich ruhig. »Aber nicht wertlos.«

Ronan wusste, dass das, was Eadric als Nächstes sagen würde, in der Luft lag.

»Es ist ein Dorf mit Feldern und Lagerhäusern«, bestätigte Eadric. »Sie halten Ziegen und Hühner, und am Südhang wachsen reichlich Obstbäume. Diese Vorräte könnten unser Heer für mehrere Tage zusätzlich versorgen.«

Ein Moment des Schweigens trat ein, unterbrochen nur vom Knarren des Zeltes und dem leisen Rascheln der Landkarte, als ein Windstoß gegen die Zeltwand schlug. Ronan beobachtete, wie Kalais die Informationen verarbeitete. »Vorräte, die ungeschützt sind, und das Dorf liegt auf der besten Route aus dem Gebirge.«

»Ihr denkt doch nicht ernsthaft daran, dieses Dorf auszunehmen, oder?«, fragte Varis, der bisher nur zugehört hatte.

Lucan verzog keine Miene, während der Prinz seine Bedenken äußerte.

»Das sind hilflose und einfache Menschen …«, begann Varis, wurde jedoch sofort von Kalais unterbrochen.

»Ein Kommandant ist verantwortlich für die Soldaten, die ihm anvertraut sind. Diese Verantwortung ist das Fundament jeder Führung. Der Kommandant sorgt für ihre Sicherheit, stellt ihre Versorgung sicher, fördert ihr Wissen und trägt letztlich die Verantwortung für ihre Leben,« sprach Kalais ruhig. »Es ist Krieg und wir können nicht sagen, was uns auf feindlichem Boden erwarten wird. Wir brauchen jeden Vorteil und damit auch diese Vorräte.«

Ronan wusste, dass der Ordensmarschall diese ausführlichen Worte vor allem wählte, um Varis Lektionen zu erteilen. An den Tagen, an denen der Prinz nicht anwesend war, um zu trainieren oder Adelige zu empfangen, hatte Kalais kaum geantwortet; er gab nur neue Befehle.

»Solange ich hier bin, werden keine Unschuldigen getötet!«, entfuhr es Varis.

»Niemand hat von Töten gesprochen«, entgegnete Kalais. »Morgen bei Sonnenaufgang brechen wir das Lager und marschieren durch den Pass. Die Vorräte aus den Lagerhäusern des Dorfes werden konfisziert, und wir ziehen ohne Zeitverlust weiter. Den Dorfbewohnern wird nichts geschehen … solange sie sich nicht wehren.«

»Vielleicht sollten wir die weitere Planung im kleineren Kreis halten«, schlug Lucan vor. »Ihr könnt gehen.« Er suchte Ronans Blick, doch die vier verbeugten sich bereits und traten den Rückweg an. Ronan konnte seinem Vater nicht in die Augen sehen, wollte es nicht. Nicht, solange seine Familie nicht an einem Tisch saß und über das sprach, was beim Frühlingsball geschehen war.

»Varis hat das Herz am rechten Fleck«, bemerkte Darian, als sie das Zelt verlassen hatten und sich ihrem Quartier näherten.

»Wenn ihm das nicht irgendwann zum Verhängnis wird«, kommentierte Kealin und erntete von Ronan und Darian fragende Blicke. »Was denn? Ich meine damit, dass ein König auch hart durchgreifen muss. Er kann nicht immer Rücksicht auf alle nehmen.«

»Er ist noch jung«, merkte Eadric an. »Erinnert euch, wie ihr wart, bevor der Orden euch verändert hat.«

Sie schwiegen, während sie über Eadrics Worte nachdachten. Ronan erinnerte sich an Vallerias Worte an dem Tag, als sie zum ersten Mal miteinander sprachen. Sie hatte nicht gewusst, dass Ordensritter auch gutherzig sein konnten. Aber war Ronan das noch, *gutherzig*?

# Kapitel 33

Am nächsten Morgen brach das talorische Heer auf. Ronan marschierte mit der siebten Infanterie, einer Einheit von 1.500 Soldaten, aufgeteilt in Blöcke, die überwiegend mit Piken oder Musketen bewaffnet waren. Die Männer schwiegen größtenteils, während das gleichmäßige Klirren von Metall und Leder ihren Marsch begleitete. Ihnen waren wenige Magier zugeteilt worden, wovon einer vor Ronan ging. Er war eine stille Gestalt, die stets ein paar Schritte hinter Caius blieb, dem Hauptmann ihrer Einheit. Einzig und allein Lyra fehlte, die Ronan in Hochtal zurückließ. Die heißen Regionen südlich des Gebirges waren für eine Ibris, mit ihrem dicken Fell, kein Ort zum Überleben – auch wenn Ronan sie jetzt schon vermisste. Lyra würde selbst den Weg zurück zur Zitadelle finden und sobald er nach Königsfurt zurückkehrte, wäre sie die erste, die er aufsuchen würde.

Kealin ging neben Ronan. Er bestand darauf, dass sie sich nicht auf die Blöcke innerhalb der Einheit aufteilten, sondern zusammenblieben. Ronan verstand, warum. Die Anspannung lag schwer in der Luft, drückte auf ihre Brust, und die Vorstellung, sich in einer Schlacht, ohne die vertrauten Gesichter an seiner Seite wiederzufinden, jagte ihm eine unheimliche Kälte über den Rücken. Sie hatten in den letzten Jahren Seite an Seite gekämpft, niemals getrennt. Der Gedanke, allein zu sein, fühlte sich falsch an. Unsicher. Wie ein Schwert ohne Klinge.

Ihre Ausrüstung war neu und ungewohnt, doch angepasst an das heiße Klima des Südens. Ronan fühlte den Stoff der dunkelblauen, fast schwarzen Gewänder auf seiner Haut. Sie waren leichter, geschmeidiger, als die schweren Rüstungen, die er gewohnt war, doch gleichzeitig fehlte ihm das vertraute Gewicht. Die Lederrüstung, die Brust, Schultern und Oberschenkel schützte, war flexibel genug, um Beweglichkeit zu erlauben, doch in seiner Brust nagte die Frage: Würde sie einen Hieb abhalten, so wie der Schuppenpanzer es getan hatte?

Auf ihrem Rücken trugen sie ihre Schwerter, die einzigen Waffen, die unverändert geblieben waren. Die Klingen fühlten sich wie ein letztes Stück Vertrautheit an, während alles andere fremd und neu war. Die enganliegenden Stoffhosen, die hohen Lederstiefel, die sie vor dem heißen Boden schützen sollten – alles schien für den Süden gemacht, für das, was sie jenseits des Passes erwartete. Doch Ronan wusste, dass ihn nichts auf das Unbekannte dort vorbereiten konnte.

Das Zeichen des Ordens war in das Leder auf ihren Schultern eingraviert, ein Symbol ihrer Ranghöhe, aber auch eine Last, die sie mit sich trugen. Ein ständiges Mahnmal ihrer Pflicht. Ronan sah zu seinen Freunden hinüber und war froh, dass sie nicht getrennt marschierten. Sie würden das gemeinsam durchstehen, so wie alles andere zuvor.

Caius Einheit zog stumm an dem verlassenen Dorf vorbei, während die Nachhut die Vorräte plünderte. Ob es wirklich keine Opfer gab, wusste Ronan nicht, und er zweifelte, dass er es jemals erfahren würde. Doch er konnte sich schwer vorstellen, dass die hartarbeitenden Bewohner des Dorfes tatenlos zusahen, während ihnen alles genommen wurde.

Als sie das Ende des Passes erreichten, öffnete sich vor Ronan die weite Hügellandschaft unter der hochstehenden Sonne. Weit entfernt zeichnete sich die erste Grenzfestung ab, errichtet, um Eindringlinge aufzuhalten – um sie aufzuhalten.

»Bis zum Nachmittag könnten wir bei der Festung sein«, sagte Eadric mit seiner festen, ruhigen Stimme.

»Hoffentlich wurde das Dorf dort evakuiert«, meinte Darian und zeigte auf die Ansiedlung zwischen ihnen und der Festung. »Sonst wird es für die Bewohner zu spät sein.«

Kealin warf einen düsteren Blick auf die Siedlung. »Sobald die Belagerung beginnt, wird keiner verschont. Jeder, der hinter diesen Mauern bleibt, wird sterben.«

Ronan drehte sich um und sah, wie die Artillerie auf Karren aus dem Pass gezogen wurde – Kanonen und Mörser, von Pferden mühsam den steilen Weg hinuntergeschleppt. Es waren nicht viele, kaum ein Dutzend, die über die Bergpfade gebracht werden konnten. Mehr würde über den Seeweg folgen – wenn sie es bis dorthin schafften. Sein Blick kehrte zur Festung zurück. Es war nicht das Licht, das sich auf Häusern spiegelte. Es waren Metallrüstungen. Waffen. Bewegung.

»Das sind Söldner!«, rief jemand aus den Reihen. »Und helionische Soldaten!«

Ein Murmeln breitete sich aus, als die Soldaten um Ronan das bedrohliche Schauspiel beobachteten. Einige blieben wie erstarrt stehen, den Blick auf die feindlichen Truppen geheftet.

»Nicht stehen bleiben!« Caius Befehl hallte durch die Reihen, und für einen Moment rang seine Stimme die Angst nieder.

Ronan schluckte schwer. Seine erste Schlacht. Die bittere Realität, dass sie auf den Tod zumarschierten, schnürte ihm den Magen zu. Er hatte dieses Gefühl seit seiner letzten Prüfung beim Orden nicht mehr erlebt – seit seinem Kampf gegen Kaelgor.

»Habt keine Furcht. Heute wird es zu keiner offenen Schlacht kommen«, sagte Caius, fest und unerschütterlich.

Ronan sah in die fragenden Gesichter um sich herum. Niemand wagte, zu fragen, woher Caius das wissen wollte.

Sie kamen näher. Rauch stieg zwischen den Bannern der Söldner und Soldaten des Sonnenreiches auf. Ronan kniff die Augen zusammen, versuchte, mit seiner Magie zu spüren, was vor ihm lag. Er spürte Magier, deren Präsenz jedoch rasch erlosch. Einer nach dem anderen.

Sein Herz setzte einen Schlag aus. »Sie verbrennen Magier«, flüsterte er, das Entsetzen schnürte ihm die Kehle zu.

Kealin und Darian fuhren gleichzeitig herum, als hätten sie einen Dolchstoß gespürt. »Diese Bestien!«, knurrte Kealin. Wut flackerte in seinen Augen. Darian blickte fassungslos auf das düstere Schauspiel, als die Rauchfahnen im Wind tanzten. Es war zu spät. Für diese Menschen kam keine Rettung mehr. Der Befreiungskrieg war schlagartig zu einem Krieg der Vergeltung geworden.

»Das werden sie bereuen«, zischte Eadric, der in der Reihe vor Ronan ging. Ronan konnte sein Gesicht nicht sehen, doch seine Stimme war voller kalter Entschlossenheit.

Der Magier ihrer Einheit wandte sich an Caius und sprach leise mit ihm. Dann suchte er Ronans Blick, als würde er Bestätigung suchen. Ronan nickte ihm knapp zu. Caius jedoch zeigte keine Regung. Er war der Hauptmann, ein höherrangiger Ordensritter. Vorbild für 1.500 Soldaten, die ein Vorbild brauchten.

Auf ein Signal hin verlangsamte sich der Marsch, und die Soldaten vor ihnen rückten zur Seite. Acht Einheiten formierten die Frontlinie mit weiteren dahinter.

»Wir sind bald in Reichweite für Bögen und Musketen«, bemerkte Eadric und kurz darauf wurden die Waffen durch die Reihen verteilt. Ronan nahm sich einen Köcher und wählte den

Bogen. Er war nun Teil der ersten Linie, die auf den Feind treffen würde.

»Das wird ein schneller Kampf«, murmelte Eadric, die Ruhe in seiner Stimme unerschütterlich.

»Wieso denkst du das?«, fragte Kealin gereizt.

»Siehst du die Gebäude dort?« Eadric wies auf die Siedlung. »Sie werden uns Deckung geben. Wir kesseln sie ein und treiben sie in die Straßen oder sie ziehen sich in die Festung zurück.«

Caius nickte kaum merklich, als hätte er Eadrics Worten gelauscht.

Dann ertönte ein dumpfer Donner. Eine Kanonenkugel raste über ihre Köpfe hinweg und weitere folgten, doch die erste Salve schlug zu tief ein, Staub und Erde flogen in die Luft.

»Daneben«, bemerkte Kealin trocken.

Einige Herzschläge später flog die zweite Salve. Diesmal trafen die Kugeln die Gebäude. Schreie ertönten aus der Ferne. Ronan fühlte, wie Leben erlosch, als die Geschosse trafen. Zwölf Menschen starben im selben Moment. Der Schmerz ihrer Verluste durchzuckte ihn, auch wenn sie Feinde waren, waren sie noch immer Menschen.

»Zwölf«, murmelte Ronan, kaum hörbar.

»Verschwende deine Kraft nicht«, befahl Eadric ihm leise. »Du wirst sie noch brauchen.«

Dann hörten sie den Feind. Von den Mauern der Festung stieg explosionsartig schwarzer Rauch auf, und ein donnernder Einschlag ließ den Boden vor ihnen erbeben.

»In Deckung!«, brüllte Caius.

Eine Eisenkugel krachte in den Boden, nur wenige Meter entfernt. Der Magier neben Eadric wirkte einen Feuerball und schleuderte ihn der nächsten Kugel entgegen. Über ihnen explodierte der Feuerball in einem Schauer aus Hitze, doch die Eisenkugel zerbrach nur in Stücke, die weiterflogen.

»Bei den Geistern«, stieß Kealin erleichtert aus, als ein weiterer Magier hinter ihnen mit einem Windstoß die Bruchstücke ins Leere schleuderte.

† 

Der Schild flimmerte und brach an einigen Stellen, als Musketenschüsse und weitere Pfeile auf sie regneten. Doch die Magier hielten durch, ihre Gesichter vor Anstrengung verzerrt. Ronan zog den Bogen straff und schoss auf die Feinde in der Ferne, doch das Chaos des Kampfes tobte um ihn. Ein noch geordnetes Chaos.

In der Ferne sah er, wie Varis die einzige Kavallerie anführend von einer Flanke zur anderen preschte, verzweifelt nach einer Lücke in den feindlichen Linien suchend. Die Gebäude verhinderten jeden wirklichen Durchbruch.

Ronan ließ seinen Bogen fallen und zog sein Schwert. Magie flutete instinktiv durch seinen Körper. Darian und Kealin wichen zurück, um ihm Raum zu geben. Ein Projektil schoss auf sie zu, und Ronan riss das Schwert hoch, um es abzufangen. Die Wucht des Aufpralls ließ die Klinge nach oben schnellen. Doch das Geschoss, dass für den Magier bestimmt war, verfehlte sein Ziel.

»Verdammt«, fluchte Eadric und hob das fremdartige Geschoss auf. »Was ist das?«

Eadric hielt ein spitzes, längliches Stück Eisen in der Hand.

»Keine Musketenkugel«, erwiderte Caius, der sich die Kugel mit einem kurzen Blick ansah. »Darüber denken wir später nach. Weiter!«

Doch Ronan fühlte die Macht seiner Magie, als sie sich in ihm drehte. Er spürte, wie die Präsenz von Leben um ihn erlosch. Mensch für Mensch, Soldat für Soldat. Kälte griff nach seinem Herzen.

»Du bist nicht allein«, sagte Darian leise.

Ronan hörte seine Worte und merkte erst in dem Moment, dass er zitterte und schwer atmete.

»Auch wir hören, wie sie sterben«, fügte Kealin hinzu, seine Stimme rau.

»Ich werde mich nie daran gewöhnen«, sagte Ronan, als er tief durchatmete und allmählich wieder Herr seiner Sinne wurde. »Aber es ist noch nicht verloren. Es gibt noch Magier, die wir retten können.« Ronan spürte es. Wenige Magier waren in den Häusern, in der Festung.

Er zwang sich, die spürbare Präsenz erlöschender Leben zu ignorieren, und konzentrierte sich nur auf die Menschen, die noch in seiner unmittelbaren Nähe waren. Die Schlacht war in vollem Gange, doch Ronan wusste, dass er jetzt fokussiert bleiben musste.

Als sie sich der Siedlung bei der Festung näherten, bot sich ihnen ein chaotisches Bild. Viele der Verteidiger flohen panisch in die Häuser oder hasteten auf die Festung zu. Einige wagten die Flucht auf das offene Gelände, nur um von der Kavallerie gnadenlos verfolgt zu werden. Ronan konnte das Geschehen nicht mehr genau verfolgen, denn die Gebäude um ihn herum nahmen ihm die Sicht, und über allem lag eine bedrohliche Stille. Die Artillerie hatte aufgehört zu feuern, und auch die Schützen schwiegen.

»Vorsichtig vorrücken, achtet auf die Schützen der Festung«, befahl Caius mit schneidender Stimme. »Setzt ihnen nach!«

Ronan folgte Eadric, und die anderen reihten sich hinter ihm ein. Sie begannen zu laufen, während die Soldaten des Bündnisses die fliehenden Verteidiger und Söldner verfolgten. Die Straßen waren übersät mit Trümmern und verbrannten Leichen – Überreste von Menschen, die magisches Blut hatten, die auf Scheiterhaufen hingerichtet worden waren. Der Anblick brachte Ronans Herz für einen Moment zum Stillstand.

Plötzlich hörte er ein schwaches Wimmern. Instinktiv drehte er sich um und sah fünf Menschen, die sich unter einem Tuch zwischen Trümmern versteckt hatten. Ihre Haut war dunkler als seine, und in ihren Augen stand blanker Schrecken. Ein Soldat näherte sich bereits, das Schwert zum Schlag erhoben.

»Halt!«, rief Ronan mit scharfer Stimme. Der Soldat hielt inne und wandte sich überrascht zu ihm um. Das Wappen auf der Rüstung des Mannes verriet, dass er ein eingezogener Soldat aus Andorien war. Als dieser jedoch erkannte, dass Ronan ein Ordensritter war, wich der Ausdruck von Unsicherheit Ehrfurcht. »Das sind einfache Bürger!« Ronan trat näher an den Soldaten heran, sein Blick prüfend auf die verängstigten Dorfbewohner gerichtet. Sie trugen einfache Gewänder, wahren nicht bewaffnet und schützten ein weinendes Kind hinter sich.

Ronan sah sich rasch um, suchte nach weiteren Soldaten. »Nehmt sie gefangen und bringt sie in Sicherheit«, befahl er und zeigte auf die zitternden Dorfbewohner. Dann wandte er sich an die nahstehenden Soldaten. »Gebt den Befehl weiter! Unbewaffnete Einwohner sind gefangen zu nehmen, nicht zu töten!« Soll das Sonnenreich unschuldige umbringen, er würde es nicht zulassen.

Ohne zu zögern, befolgten die Soldaten seine Anweisung.

Darian trat neben ihn und warf ihm einen fragenden Blick zu. »Was hast du vor?«

»Leben retten«, antwortete Ronan knapp und setzte sich wieder in Bewegung. Wut stieg in ihm auf, als er die Zerstörung und unnötigen Toten in den Straßen sah.

†

Einige Straßen weiter hallten Kampfgeräusche durch die verwüsteten Gassen. Ronan sah, wie ein andorischer Soldat von einem Krummsäbel durchbohrt wurde. Ein wilder Nahkampf tobte zwischen Soldaten des Bündnisses und helionischen Soldaten. Ronan zögerte nicht. Mit gezogenem Schwert stürzte er sich auf den nächsten Feind.

Der erste Schlag kam schnell, doch Ronan parierte ihn mühelos und stieß seine Klinge durch die Kehle des Angreifers. Ohne innezuhalten, riss er das Schwert aus dem Körper und wehrte einen weiteren Angriff ab, der seine Schulter getroffen hätte. Die Magie pulsierte durch seinen Körper, stärker als zuvor, als ob sie nach mehr Blut lechzte. Mit zwei raschen Hieben streckte er den nächsten Gegner nieder.

Ein Speer trachtete nach Ronan, nachdem er einem Schuss aus einer Muskete auswich. Er griff nach dem Speer und riss an diesem. Der Schafft kokelte durch seine Berührung und zu spät bemerkte Ronan die magische Präsenz, die vom Angreifer ausging. Sein plötzlich entflammtes Schwert durchbohrte die Brust des Mannes und die azurblauen Flammen fraßen sich durch den leblosen Körper, als wären sie lebendig. Für einen Moment stockte Ronan und sah in das tote Gesicht des Speerkämpfers. Der Soldat hatte seine magischen Fähigkeiten versteckt. Ansonsten wäre auch er bereits von den Fanatikern hingerichtet worden. Seine Magie zog ihn aus seinen Gedanken, als er einen Musketenschuss abwehrte.

Um ihn herum herrschte Chaos, doch alle Augen richteten sich auf die Flammen, die an Ronans Klinge tanzten. Söldner und helionische Soldaten starrten ihn an, als wäre er ein Monster, während Jubelrufe von den talorischen Soldaten ausgingen. Ronan ließ die Magie weiter durch sich fließen, gab sich ihr hin, spürte, wie sie sein Bewusstsein einhüllte. Der betäubende Effekt hielt seine Gefühle in Schach, während er einen Gegner nach dem anderen niederstreckte. Sein Herzschlag hämmerte in seinen Ohren, übertönte die Schreie und das Klirren von Waffen.

Zwei Söldner, die mit erhobenen Krummsäbeln auf ihn zustürmten, versuchten verzweifelt, seine Angriffe abzuwehren. Doch die Flammen seines Schwertes schnitten durch ihre Klingen, als wären sie aus sprödem Glas. Zwei weitere schnelle Hiebe genügten, um sie leblos zu Boden sinken zu lassen.

Ronan fühlte, wie ein roter Schleier des Zorns sich über ihn legte. Jeder Feind, der sich ihm in den Weg stellte, fiel. Es gab keinen Raum für Gnade, keinen Raum für Zweifel. Doch tief in seinem Inneren keimte ein Gefühl der Ohnmacht, das er nicht abstreifen konnte. Die Magie, die durch ihn strömte, fühlte sich fremd an, als würde sie ihn in eine Richtung treiben, die er nicht gewählt hatte. Es war, als würde Morvans Griff sich enger um ihn legen.

Er holte erneut aus, um den Mann vor sich niederzustrecken, doch plötzlich hielt er inne. Die helionischen Soldaten hatten ihre Waffen niedergelegt und knieten vor ihm. Ihre Lippen bewegten sich, flüsterten fremdartige Worte – sie beteten.

Für einen Augenblick wankte Ronan, als die Kraft des Efreets in ihm toste und mehr Opfer verlangte. Es war, als würde sie durch seine Adern brennen und seine Sinne vernebeln. Er spürte, wie die Kontrolle über seinen Körper schwand, wie die Grenze zwischen ihm und der Macht, die er rief, zu verschwimmen drohte. *Was tue ich hier?*

Eine Hand legte sich sanft auf seine Schulter, und Ronan drehte sich um, das Schwert noch erhoben. Eadric stand vor ihm, seine Augen durchdringend, aber ruhig. In ihnen lag eine Mischung aus Sorge und Entschlossenheit.

»Es ist vorbei!«, rief Eadric, doch die Worte drangen kaum zu Ronan durch. »Wir ziehen uns zurück!«

Ronan fühlte sich, als wäre er in zwei Teile gespalten – ein Teil, der auf den Klang von Eadrics Stimme hören wollte, und ein anderer, der sich dem Zorn hingab, bereit, alles und jeden zu verbrennen. Die Flammen an seiner Klinge flackerten unruhig, als ob sie auf seine Entscheidung warteten.

Ein Horn erklang in der Ferne, das Signal zum Rückzug. Andorische Soldaten zogen sich hinter Eadric zurück, die betenden Feinde hinter sich herziehend.

Eadric packte Ronan nun fest an den Schultern und schüttelte ihn. »Ronan, wir müssen zurück! Das ist ein Befehl!« Seine Stimme schnitt durch den Schleier, der Ronans Sinne umhüllte. Langsam ließ er das Schwert sinken, doch das brennende Verlangen von Morvan blieb in seinem Hinterkopf, hungrig und unnachgiebig.

Um ihn herum lagen die Leichen, Söldner und Soldaten von Helios, Männer und Frauen, die von den Flammen seiner Waffe gezeichnet waren.

# Kapitel 34

Ronan stand erneut im Zelt des Ordensmarschalls.

»Du hast viele in Gefahr gebracht durch deine eigensinnige Tat«, erklärte Lucan tadelnd.

»Er hat meinen Befehl ausgeführt«, versuchte Caius einzugreifen. Doch Lucan schenkte ihm keinen Blick, sondern sah nur seinem Sohn in die Augen. »Als wir in die Straßen vordrangen, trafen wir auf Unbewaffnete ...«, begann Caius erneut, doch ein kurzer Blick des Ordensmarschalls ließ ihn verstummen.

Varis, der nervös an der Zeltwand stand, konnte sich nicht mehr zurückhalten. »Was Ronan tat, hätte ich auch befohlen. Warum sollten wir ihn für eine noble Tat bestrafen?«

»Krieg«, antwortete Kalais kühl und ruhig. »Im Krieg zählt nur der Sieg.«

»Das weiß ich«, erwiderte Varis scharf.

Kalais sah ihn einen Moment schweigend an, bevor er mit derselben ruhigen Stimme fortfuhr. »Beim ersten Aufeinandertreffen mit dem Feind zählt jeder Moment. Zögern gibt dem Gegner die Gelegenheit, die Oberhand zu gewinnen. In diesem Fall hat uns diese *noble* Tat Zeit gekostet. Und Zeit«, er ließ den Blick über alle Anwesenden schweifen, »ist unsere wertvollste Ressource.« Er trat näher an die Karte heran, die auf dem Tisch ausgebreitet lag. »Balyra, die erste Hafenstadt, ist nur einen Tagesmarsch entfernt. Wenn wir nicht schnell vorgehen, werden sie dort ihre Verteidigungen verstärken. Ein längerer Aufenthalt hier bedeutet einen noch schwierigerer Kampf dort. Schnelles, entschlossenes Handeln lässt keinen

Raum für Zweifel – und genau das kann über Sieg oder Niederlage entscheiden.«

Ronan erkannte die gelehrte Doktrin der Ordensritter in den Worten des Ordensmarschall. Schnell und hart zuschlagen ohne Rücksicht.

Kalais hielt inne und sah Varis durchdringend an, als würde er genau darauf achten, ob seine Worte verstanden wurden. »Du bist klug genug, um zu verstehen, dass das, was richtig erscheint, nicht immer zielführend ist. Aber du musst lernen, die Konsequenzen zu überdenken, bevor du handelst und selbst dabei darfst du dir keine Zeit lassen.«

Varis Missmut war deutlich spürbar, doch er schwieg. Kalais verstand den moralischen Konflikt seines Neffen, aber für ihn war das alles irrelevant. Der Sieg hatte oberste Priorität, und das Opfer von Unschuldigen war ein Preis, den sie zahlen mussten.

»Und nun zu dir«, sagte Kalais und wandte sich an Ronan. »Deine Handlung mag bei denen, die weniger Weitblick haben, auf Zustimmung stoßen. Aber als Ordensritter hast du für eine Verzögerungen gesorgt. Deine Fähigkeiten im Kampf sind unbestreitbar, doch es fehlt dir an strategischem Verständnis.«

Ronan spürte den kalten Blick seines Vaters auf sich, doch als er zu ihm schaute, war keine Regung darin zu erkennen.

»Caius«, fuhr Kalais fort, »sorge dafür, dass Ronan lernt, welche Befehle den Sieg fördern und welche ihn behindern.« Dann wandte er sich von beiden ab. »Und in Zukunft, verschone mich mit Lügen, die deine Unterstellten schützen sollen. Diese Loyalität ist zwar bewundernswert, aber hier fehl am Platz«, fügte er in einem ruhigen, fast beiläufigen Ton hinzu.

Caius und Ronan verbeugten sich, als der Ordensmarschall sie mit einer Handbewegung entließ.

Sie traten aus dem Zelt. Zwischen ihm und der Grenzfestung sah Ronan die Kanonen, die unermüdlich im Mondlicht auf die Mauern feuerten. Die Magier hatten die wenigen Wehranlagen bereits aus der Ferne in Flammen gesetzt, und jetzt lag es an den Kanonen, das Tor oder die Mauern zu durchbrechen. Funken stoben durch die Nacht, während die Belagerungsmaschinen mit dumpfem Donnern Kugel um Kugel in Richtung der Festung schleuderten. Sie hatten mehr als genug Munition, um bis zum Morgengrauen weiterzufeuern, und dann – im ersten Licht des Tages – würde der Sturmangriff folgen.

Ronan spürte das Dröhnen der Kanonen tief in seinen Knochen, doch seine Gedanken waren noch bei den Ereignissen des Tages. Der Zorn, der ihn durchfahren hatte, als Morvan eigenmächtig seine Kräfte auf ihn übertrug, wühlte noch in ihm. Er dachte an die Gesichter der Männer und Frauen, die er getötet hatte, während sie ihre Heimat verteidigten. Fremde Menschen, die ihm nie etwas angetan hatten. Sie kämpften, weil sie mussten – und er hatte sie niedergestreckt, weil es von ihm erwartet wurde. Doch trotz der Rechtfertigungen fühlte es sich falsch an. Sie waren keine Monster, keine unheiligen Wesen. Nur Menschen. Menschen aus einem fremden Land, mit fremden Kulturen, die er nicht verstand. Wie konnte er ihnen den Tod bringen und gleichzeitig glauben, das Richtige zu tun?

Die Schreie der Verwundeten und das Rauschen der brennenden Mauern mischten sich in seine Gedanken. Der metallische Geruch von Blut und verbranntem Holz lag in der

Luft, beißend und erdrückend. Ronan versuchte, das alles zu verdrängen, doch es hing wie eine Last auf seiner Brust.

»Jeder Mensch kennt das Gefühl zu bedauern, und auch Ordensritter sind davon nicht ausgeschlossen. Man wünscht sich oft, zwischen eigenen Fehlern und äußeren Einflüssen klar unterscheiden zu können, doch in Wirklichkeit gibt es keinen Unterschied. Es brennt sich tief ins Gedächtnis ein und hinterlässt eine bittere Spur«, sagte Caius, der erschöpft an Ronans Seite stand. Er legte ihm die Hand auf die Schulter, sein Griff schwer. »Immer bleibt der quälende Gedanke, dass es vielleicht bessere Entscheidungen gegeben hätte – eine andere Handlung oder eine Unterlassung, die alles hätte verändern können. Diese Gedanken können lehrreich sein, doch meist führen sie nur zu weiteren inneren Narben. Du muss lernen, dieses Bedauern so gut wie möglich loszulassen, auch wenn du weißt, dass es dich nie ganz verlassen wird.« Caius Stimme klang rau.

Ronan war von Caius Worten überrascht aber nickte, obwohl er nicht wusste, wie er sich jemals davon frei machen könnte. Wie sollte man sich an so etwas gewöhnen? An den Tod, an den endlosen Lärm des Krieges? Es war, als würde sich ein Teil von ihm dagegen sträuben, doch der Krieg nahm keine Rücksicht auf das Gewissen.

Caius klopfte ihm noch einmal auf die Schulter. »Ruh dich aus. Der Krieg hat gerade erst begonnen.«

# Eryndor

## V.

»Viele Menschen haben unsere Küsten verlassen, zurückgekehrt in ihre eigene Welt. Ein Krieg ist zwischen ihren sogenannten Königreichen ausgebrochen ... Ist dies nicht unsere Gelegenheit, uns zu zeigen? Zu beweisen, dass ihre Kriegstreiberei auf unserem Land keinen Platz hat? Ihre Zerrissenheit und Gewalt werden unweigerlich auch uns zwingen, Grenzen zu ziehen – ihre und unsere. Aber ich sage euch: Wir, die Aetheri, werden das nicht zulassen. Es liegt an uns, ihre Siedlungen an unseren Küsten jetzt zu beseitigen!« Senator Velanor stand auf dem Aran'tor, breitete seine Arme aus – eine allumfassende Geste, die alle Aetheri im Tirith einschloss.

Die Männer und Frauen im Senat stimmten ihm lautstark zu. Velanors Worte hatten ihre Herzen ergriffen. »Wir haben den Menschen lange genug nur zugesehen, ihnen erlaubt, unsere Wälder und Täler zu erobern, aber das endet jetzt!«, rief ein Fraktionsmitglied des Senators.

Eryndor saß reglos auf seinem Platz, während sich in ihm ein triumphierendes Grinsen ausbreitete. Alles verlief genau nach seinem Plan. Sein Einfluss auf die Magier von Andorien hatte Früchte getragen, und das Sonnenreich sah in ihm inzwischen den Propheten ihres heiligen Gottes Helion. Senator Velanors aufbrausende Ungeduld spielte ihm perfekt in die Hände. Eryndor brauchte lediglich Zeit, um die mystischen Kräfte des Nordens weiter zu erforschen – und die

Ereignisse, wie sie sich nun entfalteten, hätten nicht besser orchestriert sein können. Selbst er hätte nicht gewagt, sich solch ein perfektes Szenario vorzustellen.

Der Thalorn trat an den Leann heran. »Wünscht die Opposition, einen Redner zu stellen?«

»Senator, solltet Ihr nicht einschreiten?«, flüsterte Mylaren, die neben Eryndor saß, ihre Stimme ruhig, aber drängend.

Eryndor setzte sofort eine erschrockene Miene auf, die Maske, die er so oft trug.

»Oder ich werde es tun«, sagte Calanthir kühl, sein Unmut an Velanor gerichtet.

»Ja, du hast recht«, murmelte Eryndor gespielt besorgt an Mylaren.

Eryndor erhob sich ruhig, seine Haltung war zurückhaltend, fast zögerlich. Er wusste, dass alle Augen auf ihn gerichtet waren, doch er durfte nicht den Eindruck erwecken, als wäre er bereit, einen offenen Konflikt zu unterstützen.

»Brüder und Schwestern«, begann er mit sanfter Stimme, als er die ersten Stufen des Aran'tor erklomm, »ich verstehe die Worte von Senator Velanor, und ich fühle die Sorge, die viele von uns empfinden. Die Menschen sind ein unstetes Volk, und ihre Kriege haben unsere Küsten bedroht. Doch ich frage euch … sind sie wirklich unsere Feinde?«

Ein leises Murmeln ging durch die Reihen. Einige Senatoren blickten überrascht, andere nachdenklich. Eryndor ließ seine Worte in der Luft hängen, während er hinter das Leann schritt und Velanor das Feld für ihn frei machte.

»Ich möchte uns daran erinnern, dass wir, die Aetheri, uns immer dem Frieden verschrieben haben. Wir haben den Menschen erlaubt, unsere Küsten zu betreten, unsere Täler zu durchstreifen, ohne ihnen jemals einen Grund zur Furcht zu geben. Haben wir uns nicht stets als ein Volk des Gleichgewichts und der Weisheit gezeigt?« Seine Worte waren ruhig, bedacht, und er sah in den Augen der Senatoren, dass sie ihm zuhörten, ohne zu ahnen, was er wirklich beabsichtigte.

»Aber …« Eryndor machte eine lange Pause, als ob ihm die nächsten Worte schwerfielen, »wir dürfen die Zeichen der Zeit nicht ignorieren.« Er ließ seine Stimme ernster werden, während er vorgab, sich dem Druck zu beugen. »Die Menschen führen Krieg. Ihre Königreiche zersplittern, und wir haben gesehen, wie solche Konflikte die Welt in den Abgrund reißen können. Wenn wir weiterhin schweigen und zusehen, riskieren wir womöglich, dass sie in ihrem Wahnsinn auch unser Volk mit sich reißen.«

Er sah zu Velanor hinüber, der ihn aufmerksam von seinem Platz aus beobachtete. Es war klar, dass Velanor auf diese Worte gewartet hatte, doch Eryndor ließ sich nichts anmerken. »Ich will keinen Krieg mit den Menschen«, fuhr er fort, »doch wie Velanor sagte, wir dürfen nicht schwach erscheinen. Wir dürfen nicht warten, bis sie zu uns kommen, um uns in ihren Konflikt hineinzuziehen.«

Eryndor senkte leicht den Kopf, als ob er mit sich selbst rang. »Vielleicht gibt es einen Mittelweg. Vielleicht sollten wir zumindest erwägen, ihre Siedlungen an unseren Küsten zu überwachen … oder, wenn es notwendig ist, sie zu entfernen, bevor sie zu einer Bedrohung werden.« Er sprach es wie eine vorsichtige Überlegung aus, nicht wie einen Befehl. So gab er Velanor genau das, was er wollte, ohne selbst die Verantwortung zu übernehmen.

Das Raunen im Saal nahm zu. Einige Senatoren nickten, andere schienen noch unsicher, doch Eryndor hatte den Keim der Zustimmung gesät.

»Wir müssen vorsichtig vorgehen«, fügte er hinzu, »aber ich kann die Sorge von vielen nicht übersehen. Ich möchte keinen überstürzten Entschluss fassen«, schloss Eryndor, »doch ich werde die Zeichen nicht ignorieren. Es ist unsere Pflicht, unser Volk zu schützen, auch wenn es bedeutet, schwierige Entscheidungen zu treffen.«

Er setzte sich wieder, seine Haltung blieb ruhig und nachdenklich. Velanor war zufrieden, während die anderen Senatoren in tiefe Diskussionen verfielen. Über die Jahre hatte Eryndor gefunden, was er suchte, und jetzt hatte er genau das erreicht, was er letztlich wollte: Einen Krieg gegen die Menschen.

*Es braucht ein Dorf, um ein Buch zu erschaffen.*

Mein tiefster Dank gilt all jenen, die mich auf meiner Reise begleitet haben – für eure Geduld, Unterstützung und unermüdliche Inspiration. Ohne euch wäre diese Geschichte nicht dieselbe geworden.

Danke, dass ihr mit mir in all die fantastischen Welten eingetaucht seid.